CB071430

Copyright © 2023 Ler Editorial

Texto de acordo com as normas do novo acordo ortográfico da língua portuguesa (Decreto Legislativo Nº 54 de 1995).

Todos os direitos reservados. Proibida a reprodução total ou parcial, de qualquer forma ou por qualquer meio, mecânico ou eletrônico, incluindo fotocópia e gravação, sem a expressa permissão da editora.

Editora – Catia Mourão
Capa – Joice Dias
Diagramação – Catia Mourão
Revisão – Halice FRS

CIP-BRASIL. CATALOGAÇÃO NA PUBLICAÇÃO
SINDICATO NACIONAL DOS EDITORES DE LIVROS, RJ

T448d

Tigre, Priscila
   Declínio / Priscila Tigre. - 1. ed. - Rio de Janeiro : Ler, 2023.
   252 p. ; 16 cm. (Trilogia corrompidos ; 2)

ISBN 978-65-86154-87-0

1. Romance brasileiro. I. Título. II. Série.

23-82375
CDD: 869.3
CDU: 82-31(81)

Gabriela Faray Ferreira Lopes - Bibliotecária - CRB-7/6643
05/02/2023 08/02/2023

Foi feito o depósito legal.
Direitos de edição:

Ler Editorial

DECLÍNIO
TRILOGIA CORROMPIDOS 2

PRISCILA TIGRE

1ª Edição
Rio de Janeiro — Brasil

Quando você perde algo que não pode substituir.
Quando você ama alguém, mas é desperdiçado.
Pode ser pior?

Fix You – Coldplay

SUMÁRIO

007	PRÓLOGO
009	CAPÍTULO 1
016	CAPÍTULO 2
023	CAPÍTULO 3
029	CAPÍTULO 4
036	CAPÍTULO 5
043	CAPÍTULO 6
049	CAPÍTULO 7
055	CAPÍTULO 8
061	CAPÍTULO 9
067	CAPÍTULO 10
073	CAPÍTULO 11
079	CAPÍTULO 12
085	CAPÍTULO 13
091	CAPÍTULO 14
097	CAPÍTULO 15
103	CAPÍTULO 16
109	CAPÍTULO 17
116	CAPÍTULO 18
121	CAPÍTULO 19
127	CAPÍTULO 20
133	CAPÍTULO 21
139	CAPÍTULO 22
145	CAPÍTULO 23
151	CAPÍTULO 24
158	CAPÍTULO 25
164	CAPÍTULO 26
170	CAPÍTULO 27
176	CAPÍTULO 28
183	CAPÍTULO 29
190	CAPÍTULO 30
197	CAPÍTULO 31
203	CAPÍTULO 32
209	CAPÍTULO 33
214	CAPÍTULO 34
219	CAPÍTULO 35
225	CAPÍTULO 36
232	CAPÍTULO 37
238	CAPÍTULO 38
246	EPÍLOGO
251	AGRADECIMENTOS

PRÓLOGO

Felipo

O vento batia com força na viseira do capacete, isso me impulsionava a acelerar mais a moto, na intenção de testar os limites do motor e os meus próprios. Assim, quem sabe, alcançaria o descanso em uma curva fechada, onde deslizaria pelo asfalto me rendendo ao desconhecido.

Queria isso? Muito! Mas, no fundo, pulsava uma ânsia muito mais relevante: curtir a penitência que merecia.

Eu dei o passo que tanto precisava, abdiquei do que sobrou para pagar pelos erros que cometi mesmo sabendo que os cometia. Criei estragos demais, chegou a hora de deixá-los em paz.

O grande problema era não conseguir desligar, os sussurros dela me assombravam a cada minuto. Em alguns momentos, quando a droga que ainda servia de válvula de escape fazia seu efeito entorpecente, jurava que podia tocá-la e voltava a prometer o que não cumpriria. Esse efeito borboleta me levou ao delírio, a loucura ganhou seu papel na minha mente.

Não culpava ninguém além de mim pelos desastres que desencadeei. Eu não dei ouvidos a tudo o que ela me contou, porque queria de fato acreditar que daria certo. Fui um grande cuzão imaturo.

No fim, a vingança foi paga e pude desfrutar dela, como se fosse a melhor recompensa que recebi. Então, apareceu o depois e percebi que nada mudaria o vazio que Lisa criou.

Girei mais o acelerador, firmando as pernas em torno do tanque. Passaram-se anos e eu fragmentava só por relembrar. Nem meu filho conseguiu apaziguar esse ódio crescente que meu peito sustentava. Lisa não vive mais, mesmo assim a faço presente dia após dia.

Cruzei pela placa de entrada da cidade e parei um segundo no acostamento, permitindo-me encarar o que novamente abandonava. Eu não obtive êxito em emergir, na realidade não fiz questão, e isso me tornava ainda pior.

O que importava era que eles estavam melhores sem mim, estavam seguros, e desta vez não deixei pontas soltas, selei todas antes de partir.

Felipo Nascimento estava devidamente morto para todos.

Não existiam rastros do meu passado, nem laços de sangue que pudessem impedir meus planos.
Dali para frente, meu foco seria somente um: matar cada filho da puta que pudesse enquanto permanecia no inferno.

CAPÍTULO 1

Felipo

Eu estava concentrado, aguardando o momento certo para agir. Nos fones tocava *Living in a ghosttown*, dos Rolling Stones, no último volume. A música me ajudava a abstrair o quanto era errado levar a vida que havia escolhido e, como consequência, não me deixava disperso. Não que me importasse o bastante para ter remorso, na verdade, era *ela* que me fazia repensar nas escolhas. Em resumo, acabava pouco me fodendo, Lisa não estava mais ali para me colocar no prumo.

Fiquei encostado na parede úmida de tijolos, batendo o pé no chão para acompanhar o ritmo da música. O cigarro pendia nos dedos da mão direita. Traguei uma quantidade grande, enchendo os pulmões, saciando um pouco do vício que não conseguia mais largar. A fumaça formou uma nuvem espessa ao ser expelida, em seguida se dissipou. A calçada estava vazia naquele horário, os poucos veículos que transitavam estavam mais preocupados com seu destino do que com os becos escuros.

Senti o celular vibrar com a chegada de uma mensagem. Sorri, chegou a hora do show. A adrenalina pulsou nas veias, não de um jeito nervoso, estava mais para revigorante. Joguei a bituca e amassei com a ponta do sapato, os fones foram desligados, largados sobre os ombros, e no automático entrei no modo tático.

Vi o momento exato em que meu alvo saiu pela porta de um dos hotéis mais conceituados da cidade. Passei mais de uma semana na cola do indivíduo. Tínhamos muito material sujo nas mãos, que seria repassado por uma boa grana a quem interessasse. Todas as terças o alvo em questão se encontrava com a amante no mesmo endereço, mesmo quarto, mesmo horário. O que seria a chance perfeita, pois não havia nada além dele e um segurança que dirigia a SUV.

Na penumbra engatilhei a *Beretta*, mais feliz do que o aceitável para uma situação que envolvia matar. Soltei a ar com cuidado, mirei e, ao ter uma visão precisa, apertei o gatilho. O eco seco, abafado pelo silenciador, reverberou acanhado pelo beco. A bala avançou para o outro lado da rua, atingindo em cheio onde eu queria: a cabeça.

Esperei dois segundos, para garantir o serviço, guardei a pistola e abri a porta lateral do bar onde fingia beber algo para aliviar o estresse do dia cansativo de trabalho. Escutei os gritos apavorados das pessoas ao redor, e do segurança falando pelo rádio; no segundo seguinte, os ruídos sumiram, foram encobertos pela música alta, conversas, tilintar de copos. Não me abalei com a queima de arquivo, era pago para fazer essa merda. Ganhava muito bem para executar o que os covardes não criavam coragem.

Sentei-me no mesmo banco que tinha ocupado uma hora antes, pisquei para a garçonete, que tornou a encher meu copo com uma dose de uísque. Virei em um gole, larguei algumas notas sobre o balcão e saí. Não brincar com a sorte precisava ser lei, o que envolvia não chamar a atenção. Entrei no meu carro alugado, no nome de um cidadão politicamente correto e sem furdunço peguei à direita, sentido via principal. Tinha vinte minutos para encontrar Gael no local marcado.

Fiquei matutando o que Lisa pensaria se me visse assim, sendo o monstro que sua família pensava que eu era e que ela tentou salvar. Alguns encontravam o caminho correto; outros, como eu, abraçavam a podridão como um companheiro fiel.

Conseguia me lembrar exatamente das palavras da minha esposa assassinada a sangue frio pelo próprio pai doente.

Você é muito mais do que os outros veem, amor. Eu vejo seu coração, eu sinto sua doçura. Apenas fique comigo.

Fiquei com ela por bastante tempo, mesmo depois que partiu, mesmo enquanto sentia o luto corroer meus ossos, mesmo após minha vingança. Usei a garota inocente, que lutou bravamente pelo marginal sem futuro, como o ponto de luz no final do túnel. Porém, a luminosidade foi soterrada pela minha merecida viagem ao fundo do poço. Eu queria rastejar. Peguei para mim a punição pelos deslizes injustificáveis que cometi, que não reverteria.

Cheguei ao destino, larguei o carro no acostamento e entrei no passageiro da minha carona.

— Tudo resolvido?
— Resolvido e sem pistas — afirmei.

Eu fazia muito bem o que era designado para fazer. Não deixava fio solto, não blefava.

— Ótimo!

Gael arrancou com o *Hummer* preto, levando-nos para fora da cidade. Não tínhamos morada fixa, íamos aonde mandavam que fôssemos. Não gostava muito de ordens, mas algumas eram necessárias para manter por baixo dos panos gente influente, que queria tirar do rastro quem incomodava. Nós éramos os responsáveis pela conquista dos filhos da puta cuzões, que se escondiam em grandes escritórios, atrás de mesas caras, encobertos por ternos de grife.

O mundo era dividido em três partes: a parcela que comandava, a que obedecia e a minoria que não seguia regras. Eu tinha nascido em meio às drogas, prostituição, crimes. Era o único lado que conhecia e que não tinha motivos para sair. Perdi minha mulher, minha irmã e meu filho. Não havia mais nada que pudessem me tirar. Por isso, a terceira categoria da escória caía como uma luva.

Balancei a cabeça para espantar os pensamentos excruciantes, não sabia por que ainda remoía tudo. Tirei a arma do cós da calça, catei o pano na lateral da porta e comecei a limpar minha pistola.

— Ravish quer nos ver amanhã cedo, parece que temos outro trabalho — Gael comentou, calmo como de costume.

Se havia alguém mais fodido do que eu, era ele. Não sabia muito sobre Gael, nem ele sobre mim, no entanto tínhamos um entrosamento bom para os negócios.

— Ok, ele disse onde será o encontro?

— Apenas que deveríamos estar na cidade antes das oito horas — soltou o óbvio.

As reuniões aconteciam todas as vezes que um alvo pago aparecia. O local? Só ficávamos sabendo uma hora antes. Ravish era cuidadoso, não confiava nem na sua sombra. Não podia julgá-lo, desconfiar de tudo e todos mantinha a *Sociedade* funcionando sem maiores problemas.

Quase quatro horas depois, chegávamos a casa onde podíamos tomar banho e descansar antes de voltarmos à ativa. Peguei o *notebook* para acessar o e-mail antigo, que usava com apenas uma finalidade.

Abri a primeira mensagem no topo da tela.

Nove anos. Esse era o título. Em anexo havia fotos de João Pedro sorrindo para a câmera enquanto assoprava as velas do bolo, abrindo os presentes, abraçando minha irmã e seu marido. Meu filho estava grande, cada vez mais parecido com a mãe. Os olhos claros como o céu me arremeteram a memórias complicadas que não trouxeram acalento, despertaram fantasmas.

Com uma última olhada, cliquei em excluir, não merecia saber deles. Fazia cinco anos que recebia e-mails de Lívia pelo menos uma vez por mês. Não respondia nenhum, não seria justo. Eu sabia que Apolo e ela haviam adotado meu filho, que ele tinha uma casa aconchegante, uma família que o amava, irmãos para brincar; sem pormenores que fediam a quilômetros de distância. JP conquistou o que merecia, assim como Lív. Eles não precisavam mais da minha ajuda, que não tinha sido de muita valia. Causei mais desastres do que paz na vida de ambos. Esse tinha sido o meu pior segundo erro.

Fechei o *notebook* e me deitei de costas no colchão, fitando o teto com manchas escuras de mofo. Coloquei a *Beretta* embaixo do travesseiro, ao meu alcance caso precisasse. Um ódio ferrenho comandou minha mente quando me peguei sonhando com o que não poderia ter, com o que tinha sido arrancado sem permissão dos que eu amava. Vinguei os meus, aliviei um pouco do que me afundava, só não tinha conseguido alcançar a borda. Talvez porque não fosse digno de reviver quando quem importava estava morto. Acabei rindo para a minha própria desgraça.

Um ser humano que abandonou o próprio sangue por não conseguir olhá-lo tinha passagem só de ida para o inferno. Eu peguei a minha e estava pagando a pena sem esperar liberdade.

Atena

— Eu não vou, Ian. Ponto! — resmunguei, irritada.

Estava de saco cheio dessa porcaria, não sabia por que ainda me submetia aos caprichos da minha comodidade.

— Não teime comigo, Atena. Vá se arrumar, saíremos em meia hora.

O comando não foi raivoso, tampouco impaciente. Só havia indiferença naquele escroto. Bufando, rumei para o quarto, tirei o roupão e coloquei o vestido mais indecente do guarda-roupa. Queria que o circo pegasse fogo mesmo.

Ian apenas me olhou de cima a baixo, quando entrei na sala. O que denunciava sua reprovação era a linha fina em seus lábios que antes me sorriam com ternura, agora nem me tocavam mais. Claro que o todo-poderoso CEO da *Revierah* jamais faria um furdunço pela roupa escandalosa da sua esposa troféu.

Apertei as mãos em punho, pisando duro até o elevador. Odiava ir aos encontros de negócios para ficar feito uma tonta sorrindo para homens nojentos com suas amantes de dezoito anos. O pior era que não podia sequer escutar o assunto, ficava lá, sentada no sofá, sem sequer dançar, esperando pelo meu ilustre e requisitado "marido" escroto.

Descemos da cobertura até o térreo em completo silêncio. Minha raiva remoía as entranhas. Maldita hora que aceitei me casar achando que havia encontrado o homem da minha vida. Maldita hora que me apaixonei por Ian. Maldita hora que decidi ficar tentando até não ter mais a quem recorrer.

Acomodei-me no banco traseiro do carro ridiculamente caro. Ian falava ao telefone, estava tão acostumada a não me meter nos seus assuntos profissionais, que só me toquei do que ouvi porque meu cérebro processou no susto uma das frases.

— Eu o quero morto ainda hoje — disse, irredutível.

Tudo bem que ele era um empresário sério, que preferia a frieza à cordialidade, mas matar? Espiei seu semblante carregado, sem resquícios de que o comentário horrível tenha passado de uma expressão sem fundamento guiada pela impaciência com algum sócio.

Em quatro anos de relacionamento, nunca tinha conhecido esse lado negro de Ian. Um arrepio feroz em minha espinha premeditava algo ruim. Para não trazer problemas, permaneci quieta durante a viagem curta até a *Lexus*, uma danceteria no centro, parte dos muitos imóveis que os Delacroix tinham na lista de propriedades.

Assim que paramos em frente à boate, Ian adotou um ar ainda mais compenetrado, sisudo. Como de costume, sua mão espalmou minha lombar. Quem olhava chegava a pensar que significava cuidado, eu sabia que era posse. Desde a primeira vez que me viu em um jantar, de negócios para variar, Ian deixou claro que me queria. Era uma menina boba, encantada pelos romances dos livros, então o deslumbre por um homem lindo, charmoso e que falava o que precisava me deixou caidinha. A partir daquilo não nos afastamos, porém muitas coisas mudaram. Seu charme virou grosseria. Sua docilidade deu vazão à indiferença. E assim seguimos. Segundo meu marido escroto, não era necessário amor para ter sucesso. De fato, ele tinha razão, a junção da *Revierah* com o conglomerado *Beaumont*, que pertencia ao meu pai e futuramente a mim, rendeu milhões.

Adentramos o local lotado de jovens irresponsáveis e adultos entediados, o odor de bebida com suor impregnava na pele. Subimos dois lances de escadas, onde ficavam os camarotes privados.

— Fique aqui, faça companhia para essa dama — Ian cochichou ao meu ouvido e me largou no sofá, com uma garota de, no máximo, dezenove anos.

Como minha curiosidade tinha falado alto, por conta da sua conversa ao celular, acompanhei seus passos até a sala privativa, que era encoberta por uma cortina vermelha pesada. Cheguei a segurar a respiração com o que vi quando meu marido deixou a imagem transpassar pela fresta: meu pai estava ali dentro!

Por que Ian não me deixou vê-lo? Por que não comentou que se reuniria com ele? Fazia mais de dois meses que não o via. Que droga estava acontecendo?

De repente, um frio eriçou os pelos da minha nuca. Ian falando sobre matar. Meu pai na boate que nunca vem, pois odeia barulho. Eles se encontrando às escondidas.

Meu Deus!

Ignorei a companhia ao meu lado e me levantei. Havia dois seguranças bloqueando a entrada, que de imediato me fitaram quando me viram em movimento. Tentei fingir que estava calma, caminhando até o banheiro que ficava um pouco mais à frente de onde queria chegar. Minha mente desacelerou, tentando burlar o que achava certo e planejar um meio de ver o que se passava lá dentro.

Avistei dois homens bebendo no bar, ambos me olharam. Repudiei minha ideia, o que não me convenceu a parar. Essa seria a chance. Fui até o balcão para pedir um drinque que não beberia, somente queria que puxassem assunto. Sabia que os seguranças viriam ao meu encontro. Afinal, ninguém mexe com a mulher de Ian Delacroix.

— Aproveitando a noite, cavalheiros? — Escorei-me no tampo lustroso, que abrigava vários copos, intercalando minha atenção entre os dois.

— Muito, senhorita. Mas seria ainda mais agradável se tivéssemos a sua companhia — o mais velho falou com malícia.

Sorri de lado, mexendo na barra do vestido dourado, que não deixava muito escondido. O olhar do homem seguiu meus dedos, sem demora os seus resolveram acompanhar os meus. O pobre coitado não teve oportunidade de tocar minha perna, pois foi arrancado da cadeira junto de seu amigo.

— Volte para onde estava, Sra. Atena. Não queremos que o Sr. Delacroix se irrite — avisou Well, o chefe da segurança e braço direito do meu marido.

Balancei a cabeça em concordância, demonstrando uma inocência que não tinha. Esperei que saíssem para levar as duas vítimas do meu plano para fora e corri até a lateral. Espremi meu corpo entre o peitoril, para tentar ouvir algo. Não podia ir pela frente, seria vista.

— Não é assim que funciona, Ian. Não vou vender mais da metade das minhas ações para você, nem te entregar o comando da organização — meu pai ditou.

— Vai, claro que vai, Francis. Ou vende ou mato sua querida princesa.

Resfoleguei. Ele não faria isso.

O barulho de uma cadeira caindo com tudo me fez estremecer. O som da boate ainda chegava aqui em cima, mas com menos potência por causa dos vidros, isso me ajudava a ouvir o que queria.

— Toque nela e estará morto, Delacroix! — meu pai rugiu, no fundo peguei as notas de medo.

— Atena me pertence, meu caro. Você mesmo a vendeu para mim em troca de negócios, lembra?

— Não foi assim, você a amava, eu apenas uni o útil ao agradável.

Ian riu, sarcástico, aquilo me deu nojo.

— Nunca amei Atena, ela é apenas minha esposa modelo. Linda, educada, obediente, apesar de que, ultimamente, sua rebeldia anda solta. — Fez uma pausa. — Eu queria ser o primeiro da sua garotinha, Francis. E fui. Achei que seria interessante, confesso que perdeu a graça. Só não a devolvo porque ela é minha e de mais ninguém, e porque mancharia a imagem do casamento perfeito que vende muitas joias aos futuros casais, que veem perfeição onde não existe.

Revierah era a maior confeccionadora de joias do país. Porém, não era o único investimento. Tanto que se uniu às empresas de Tecnologia do meu pai.

Engoli em seco para manter meus atos controlados. Esse filho da puta nunca me amou, era só uma transação. Um meio para um fim. A virgem arrebatada pelo CEO, que não aceitava perdê-la para outro.

— Seu desgraçado! — proferiu meu pai, alterado.

Abaixei-me com cuidado, erguendo uma ponta da cortina para espiar lá dentro. Precisava não só ouvir, tinha de ver. E deveria ter permanecido no sofá.

Meu pai estava sendo preso por dois seguranças, sua camiseta branca suja de sangue. Levei a mão até a boca para não gritar.

— Eu te dou as empresas, só deixe minha filha em paz. Nós embarcamos para fora do país amanhã mesmo, nunca mais nos verá.

Ouvi outro riso sarcástico do meu marido escroto.

— Acha mesmo que eu deixaria Atena partir? — Balançou a cabeça, divertindo-se com o desespero do sogro. — Nunca, Francis. As coisas poderiam continuar como estavam, se você não tivesse mexido onde não devia.

Minha visão chegou a escurecer quando Ian pegou a arma que estava sobre a mesa.

Ele não vai... Ele não pode...

— Prefiro seguir meus métodos: eliminar um possível informante. — O cano da arma foi encostado na testa do meu pai. — Não se preocupe, vou cuidar da sua princesa.

— Atena vai me procurar, vai descobrir — falou trêmulo, com o medo estampado nas suas feições.

— Pode apostar que está errado. Não é difícil ludibriar minha esposa. Por que acha que os mantive afastados por dois meses? Basta fazê-la acreditar que seu pai se envolveu com outra jovem e se esqueceu da filha. Atena não vai te procurar até que a procure. Como isso não vai acontecer, não teremos mais contratempos.

Prendi a respiração no segundo em que o gatilho foi apertado. Os olhos do meu pai se arregalaram, seu corpo pesado amoleceu aos poucos e tombou ao ser solto pelos cúmplices de Ian.

Meu coração acelerou loucamente, o frio na boca do estômago me dobrou. Não tinha notado que entrei na área restrita nem que havia esboçado reação, até que meu marido — que acabou de apagar meu pai —, olhou na minha direção. Eu berrava, apavorada com a cena.

— Porra, Atena!

Foi a última coisa que ouvi antes de desmaiar.

CAPÍTULO 2

Felipo

Chegamos ao lugar onde foi marcado o encontro. Gael permaneceu sentado atrás do volante, atento a qualquer aproximação. Para distrair abri a janela, sentindo o vento cortante bater no rosto. Puxei o maço de cigarros do bolso e peguei um deles para levar aos lábios, acendi com o isqueiro velho que carregava comigo há anos. A primeira tragada fez seu papel de relaxar. Aquela porra matava, mas era uma terapia bem-vinda para mim.

— Eles estão chegando — Gael avisou alguns minutos depois.

Continuei onde estava, fumando tranquilamente, sem menção de descer do *Hummer*. Eles que esperassem. Três carros pretos pararam à nossa frente. No do meio, o Rolls-Royce, estava Ravish. Seus subordinados olharam em volta, certificando-se de que não havia perigo, só então liberaram sua descida.

— Vamos lá ver o que temos nas mãos desta vez — falou Gael abrindo a porta.

Joguei a bituca para longe e desci. O céu estava limpo, contudo nem o sol esquentava o gelo da cidade. Abotoei o terno, caminhando lentamente até onde o cabeça de uma das alas da *Sociedade* estava.

— É bom vê-los de novo, rapazes — saudou Ravish.

Ele tinha em torno de setenta anos, quem o olhava de longe pensava ser um senhor simpático, que vivia em casa de cerca branca, aposentado e que adorava pescar. O que era só uma estratégia para não chamar a atenção. Sua família foi uma das fundadoras da *Sociedade*, a maior facção criminosa de todos os tempos. Eles não mexem apenas com assassinatos por encomenda. Tinha drogas, prostituição, jogatina, lavagem de dinheiro, um amontoado de serviços que arrecadava milhões.

Não me metia no restante, focava somente na parte que exercia com precisão. Atirar nunca foi um problema, meus pais eram bandidos e me apresentaram um revólver quando tinha nove anos. Treinei com afinco para melhorar minha mira e não queria me gabar, mas era perfeita. Resumindo: eu tinha meus próprios pecados, deixava os outros se foderem com os seus.

— Qual o da vez? — questionei sem paciência para ficar batendo papo.

Um dos seguranças entregou o envelope com as informações para Gael. Era ele que cuidava da parte de invadir sistema, procurar sujeira, hackear câmeras. Não que eu não soubesse fazer ou que ele não conseguisse manejar uma pistola, só dividimos o trabalho de acordo com as habilidades exclusivas de cada um. Gael tinha prazer em descobrir os segredos dos outros. Eu tinha deleite em apagar os imundos. Após olhar bem para as informações, Gael me passou o envelope amarelo. Tinha algumas fotos, nome completo e endereço. O restante era com a gente.

— Quando terminarem me avise.

Balancei a cabeça em concordância, imaginei que Gael tenha feito o mesmo. Sabíamos que a frase significava que tínhamos no máximo uma semana.

Ravish se fora. Nós voltamos para o *Hummer*.

— Vamos começar descobrindo a rotina, em seguida partimos para o plano — disse, arrancando para a estrada.

— Pelo que me lembro do nome, é conhecido.

— Muito, um dos maiores empresários do país. — Seus dedos tamborilaram no volante. — Vamos raspar a crina do cara e revelar o que tem escondido por baixo dos panos.

E foi o que fizemos. Com poucas horas tínhamos uma ficha invejável, que colocaria os federais na cola do sujeito em poucos minutos. Material que venderíamos, como sempre, para quem desse o maior lance. Nesse meio de gente poderosa, derrubar um ao outro era como conquistar troféus. As pessoas são mesquinhas, egoístas e não se prendem a índole. Aprendi com tombos que o que importava era poder, o restante era balela.

Gael acessou as chamadas do telefone, ali descobrimos que alguém seria eliminado naquela noite. Conseguimos um ponto de partida e seria preciso estudar o território. Às 8h da noite estávamos em uma das boates mais conhecidas da cidade. Burlei o sistema do estabelecimento e nos coloquei em uma lista VIP, o que facilitou muito nossa entrada. Devidamente dentro, ficamos no bar bebendo.

Gael pediu uma dose de rum, que segundo ele era a melhor bebida. Fiquei atento com a porta, esperando ver o alvo entrar enquanto bebericava o uísque da melhor qualidade. Nossa primeira varredura acontecia em dupla, tanto para que pudéssemos ter a mesma visão de como agir, isso impedia que contradições acontecessem, quanto para que Gael entrasse no clima. Ele gostava de premeditar o assassinato, ainda mais quando o caso em questão merecia a morte. Bem contraditório, levando em consideração que nós a merecíamos.

Às 9h quem queríamos adentrou a boate. Pousei o copo sobre o balcão, interessado em perceber como ele se movimentava em meio às pessoas. Apenas dois homens armados estavam no seu encalço, do lado de fora devia ter mais. A boate era dele, o que lhe trazia certo desleixo, pois quem o mataria dentro do seu ambiente? Geralmente eram essas falhas que buscávamos para executar o serviço. Permaneci concentrado até que um detalhe me deixou em alerta.

A mulher ao seu lado.

Ela me pegou desprevenido ao passar por mim.

Seus olhos azuis, os cabelos castanho-claros, a altura, o porte físico, o conjunto todo fez minha boca secar.

Puta que pariu! Se Lisandra não estivesse morta, poderia jurar que a estava vendo bem na minha frente.

Peguei impulso para me levantar, mas Gael me impediu.

— O que está fazendo? Ainda não é hora de agir.

Aturdido, encarei-o. Então, relanceei as escadas de novo. Minhas mãos suavam, meu coração parecia descontrolado. Porra!

— Nada, foi só reflexo.

— Pois trate de controlar seus reflexos ou vai ferrar tudo.

Não revidei, ele tinha razão. Precisávamos manter a discrição, nada de atrair desconfiança, um deslize poderia levar abaixo os esquemas. Respirei fundo, virei o restante da bebida e mais relaxado trilhamos o mesmo caminho que o alvo. Dentro dos camarotes exclusivos, havia uma espécie de salinha privativa. Bem conveniente para as balbúrdias dos cuzões.

Gael checava as pessoas, eu foquei na mulher sentada no sofá. Era muito parecida, quase uma cópia fiel da minha esposa. Intrigado, eu a vi levantar e se aproximar de dois homens. Assisti os seguranças interceptá-la, seja lá do que pretendia fazer. Assim que viraram as costas para tirar os inconvenientes tarados dali, a escorregadia deu um jeito de se enfiar pelo canto do vidro, que ia do chão ao teto, para abafar o barulho insuportável da música.

Eu estava de pé perto da saída do nosso camarote. Meu companheiro de assassinato parou ao meu lado.

— Notou algo que importe para nós ou está apenas xeretando o que não deve?

— Cale a boca! Tem algo desenrolado ali, ainda não sei o que é.

Gael bufou.

— Claro que tem, Felipo. A esposa ciumenta tentando acabar com a festinha do marido, que, em breve, estará morto. Concentre-se, porra!

Dei-lhe as costas, voltando-me para observar a pista, tentando investigar de longe como funcionava os esquemas com a segurança. Era o que tinha vindo fazer. Não podia desviar do que importava. Porém, minha visão foi atraída por um grito sofrido, em seguida vi o alvo saindo com a mulher nos braços. Precisei usar mais força do que esperava para não ir ver o que houve.

O que aconteceu não era da minha maldita conta, caralho!

Atena

Acordei desorientada, tentando me lembrar de como vim parar no meu quarto se estava na boat... Um estalo aconteceu, travando-me por longos segundos.

Ian matou o meu pai!

— Achei que não acordaria mais.
Dei um pulo no colchão com a voz dele.
Devagar encarei meu marido sentado na poltrona do canto, perto das janelas. Eu estava nua, por instinto puxei o lençol para me cobrir. Afinal, não sabia quem era aquele homem ali, não o conhecia de fato.
— Não era para ter visto aquilo, Atena. Devia ter ficado sentada no maldito sofá — disse de modo apertado.
Ian estava irritado, mas ainda controlado. Pelo que presenciei ontem, sua paciência explodia de um jeito bem ruim. Minha cabeça estava girando, meus olhos queimando com lágrimas, mesmo assim me mantive impassível. O restante da minha família havia sido levada pelo monstro que nem sabia ter por perto. Não sobrou nem vestígios de um parente. Meu pai era filho único, minha mãe, que foi morta em um assalto dez anos atrás, também. Resumindo: minha situação se tornou preocupante. Pois, pelo que meu marido escroto disse antes de apertar o gatilho, a herança o interessava, e eu me tornei sua última barreira para que colocasse as mãos no dinheiro.
— Bem, tenho negócios para resolver. Descanse mais um pouco.
Sem um pingo de remorso, o filho da puta se levantou com calma, como se não importasse a minha perda *pelas mãos dele*.
— Você o matou — falei num fio de voz.
Não sabia como expressar meu sofrimento sem querer pagar com a mesma moeda. Eu não veria mais Francis, não ganharia seus abraços calorosos ou seu sorriso receptivo. Meu pai não era o melhor e mais dedicado, no entanto tinha sido o suficiente para mim. Eu o amava. Tinha acabado de perdê-lo injustamente, sem sequer uma despedida.
Tinha finalmente decidido que odiava Ian com todas as forças.
— Ele mereceu, Atena. É o que precisa saber — suspirou, demonstrando que não gostava de dar explicações.
Ele que fosse se foder!
— Você matou meu pai e tem isso para justificar? — gritei, perdendo a luta contra o bom senso.
Seria fácil ser apagada, não teria quem me procurasse. Em dois passos, Ian pairou sobre mim. Sua mão agarrou meu pescoço, seus olhos crispavam com ira.
— Não mandei ser enxerida. Seu pai mereceu, isso basta. Agora, cale essa maldita boca e largue de ser emotiva, porra!
Minhas narinas inflaram com raiva. Por impulso, cuspi na cara dele. Ian não teve reação imediata. Seu braço demorou a levantar e limpar a saliva, em seguida o dorso da sua mão atingiu em cheio meu rosto. Fiquei chocada. Nunca apanhei dele, apesar das grosserias exacerbadas, da indiferença costumeira, Ian jamais me agrediu. Não que isso fosse justificativa para os demais abusos camuflados.
— Quero o divórcio! Quero ir embora daqui! — grunhi, me recusando a chorar.
Ele riu, sarcástico, exatamente como fez antes de matar meu pai.

— Acredito que tenha ouvido a maioria da conversa ontem, Atena. Sabe que não vou te deixar ir. Você é minha, me pertence. — Intensificou o aperto no meu pescoço. — Acostume-se a essa vida, querida, porque é a que terá. Imagine quantas queriam estar no seu lugar, usufruindo do cartão sem limites, da comodidade que tem...

— Ache outra então! Eu vou embora, Ian. Você não vai me impedir — afirmei, contudo não tinha nada de certeza no meu tom. Ele podia facilmente me barrar de ir.

— Tente sair daqui, Atena. Só tente. Porque eu posso não querer te perder, mas isso não vai me impedir de te colocar a sete palmos do chão, caso seja necessário.

Empurrou um pouco minha cabeça para trás e se levantou, saindo a passos decididos. Permaneci meio sentada, meio deitada, tentando compreender os acontecimentos. Por qual razão ele matou meu pai, sendo que as empresas seriam minhas em breve? Não faltava muito para que Francis se aposentasse. Não tinha lógica, não tinha explicação, não tinha...

Juntei meus joelhos rentes ao peito e deixei minha dor fluir através dos soluços. Em menos de vinte e quatro horas perdi tudo: meu pai; minha liberdade, porque duvidava que Ian me deixaria em paz; e a imagem que tinha sobre o mundo que vivia. Havia muito mais por trás daquilo e eu daria um jeito de descobrir.

Passaram-se dois dias, nesse período não saí do quarto, nem sequer comi direito. Mais chorava do que me acalmava. Não sabia dizer o que fizeram com o corpo do meu pai. Ian não apareceu mais, o que me deixou agradecida. Eu sabia que precisava de banho, estava irreconhecível, em contrapartida, sem ânimo para me levantar.

Na verdade, não chegava a uma decisão do que fazer, não que tivesse muitas. Ou dava um jeito de fugir sem olhar para trás ou me arriscava em desvendar o mistério da morte do meu pai. Como estava mais pendida em ser imprudente do que sábia, remexeria na sujeira que o escroto do meu marido havia feito.

Arrastei-me até o chuveiro, onde perdurei por mais de uma hora, matutando o que seria necessário para começar minha investigação. No escritório do Ian devia ter respostas, afinal ele o mantinha trancado, fui avisada várias vezes sobre não entrar lá.

Com o primeiro passo resolvido, os demais seriam guiados pelos acontecimentos, vesti uma calça de moletom preta e T-shirt branca. Deixei os cabelos molhados e não fiz questão de colocar sapatos. A casa estava silenciosa, não vazia. Os dois seguranças à porta da cobertura deixavam claro que eu não tinha como fugir. Ignorei-os, indo para a cozinha. Ian não mantinha nenhum funcionário fixo, cada semana uma pessoa diferente vinha limpar a casa e deixar a comida pronta. O que não se estendia aos seus capangas enormes. Já cheguei a questionar o porquê e recebi a reposta mais vaga possível: precaução.

Peguei o que tinha na geladeira para montar um sanduíche e tomei um longo gole do suco de acerola que estava na jarra, protelando o que tinha de fazer. Ian andava com a chave do escritório no bolso, entretanto tinha uma cópia na segunda gaveta do balcão, a mesma que eu estava vendo. Rezei para que não estivesse sendo monitorada, havia câmeras por todo canto, e me levantei da banqueta como se não quisesse nada.

Parei em frente ao balcão, ergui uma das mãos e abri a porta do armário, fiquei aliviada ao encontrar bolacha e chocolate ali dentro. Disfarçadamente puxei a gaveta, enquanto fingia procurar um doce para comer, baixei a cabeça um pouquinho, o bastante para identificar a chave. Elas eram nomeadas por número, e a do escritório era o 1. Pesquei uma barra de chocolate qualquer, coloquei a chave por trás, prendendo-a entre minha palma e o que segurava. Encostei-me ao balão, para fechar a gaveta sem chamar a atenção, e abri a embalagem, destacando um quadradinho do doce. Com uma calma que não tinha, voltei para a sala. Engoli em seco ao encontrar Ian parado bem no centro dela.

O meio amargo do chocolate se transformou em fel na minha boca.

— Encontrou o que queria, Atena?

Ele sabia, óbvio que sabia.

— Sim. Estava com fome e vim comer — respondi sem titubear.

Ian deu um passo à frente, eu recuei dois.

— Acha mesmo que pode me enganar, querida? Seu pai tentou a mesma coisa e acabou se estrepando, quer o mesmo fim?

Olhei em volta atrás de ajuda, estávamos sozinhos. Não que seus seguranças fossem intervir.

— Eu n... não fiz nada. Só vim comer, Ian — tentei de novo, com menos convicção na voz.

Sua altura pareceu triplicar, senti-me ainda menor. Uma das suas mãos agarrou meu cabelo, puxando sem dó. A outra arrancou o que eu segurava com tanto zelo. A chave tilintou no chão de mármore, prendi a respiração.

— Não sou idiota, sua vadia mimada. — Meu couro cabeludo ardia, meu pescoço cedeu à pressão, tombando para trás. — Vou te ensinar um pouco de como as regras funcionam no meu mundo, Atena. Não há escolha de burlá-las. Ou as segue ou morre.

Não foram suas palavras que despertaram meu pavor, foi o brilho perverso no fundo dos seus olhos castanhos. Eu ia morrer! Como última tentativa, comecei a berrar. Berrar mesmo, esperando que viessem ao meu socorro. De supetão Ian me largou, mas não foi para se afastar, foi para desferir um tapa em cheio no meu rosto. O impacto foi tanto que desabei. No mesmo segundo, a queimação pelo golpe, munido com o susto, me levaram ao choro compulsivo. Meus cabelos voltaram a serem enrolados no seu punho maldoso. Desisti de lutar ao enxergar a arma empunhada entre seus dedos.

— Vou repetir: se tivesse ficado no maldito sofá, não seria necessário esse extremo. — Seus lábios beijaram minha testa, um nojo absurdo subiu pela minha garganta. — Você foi uma boa esposa, querida. Infelizmente, não soube exercer seu papel sem se intrometer no meu.

Ian encostou o cano da arma no mesmo lugar que havia beijado. Fechei os olhos, esperando pela sentença. E o tiro veio, meus pelos eriçaram de medo, mas nada aconteceu.

— Merda! — Ian resmungou.

Só então percebi que os disparos vieram do lado de fora da cobertura.

CAPÍTULO 3

Felipo

Nós passamos o restante do tempo, após o episódio na boate, monitorando a vida do alvo. Ian Delacroix morava no topo do prédio mais caro da cidade. Muitos seguranças ficavam na sua cola, ele nunca dirigia e quase não parava em casa. Porém, encontramos uma brecha. Quando estava no apartamento, o imbecil mantinha a guarda baixa. Apenas dois cães de guarda ficavam na retaguarda.

Tínhamos achado o momento certo para agir e seria naquela sexta-feira. Delacroix chegou por volta das 8h da noite. Fiquei atento à movimentação do local. Gael havia clonado um cartão de acesso ao prédio, para todos os casos eu era morador. Esperei alguns minutos para dar tempo de ele chegar à cobertura, liguei o carro e acelerei pela rua até chegar à entrada da garagem. Baixei o vidro e encostei o cartão no sensor. O portão pesado se ergueu, sem maiores problemas entrei. Parei na vaga do canto que estava vazia e saquei o celular.

No segundo toque, Gael atendeu.

— Pode começar.

— *Ele está no escritório.*

— Ok.

— *Você tem vinte minutos antes que algo de errado. Entre, faça e saia, Felipo.*

Torci a boca, descontente, odiava que me dissessem como a merda funcionava. Eu sabia, porra!

— Não se preocupe. — Desliguei sem esperar uma resposta.

Arrumei meu terno, conferi minha pistola e desci. Seria como em todos os outros trabalhos: rápido. As câmeras foram bloqueadas pelo sistema avançado de Gael, o elevador tinha sido liberado para que eu pudesse ir onde desejava. Observei o número dos andares passando no painel, colei na lateral de aço, com a *Beretta* engatilhada, aguardando para agir. Assim que as portas se abriram, atirei nos dois únicos seguranças guardando a porta. Sabia que eles estariam ali, ficavam a noite toda no mesmo lugar e faziam uma pausa perto das 2h da madrugada. A troca de turno acontece às 6h.

Com passos decididos andei até a porta enorme, empurrei-a e, sem esperar, um tiro ricocheteou ao meu lado, pegando de raspão no meu antebraço. Apertei os dentes, irritado. Odiava contratempos.

— Anda, sua vagabunda! — Escutei o comando, embolado no meio veio um resmungo de dor.

Empurrei mais um pouco a porta, permitindo ter uma visão mais ampla da sala. Estava vazia. Gael devia ter me avisado que o infeliz saiu do escritório. Resolveria esse deslize depois.

Entrei silenciosamente, com a pistola em punho verifiquei os cômodos. Meu tempo corria, precisava terminar logo com essa porra. Um ruído característico de tapa chamou minha atenção. Conhecia o lugar como a palma da minha mão, monitorei o bastante para tal. Então, sabia que o barulho veio de um dos quartos, do quarto *dela.*

Odiava reconhecer que ficava horas vendo-a pelas câmeras. A menina que era uma cópia quase fiel de Lisa permaneceu enclausurada. Ora chorando, ora gritando. Sua raiva palpável deixava a fisionomia delicada com um *quê* de imprudência. Ela não estava no pacote, achava até que me agradeceria por executar o assassino do seu pai. Não foi difícil descobrir o que houve dentro da salinha privada, bastou poucos cliques para acessarmos as câmeras internas. Ligar o defunto a garota tinha sido ainda mais fácil.

Rumei para o destino de uma vez, não podia enrolar. Primeiro o cano da *Beretta* entrou pela fresta, tinha que saber mais ou menos onde o alvo se encontrava.

— Por que não mostra a cara, seu filho da puta? Venha aqui tentar me matar! — rosnou o infeliz que testava meus ânimos.

Isso me deu uma noção. Sua voz veio da esquerda, o que significava que estava perto do banheiro. Sem paciência terminei de abrir a porta, com a mira precisa girei, encontrando o covarde com a esposa como refém. Meus olhos foram atraídos para os dela, tão claros que me assustavam. O hematoma na bochecha deixava em evidência que tinha apanhado. Apertei mais as mãos em torno da pistola.

— Quem te mandou? — cuspiu, agitado.

Delacroix não estava com medo, estava furioso por ter sido pego de surpresa.

— Solte a garota, assim resolvemos entre nós — falei baixinho.

Ele gargalhou.

— Não é você que dá as ordens aqui, seu merdinha. Achou mesmo que entraria na minha casa e sairia vivo? Os seguranças estão subindo.

Repuxei meus lábios. Adorava a prepotência antes da morte.

— Ótimo! Aproveito para apagar todos eles também. Agora, vou avisar de novo: solte a garota. — Vê-la apavorada com a situação me fez querer tirá-la dali.

Sem que percebesse, meus pés se aproximaram. O que fez com que o filho da puta adentrasse mais no banheiro.

— Se você chegar mais perto, eu a mato.

— Acha mesmo que me importo? — joguei, sem tirar os olhos dele.
Eu me importava?
Delacroix não estava interessado em proteger a mulher, estava querendo me distrair até que a cavalaria chegasse. Para homens como ele, não existia amor quando estavam em jogo os negócios. Ele a mataria sem remorso algum. No segundo que o filho da puta pensou em apertar o gatilho, fui mais rápido, disparando no seu peito. Delacroix rugiu, despencando no chão. A garota gritou, assustada. Ouvi passos no corredor, com o dedo indicador fiz sinal de silêncio e apontei para o chão. Sem repensar, ela se abaixou ao lado da cama. Fiquei na lateral da parede, de guarda. Quando o primeiro homem apontou, atirei. Em seguida foram mais três disparos, todos com precisão. Gostava da adrenalina, da satisfação de ter sido mais ágil.
Meu celular vibrou no bolso, um indicativo de que não tinha mais tempo. Encarei a garota, que me encarou de volta. Ela parecia perdida, mas não com medo de mim. Enruguei a testa por estar parado pensando merda, sendo que devia desaparecer antes que brotasse mais problemas.
Estava sendo insano em cogitar... Que se foda!
— Venha comigo. — Estendi a mão. Ela recuou mediante meu convite nada amistoso, porque sim, fui grosseiro. — Ou vai ou fica aí, porra! Decida-se.
Observei seu peito subir, descer e enfim optou por me acompanhar. Coloquei-a às minhas costas, enquanto mantive a pistola erguida. Não tinha ninguém ali por enquanto, contudo, não podia dar chance ao azar. Descemos pelo elevador, não podíamos pegar as escadas, eram muitos lances para poucos minutos. Colei o corpo da garota na lateral, tirando-a da linha de fogo que podia estar nos esperando na garagem. Com certeza, Delacroix avisou seu bando que invadiram a cobertura. Estranhei ao encontrar a área limpa.
Meu celular voltou a tocar. Cinco minutos para sair. Destravei o carro, sem mandar a garota entrou no banco do carona.
— Pule para trás e fique abaixada — mandei, ela obedeceu sem rebater.
Liguei o motor e com calma saí da minha vaga sem chamar a atenção. Subi a rampa de saída e dois SUV apareceram no topo. O censor no chão acionou o portão assim que passei por ele, não foi necessário parar para esperar. Eu sabia que eles olhariam desconfiados para mim, afinal estava saindo durante a confusão, era suspeito. Acenei como quem não queria nada e segui à direita. Pelo retrovisor avistei um dos SUV vindo na minha cola.
— Caralho!
Pisei no acelerador entrando na via principal. O bairro era movimentado, perto de restaurantes, bares, baladas. Busquei me afastar da aglomeração, precisaria atirar e não queria testemunhas. O celular tocou de novo, mantive uma das mãos no volante, com a outra peguei o aparelho.
— Eles estão na minha bota, deve ter uns três dentro do carro.

— *Estou logo atrás, continue nessa direção, logo pegamos a saída da cidade.*
— Ok.

Finalizei a chamada e foquei na rua. Eles continuavam nos seguindo sem alarde. Não ferrariam com tudo, aguardariam. De relance, meu olhar cruzou com o dela pelo espelho, desviei de imediato, não conseguia encarar a garota sem me lembrar de Lisa. Era uma puta tortura.

O que deu na minha cabeça em trazê-la junto? Isso não era da minha conta!

— Deite-se nesse banco e só levante quando eu mandar, escutou? — soltei, áspero. Não obtive resposta. — Você escutou ou não?

Minha mandíbula travou com a força que a apertei.

— Sim — não passou de um sussurro.

Ela voltou a se abaixar, sua respiração alta vinha em ondas até os meus ouvidos. Aumentei o aperto no volante, fazendo uma leve curva. A estrada escura, com pouca iluminação, deu boas-vindas. Lancei para fora da mente qualquer outro caso que não fosse limpar a sujeira que deixei. Era hora do show.

Atena

Todos os meus membros tremiam, era uma mistura de pavor e adrenalina absurda. Incrível como parecia irreal o que estava acontecendo, como se sonhasse sem conseguir acordar. O medo deixa as pessoas suscetíveis às emoções, eu estava numa roda-gigante delas. Não sabia se chorava, pulava do carro, rezava ou simplesmente mantinha a calma. Não conseguia absorver para reagir.

Ian teria me matado sem repensar, tinha vislumbrado isso em seus olhos na sala, depois em sua voz no quarto. Não fazia ideia de quem era aquele sujeito na direção, sabia apenas que não podia reclamar por ter sido salva. Ou não... Tinha possibilidades de ter saído da garra do leão para ser aprisionada à besta.

Estava deitada no estofado de couro quando o primeiro tiro acertou a janela traseira, apertei os dedos no assento, buscando ali um apoio, e mordi a lateral da minha mão para não gritar. Caramba! Como de uma hora para a outra saí de um cotidiano rotineiro e fracassado para um perigoso? Ian estava, provavelmente, morto. Sem opções me aliei ao bandido e me enfiei no meio de um tiroteio.

Só você, Atena.

— Porra! — o cara praguejou baixinho.

Senti o vento nos meus cabelos antes de perceber que a janela foi aberta. Pelo cantinho do banco assisti o homem controlar o carro com uma das mãos e atirar com a outra. Sua arma não fazia tanto barulho, mesmo assim o estopim era apavorante. Tampei os ouvidos e fechei os olhos com força. Eu ia morrer!

O veículo girou na pista e parou. A porta foi aberta e uma sucessão de disparos fez com que me encolhesse ainda mais. De repente, o silêncio. Não me movi, nem ferrando correria o risco.

— Que merda você fez, Felipo? Puta que pariu!

Ergui meu pescoço para encarar outro homem parado me fitando.

Podia jurar que seus olhos eram fluorescentes, pois o verde cristalino brilhava na escuridão. Só que não havia nada no fundo.

— Não podia deixá-la lá, Gael.

Ele desviou de mim para fitar o outro.

— Que se foda se podia ou não, caralho! Desde quando virou protetor dos oprimidos? — Deu um tapa na lataria, estremeci. — Se livra da garota, não quero Ravish enchendo o saco. Nós nos encontramos amanhã de manhã na saída leste.

— Não posso afirmar que Delacroix foi morto — meu suposto salvador revelou.

O ar fugiu dos meus pulmões em pensar que o escroto ainda pudesse viver. Não tive peso na consciência por isso.

— Como assim não pode?

— Não tive tempo de conferir, os seguranças chegaram. E a maldita culpa é sua, que me disse que o alvo estava no escritório.

— E estava!

— Estava uma porra, Gael. Levei um tiro de raspão do filho da puta que estava na sala.

Ambos ficaram calados, chegando a alguma conclusão para o deslize. Apoiei-me no cotovelo, queria saber o que acontecia, mas só estava recebendo fragmentos de um crime.

— Tentaram nos sabotar — grunhiu o que tinha os olhos fluorescentes. — Se livre da garota e vamos descobrir quem é o desgraçado brincando com o que não deve — ditou, saindo em seguida.

Peguei impulso para fugir. Não sabia onde tinha me metido e não ficaria para entender. Eles eram assassinos e malucos, não ligariam de enfiar uma bala na minha testa, assim como Ian fez com meu pai. Estiquei o braço, dobrando-me um pouco no banco para alcançar a tranca da porta aos meus pés.

— Nem sonhe com isso — o aviso veio perto demais.

Engoli em seco.

— Não vou contar nada do que aconteceu, nem vi vocês direito. Só me deixe ir — pedi com firmeza.

Quase o mesmo pedido que fiz para o escroto do meu marido e a mesma situação, já que não conhecia Ian direito e não fazia a menor ideia de quem esse homem era. Ele entrou no carro quieto, sua respiração era tão sorrateira que não podia ser ouvida. A chave foi girada na ignição, travando minha fuga. Eu estava muito, muito encrencada.

— Não vai sair, não por enquanto. Você vale alguma grana, garota — decretou rudemente.

Minha garganta trancou pela bílis que queria subir. Eu valeria, sim, era dona de uma fortuna imensa, mulher de um dos principais CEO do país. Se Ian estivesse vivo, ele me compraria para matar. Se não estivesse, eu estava na forca do mesmo jeito.

Meu pai vivia me alertando sobre o meio que trabalhava, onde pessoas faziam loucuras para se manter no topo. Nunca dei muita importância, cresci sem conhecer direito os envolvimentos financeiros. Cansei de ver meu pai brigando por ações, discutindo com outros do ramo. Quando resolvi me embrenhar nessa briga pelo dinheiro, conheci Ian, que pegou para si a responsabilidade da minha porcentagem nas empresas.

"Bem conveniente", pensei.

Uma freada mais brusca me jogou um pouco para frente, desanuviando minha mente. Sentei-me rápido para ver o que houve, então, de novo, flagrei-o me fitando pelo espelho. Passei a língua pelos lábios ressecados, incomodada com sua intensidade pesada.

— Eu mandei ficar abaixada — avisou entredentes.

Traguei o ar devagar, expeli da mesma forma, ainda o observando. Naquele segundo acabei me tocando de que não tinha a quem mais recorrer, não havia escapatória seja lá do que viria. Esse desconhecido podia fazer o que quisesse comigo. Eu me tornei moeda de troca, só não sei dizer para qual fim.

CAPÍTULO 4

Atena

Corríamos pela estrada, cada vez mais se afastando da cidade. Nenhuma palavra foi dita desde que ele entrou ali. Minha fronte latejava e a vontade de chorar passou, dando vazão ao amortecimento. Apesar da loucura, permanecia deitada, montando muitos desfechos para o dia. Queria fazer perguntas, entender por que entraram na cobertura para matar Ian. Eu só tinha absoluta certeza de duas coisas: não foi um assalto e aquele homem carrancudo não passava a imagem de um bandido comum.

O tal Felipo trajava conjunto completo de terno sob medida, dirigia um carro refinado e conseguiu invadir um prédio muito bem vigiado. Porém, tinha outra questão que me incomodava: por que Ian *seria* o alvo dele? Eu não sabia da missa um terço, por isso criava mais e mais teorias estapafúrdias na minha mente. Não conseguia decidir como agir, de resto me restava aguardar.

Enruguei a testa quando o cheiro de cigarro adentrou minhas narinas, de soslaio observei o homem tragar uma boa quantia de nicotina e soltar ao vento. Acompanhei a cortina branca se perder no ar, quase que hipnotizada. O odor não era dos melhores, contudo, tranquilizava-me de um jeito errado.

— Quer um? — ofereceu.

Seu timbre rouco, acentuado, entregava os anos de fumo.

Só então notei que tinha me levantado para prestar atenção. Desviei minha inspeção da fumaça para ele. Seus olhos pregados em mim pelo espelho pareciam menos revoltos que há meia hora. Balancei a cabeça negando e voltei a me esticar no banco, cansada dos últimos acontecimentos, irritada por não saber o que aconteceu e vinha acontecendo e temerosa pelo que ia acontecer.

Talvez outro agisse diferente, eu resolvi respirar fundo e manter a calma, mesmo que superficial. Estava em uma desvantagem grande, não pioraria a situação. Baixei minhas pálpebras, inalei o cheiro de tabaco e deixei meu corpo relaxar de encontro ao couro macio. O esgotamento dos dias anteriores me abateu; sem que de fato quisesse, acabei dormindo.

Felipo

Estava com raiva por ter fodido com um serviço simples. Desde que entrei para o ramo, não tinha deixado um fiapo para trás. Naquele dia, além de não saber se Delacroix estava devidamente apagado, acabei trazendo mais um problema junto. Sabia que Gael me infernizaria por isso, que Ravish poderia me ferrar por burlar a merda do contrato que assinei ao entrar para a *Sociedade*.

Traguei mais um pouco do cigarro, prendendo as toxinas em meus pulmões antes de expelir. Nem a merda do vício estava me desacelerando. E o pior era que não estava agitado pela cagada malfeita. Essa garota era muito parecida com Lisa, como se o capeta tivesse decidido brincar com a minha cabeça armando essa armadilha. Tanto que não consegui ignorar os olhos cristalinos implorando ajuda em silêncio porque, porra, era como se negasse ajuda à minha esposa.

Lancei a bituca na rua, querendo rir do ridículo. Lisandra estava morta, caralho! Essa garota não tinha nenhuma ligação com ela, era somente um empecilho no meio do fogo cruzado. E eu não fazia bem o papel de salvador, já que todos que tentei salvar se estreparam. Ali entrava a brecha: por que não a deixei lá?

Pisei mais no acelerador buscando diminuir a tensão em meus ombros. Precisava me concentrar em armar um bom plano para consertar o erro. Odiava ser cobrado pelo que fazia com destreza. Odiava mais ainda admitir que falhei.

Mais ou menos dois quilômetros à frente, entrei no pátio de granito. A casa de madeira escondida na beira da estrada, no meio do nada, servia como esconderijo. Desliguei o motor, que era o único barulho no breu da noite. Deixei meu sangue esfriar da adrenalina recém-experimentada. Quatro cães de guarda apagados, uma lambança sem tamanho largada para trás.

Eu gostava de matar, de aliviar meu ódio em pessoas que não prestavam. Distorcido e muito conveniente para a minha culpa. Era como se pudesse limpar um tanto da podridão do planeta, como se provasse a Lisa, João Pedro e Lívia que estava sendo bom...

Muito fodido!

Esfreguei a nuca, despistando a baboseira, e virei o pescoço para o lado, confirmando que a garota havia dormido. Seus cabelos castanho-claros caíam como uma cortina em seu rosto, uma das mãos estava embaixo da bochecha, a outra entre suas pernas encolhidas. Seu peito descia e subia ritmadamente. Estiquei o braço, pronto para tirar os fios que cobriam sua face. A pele sedosa, branquinha, deu-me boas-vindas, os lábios cheios pareciam mais vermelhos ali no escuro. Meu coração chegou a desacelerar com a vista. Meu sonho em uma realidade nula, onde Lisa não era Lisa, sim, uma desconhecida, esposa do alvo.

Incomodado com as indecisões que haviam se formado na minha cabeça, desci do carro e me encostei ao capô. Se tinha de me livrar da garota, era só deixá-la ir. Abrir a maldita porta e pronto.

Foi isso que fiz, acordei-a no susto.

— O que... — balbuciou, perdida.

— Pode se mandar. Está livre!

Ela se sentou devagar, encarando-me. A careta de dúvida se evidenciava nos traços de anjo. Piscou os olhos, abriu a boca, mas nada foi dito. Com esperteza, a garota arreganhou a outra porta e se arrastou para fora. Seus fios claros revoltos voaram mais com o vento, seus braços cruzaram em frente ao corpo para se proteger do frio. Com uma última olhadela para mim, ela saiu correndo em direção à rua. Notei que seus pés estavam ao relento, procurei não me preocupar com isso. Peguei minha bolsa no porta-malas, tranquei o carro e entrei no casebre. Minha pistola ficou sobre a mesa, junto das chaves. Impaciente, abri o *notebook*, perambulando pelas fotos antigas que não tive coragem de excluir.

Lisa, JP, Lív e eu reunidos, na câmera péssima do celular, para uma recordação. Era Natal, o primeiro e único que passei com a minha família. Estávamos felizes, recomeçando do zero, com muita fé no futuro. Tudo o que eu mais amava estava estampado em uma tela, sem a possibilidade de tocar. Encarei o antigo Felipo, aquele que se apaixonou e pensou que mudaria seu curso. Aquele Felipo que não existia mais, pois não teve capacidade de proteger os seus.

— Porra!

Odiava esse sentimento de desistência, até porque não havia mais do que desistir. Trilhei a merda do meu destino. Era como diziam: fez sua cama, deite-se nela. E eu tinha recebido de bom grado o limbo, sem penitência, muito menos redenção, era a boa e dura realidade do caralho.

Passei para a próxima imagem, uma de Lisandra fazendo bico. Suas bochechas rosadas pelo sol que batia na janela da cozinha, a cor clara dos seus olhos ainda mais cristalina. O dia em que ela foi morta. Se eu imaginasse que no final daquela tarde perderia meu mundo, teria aproveitado mais.

De repente, meus pensamentos mudaram a direção, parando na garota que estava sozinha pela estrada. Não existia nada em quilômetros, ela congelaria em poucas horas, seus pés seriam cortados pelas pedras perdidas que seus olhos não veriam. Eu estava sendo mais filho da puta que o Delacroix. Ele pretendia matá-la de uma vez, eu a larguei por conta da sorte.

Tamborilei os dedos no tampo da mesa, cogitando ir atrás. Não devia, era ruim para os negócios, para mim e para a minha rotina. Era...

— O que você tem na cabeça, porra? — grunhi antes de pegar as chaves do carro.

Atena

Meus pulmões queimavam pela corrida. Estava sabia-se lá onde, sem a mínima ideia de para qual sentido seguir. Eram plantações sem fim, uma rua de mão dupla e sem iluminação. Meus pés estavam amortecidos por conta do atrito com os pedregulhos no chão, meus braços gelados pelo frio, mas minha cabeça bem esperta com qualquer ruído diferente que escutava. Não aparecia um mísero carro para acalentar meu desespero. E, por Deus, eu pegaria carona com o primeiro que surgisse.

O que seria mais perigoso que aquele homem carrancudo e armado?

Diminuí a velocidade, tentando controlar o tremor que sentia em cada nervo. Meu psicológico apresentava sintomas de surto com a situação, forcei minha sanidade para não entrar em pânico. Precisava apenas encontrar ajuda e tudo ficaria bem.

Ok, mas depois eu iria para onde? Não podia voltar à cobertura, não podia ir para a casa do meu pai; se meu escroto *ainda* marido estivesse vivo, seria o primeiro canto que me procuraria. Estava sem um centavo, não havia lugar reserva. Ian tomava conta de todas as ações, principalmente da minha conta bancária.

Burra, burra, burra! Isso que eu era por confiar em um homem.

Guardava vergonhosos vinte e cinco anos de prisão camuflada de luxo. No início, meu pai me monitorava, depois Ian. A faculdade de moda que fiz nunca foi exercida. Pensando bem, não tinha nada meu porque, em alguma curva, alguém sempre decidia tomar posse, e eu deixava. Era mais fácil não pegar as responsabilidades. Foi o que sucedeu com Ian. Ele não me negava nada, porém, manteve-me cativa no sistema severo do nosso casamento, que no fundo era por conveniência.

— Caramba, o que eu faço? — Enfiei os dedos entre os cabelos.

Começava a hiperventilar sem conseguir vetar. Escutei um motor se aproximando às minhas costas. Virei para ver se me enfiava na frente no intuito de pedir carona. No segundo em que reconheci o motorista, arregalei os olhos e comecei a correr como se minha vida dependesse daquilo. E, de fato, dependia.

Eu queria me jogar por cima das cercas que delimitavam o mato da estrada. O que me impedia era saber que até conseguir ultrapassar seria pega. Não tinha uma luz no final do túnel escuro, estava ferrada. O veículo desacelerou, acompanhando minha fuga patética.

Até que parei de vez, não aguentava mais. Apoiei as mãos nos joelhos, puxando enormes rajadas de ar.

— Entre — mandou, abrindo a porta do passageiro.

Encarei-o alarmada. Não entraria ali.

— Não! O que quer comigo? Não tinha me deixado ir? — cuspi, contrariada, com uma nota de medo no meio.

Ele semicerrou as pálpebras, deixando sua fisionomia ainda mais carregada.
— Entra logo, garota. Estamos correndo perigo aqui fora...
Meus ouvidos apitaram de raiva. *Eu estava correndo perigo perto dele! Que esse prepotente fosse para o inferno!*
— Você é o assassino aqui, Felipo! — Usei seu nome, rindo indignada.
O filho da puta trincou o maxilar enquanto um brilho ferino destacava suas íris.
— Quer ficar aí? Fique. São cinquenta quilômetros para andar. Daqui até lá só tem mato. Dane-se, porra!
A porta foi fechada com demasiada força, estremeci. Assisti o carro sair cantando pneu, sumindo de vista. Olhei em volta, perdida demais para raciocinar. Mesmo correndo risco na rua, não me uniria a um bandido. Não tinha lógica.
Comecei a ritmar meus batimentos, inalando o frescor do verde que cobria boa parte da região, mas minha tranquilidade não durou muito. Para meu espanto, ele voltou como um louco na direção contrária a qual eu estava indo, freando bem na minha frente.
— Entra nessa merda de carro, agora, ou juro que desço e eu mesmo te coloco para dentro — era uma ameaça concreta.
Não me mexi. Serpenteei minha visão pela noite esticada, minha respiração em um rasante. Se fosse podia morrer. Se ficasse era provável que tivesse o mesmo fim.
— Apenas entre, não vou machucá-la. Está um frio do caralho e não sabemos se estão nos procurando, não podemos ficar expostos assim — explicou, abrandando o tom.
Com o automático ligado, acomodei-me onde ele queria. Fizemos o curto percurso em total silêncio, a distância que eu havia percorrido era ridícula de tão pequena. Felipo estacionou em frente a casa simples, desceu sem me fitar e entrou pela porta da residência. Sem saída, eu o segui.
Não foquei na decoração, estava com os nervos à flor da pele para me ligar em detalhes. Parei perto da bancada que dividia a cozinha. Deslocada, indecisa e esperando um comando.
— Se quiser se lavar, tem água quente. — Apontou para a porta do canto, sentando-se rente à mesa. — Vamos dormir por aqui, amanhã saímos cedo.
No segundo que ele pegou sua arma, saí a passos apressados para o banheiro.

Felipo

Eu não devia ter insistido para que ela voltasse comigo. Tinha feito minha parte, tentando; se a garota não queria era problema dela. Maldição! Estava afundado no lance malfeito, ainda procurei me debater para foder de vez. Precisava me restabelecer e despachar o fardo, não dava para brincar nessa rotina. Era eu ou os filhos da puta que matava. Atrasos não serviam para nada além de incomodar.

Esperei o chuveiro ser ligado para fazer a ligação que adiei. No segundo toque, fui atendido.

— Tudo certo?
— *Sim.*
— Alguma notícia sobre Delacroix?
— *Sinto dizer que o filho da puta não morreu, acabei de vê-lo sair em uma maca direto para o hospital. Precisamos agir logo, Felipo. Ou a merda vai crescer.*
— Vou dar um jeito.

Eu daria.

— *Mas não será hoje. Tem muitos seguranças, estamos em evidência. Vamos parar e remontar o plano.*
— Ok.

Desliguei a chamada no exato momento em que a garota desligou o registro. Voltei a limpar a *Beretta*. Ela saiu, sentou-se no sofá e lá permaneceu. Ignorei-a sem pudor. Varri meu computador, deletando qualquer vestígio sobre Delacroix. Não deixar pistas era essencial, e eu estava com uma enorme bem debaixo do meu nariz.

Horas mais tarde, a garota caiu no sono. Eu sabia, porque sua inquietação havia cessado. Tirei o terno, pendurei-o sobre o espaldar da cadeira e caminhei para o banheiro. Larguei a pistola sobre a pia e me despi. Enquanto a água despencava nas minhas costas, consegui relaxar meus músculos tesos. Não fiquei ali mais do que cinco minutos. Peguei a mochila na sala e caminhei para o quarto me trocar. Essa era uma das tantas casas da *Sociedade*, que eram rotas estratégicas para nos manter neutros caso precisássemos. Vesti uma boxer, a calça social preta e os sapatos. Fiquei sem camisa para poder limpar o ferimento no braço.

Não acendi nenhuma luz enquanto me movimentava. Arrastei a cadeira para perto da janela, precisava de uma boa visão de fora. Joguei álcool sobre o corte, não era necessário, no entanto, não conseguia me livrar do costume. Para Lisa, tudo se curava com álcool: picada de mosquito, machucado, tontura... Manias que carregava comigo achando que a manteria por perto. Não funcionou, os anos passavam e cada vez me pegava mais distante das lembranças. Como se não as merecesse; na verdade, não merecia, só não conseguia deixar de ser egoísta.

Atento à estrada, vi com precisão o SUV preto com as luzes apagadas, passando devagar. Em alerta total, peguei a pistola que larguei entre minhas pernas e engatilhei. Eram os cães do Delacroix. Eles não sabiam que a garota estava comigo, mesmo assim desconfiavam. Não que estivessem com boas intenções, ela sabia demais, o desgraçado não a deixaria solta por aí. Além do mais, eu era ameaça; e se Delacroix pensasse igual a mim, daria tudo para me eliminar.

Levantei-me e me aproximei da garota. Tapei sua boca devagar, para acordá-la sem que denunciasse onde estávamos. Seus olhos azuis se arregalaram.

— Temos visita. Preciso que se abaixe e vá até o quarto, só saia quando eu mandar. Tudo bem? — sussurrei seriamente.

Ela concordou com a cabeça. Fiquei na espreita observando, enquanto fazia como mandei. Com cuidado, a porta do quarto foi encostada e me voltei para o que interessava. Enxerguei três homens entrando sorrateiros pelo caminho de pedras. Todos com a arma em punho. Sorri um tanto louco por saber que em breve estariam todos mortos.

CAPÍTULO 5

Felipo

Um dos quadradinhos da janela estava sem vidro, um detalhe proposital para a vida que levava. Tudo precisava ser pensado em razão das consequências que surgiriam. Fiquei rente à parede de madeira, com o cano da *Beretta* para fora. O lugar era um verdadeiro breu, nem a luz da lua conseguia aliviar a escuridão. Observei os três caras se aproximando, não tinha fundos na casa, por isso não me preocupei em cobrir os dois lados. Um deles passou embaixo da janela; o outro fez sinal com a mão, indicando que invadiriam; o terceiro, que estava mais atrás, ergueu e baixou os ombros. Foi ali, naquele simples movimento de tensão, que disparei. A bala pegou em cheio na lateral da sua cabeça, somente o urro de susto foi ouvido antes que os tiros começassem. Mirei no que mexia na porta, acertando sua perna, seu corpo caiu com um baque por causa da dor.

— Desgraçado! — ganiu.

Repuxei meus lábios. Amava essa sensação.

Um dos cães do Delacroix invadiu o casebre e o tiro que disparou passou raspando pela minha orelha, atingindo a porta do quarto onde a garota estava. Estiquei o braço que segurava a pistola e apertei o gatilho. Parecia surreal, mas eu jurava que enquanto matava conseguia ouvir o vácuo que a bala deixava para trás até atingir seu destino. E ela atingiu com precisão, apagando o indivíduo e devolvendo um pouco do silêncio, que era atiçado pelo grunhido que vinha de fora.

Caminhei até o batente, inspecionando em volta para não ter surpresas. Ao me convencer de que estava seguro, desci os dois degraus até o chão. O filho da puta estava com a mão sobre o joelho. Abaixei-me à sua frente, deixando a pistola pendida entre os dedos. Ele olhou para a arma, em seguida me fitou.

— Foi Delacroix que te mandou? — inquiri.

— Vai se foder! — cuspiu, nervoso. — Acha mesmo que consegue escapar do chefe? Não seja burro! Você está com a mulher dele e com sua cabeça a prêmio.

Sorri, desdenhando do alerta. Então, eles não desconfiavam, tinham certeza de que a trouxe comigo.

— E você acha que me importo com a garota ou com seu chefe? Em breve, seu chefe estará morto e a garota largada em qualquer canto. Só a mantive porque será uma bela moeda de troca. — Levantei-me. A *Beretta* foi esticada até encostar embaixo do seu queixo, obrigando-o a me encarar.

— Mande os pêsames para o seu chefe lá do inferno.

Sem um pingo de compaixão, atirei. Os filhos da puta não teriam piedade se fosse eu no lugar deles. Por sorte, sou mais esperto e talentoso que os incompetentes. Arrastei os corpos até a lateral da casa, largando-os em meio ao mato alto. O carro teve o mesmo fim.

— Acabei de ser interceptado — disse assim que Gael atendeu minha ligação.

— *Alguém deve ter visto em qual direção foi.*

— Não tem como, Gael — afirmei, criando uma teoria bem fundamentada na minha mente. — Deve ter algum rastreador na...

Porra!

Com passos largos voltei para dentro, a garota estava onde mandei ficar. Seus olhos se alargaram um pouco quando me viu. Soltei o celular em cima da cama e a puxei pelos braços.

— Está me machucando, seu...

— Calada! — Ela entortou a boca, mas não se manifestou. — Sabiam onde estávamos, não tinha como encontrarem esse lugar. É possível que você esteja com rastreador. Tire a roupa e qualquer outro objeto que use.

O choque que inundou seu rosto foi instantâneo.

— Não vou ficar nua com você aqui. Saia!

— Não.

— Saia ou não tiro.

Puta que pariu!

— Não vou sair, caralho! Se dispa logo ou eu faço.

Dei um passo ameaçador na sua direção.

Maldição! Não era hora para birra, estávamos sendo encurralados e eu tinha de descobrir a fonte. Perante meu olhar mordaz, ela engoliu em seco e tirou suas roupas, a corrente e os brincos. No final ficou apenas de sutiã e calcinha. Não consegui evitar minha inspeção minuciosa pelo corpo com curvas suaves, no V entre suas pernas torneadas, por último foquei seus olhos.

— Coloque uma das minhas camisetas que está na bolsa, tem calça sobrando também. Vou dar um jeito nisso daqui. — Peguei o celular, voltando para fora.

— *Ainda está aí?*

Levei o aparelho ao ouvido.

— Fala.

— *Vou buscar vocês, chego daqui umas duas horas. Dê fim no carro.*

— Serviço feito — garanti ao desligar.

Queimei os pertences e escondi o carro entre as plantações de milho sem fim. Era roubado, placa clonada e chassi riscado, o que não me dava o direito de ser relaxado.

Adentrei a sala, encontrando a garota no sofá, cabeça baixa, pernas cruzadas. Minhas roupas a cobriram por completo. Não lhe dei muita atenção, coloquei uma camisa, enrolando as mangas até os cotovelos, sentei-me na cadeira e liguei o *notebook*, acessando as câmeras da cobertura onde Delacroix morava. Acendi um cigarro enquanto observava o movimento habitual. Dois seguranças guardando a porta. O interior do apartamento vazio. As câmeras da rua e da garagem não mostravam nada que me interessasse também.

Porra! Tudo muito calmo para quem tinha sede de vingança.

Eu sabia que os primeiros meses que sucediam a fissura por se cobrar eram os mais intensos e dolorosos, porque você queria machucar quem te machucou. Queria provar que conseguia revidar. Esse foi o motivo que me levou a cheirar pó todo santo dia, beber como se não houvesse o amanhã que eu não queria viver. Foi a válvula de escape para não agir antes da hora. Com isso acabei sendo relapso com minha irmã, com meu filho, com a merda da memória da Lisa...

— Essa é a minha casa? — a garota questionou praticamente colada na minha nuca.

"Isso, Felipo, seja distraído e se enforque". Nem percebi a chegada da infeliz, ela podia ter me matado que nem saberia de onde veio o golpe.

— Não é da sua conta, volte para o sofá. Daqui a pouco partimos! — rosnei virando o rosto na sua direção.

Nossos narizes quase se tocaram e ali, no escuro, seus olhos pareciam brilhar mais do que uma lâmpada acesa. Dancei de um azul para o outro, encontrando receio, mas as faíscas de raiva eram maiores. O que trazia um resquício de rebeldia louco para os seus traços de anjo. Porém, indo contra o que imaginei, ela não rebateu, só virou as costas e voltou para onde estava.

Fechei o computador, dei uma última tragada no cigarro e o joguei no piso, pisando em cima. Fiquei girando a pistola sobre a mesa até Gael chegar, o que não demorou muito. Ele passou pela porta, indo direto até a garota.

— Quero saber tudo sobre seu marido, agora! — ditou, segurando-a pelo braço.

Ela se debateu, apavorada, e aquele semblante de medo que vi antes de atirar em Delacroix voltou nitidamente. Então, como se eu fosse sua salvação, seus olhos me procuraram, implorando ajuda.

— Solte a garota, Gael.

— Ela tem informações importantes, porra! Ou, quem sabe, tenha nos dedurado para o maldito — sibilou.

— Não sei... Eu não sei...

— Conta logo! — Gael chacoalhou seu braço.

Fechei as mãos em punho. *Que bosta é essa?*

— Eu mandei largar a garota, caralho! Tá maluco?

Ele a soltou, exasperado, seus dedos repuxaram os próprios cabelos. A garota correu para o meu lado, escondendo-se atrás de mim. Enruguei a testa tanto pelo ato impensado dela, quanto pela satisfação que senti.

— Tem algo fedendo nesse esquema, Felipo. Fui encurralado por dois homens na estrada. Alguém está nos fodendo, precisamos descobrir quem.

— Isso significa que não havia rastreador nenhum, eles sabem como nos movimentamos, os pontos em que paramos. — Puta que pariu! — Vamos sair daqui logo, precisamos de um local seguro.

Peguei o que precisava e, em menos de dez minutos, estávamos saindo da casa.

— Vão entrando, preciso limpar isso aqui — avisei.

A garota ficou perto do *Hummer*, esperando. Gael se acomodou no lado do motorista. Catei o galão embaixo da pequena escada, girei a tampa de plástico e joguei gasolina onde dava. Madeira e mato, dois materiais que pegavam fogo em um estalar de dedos, aprendi muito bem como ocultar provas. Com o isqueiro dei início ao incêndio. Que queimasse tudo!

Essa zona segura não estava mais entre nossos esconderijos, seria preciso mudar a rota por essas bandas. Pegamos a estrada na direção oposta pela qual viemos. Sabíamos onde poderíamos parar sem maiores alardes. Era para lá que Gael estava nos levando.

Atena

Meus pensamentos não desligavam enquanto seguíamos Deus sabe para onde. Felipo falou sobre rastreador, isso despertou mais um milhão de dúvidas na minha cabeça. *Por que droga Ian colocaria um rastreador em mim?* Depois o outro ridículo com cara de psicopata disse que foi abordado. *Que porcaria estava acontecendo? Quem, de fato, eram eles?*

Durante o tempo em que fiquei escondida naquele quarto, ouvindo disparos, não tive sequer medo, só queria sair e perguntar qual o motivo de Ian ter virado desejo de morte pelos dois, queria loucamente contestar todos os envolvidos. Precisava de respostas dos segredos que cercavam o escroto do meu marido e eu.

Como fui me meter nessa maluquice sem mais nem menos?!

Meu pai não gostava de falar sobre seus negócios, dizia que eu não estava pronta para entender. Toda maldita vez que ouvia isso ficava matutando o que tinha de mais em ficar por dentro do que se passava nas empresas das quais éramos donos. Parando para pensar, meu pai agia estranho com alguns, até onde eu sabia, clientes de ponta e sócios. Levava-os para nossa casa, dava jantares, todos estavam sempre na companhia de uma menina muito nova. Francis pedia para que eu ficasse longe das visitas, nos dias de maior fluxo nem podia sair do quarto. Achava que era uma mania para não misturar trabalho com pessoal. Começava a me questionar se seria isso mesmo. Ian também tinha costumes, no mínimo, incomuns. Vivia cercado de seguranças, o que sempre achei exagero, apesar da fortuna que o cercava, não era necessário tanto alarde.

— Pesquisei algumas coisas enquanto estava na frente do prédio — falou o homem que dirigia, atraindo toda a minha atenção para si.

— Achou algo de útil? — Felipo perguntou.

— O esquema é maior do que sabemos. Ravish passou o básico por precaução ou porque não queria que soubéssemos.

Quem era Ravish? Que informações ele passou?

— O quão fodido é?

— Estamos lidando com uma facção criminosa muito bem esquematizada, cogitei que quem encomendou a morte do Delacroix foi o próprio Ravish. O cara está tomando um espaço que não devia.

Meus ouvidos ficaram em alerta total com as pequenas dicas que pegava, não que o quebra-cabeça estivesse sendo montado.

— Porra, Gael! Nós pesquisamos sobre o cara, não achamos nada relacionado a isso. E não estou falando de material que encontramos na internet, fomos a fundo nessa merda.

— Não é muito difícil ocultar provas, sabemos disso. Ainda mais se a pessoa em questão tiver condições e meios para tal.

— Sinto que fomos cobaias dessa merda — Felipo grunhiu.

— Foi o mesmo pensamento que tive.

O silêncio voltou para o interior do veículo, tive de engolir o que queria despejar. Eles estavam falando de Ian. Impossível que tivesse convivido com um bandido sob o mesmo teto sem me tocar. Apesar de que não seria surpresa. Ian não era o mocinho que conheci, ele estava mais para um belo filho da puta. Não entendia muito sobre esse submundo do crime além do que via nos filmes, porém tinha ciência de que qualquer um podia embarcar nesse bote e que o sucesso vinha do poder que exerciam sobre o restante. Meu marido tinha poder e muito, muito dinheiro.

Ao longe enxerguei uma grande casa azul, havia uma imensidão de campos e árvores em volta. A cerca de madeira corria ao nosso lado pela longa estrada de terra. Foram horas excruciantes dentro desse carro. Nenhuma palavra foi dita depois das poucas que ambos trocaram. Eles pareciam concentrados em buscar uma solução para os imprevistos que criaram. Não sabia ao certo se ria por terem se ferrado ou se ficava preocupada com a possibilidade de se ferrarem. Querendo ou não, Felipo me salvou, eu estaria morta à essa hora se não fosse por ele.

Por outro lado, quem me garante que estou segura aqui? Os caras matavam quem era designado a matar, sem sequer terem pesadelos à noite.

Inclusive, vim o caminho todo me repreendendo por estar agindo tão calmamente em uma bagunça dessas. Apesar de que não tinha muito para onde fugir. Ali não existia certo ou errado, havia só minha vontade em permanecer viva.

Paramos em frente a uma varanda charmosa, com várias flores distribuídas em vasos de cerâmica. O psicopata desceu, deixando-me sozinha com Felipo.

— Vamos ficar por aqui alguns dias, até decidirmos como agir. Não faça perguntas desnecessárias para os donos, me ouviu?

— Onde estamos? — questionei em vez de concordar.

Um rosnado irritado saiu dele, seu corpo grande se virou no banco para que pudesse me encarar.

— Nem aos donos nem a mim, garota.

Sem mais pulou para fora vindo abrir minha porta. Não me movi, somente levei meus olhos até os seus com uma revolta grande.

— Você acha que sou brinquedo na mão de vocês, Felipo?

— Sim, eu acho — respondeu de imediato.

Meus nervos tremeram, incontroláveis. Para o inferno isso tudo! Eu não ficaria aqui, sendo carregada de um canto para o outro até que eles decidissem me usar como troca por alguma informação.

— Seu filho da puta! — Fechei minhas mãos em punho e soquei seu peito. — Por que não me deixa ir embora? Eu não tenho nada que queiram. Nada! — Pela primeira vez desde que saí da cobertura, não consegui segurar o choro. — Não podem fazer isso comigo, não prejudiquei vocês, não tenho culpa se Ian se meteu onde não devia.

Continuei com os golpes rasos, sem muita força para machucá-lo. Eu estava ferrada demais, frustrada na mesma medida. Queria voltar para casa, não a do meu marido, a *minha* casa, onde pudesse passar horas na biblioteca, no jardim ou na frente da TV. Aquela época sem grandes expectativas, sem complicações.

— Pare com isso, caralho! — Seus dedos longos seguraram meus pulsos. Fui empurrada para trás até me deitar no banco. Felipo pairou sobre meu rosto. Seus olhos verdes muito diferentes cravaram em mim. — Pare com esse show, garota! Ou não vou ter escolha a não ser me livrar de você.

Engoli em seco, com as lágrimas correndo pela lateral até meu pescoço.

— Por favor, Felipo, me deixe ir... — implorei, teimosa.

Se o homem era um assassino, não teria piedade alguma.

Ele largou meus pulsos, encolhi-me quando levou a mão até o meu queixo, apertando-o de leve, resvalando o dedão em meus lábios.

— Seus olhos ficam ainda mais claros quando chora, sua boca parece inchar — murmurou rouco, sem a costumeira agressividade.

O cheiro de cigarro que vinha dele não era ruim, tinha odor de menta, misturado com madeira. Nem pisquei, nem sequer respirei direito. Ele acarinhou minha bochecha, fazendo com que meus músculos relaxassem sobre o assento. Felipo se desfez da sua carranca pesada, o que suavizou seus traços muito bem definidos. Fitando-o de perto era possível vislumbrar ainda mais sua beleza. Fiquei em choque quando ele sorriu, baixando o pescoço na minha direção como se... fosse me beijar.

— O que está fazendo? — soltei, nervosa.

Eu não seria objeto para aquele energúmeno, não me tocariam para tirar proveito. Nem que lutar fosse o estopim para ser apagada do mapa, eu o faria. Minha voz o tirou do transe, acompanhei sua mudança de personalidade. Suas feições mudaram de brandas para chocadas. Suas íris desfocadas passearam pelas minhas, então Felipo se jogou para trás.

— Maldição! — praguejou baixinho. — Saia daí e entre, garota. Não me faça vir buscá-la.

Deu-me as costas e com passos pesados subiu a escada de acesso a casa. Respirei fundo para recuperar o equilíbrio. As palmas das minhas mãos estavam suando, meu coração disparado de um jeito desequilibrado. Ou estava surtando pelo que vinha passando ou jurava que vi carinho em Felipo.

Devia ser o estresse, com certeza.

CAPÍTULO 6

Felipo

Que merda tinha acontecido?
Porra!
Jurava que estava vendo a Lisa, certeza de que era a minha esposa. Por um minuto parecia que eu tinha voltado para casa, que estava na antiga cama, brincando com Lisandra enquanto João Pedro dormia no berço ao lado. Seu olhar feliz fazendo-me sorrir, satisfeito. Seu corpo delicado moldado pelo meu que estava em cima, nossos lábios tão perto que podia senti-los. Meu coração tinha bombeado sangue com mais força por conta da nostalgia do momento, isso até que notei o erro: não era real.

Esfreguei o rosto, totalmente perdido. Essa garota estava confundindo minha mente.

Parei um segundo, tentando tranquilizar meu emocional fodido. O corredor estreito com o tapete florido no chão e as paredes brancas com vários quadros aleatórios pendurados, só serviu para pilhar mais minha falta de controle. Se tivesse sido mais esperto, se tivesse protegido minha família, tudo seria diferente. Apoiei os braços na parede, encostando a testa nela. O gelado do concreto regulava minha respiração errônea, espantando as vontades que não mudavam o caralho dos meus pecados. Eu curtia a culpa com gosto, sem reclamar. Só não tinha o direito de querer o que eu mesmo dei um jeito de perder.

— Maldição!

Parei de choramingar igual a um bebê e adentrei a cozinha. Gael tomava café junto de Elias e Nayana, pessoas que conhecia há anos, muito antes de saber sobre a facção. Ambos já tinham sido da *Sociedade*, e foram os primeiros a saírem dela. Segundo as leis impostas pelo contrato, só podia se desligar da *Sociedade* quem estivesse morto. Porém, Elias e Nayana ganharam uma saída. Era proibido se relacionar com "colegas de profissão". Regra que ambos não seguiram. Além de terem se envolvido, tiveram um filho. Como os comandantes não tinham piedade, resolveram ferrar ainda mais a alma podre deles e do casal sentado ali.

Elias e Nayana assassinaram o próprio filho recém-nascido para não morrerem e, como pagamento, receberam a liberdade. Um extremo para o objetivo final. Não podia julgá-los. Tinha feito pior com meu sangue.

— Felipo, senta aí, irmão. — Elias se levantou para me cumprimentar, com seu costumeiro ar relaxado.

Não entendia muito bem como ele ainda agia tão descontraído tendo o passado que tinha. Nay me deu um beijo no rosto assim que me sentei. Eles eram bons amigos, digamos assim, me ajudaram em muitas ocasiões. Confiava neles o suficiente, mas não por completo. Isso evitava decepções ou problemas inesperados. O que aprendi tarde demais, infelizmente.

— Como andam as coisas por essas bandas? — perguntei enchendo um copo com café preto.

— As vendas nunca param, não é? — disse Nay, sorrindo.

Eles saíram da *Sociedade*, em contrapartida não se afastaram do submundo. Vender drogas gerava uma quantia significativa, todos sabiam disso. Eles se mantinham neutros, sem ultrapassar os espaços impostos por Ravish, e seguiam tranquilos.

— Sei bem — confirmei, sério.

Ainda estava formigando pelo ocorrido no carro, em êxtase pelas lembranças ferradas. Isso desencadeava certa mania de reclusão ainda mais intensa que a normal.

De repente, o ar se tornou rarefeito, e eu tinha uma noção do motivo. A garota invadiu o ambiente, apesar das mãos cruzadas em frente ao corpo e os olhos ainda vermelhos pelas lágrimas, ela não parecia com medo. Enruguei a testa.

Desde que a trouxe junto, não a vi se desestabilizar mais do que o necessário, isso em relação a qualquer outra pessoa que não entendesse do mundo do qual fazia parte. Detalhes que despertavam certa indecisão em mim. Ela podia ser informante mesmo, assim como Gael tinha imposto no casebre. *Contudo, se era, por que Delacroix queria matá-la?* Por mais que a garota tenha presenciado a morte do pai, não seria motivo o suficiente para o próprio marido querer apagá-la. Eles estavam envolvidos até o pescoço com tanta merda, aquilo tinha sido só mais uma para conta, eu pensava. Ela demonstrou não saber sobre o que acontecia embaixo da sua fuça. Ou era muito esperta ou incontestavelmente idiota.

— Olha o que temos aqui! — Nay se levantou meio desajeitada, indo até ela. — Como é seu nome, meu bem? — questionou a garota olhando na minha direção.

Ela pensou o mesmo: a cópia exata da Lisa. Não sabia mais se tinha acertado na escolha do esconderijo. Nayana e Elias foram os responsáveis por Elisandra e eu nos conhecermos. Minha esposa cursava Psicologia com Nay, que nos apresentou em um dos encontros na comunidade.

— Atena — respondeu com firmeza.

Atena.

Combinava com sua rebeldia. Eu estava evitando chamá-la por seu nome com o intuito de não despertar qualquer tipo de intimidade, por mínima que fosse. Durante nossa varredura pelos segredos do alvo, nós nos deparamos com poucas informações pessoais, dentre elas o nome da sua esposa.

— Sou Nayana, Atena. Vamos lá para cima! Você está precisando de um banho e roupas novas.

Os olhos cristalinos buscaram os meus. Não esbocei reação, independente das nuances que aquilo tinha me causado. Balancei a cabeça, indicando que podia ir. As duas sumiram da minha vista, o silêncio recaiu com peso entre quem ficou.

— Que porra é essa, irmão? — Elias inquiriu.

— Também não sei — respondi, deixando claro que não íamos debater sobre.

Fitei Gael, que não se manifestou, mas tinha prestado atenção no clima esquisito. Ele não perguntaria, pois não era da sua conta.

Mudamos a conversa para uma área da qual nos interessava: crime. Gael avisou que tinha enviado as fotos do alvo que matei semana passada para Ravish. Era assim que comprovávamos a conclusão do trabalho, através de vídeo ou fotos. Eu não ficava no local para recolher provas, era arriscado. Quem o fazia era Gael. Ou através das câmeras de segurança, quando havia alguma, ou ele mesmo recolhia já que ficava de plantão próximo ao local que escolhíamos para o desfecho. Sabíamos como trabalhar, como resolver os assuntos. Não citamos nomes, óbvio, isso não era permitido nem sensato da nossa parte.

Qualquer linha de raciocínio foi arrebentada quando a garota voltou vestida de calça jeans, tênis, camiseta e um casaco dobrado no braço. Seus cabelos estavam molhados, o que escureceu uns dois tons da cor. Destemida, sentou-se ao meu lado, conversando com Nay como se fossem amigas de longa data.

Puta que pariu!

Enlouqueceria com a semelhança, precisava resolver o que fazer com ela logo. Não tinha mais sanidade para perder, porém não queria liberar fantasmas que não conseguiria domar.

Atena

Nayana era simpática, falante e me deixava confortável. Tagarelou sem parar enquanto eu tomava banho. Contou, inclusive, que conheceu seu marido na faculdade; ele cursava Direito, ela Psicologia. Desde então não se largaram mais. Recebi muitas informações, nenhuma me ajudava. Felipo nem citado foi, não saberia dizer se Nayana estava envolvida com algum esquema estranho, se só servia de escape para os assassinos, nem se era confiável para que tirasse minhas dúvidas. Indo pelo caminho mais seguro, fiquei calada.

Da janela acompanhei a noite cair traiçoeira lá fora. Cruzei meus braços, sem saber o que viria a seguir. Felipo e o tal Gael sumiram há algumas horas. O casal se recolheu e me disseram para ficar à vontade. *Como poderia se estou sendo mantida como prisioneira?* Imaginei várias rotas de fuga, afinal, estava sozinha, sem ninguém me vigiando, mas iria para onde no meio desse mato todo? Eles me encontrariam em um piscar de olhos e sabe-se lá o que fariam, era a mulher do homem que queriam matar e que, pelo jeito, os estava perseguindo.

Ao longe enxerguei faróis se aproximando. Meus pelos eriçaram sem saber se eram os dois ou outro ataque. Um carro diferente parou à entrada, dei um passo para trás, travei ao ver Felipo descer. Não conseguia explicar por que me sentia segura com ele por perto. Uma baita idiotice, admitia. Meu pai dizia que eu tinha certa facilidade para me acostumar ao perigo. Ele não fazia ideia do quanto estava certo. Não me pronunciei, mesmo ao ouvir ambos passarem pela porta.

— Decidiu o que vai fazer com a garota? Ela é valiosa, sabe disso, não é?

Perdi o compasso da respiração com a frase do Gael. Eles colocavam valores nas pessoas pelo que elas sabiam? Porque, se fosse, eu não sabia nada. Entretanto, no fundo, tinha consciência de que se tratava da minha ligação com Ian.

— Sei. Mas se a largarmos na mão de qualquer um dos lados, nós a sentenciaremos à morte.

— Desde quando liga para isso?

— Desde agora, Gael. Chega dessa merda, vamos nos concentrar em confrontar Ravish amanhã. De resto, vemos depois.

Eles subiram as escadas, deixando-me paralisada no escuro. Se eu acreditava que me manter neutra ajudaria, estava enganada. Se não sumisse, sofreria as consequências. Era eu por eu mesma, não havia aliado.

Caminhei devagar até a saída, girei o trinco e praguejei em pensamento pelo ranger sutil das dobradiças.

Merda! Congelei, esperando alguém ligar a luz para me pegar no flagra. Nada aconteceu. Pela fresta me esgueirei para fora, desci os degraus da varanda, dei um passo para ir até o carro e acabei desistindo. As chaves não estariam lá, *certeza de que não estariam*. Continuei até os fundos, onde um descampado se estendia, no fim dele havia uma mata. Meu cérebro processou o que devia fazer, no segundo em que peguei impulso para correr, uma palma grudou na minha cintura, outra tapou minha boca. Senti o baque das minhas costas na parede.

— Qual é o seu problema, Atena? — Felipo grunhiu. — Está querendo se matar, caralho? Tem vários capangas de Elias vigiando a propriedade, você não correria dois metros antes de levar um tiro na testa.

Meus olhos estavam arregalados, encarando-o. Sua respiração batia direto no meu rosto. Não tive reação. Ficamos ali, numa batalha de olhares estranha, seus dedos que se encaixaram no meu quadril, aumentaram o aperto.

— Vocês vão me matar de qualquer jeito — resmunguei de encontro a sua mão. Felipo deixou-a escorregar, libertando-me. — Eu escutei o que conversou com Gael.

— Não devia ouvir o que não é da sua conta — rebateu, bravo.
— Falavam de mim, então é da porcaria da minha conta, sim! — revidei. Meu sangue parecia esquentar nas veias conforme a adrenalina aumentava. Não queria mais ficar calada.
— Não teste minha paciência, garota...
— Senão o quê? Hum? Vai me matar? Faça, Felipo. Acabe logo com essa bosta de situação, que vem me deixando maluca. Porque eu não sei o que querem, droga!

Ele fechou o semblante de uma forma obscura, os lábios se entreabriram para puxar o ar, seu peito colou mais no meu ao se expandir. Admirei o quanto o homem era bonito e o dobro de perigo que exalava.

— Vocês só se comparam na aparência, puta que pariu! — disse baixinho, quase inaudível. Juntei as sobrancelhas não sabendo se entendi direito.

— O que vocês esperam de mim? — Foquei no que precisava: buscar a verdade.

Ele sorriu, desaforado.

— Não tente arrancar respostas, Atena. Não vai funcionar.

Travei os dentes por causa do ódio.

— Vai se foder, seu grande filho da p...

Não tive tempo de concluir, porque ele grudou sua boca na minha. O cheiro de tabaco com menta e café invadiu meu sistema. Resfoleguei com o ato abrupto, que foi o suficiente para que sua língua invadisse, encontrando a minha. Felipo a chupou, em seguida mordeu meus lábios, incitando-me. Entrei no jogo que não devia, porque, por Deus, eu retribuí o beijo. Sua mão subiu para os meus cabelos, puxando-os de leve, inclinando meu pescoço para aprofundar o contato.

Puxei sua camiseta enquanto a irracionalidade dominava meus sentidos mais desafiadores. Ele gemeu quando me apertei ao seu encontro, sentindo seu membro duro na minha barriga. Sua língua desceu por meu pescoço, beijando-o obscenamente. Ergui uma das minhas pernas, trançando-a na sua bunda, esfregando meu centro no seu.

— Porra... — Sua voz reverberou no meu corpo.

Gemi com meus seios sendo amassados por suas palmas precisas. As mesmas que matavam, que derramavam sangue. Que poderiam derramar o meu...

— Felipo... — Seu nome saiu num misto de desespero e tesão.

De imediato, ele se afastou, impondo uma distância significativa entre nós. Felipo não parecia balançado com o que fizemos, aparentava uma segurança irritante e séria. Eu estava tremendo dos pés à cabeça. Sem saber muito bem o porquê.

— Entre agora, e não saia sem que eu mande...

— Eu não...

— Quieta, Atena. Pelo amor de Deus, cale essa maldita boca e entre! — Não teve grito, o que não diminuiu a ameaça implícita no tom.

Virei as costas, pronta para obedecer. Parei alguns passos adiante.

— Não quero morrer, Felipo — cochichei na esperança de ser ouvida.

— Se não quer, então pare de fazer merda, caralho!

Cerrei meus punhos e engoli os desaforos que esse filho da puta merecia escutar. Forcei meus pés para longe, louca para me esconder do que vinha acontecendo sem que eu pudesse interferir. Teria que bolar um plano mais elaborado caso quisesse viver.

Mal sabia que tinha dado o primeiro sopro em direção ao desastre.

CAPÍTULO 7

Felipo

Gael e eu tínhamos ido encontrar um dos Torres. Nosso objetivo era chegar a Ravish, mas não conseguimos contato com o filho da puta.
Primeiro fomos até a cidade mais próxima, que ficava quase a trinta quilômetros de distância, para trocar de carro. Não seria sensato continuar com o *Hummer*, os homens do Delacroix marcaram o veículo. Com o impasse resolvido, seguimos para um dos galpões da facção nos limites da nossa cobertura. Recusávamos a ultrapassá-la, pois nada garantiria nossa segurança fora dela. O que parecia como uma jaula, para mim foi bem-vindo. Assim não me rendia à vontade de querer visitar minha irmã e filho. Eu os abandonei por um bom motivo.

— Ravish está fugindo — Gael afirmou.

— Sei disso — falei no tempo exato em que Vult entrou pela grande porta de aço.

Ele era um dos mais antigos dentro da *Sociedade*, pelo que eu sabia. A organização era separada por franquias fixadas no Norte, Sul, Leste e Oeste. Cada uma tinha cinco Torres responsáveis por cuidar da comunicação, organização e obediência dos membros. A grande maioria das informações passava deles para os Gerais, que eram os cabeças da facção. Um dos cinco se sobrepunha aos demais, no caso o chefe. Ravish era o chefe, não sabia por que não se tornou um Geral já que sua família foi uma das fundadoras, e Vult seu subordinado, por mais que exercessem o mesmo cargo.

Lancei a bituca para longe, enquanto esperava que se aproximassem. Uma pessoa normal bambearia na presença de Vult. A cicatriz que cortava seu rosto de lado a lado era medonha, ele exibia como um troféu de lealdade a *Sociedade*. Além do mais, o tamanho e as tatuagens se encarregavam de completar a imagem amedrontadora.

— Vamos ver o que o otário tem a dizer. — Desencostei-me do capô, parando longe alguns passos, Gael fez o mesmo.

— Qual o motivo do alarde? Espero que tenham um — soou sarcástico.

Ergui as duas sobrancelhas em resposta.

— Na verdade, queríamos falar com Ravish. — Tomei a frente.

— Ele não pôde vir, já sabem.

— Estamos vendo, o problema é que não temos como resolver o caso com você — Gael cutucou.

Vult não gostava de ser subestimado, era um dos seus pontos fracos.

— Escute aqui, seu filho da puta! — Puxou a pistola do coldre que usava. — Mais uma palavra assim e vai ter miolos dos dois por todo o lugar.

Gael sorriu.

— Tente a sorte, meu caro. Vamos ver quem sai ileso dessa merda.

Não nos movemos, enquanto os três capangas que vieram encobertar Vult estavam com as armas em punho.

— Diga logo o que querem. — Por fim, o pau-mandado de Ravish inquiriu, mesmo assim não baixou a guarda.

— Avise Ravish que só vamos dar sequência no trabalho depois de ele mesmo vir nos encontrar — garanti.

— Vocês têm um serviço, façam e parem de drama. O prazo está se esgotando; caso não o façam, não vão ver o restante do pagamento. Sabem como funcionam as regras.

Gael deu um passo adiante, pronto para descontar sua raiva no filho da puta. Barrei seu ataque com meu braço.

— Vocês também sabem das regras, e acredito que as estão burlando — continuei.

— Está insinuando alguma coisa, Felipo?

— Sim, estou. Esperamos a ligação de Ravish.

Virei as costas e voltei a passos tranquilos para o carro. No meio do caminho, ouvi Gael atentando ainda mais o Torre.

— Corra dar a notícia para o *chefe*, imprestável.

Eu não entendia como ele odiava tanto a *Sociedade* e continuava nela sem pensar em sair.

Partimos dali sem maiores problemas. Eles não fariam nada, afinal nós trazíamos uma boa quantia para os milhões arrecadados por ano dentro do crime, e não burlamos nenhum regime interno imposto. Por linhas tortas, eles seguiam à risca suas próprias leis.

Gael queria invadir o sistema da facção para buscar as provas das quais precisávamos, a certeza de que Ravish nos usou como bode expiatório só aumentava. Porém, decidimos esperar, porque, a partir do momento que a organização soubesse que roubamos informações, seríamos perseguidos sem dó. Eu estava preparado para foder quem tentou nos usar, não tinha nada a perder. Gael compartilhava do mesmo pensamento. Não trocamos muitas palavras no caminho de volta. Ficamos cada um na sua, matutando o que faríamos a seguir. Não podíamos ficar parados, ou lutávamos ou virávamos alvos. Nesse mundo, não existia meio-termo.

Assim que entramos na casa e Gael falou sobre a garota, escutei ao fundo um sopro de susto. Fiz sinal pedindo silêncio. Escondi-me no banheiro perto da escada, Gael fingiu subir para o andar superior, ocultando-se no canto do corredor.

Dois minutos mais tarde vi a garota sair agitada da sala. Relaxei os ombros ao perceber que não se tratava de nenhuma ameaça. Ela se infiltrou sorrateira para fora, apesar do barulho da porta a ter delatado.

Porra!

Essa garota não tinha um pingo de inteligência, caralho! Encarei Gael, que não deu muita importância e a segui. A chácara estava cercada de vigias armados, fariam uma peneira dela em segundos. O intuito era impedi-la de ser idiota o suficiente para se matar. Só que tudo saiu do controle, quando meu corpo ficou rente ao seu. Os olhos, a boca, contornos, um conjunto chamativo que minha mente fazia questão de confundir. Contudo, a familiaridade ficava na aparência, porque, maldição, que garota que não ficava calada quando devia!

Eu não queria beijá-la e, quando dei por mim, estava consumindo-a da mesma forma que ela me consumia. Meus dentes arrastavam por seus lábios volumosos, minhas mãos apertavam seus seios pequenos, seus gemidos baixos atiçavam labaredas no meu tesão. Ao sentir sua perna circulando meu quadril, meu pau pulsou, obrigando-me a dominar sua língua com mais ímpeto. O que me despertou para a burrada descomunal foi meu nome saindo da sua garganta na medida exata entre confusão, desejo e pavor.

O que estou fazendo? Puta que pariu!

Ganhei espaço para respirar livremente. Meus olhos chisparam para os dela, que exalavam vontade mesclada com arrependimento, o tom claro se destacando na noite. Como de costume, adotei meu lado tático para evitar justificativas.

— Entre agora, e não saia sem que eu mande.

— Eu não... — A infeliz tentou rebater. Que maldição!

— Quieta, Atena! Pelo amor de Deus, cale essa maldita boca e entre! — soltei entredentes.

Por incrível que pareça, a garota não retrucou, em vez disso deixou para trás um apelo.

— Não quero morrer, Felipo.

— Se não quer, então pare de fazer merda, caralho! — proferi sem paciência.

Suas costas ficaram mais eretas, adotando uma postura de defesa. Esperava mais rebeldia, fiquei aliviado por não acontecer. Atena correu à frente, não fui verificar se meteria os pés pelas mãos mais uma vez. Seria por sua conta em risco.

Pressionei a nuca, nervoso, quando a perdi do meu campo de visão. Estava numa encruzilhada dos infernos e ainda invocava o demônio. *Quando foi que minha cabeça deixou de pensar com clareza?*

Apertei meu pau, que pulsava pela bagunça de minutos atrás. O cheiro dela estava impregnado em meu nariz, e não era perfume, era um odor natural, diferente, que me deixou sedento. Esfreguei o rosto, descompassado, irritado mesmo, buscando apagar as cenas que criei.

Não precisava de mais um problema, não *queria* mais um problema. Além de toda a bosta que desencadeei, chamei-a pelo nome. Dei brecha para a porra de uma intimidade. Eu tinha um traficante querendo minha cabeça, Ravish nos enfiando no fogo cruzado e, do nada, pensei em foder a mulher do pau no cu do Delacroix.

Precisava me livrar dessa garota o quanto antes.

Atena

Nayana me instalou em um quarto perto das escadas, o cômodo simples, mas confortável, transmitia familiaridade de uma forma estranha. Apesar do cansaço, não dormi. O que tinha acontecido com Felipo me deixou mais hiperativa do que minha situação atual. Não decidia se me achava louca ou muito burra.

Vi o dia amanhecer, escutei o tilintar de copos na cozinha, as vozes sussurradas chegavam incoerentes onde eu estava. Fiquei remoendo que não ganhei um voto de confiança ao ser deixada sozinha ontem, eles sabiam que não conseguiria fugir, e de brinde descobri que o casal, na verdade, fazia parte da sujeira. Ambos mexiam com coisa errada também.

Passaram-se minutos ou horas, não sabia ao certo, até que bateram na porta. Pela delicadeza tinha noção de quem se tratava.

— Venha tomar café conosco, Atena. Tem bolo de fubá — Nayana avisou.

— Só vou me trocar e desço — disse, jogando as cobertas para o lado.

Em cima da cômoda de madeira escura, próximo a janela, repousava a calça e o casaco que peguei emprestado. Vesti-me, lavei o rosto, fiz um coque malfeito nos cabelos e desci. Encontrar todos reunidos em volta da mesa chegava a ser cômico. Dois assassinos e um casal, que ainda descobriria qual papel tinha, comendo tranquilamente. A definição perfeita de sentar-se com o inimigo. E eles podiam ser meus inimigos ou me considerarem um.

Nayana puxou uma cadeira ao seu lado, deixando-me de frente para Felipo. Gael comia como se dependesse daquilo, ignorando-me por completo. Concentrei-me na caneca fumegante de café, sem coragem de encarar o homem carrancudo que estava com os olhos verdes pregados em mim. De repente, Felipo se levantou, ergui minha visão para acompanhar seus passos, que pararam rente à porta que dava para uma lavanderia aberta. Seus dedos grandes puxaram o maço de cigarros, levando um à boca. O isqueiro acendeu o papel para queimar o tabaco. Fiquei hipnotizada com a cena. Felipo era irrevogavelmente sexy e, por Deus, exalava perigo.

Subi uma inspeção lenta desde os sapatos pretos, a calça social da mesma cor e a camiseta branca com as mangas enroladas. Um traço escuro despontava na sua pele, atiçando minha curiosidade em saber o que tinha desenhado ali. As veias proeminentes destoavam no tom claro, deixando-o ainda mais cru. Continuei subindo, a barba rala, os lábios carnudos que dominaram os meus. Eu tinha beijado poucos caras, conseguia contar nos dedos das duas mãos. Contudo, podia afirmar que aquele homem ali sabia como usar sua boca. Escutei um pigarrear, então foquei mais para cima, nas íris diferentes que me encaravam. Engoli em seco ao ser pega no flagra. Podia fingir que não aconteceu e ficar envergonhada, só não queria. Dei de ombros, sorvendo um pouco do meu café.

Sabia que estava brincando com fogo e, para ser sincera, queria me queimar.

Pensei a madrugada toda sobre minhas opções. Não seria liberta, não voltaria para casa, não confiava em Ian, não conhecia esse povo nem minha vida. Havia segredos envolvendo meu pai, meu marido e os negócios. Seguia regras desde que me lembrava, fui controlada em cada segundo da minha rotina. Talvez não fosse tão bizarro me pegar confortável com essa porcaria, que podia terminar com meu corpo jogado em uma vala na estrada, porque, pela primeira vez, me sentia livre.

Nossos olhares ficaram travados, dançando de um para o outro. Eu jurava que seu toque ainda percorria minha cintura ou que sua língua provocava a minha. Era insano, imprudente, magnético. Felipo grunhiu, um som rouco, reprovador, e saiu.

— Não ligue. Ele é... ele — disse Elias.

Concordei no automático. Ao desviar das costas largas que se afastava, percebi Gael me fitando tão carrancudo quanto seu companheiro de crime.

Dane-se ele!

O restante da *harmoniosa* refeição transcorreu pacífica. Ajudei Nayana com a louça, enquanto os outros dois homens que ficaram na cozinha, saíram. Encostei-me no balcão, observando Felipo ao longe sentado em uma pedra gigante no meio do campo.

— Não sei o que há entre vocês, mas vou adiantar que ele não é fácil.

Juntei as sobrancelhas com o comentário. Ela não estava por dentro da história, não cogitava quem eu fosse? Estranho.

— Não temos nada. — Mantive o assunto neutro. — Ele aparenta ser bem difícil mesmo.

— Depois que Lisa morreu, Felipo se fechou em uma bolha. Foram anos complicados, acredito que ainda é.

Não segurei minha curiosidade perante sua revelação.

— Quem é Lisa?

Nayana seescorou ao meu lado, mirando a mesma direção que eu.

— Lisa era sua esposa. Eles se amavam demais, perdê-la tão friamente foi um golpe e tanto.

Esposa.

Ele tinha uma esposa mesmo com a vida que levava? Não duvidava que ela tivesse sido morta por motivos de "trabalho". Nayana avisou que precisava fazer algo que não dei muita importância e me deixou sozinha. Não desviei a atenção daquele canto específico da propriedade. Felipo permanecia concentrado no nada, daria minha fortuna para ter acesso aos seus pensamentos. Em um impulso pegou sua pistola do cós, engatilhou e atirou em uma árvore perto de onde estava.

Cansada de ficar olhando, resolvi me aproximar, sem fazer a mínima ideia do que pretendia. Meu lado rebelde se sobrepunha a qualquer outro. Mais uma vez, meu pai tinha razão: os fios de autopreservação tinham sido cortados pela minha personalidade. Assim que cheguei perto o suficiente, ele percebeu minha presença, no entanto não se virou. Seus ombros tensionaram visivelmente. As mãos apertaram a arma com mais afinco. Notei que desenharam cinco círculos no tronco da árvore, um dentro do outro. O que servia de alvo para treinar.

— Posso tentar? — resolvi quebrar o silêncio incômodo.

Virou seu rosto rude para o meu. Um sorrisinho sarcástico repuxou sua boca. Odiei aquilo. *Por que o sexo masculino ainda duvidavada força e competência das mulheres?* Éramos colocadas à prova em todos os meios, convivíamos com o machismo exacerbado imposto pela sociedade hipócrita que se dizia defensora dos direitos iguais, mas não relutava em atirar a primeira pedra caso precisasse. Eu repudiava pessoas que me limitavam por não ter um pau entre as pernas.

— Sabe como fazer isso? — inquiriu, convencido.

— Sim, eu sei — garanti.

Ele girou a pistola na mão, estendendo-a para mim.

— Tem uma bala. Se conseguir atingir o centro, te concedo um desejo.

Não segurei a risada debochada.

— Virou o gênio da lâmpada, Grandão? — resolvi manter a descontração.

Parecia que dávamos uma trégua no embate, um caminho mais estável para um caso que não conseguia controlar. Podia jurar que a diversão crispou nos seus olhos verdes.

— Apenas oferecendo um prêmio a sua façanha, Atena.

Meu nome sussurrado por ele era irreal.

O vento bagunçou mais seus cabelos de fios rebeldes. A brisa trouxe o cheiro de tabaco, menta e café para meu olfato. Não tinha uma explicação plausível para o vazio no estômago que esses detalhes me causaram. Bloqueei meus desejos e foquei no instinto. Eu sabia atirar muito bem e mostraria para Felipo que não devia colocar em xeque os dons de uma dama.

— Já sei o que pedir, se prepare. — Pisquei, alinhando minha mira.

CAPÍTULO 8

Felipo

Eu ainda não sabia o que estava fazendo ao deixá-la se aproximar o bastante para termos uma conversa civilizada. Não chegava a uma conclusão satisfatória para aliviar perto dessa garota. Havia uma energia diferente, complicada, mas boa, que me fazia meio que cativo dela, e isso se justificava com um detalhe: Atena era igual a Lisa.

Mesmo com isso, não tinha como encaixar a situação na cena quase descontraída que desenrolávamos. Eu não era assim, não abria brechas, não criava desenvoltura. Gostava da rotina, dos meios fáceis que adotei. Pegar um caso, concluí-lo e receber minha grana. Independentemente da semelhança entre Lisa e essa garota, precisava cessar esse envolvimento, já não bastava o caralho do beijo ontem.

Talvez estivesse sendo mais maleável por se tratar de uma mulher, não por outro motivo. Ela podia ser esposa do Delacroix, porém dei a ela o benefício da dúvida no segundo que a levei daquele apartamento. E o manteria até que se provasse o contrário.

Qualquer outro pensamento se extinguiu quando Atena levantou os braços, empunhando a *Beretta*. Um arrepio percorreu minha espinha. Sua postura alinhou, o ar saiu devagar dos seus pulmões, as pernas se separaram um pouco. Observei seu olho buscando o alvo com precisão, em seguida ela apertou o gatilho. Percorri o espaço até a árvore, como se a velocidade tivesse sido reduzida, a fim de me deixar ainda mais estupefato. A bala acertou *quase* em cheio o círculo menor, acredito que não tenha sido certeiro por se tratar de um tiro frio, era assim que chamávamos o primeiro disparo. Padrão que não se estendia a mim, pois me recusava a errar de primeira.

Engoli em seco não acreditando naquela merda. Depois, virei meu rosto para o seu, e ela sorria feito uma adolescente.

— Você treinava. — Não fiz uma pergunta, porque era óbvia a resposta.

O que não devia me surpreender, pois o mundo do qual ela veio exigia certos cuidados.

— Sim, desde os treze anos. — A satisfação se sobrepunha no seu tom.

Por mais impressionado que estivesse, não esbocei reação. Ela não podia ser tão inocente no meio de toda a loucura. *E se Gael tivesse razão sobre a garota estar nos enrolando para delatar ao marido?*

— Você sabe de fato quem foi seu pai, Atena?

Lancei, queria ver se ela caía na rede. Apesar de meus sentidos de alerta não apitarem na sua presença, não em relação a isso pelo menos. Sua testa enrugou de leve, suas mãos caíram rentes ao corpo, ainda segurando a pistola, e a boca bem carnuda torceu para o lado.

— Do que está falando? Sobre a fortuna, as várias empresas? Sim, eu não sou burra, Felipo. Tenho muito dinheiro, meu pai ergueu um verdadeiro império.

Acabei sorrindo com maldade. Criou um império contrabandeando prostitutas, drogas e armas.

— Seu pai era nada mais nada menos que o fundador da *Casta*. A segunda maior facção do país — contei, calmo, enfiando as mãos nos bolsos da calça social.

— Co-Como assim? — gaguejou.

— Simples. Ele criou uma organização criminosa, ganhava milhões com prostituição, drogas, armas e usava as empresas para lavagem de dinheiro. Por que acha que seu marido matou seu pai, Atena? Hum? — Seus olhos tão azuis quanto o céu estavam desfocados. — Delacroix queria o topo e não pensou em mais nada. Pelas pesquisas que fizemos, ele já tinha poder sobre suas ações, só faltava se livrar do chefe.

Admitia que fomos relapsos em não ligar os pontos antes, acreditamos no que o dossiê de Ravish falava e só investigamos o que de fato precisávamos para dar fim ao alvo. Desde que entrei para a *Sociedade*, não tive problemas com meu Torre. Não até agora, e eu descobriria por que *agora*. Não descartava minhas teorias, só precisava fundamentá-las.

— Meu pai era um bandido? — questionou debilmente.

— Vai me dizer que não sabia?

Espremi meus olhos para alcançar qualquer fingimento. Ela parecia genuinamente abismada.

— Não, eu não sabia. Meu pai me criou dentro das grades da mansão, não me deixava sair por nada. Ia para a faculdade com dois seguranças no meu encalço, que esperavam do lado de fora da sala. Pensava que fazia aquilo para me proteger, porque era isca fácil para qualquer sequestro.

Travei meu maxilar, processando a notícia e decidindo se acreditava ou não.

Como o imbecil do Beaumont deixou a própria filha no escuro?

Nós não tínhamos de investigar sua família, porém, como Atena entrou na jogada sendo um possível empecilho na conclusão do caso e com nossas suspeitas em termos sidos enganados, Gael mergulhou fundo sobre tudo. O que foi ótimo, pois assim descobrimos os esquemas do seu pai. Demoramos apenas para associar Delacroix à facção. O filho da puta tinha esquemas bons, não havia *esse tipo* de sujeira embaixo do tapete, pois os outros faziam qualquer trabalho de merda para mantê-lo limpo.

Se as pessoas soubessem como era fácil manter fatos ilícitos na penumbra, elas se jogariam de cabeça. Dinheiro comprava tudo, tudo mesmo. E Delacroix possuía uma lista extensa de nomes na folha de pagamento.

— Seu pai estava certo em te manter na linha, qualquer um que fosse inimigo dele podia encomendar sua morte.

Atena estremeceu. Ressabiada, entregou-me a pistola.

— Como posso saber se fala a verdade? — perguntou no exato segundo que peguei a arma.

— Não vai, acredite se quiser — respondi, sério.

Além de ter ganhado informações, ainda as contestava? Eu nem devia entrar nesse assunto, não que fosse proibido, na verdade, seria uma forma de arrancar algo dela. Só não devia. Se a garota se fez de sonsa por anos, quem era eu para estragar seu mundinho cor-de-rosa patético?

Meu celular vibrou no bolso, peguei-o e, pelo número, imaginei ser Ravish. Atendi de uma vez.

— Alô.

— *Queria falar comigo?*

Encarei Atena, que parecia quase se desintegrar na minha frente.

— Sim, quero. Só um minuto. — Coloquei a chamada em espera. — Delacroix é poderoso, garota. E muito esperto, devo ressaltar. Ele tinha um bom envolvimento com o crime e decidiu que seria proveitoso fechar uma parceria.

Atena não se manifestou, somente ficou petrificada ali aguardando. Não barrei minhas próximas palavras, mesmo sabendo que seriam um choque de realidade para ela.

— Você. Você era a parceria.

Assisti de perto às peças se encaixando em sua cabeça. Seus olhos foram banhados por lágrimas, as bochechas envermelharam. Não ficaria para presenciar seu desespero ou raiva.

— Agora, se me dá licença, tenho negócios para tratar.

Dei-lhe as costas, caminhando até a cerca que delimitava as terras. Escutei seus passos indo para longe, bem provável que se encolheria para chorar.

— Em que merda nos meteu, Ravish? — inquiri ao retomar a ligação.

— *Seja mais específico, meu amigo.*

— Você ocultou informações importantes sobre o alvo, e algo me leva a acreditar que o motivo não era nos manter seguros.

— *Eu sempre mantenho os meus membros seguros, Felipo. Vocês tinham livre acesso para procurar os podres do Delacroix, não o fizeram porque não quiseram.*

— Você sabia que não íamos perder tempo com informações que não eram necessárias, Ravish. Nosso foco é rotina e a fresta para a execução. Se tivermos material para repassar, ótimo. Do contrário, não damos a mínima.

— *Se está me cobrando é porque sanaram suas dúvidas. Então, não há motivos para uma conversa.*

Passei os dedos entre os cabelos, irritado. Caralho de velho folgado!

— Todos os motivos para uma conversa existem. Você nos meteu no meio de algo maior, do qual não estamos interessados em ingressar.
— *Não teria motivos para colocá-los em uma enrascada, Felipo* — afirmou, ofendido.
Muito conveniente.
— Não mesmo? Porque, pelo que andei sabendo, Delacroix estava mexendo nos seus pontos de drogas. Isso não foi recebido muito bem, acredito eu.
Houve silêncio, foi mínimo, mas houve. O que fortaleceu minhas suspeitas.
— *Sei que está com a esposa do alvo. Achei bom ter pegado uma recompensa valiosa igual a ela.* — Cerrei meus punhos com sua frase e a mudança abrupta de abordagem. — *Traga-a para mim e nem precisam finalizar o contrato, mando outra pessoa. Não quero contratempos para vocês nem para a facção. O pagamento será feito.*
Tinha muita podridão naquele pedido calmo. Ravish jamais deixaria para lá um trabalho, até porque os filhos da puta sabiam quem os queria mortos. Atena seria sua chave para exterminar o concorrente. Delacroix não poderia simplesmente largar sua esposa com outra organização, atitude que o desrespeitaria como um Geral. Ele faria qualquer coisa para tê-la de novo, mesmo que para matá-la em seguida. Com Atena, Ravish chegaria onde queria, recuperaria seja lá o que perdeu e humilharia o chefe da *Casta*. Isso poderia gerar uma guerra entre as facções, e no fundo acho que era isso que meu Torre queria.
— Não deixo um trabalho pela metade.
— *Mas vai deixar, Felipo. É um comando, não um pedido. Agora chega de conversa, porra! Traga a mulher até mim, fim de papo.*
Fiquei enervado com aquela merda. Para puta que pariu ser um pau-mandado.
— Não. A garota é minha única garantia de permanecer vivo. Pare de fazer joguinhos comigo, Ravish. Espero sua ligação com esclarecimentos. Até lá, ficamos da mesma forma.
Desliguei sem esperar resposta. Eu não seria um brinquedo na mão desses poderosos babacas, não de novo. Não depois de cair na lábia do animal que Lisa chamava de pai.

Atena

Encostei-me na parede lateral da casa, apoiando as mãos nos joelhos com a intenção de recuperar o fôlego. Não era possível que tivesse sido enganada a vida toda. As lágrimas queimavam meus olhos, recusava-me a soltá-las. Era muito burra por não ter me tocado antes.
A segurança exagerada.

Meu pai falando direto que estava proibida de sair sozinha e que não podia me contar sobre os *negócios*.

Ian reforçando que precisávamos manter o nome da família intacto.

Fui impedida de tantas coisas, tantas amizades e nem me orientaram do porquê. Sempre procurei ajudar meu pai, não incomodá-lo com bobeiras e, por fim, me sabotei. As linhas soltas foram se interligando sozinhas. Minha herança era suja, banhada de dor, sangue, sofrimento alheio.

Acabei rindo do desastre. Esse devia ser o motivo pelo qual me mantiveram às escuras: meu senso de humanidade. Indo pelo caminho menos estressante, eles usaram motivos que para mim eram fundamentais, meu pai e marido escroto apertaram as cordas a minha volta, sabendo que não fugiria à regra. Fui criada para ser perfeita perante a sociedade, isso gerava boas matérias nos jornais, contudo, minha personalidade agia diferente por trás da mídia. Defeito que eles não ligavam, desde que meu papel patético fosse executado com maestria.

O que realmente me deixava doente, era saber que fui um esquema de transação. Meu pai me vendeu para seu sócio, que mais tarde o matou para assumir o poder supremo da merda da bandidagem. Eu só não entendia por que Ian fez tanto esforço para me conquistar se, no final, seria dele de qualquer forma. Uma ideia repugnante me veio à mente: foi uma das exigências do meu pai para não se sentir tão culpado.

Apertei meu estômago, sentindo a bílis subir. Cada quadradinho do que imaginava ser se despedaçou. Nasci em uma família envolvida com o crime, casei-me com um homem pior do que cogitava e fui envolvida pela minha ingenuidade em não questionar nada. Isso montava a mulher imbecil que me tornei. Eles achavam que não conseguiria lidar com a realidade, *eles* estavam enganados. Lidei com a indiferença do meu marido, do meu pai e minha. Ia ser morta por Ian, fui sequestrada por assassinos, estava lutando dia após dia para permanecer viva.

Eu. Não. Era. Fraca.

Não como pensavam. Não me resumia somente na menina rica mimada que tinha o que desejava. Arrumei minha postura e entrei determinada a dar início à mudança. Encontrei Nayana na sala, mexendo em seu computador. Ela me olhou de relance.

— Está tudo bem, Atena?

Travei o maxilar para não explodir, minhas unhas fincaram na palma com o intuito de controlar a tremedeira. Estava com muito ódio, melhor alimentar-o do que desabar.

— Você tem uma tesoura, por favor? — perguntei com calma fingida.

Nayana me encarou por longos segundos, rezei para que não questionasse mais, não queria descontar nela a porcaria do meu passado recém-descoberto.

— Claro! Na segunda gaveta do balcão da cozinha.

— Obrigada! — agradeci antes de andar ereta até o próximo cômodo.

Peguei o que queria e segui para o andar superior, trancando-me no banheiro. Observei o reflexo no espelho, a menina medrosa, conformada, que seguia regras para não perturbar. Fui fraca por anos, mantendo a imagem idealizada de felicidade quando, na verdade, não a tinha. Eu era culpada por viver uma mentira, pois jamais pensei que não fosse. Vinte e cinco anos jogados por terra com algumas palavras de Felipo. E era bizarro o quanto acreditava nele, não nas pessoas que me rodeavam.

Mostraria a todos que ousaram duvidar da minha capacidade, que eu conseguia ir mais longe do que apostavam. Naquele dia morria a Atena ingênua, pacífica e sonhadora. Naquele dia nasceria a mulher que buscaria o que queria, dentre suas vontades estava a de matar Ian por ter agido como um filho da puta.

Não pensaria mais no meu pai, ele não merecia.

Não teria mais remorso por burlar o certo, ninguém fez isso por mim.

Se a tal *Casta* era minha por direito, eu a reivindicaria.

Com novos ideais estabelecidos, levantei a tesoura e cortei a primeira mecha do meu cabelo *perfeito*.

CAPÍTULO 9

Felipo

Caminhei até o galpão nos fundos da casa, para atualizar Gael sobre o merda do nosso Torre.

— Ravish ligou — avisei ao entrar pela porta de madeira desgastada.

Ele desviou sua atenção da tela do computador, onde desmontava mais segredos sobre Delacroix. Não o estava ajudando nesse quesito, Gael gostava de trabalhar sozinho antes de me envolver. Não podia julgá-lo, também gosto de exercer minha parte sem incômodo.

— E...?

— E nada. A conversa só serviu para me deixar mais pendido para o que imaginamos: servimos de bode expiatório.

Saquei um cigarro do maço e acendi, doido para desviar minhas ideias em ir atrás do filho da puta e exigir respostas.

— Na verdade, tínhamos razão. Dá uma olhada aqui. — Virou o *notebook* na minha direção.

Eram informações sobre vendas de armas e prostituição da *Casta*. Os lugares sinalizados estavam dentro do território da *Sociedade*. Puta que pariu! Delacroix estava ficando maluco em invadir espaço assim.

— Precisamos saber se são os mesmos contatos do Ravish.

— São os mesmos — garantiu.

Ergui as duas sobrancelhas, inquirindo em silêncio como tinha tanta certeza. Gael bufou e mexeu em alguns documentos, abrindo várias imagens de folhas de cadernos escaneadas, as quais ele passou até parar em uma específica.

— Aqui. — Apontou para os mesmos nomes que apareciam no relatório da *Casta*.

— Como conseguiu isso?

Ele não respondeu de imediato, repensar suas táticas era uma mania bem irritante.

— Roubei — confessou por fim.

Concordei, não dando muita importância. Ele estava nisso há mais tempo que eu, não havia um sistema que não conseguisse invadir, mesmo existindo riscos de ser pego. Provável que Gael tivesse provas sobre a *Sociedade* e não pensou em dividir comigo. Entendia suas ações, não confiar por completo evitava problemas.

— O desgraçado tem um plano para ferrar Delacroix, mas no caminho não se preocupou em *nos ferrar*. Se ele não der o que queremos, vamos começar com as investigações por conta — decretei, de saco cheio dessa porra.

— Tá aí algo que queria ouvir! — Gael não escondeu a satisfação.

Estávamos ansiosos para começar a desenterrar os segredos que pudessem colocar os Torre na nossa mão. Concordamos em tentar os meios pacíficos primeiro, afinal, nosso trabalho dependia disso. Agora, o prazo tinha sido dado e Ravish não dava mais as ordens.

Puxei uma quantidade grande de fumaça, gostando do barulho que o papel fazia ao queimar. Apoiei-me em um dos caibros que sustentavam a construção, encostando um pé nele e pendendo a cabeça um pouco para trás.

— Não podemos ficar mais por aqui dando sopa, isso facilita para que nos encontrem — falei depois de soprar mais nicotina no ambiente.

— Vamos embora hoje à noite. Podemos ficar na minha casa, é segura.

Gael voltou a digitar no teclado. O estalo das teclas sendo pressionadas acelerava minha adrenalina, que só seria sanada após matar Delacroix e, de brinde, Ravish; sua cabeça passou a valer para mim a partir do segundo que decidiu me envolver sem avisar. Era pretensioso pensar que conseguiria, ainda mais com a proteção que ambos tinham. Delacroix foi descuidado quando entrei na cobertura, apostava minha vida que não erraria de novo. Detalhe que não me pararia, pelo contrário, impulsionava-me ainda mais.

— Ravish quer a garota — quebrei o silêncio.

— Então, vamos usá-la como moeda de troca. Esse é o objetivo desde o início, certo? — comentou sem se virar.

— Não, não vamos — soltei entredentes.

Que porra que tudo girava em torno de entregar Atena para a morte. Não conviveria com essa culpa, nem fodendo. Não teria mais sangue inocente nas mãos, não estava disposto a foder ainda mais minha cabeça.

Gael me encarou, furioso.

— Como assim, não? A garota é valiosa. E, definitivamente, não é nossa protegida. Se Ravish a quer, faça. Assim saímos pela tangente de nos meter numa confusão dos infernos com duas facções enormes. Deixe que se matem entre si. Enquanto isso, fuçaremos nos arquivos da *Sociedade* sem chamar muita atenção, o que conseguirmos servirá de garantia para não sermos pegos desprevenidos no futuro. Ter as cordas de Ravish é o objetivo principal — rosnou a última parte.

— Ela não está no meio dessa briga, Gael. Não machucamos gente inocente, lembra?

Larguei a bituca e pisei em cima com a ponta do sapato. Aquela discussão sobre Atena estava me enervando.

— E quem falou que ela é inocente, porra? Desde quando você se importa? — Apontou o dedo na minha direção.

Fulminei-o com o olhar.

— Ela não vai ser usada de moeda — grunhi, cerrando os punhos.
Ele sorriu de lado, com o sarcasmo escorrendo das suas feições. Filho da puta!
— Acho que temos um problema dos grandes aqui...
Não terminou a frase, nem precisava. Gael notou minha proteção com Atena, uma que eu não entendia direito. Dane-se! Não a colocaria no fogo cruzado. A garota poderia recomeçar, ter uma nova perspectiva, um futuro tranquilo.
— Está falando mais que o necessário, não acha? — desconversei para não ter de adentrar minha mente conturbada.
— Só querendo colocar sanidade em você, caralho!
Não tive tempo de rebater, pois o celular voltou a tocar. Ainda fitando Gael, atendi a ligação, colocando-a no viva-voz. Sabia quem era mesmo sem conferir.
— Fala.
— *Em uma hora me encontrem no posto na saída da cidade* — Ravish ditou sua ordem e desligou.
— Ou teremos respostas ou pensam em dar cabo em nós dois.
— Fico com a segunda alternativa — falei rindo.

Estacionamos no pátio do posto abandonado no meio do nada. Os dois lados da rodovia estavam cobertos de árvores e plantações. Um pouco mais à frente havia um trailer enferrujado, largado ali por puro descaso.
Minutos mais tarde, três carros apareceram. Alguns homens desceram, averiguaram se estávamos sozinhos, então Ravish deu o ar da graça.
— Vamos finalizar o show — Gael murmurou com raiva.
Não respondi, continuei com a visão pregada em cada um dos presentes, caso precisasse agir. Um total de seis homens, fora o Torre. Daríamos conta. Descemos quase em sincronia, parando não muito perto.
— Cadê a mulher? — Foi a primeira pergunta do Ravish.
— Ela não está inclusa, eu avisei.
Ele se manteve parado. O sobretudo preto escondia praticamente seu corpo inteiro, não duvidava que estivesse com um colete à prova de balas.
— Sendo assim, não temos o que falar. — Começou a voltar para o carro.
— Não ouse ir sem deixar explicações, Ravish. Você não quer comprar essa briga — Gael se manifestou.
O senhor que não tinha nada de bondade, apesar da aparência, voltou-se para nós.
— Que briga? Não estou começando nada, vocês que não fizeram o serviço direito e ainda estão exigindo algo? Não tenho de passar nada além do essencial.
— Não chegou nem perto de passar, porra! Delacroix é um problema seu, não resolvemos problemas que englobam a organização. Nós matamos por dinheiro — ele continuou, sem aumentar a voz.

— E estão recebendo, não estão?

Gael deu um passo à frente, não me meti.

— Estamos recebendo para sermos os laranjas que desencadeiam o que você quer, porra? Vai se foder! Se tem um problema com os filhos da puta, mande os seus Finais inúteis para resolver.

De imediato, os capangas empunharam suas armas. *Final* era o nome que recebiam os membros que davam fim a outros membros traidores. Eles também eram designados para tratar assuntos pendentes da facção. Nós fazíamos parte de uma ramificação diferente, apesar de sermos considerados *Finais*.

— Não teste minha paciência, Gael...

— Senão o quê? Hum?

— Nos dê o que queremos e seguimos sem transtornos, Ravish.

Seus olhos desviaram para mim.

— Quer saber, vou dar o que querem: nesse minuto, meus homens estão indo buscar a mulher de Delacroix. E vocês, seus imbecis, estão aqui. — Abriu os braços, como se adorasse o fato de termos caído na armadilha. — Agora, desapareçam enquanto têm tempo.

Relanceei Gael, concordando mutuamente em agir. Não daríamos a Ravish o benefício da última cartada. Puxei minha pistola e atirei no primeiro otário que estava decidindo de quem cuidar. Gael pegou a dele e atingiu outro. Sobraram quatro. Dois deles encobriram o Torre, levando-o para longe o mais rápido possível, o carro cantou pneu no asfalto esburacado.

Dei um passo para o lado, escondendo-me atrás de uma das bombas vazias. Os tiros sem destino certo ricochetearam no piso. Bando de babacas despreparados. Pelo canto enxerguei um deles se aproximando, esperei que ficasse na mira e cravejei uma das balas no seu pescoço. Não mataria na hora, mas doeria como o inferno e o desgraçado agonizaria até desistir. Procurei pelo que sobrou, encontrando-o no chão, com Gael esmurrando sua cara.

Quatro corpos que seriam recolhidos pela *Sociedade* mais tarde, eles não correriam o risco de serem procurados pelos policiais que não estavam na folha de pagamento. Por isso, o destino dos encontros era tão recluso, assim conseguiriam encobrir a lambança caso fosse necessário.

— Precisamos ir! — gritei, lembrando-me de Atena.

Gael se levantou, engatilhou sua arma e disparou sem delongas. Eu tinha de chegar a tempo de impedir que a levassem. Se Ravish pegasse a garota, seria seu fim.

Atena

Fiquei sentada na cama por horas, de frente para a janela, depois de limpar a bagunça que fiz no pequeno banheiro e tomar um banho longo. Eu não sabia o que seria de mim daqui para frente, estava nas mãos de Felipo e seu companheiro com cara de psicopata.

Tinha medo de ser largada em qualquer lugar, porque Ian poderia me encontrar e me ferrar mais do que minha situação atual ferrava. Não sabia ao certo o que esperar do homem que virou um completo desconhecido, do nada. Meu celular havia ficado na cobertura, assim como todo o resto. Se eu mexesse no meu dinheiro, Ian saberia. Estava sem saída, totalmente encurralada. Mas arranjaria um jeito de reivindicar o que me pertencia, nem que fosse para destruir em seguida. Meu *marido* conheceria a verdadeira Atena, aquela que mantive guardada por longos anos.

O que mais me intrigava na história, era não me sentir ameaçada com o que vinha passando, mesmo sabendo que as pessoas que me acolheram e as que me levaram ali, não eram confiáveis. Talvez tenha sido o único bote salva-vidas que meu psicológico encontrou para se agarrar.

— Atena, querida, está por aí? — Nayana chamou, pelo grito imaginei que estivesse no andar debaixo. — Pode vir aqui, por favor!

Coloquei o casaco, a temperatura despencou conforme o dia foi passando, e peguei a tesoura para guardar na cozinha novamente. Saí para o corredor, em direção às escadas. Assim que pisei no primeiro degrau, parei. O sussurro que meus ouvidos detectaram colocou-me em alerta.

— O que vão fazer com ela? — Elias perguntou baixinho, parecia irritado.

— Não é da sua conta. Agradeça por Ravish não vir aqui te metralhar por se meter onde não deve. — Não reconheci a voz e, de imediato, entendi que não devia descer.

Pelo vão do corrimão consegui enxergar uma jaqueta preta de couro e parte do vestido de linho que Nayana usava. Cautelosa, dei um passo para trás, na intenção de me esconder, nesse segundo o homem de jaqueta inclinou a cabeça para cima, dando de frente comigo. Não pensei, somente agi. Voltei correndo para o quarto e tranquei a porta. Olhei em volta, apavorada, precisava fazer algo.

Abri a janela fitando o telhado. Se chegasse à lateral, conseguiria pular, o problema era o que faria depois? E se lá embaixo encontrasse mais homens que queriam minha cabeça?

O primeiro murro na porta me fez pular, lembrando-me de que não tinha tempo de raciocinar direito. Guardei a tesoura no bolso do jeans e passei minhas pernas para fora, lançando-me sobre as telhas. Sentada, comecei a me arrastar, até que paralisei com a voz de comando.

— Se fizer algum movimento, eu atiro!

Em câmera lenta virei meu pescoço na direção do som.

Um homem assustador, com o rosto todo tatuado e os olhos de um preto intenso — que me lembrou o demônio —, apontava a arma na minha direção. Engoli em seco, sem saber como proceder.

Ele não me machucaria, do contrário teria atirado de imediato. Eles queriam me levar para alguém. Meu coração esmurrou no peito com a mera possibilidade de serem mandados por Ian. Ficamos ambos quietos, ele esperando que eu voltasse, eu arquitetando uma rota de fuga. O homem percebeu que sua ameaça não me faria ceder e, para o meu espanto, praguejou baixo, esgueirando-se para o meu lado.

Vou morrer!

Não desenrolava outro final da minha mente. Se saísse daqui, morreria. Sem dúvidas. No segundo que dedos gelados tocaram meu pulso, tive apenas uma reação: arranquei a tesoura do bolso traseiro com a outra mão e finquei sobre o dorso da dele. Seu murmúrio de agonia arrepiou minha espinha.

— Vagabunda! — ganiu, irado, puxando o metal que fincou em sua carne.

Desesperada, tentei engatinhar para longe, mas meu tornozelo foi puxado, fazendo-me desabar e bater o queixo com tudo em uma das quinas da telha. Soltei o ar em uma lufada de susto e dor.

— Antes de te entregar para o Torre, vou fazer uma rodada com você. Vamos ver quantos homens aguenta, sua cadela.

Debati-me às cegas para fugir, foi então que uma ardência insuportável fisgou minha panturrilha. Berrei alto com a picada pungente. Não precisava olhar para ter certeza de que o filho da puta fincou a tesoura na minha perna.

— No meu mundo é olho por olho, dente por dente — disse com diversão.

Virei-me para encará-lo. Ele puxou o objeto e ergueu, pronto para me golpear de novo. Sem controle, amoleci sobre o telhado. Não tinha forças, muito menos chance de me esquivar.

Apertei minhas pálpebras o máximo que consegui, em busca de desligar minha mente do que ia acontecer. Não havia um salvador naquele lugar, todos os presentes pouco se importavam com meu destino. Minha garganta trancou, meu coração acelerou, porém nenhuma lágrima saiu. Não me colocaria no lugar de vítima, não quando todos os alertas piscaram a vida inteira e eu mesma os ignorei.

Se minha família fosse tudo o que Felipo contou, talvez eu merecesse me estrepar pelos erros que não tentei impedir.

Esperei mais dor, não veio. O estopim de um tiro oco foi capturado pelos meus ouvidos, mesmo assim não abri os olhos.

— Atena — um sussurro que parecia melodioso me puxou do escuro.

Aos poucos liberei minha visão, deixando Felipo entrar no foco. Acho que nunca, nunca me senti tão aliviada por ver uma pessoa que nem sequer conhecia direito. Era bizarro ter a segurança de que nada mais aconteceria perto dele e *era* o único fio em que podia me apegar.

CAPÍTULO 10

Atena

— Venha, precisamos sair daqui. — Felipo me estendeu a mão e, sem titubear, a peguei.

Assim que pisei no chão, minha perna direita falhou por conta da fisgada no ferimento, no mesmo instante um pingo de sangue vazou do corte no meu queixo, manchando o piso. Acabei resmungando de dor, pois meu cérebro a assimilou.

Apoiei-me no peitoril da janela, observando em volta, ganhando alguns segundos para me estabilizar. O homem que me agrediu estava no chão com seus olhos ainda abertos e o pequeno buraco entre suas sobrancelhas era medonho. Perto da porta havia outro com o mesmo fim. Encarei Felipo, que me encarava de volta.

— Você os matou? — perguntei debilmente, num resquício de voz.

— Sim. E se não formos embora agora, outros chegarão — respondeu rudemente.

Controlei minha respiração desgovernada e o tremor no corpo. Eu parecia estar num sonho esquisito, onde despencava em queda livre sem conseguir frear. Sob o olhar inquisitivo de Felipo, dei outro passo à frente, mancando. Ele sibilou algo que não entendi, aproximou-se e me pegou no colo. Resfoleguei com a ação.

— Vamos cuidar desses machucados no caminho — murmurou, conseguia sentir sua ira através da frase. Se de mim ou da situação, não sabia dizer. Felipo pescou a fronha do travesseiro sobre a cama e me entregou. — Pressione para estancar.

Fiz o que mandou, buscando relaxar em seus braços. Tinha certeza de que minha panturrilha também sangrava, o jeans estava grudando em minha pele. Descemos as escadas, havia um silêncio sepulcral na casa. Fui colocada no sofá, só então percebi Gael, Elias e Nayana prostrados como estátuas no recinto.

— Você dedurou, porra? — Felipo foi logo questionando o amigo, que estava ao lado da esposa, suas costas largas tensionadas.

— Não faria isso, Felipo. Qual é, somos praticamente irmãos!

— Alguém entregou nossa localização, do contrário teriam feito isso ontem, quando fomos encontrar Vult. Além disso, Ravish não invadiria seu espaço sabendo que não faz mais parte da *Sociedade*, isso é contra as regras e coloca uma operação gigantesca em xeque — Gael externou com calma. Suas mãos enfiadas nos bolsos passavam um ar relaxado, o que denunciava seu descontrole era o maxilar apertado.

— Se foi um filho da puta, admita. Ou juro que esqueço nossa amizade e tiro a resposta do jeito mais antigo! — Felipo rosnou, dando um passo ameaçador para perto de Elias.

Nayana entrou no meio, levantando uma das mãos para parar a discussão.

— Fui eu que falei — confessou baixinho.

Aquilo pareceu carregar o ar que respirávamos. Nem sequer me mexi, preocupada com o que poderia acontecer.

— Por quê? — Felipo retorquiu, impaciente.

— Ravish ligou perguntando de vocês, eu não contaria nada, só que... — A mulher deixou sua postura acuada mudar e empinou o queixo, raivosa. — Ela é mulher de um Geral rival. Você ficou maluco? Desde quando se mete nessas merdas, Felipo? Tentei te ajudar a se livrar do fardo, não quero ver você se ferrar e não quero *nos* ferrar! — Elevou a voz, era a primeira vez que a via se exceder. — Não podemos nos envolver com a organização, senão seremos mortos. E, definitivamente, não arriscaria nossas vidas por *ela*.

Encolhi-me com o nojo que me dirigiu. Aposto que pensava o mesmo que Gael, sobre eu não ser confiável.

— Quem é você para julgar o que faço, Nay? Hein? Quem é você, caralho? Não se faça de humana quando não há uma veia de bondade aí dentro — cuspiu meu *salvador* com ódio. — Pare de hipocrisia e admita que agiu como uma cadela X-9 para livrar seu rabo, isso é mais aceitável do que esse papinho correto.

As mãos dele se fecharam em punho, parte da pistola reluzia encaixada nas suas costas. Felipo exalava um perigo delirante, que tinha porções balanceadas para atrair e repelir. Isso dependia muito do objetivo de cada mosquito que adentrava sua luz hipnótica. Ainda me decidia se queria ser drenada ou rechaçada da sua armadilha.

Ninguém rebateu seu rompante, o casal não esboçou reação, mas os olhos arregalados de ambos denotavam receio. Comecei a ficar agitada, queria sair dali porque do nada comecei a me sentir sufocada.

— As chaves do carro. — Felipo estendeu o braço pedindo, quebrando o buraco negro de estresse pulsante. Elias de prontidão lhe entregou.

Sem dizer mais nada, ele voltou a me pegar no colo e com Gael no encalço saímos pelos fundos. Ao longe avistei cinco homens em pé, vigiando-nos. Não os tinha notado antes, deviam ser os mesmos que Felipo falou ontem à noite quando tentei fugir.

Permanecia com o pano sobre o corte, fazendo cada vez mais força. A realidade caiu como um chumbo na minha cabeça. Meu lábio inferior tremeu, mas o mordi; não me permitiria chorar como uma garota fraca. Precisava ser forte, *precisava* suportar. Um alarme soou, chamando minha atenção. O carro popular azul-escuro foi destravado. Felipo me depositou no banco traseiro.

— Fique quieta aqui — ditou antes de sair.

Acompanhei enquanto entregava as chaves para Gael e voltava para dentro. Não quis desenvolver minhas ideias do que ele faria a seguir, bloqueei as imagens assustadoras que insistiam em disparar, procurei raciocinar com coesão: eles eram amigos há anos, Felipo não os mataria. Finquei mais meus dedos no tecido. Precisava cessar minha ingenuidade, não importava que Nayana tivesse me tratado com educação, ela deixou de ser boa assim que decidiu me entregar.

O loiro com cara de psicopata adentrou o lado do motorista, despertando-me do surto eminente, e me encarou pelo retrovisor.

— Está bem?

Só então percebi que minha respiração saía em lufadas audíveis, meu peito comprimiu por toneladas de dúvidas, medos e incertezas. Independentemente disso, enruguei a testa com a pergunta. O cara não escondia sua insatisfação com a minha presença forçada, e vinha com pena? Dei de ombros, não querendo conversa, estava à beira de um colapso nervoso, preferia me preservar.

Logo Felipo voltou, guardou a mala que carregava para todo canto no porta-malas e entrou pela porta, indicando para que eu fosse mais para lá. Achei estranho, porém ignorei. Fiquei aliviada por não ter escutado disparos.

Gael nos colocou em movimento, saindo feito um louco da chácara.

— Acabamos de dar começo a uma guerra, Felipo. Matamos membros da *Sociedade*, homens de confiança dos Torres. Não há mais volta, sabe disso, certo? — Gael lançou sem desviar da estrada.

— Sim, eu sei. Isso é um problema para você? Se for, pode partir, pego a culpa para mim.

Escutei uma risada baixa, sem humor algum.

— Estou esperando há anos pela chance de foder Ravish. Não vai ser fácil, talvez nem possível, mas estou preparadíssimo para esse embate. — Gael parecia ansioso pela confusão, não de um jeito ruim.

— Certo, e vamos para onde?

— Ficaremos na minha casa. É fora dos nossos limites, teremos tempo para planejar uma abordagem antes de sermos encontrados.

Fiquei arrepiada com o que ele falou, pois não existiam dúvidas na sua frase de que nos achariam. E, pelo que entendi durante o curto bate-papo deles, estávamos em uma confusão das grandes. Podia ser egoísta, e era; decidir que meu interesse central seria aprender o máximo sobre o mundo do qual nem imaginava fazer parte, porque só assim conseguiria ir ao encontro de Ian. E, quando acontecesse, estaria pronta para resolver as pendências.

Felipo

Assim que pegamos a via principal, sentido à cidade mais próxima, onde bem provavelmente trocaríamos de carro, peguei a bolsa com alguns itens de primeiros socorros que deixava por perto. Os olhos claros de Atena correram para o que eu segurava.

— Vai precisar dar dois pontos nesse corte — avisei.

Ainda estava com a adrenalina no pico pelos acontecimentos.

Quando cheguei a casa e a avistei sobre o telhado, não consegui discernir se tive pavor por ela ou raiva pelo desgraçado que a segurava. O grito que Atena externou despertou em mim um animal sedento por caos. Eram apenas três, outro indicativo de que tínhamos sido delatados. Pouca segurança, sinal claro de que foram "convidados". O primeiro foi alvejado na entrada por Gael, dos outros dois eu mesmo tomei conta. Dane-se se Ravish tivesse trabalho com a sujeira, e ele teria. Despistar a polícia dos assassinatos não era tão simples, apesar de não ser difícil. Custaria grana, tempo e muita chantagem.

Peguei a agulha, passei o fio e aqueci a ponta com o isqueiro, depois mergulhei no álcool. Ter crescido no meio do crime me ensinou alguns dotes. Era muito bom em costurar ferimentos, não que pudesse considerar essa merda um dom. Tirei a camisa branca que ostentava sangue quase na altura do ombro, rastro que Atena deixou ao encostar seu rosto em meu peito, ficando somente com a camiseta lisa da mesma cor.

— Morda! — Estiquei para ela após enrolar. — E incline a cabeça para trás. Vai doer muito.

Ia doer mesmo. Aconteceria no seco, sem qualquer anestésico. Seriam dois pontos no máximo, mesmo assim delirante de dor. Ainda tinha sua perna, que percebi estar sangrando. A garota fez como mandei, suas íris dardejavam fragilidade.

Maldição! Ela não era Lisa, independente disso não conseguia me livrar do dever de protegê-la. Respirei fundo para me concentrar no que faria. O rosto imaculado marcado com uma lembrança fodida.

Embebi algodão em iodo e limpei o local, então comecei o procedimento. Atena não gritou como imaginei que faria, ela fincou os dentes na camisa e chorou, controlada. Essa garota devia saber sobre sua família, devia ter passado por testes, porque não tinha como aguentar tanta pressão psicológica e tanto desconforto físico sem descarrilhar. O carro deslizava pela estrada, vez ou outra um solavanco me fazia parar, evitando causar mais sofrimento.

— Pronto — disse ao cortar a linha. Atena pareceu soltar os ombros em alívio. — Me deixe ver sua perna.

Prontamente ela se virou meio de lado, e juro por Deus que cerrei meus dentes ao máximo ao reparar no estrago.

— Como fizeram isso aí?

— Com a tesoura. — Indicou os cabelos claros que antes alcançavam a cintura e agora foram cortados rente aos ombros. O que a deixou com uma aparência madura e muito mais bonita.

Desviei do seu rosto e voltei para o jeans rasgado, empapado de sangue. O filho da puta fincou o metal na carne da garota e arrastou um pouco para baixo. Ficaria uma cicatriz horrenda.

— Vai demorar um pouco mais aqui. — Tentei manter meu tom neutro, não sei se consegui já que Gael relanceou o banco traseiro, tanto para me checar quanto para ver o que houve.

— Ok — falou, irrequieta.

Como da primeira vez, Atena se manteve paralisada enquanto eu realizava o procedimento. Precisava reconhecer o autocontrole da garota. No final, joguei álcool por cima, para desinfetar o corte, não tinha certeza se funcionava, só não perdia o hábito. Foi o único momento em que um resmungo mais alto saiu da sua boca.

Depois de ter terminado, entreguei-lhe dois comprimidos para aliviar a dor, ela os engoliu e passou a se concentrar na paisagem obscura da rua. Pulei para o banco da frente, criando distância da bagunça que ficava perto da garota. Não tivemos empecilhos até a cidade, onde abandonamos o veículo em um estacionamento de hotel, que atrasaria Ravish caso chegassem ali. Com uma micha destranquei um carro qualquer e seguimos viagem.

Ora ou outra checava Atena, que acabou adormecendo escorada no vidro. Eu não conseguia alinhar meus pensamentos do passado com os do presente. Essa semelhança confundia tudo, fazia-me reviver o que era bom e o que estava longe de ser.

Fui relapso com Lisa, criei expectativas que não devia e caguei com a minha família.

— Apareça lá amanhã, às nove. — Ícaro me entregou um cartão. — Já que quer recomeçar com a minha filha, que seja da forma certa.

Fiquei animado com a oportunidade, eu daria uma vida boa a minha esposa, filho e irmã; de brinde conseguiria uma trégua com meu sogro. Lisa ficaria orgulhosa!

— Obrigado, Sr. Mendanha! Não vou decepcionar.

Ele bateu de leve nas minhas costas.

— Sei que não.

E não decepcionei, dei exatamente a brecha que o filho da puta precisava para acabar com a minha vida. Não culpava minha maturidade por ter sido idiota, porque ser esperto não dependia da idade, verdade que entendi tarde demais. Cresci no meio de uma favela, cercado do que era errado; e, quando precisei usar esse conhecimento de merda para não me estrepar, deixei-o no escanteio porque queria acreditar que finalmente teria sorte. Homens como eu pediam a forca.

— Juntei informações sobre a *Sociedade* e a *Casta*. Não te envolvi nessa parte, Felipo, não por não confiar, só acho que você não precisa se atolar até o pescoço em tanta podridão — Gael cortou minha linha de raciocínio melancólica, que começava a atiçar minha sede por violência.

— Eu já estou até o pescoço, cara. Não faria diferença.

— Acho que não é bem assim...

Juntei as sobrancelhas, sem entender aonde ele queria chegar.

— Seja direto, Gael.

— Não vou afirmar nada por agora. Vamos ver como será daqui para frente, então não vou precisar explicar — finalizou.

Não dei mais liga para a conversa. Não estava disposto e tinha uma ideia de que Gael estivesse falando de Atena. Um assunto que terminaria em breve; só precisava dar um jeito em Delacroix, para que a garota conseguisse recomeçar. Se não houvesse um rival que ameaçasse Ravish, não teria motivo para que ele quisesse a garota. Assim ela seguiria em frente e eu voltaria para a minha vida, sem estar preso a uma facção, agindo por conta e descontando um pouco da minha insanidade na responsabilidade que gostava de ter nas mãos: riscar gente do mapa.

Mais uma vez estava subestimando o destino e as porcarias das minhas escolhas.

CAPÍTULO 11

Atena

A dor estava me corroendo lentamente, como um pernilongo zumbindo ao ouvido e atrapalhando a paz. Não queria reclamar, negava-me demonstrar que sofria. Fiquei em silêncio, de olhos fechados, tentando abstrair da minha mente o incômodo. De tanto tentar relaxar acabei dormindo, mas, em vez de descansar, fiquei ainda mais angustiada.

O pesadelo envolvendo a morte do meu pai, Ian com o revólver na minha cabeça, Felipo machucado e o caos irremediável me despertou no solavanco, com o coração disparado, as mãos tremendo e a maldita dor intensificada.

Um vento gelado resvalou em meu rosto enquanto eu tentava focar a visão em volta, desisti. A vontade de permanecer de olhos fechados falou mais alto. Resmunguei, débil, curtindo o calor que me cercava por todos os lados.

— Você está queimando de febre, Atena. — Reconheci a voz grave de Felipo.

Ouvi um barulho de porta abrindo, passos na escada e, de repente, fui colocada sobre algo macio. Encolhi-me com o frio que a falta de contato desencadeou.

Escutei, ao fundo, água correndo e não muito depois Felipo voltou. Sua presença era assustadoramente sufocante, não precisava vê-lo para notá-lo.

— Vou te despir e colocá-la no chuveiro. A água fria ajudará a normalizar sua temperatura.

— Tudo bem — murmurei.

Não ocultei a fraqueza ou a moleza no meu tom. Cada nervo do meu corpo reclamava, minha pele parecia lava.

Com cuidado, Felipo me sentou e tirou minha camiseta que cheirava a sangue, o odor de ferro piorava meu desconforto. Ele foi cuidadoso em passar a gola pelo corte no queixo, deixando-me de sutiã.

— Preciso que levante um pouco para tirar a calça — pediu baixinho, a nota de preocupação destoando no timbre sério.

Ergui minhas pálpebras devagar, fitando o homem à minha frente. Seu tamanho, semblante fechado, olhos vazios, um conjunto de perigo e confusão. Mesmo assim, com todas essas características disfuncionais, ele estava cuidando de mim.

Fiz o que me pediu com certa dificuldade, como se meus membros não acompanhassem os comandos do cérebro. As pontas dos seus dedos resvalaram em minha barriga ao abrir o botão do jeans, puxando-o para fora. Como estava quente, o gélido toque me arrepiou.

Sabia que estava seminua, só não tive disposição para me importar. Precisava me deitar com urgência. Cheguei a dobrar as pernas no intuito de sentar, mas Felipo segurou meu pulso, erguendo-me em seus braços pela quarta vez no dia.

— Prometo que te deixo dormir depois, primeiro precisamos baixar essa febre.

Com uma delicadeza que destoava da sua personalidade, Felipo me colocou dentro do boxe; no segundo que ele me largou, minhas pernas cederam alguns centímetros.

"Que droga está havendo?".

Não dava conta dos meus próprios membros. Lembro-me de não parecer tão acabada horas atrás.

— Droga, Atena! Acho que os acontecimentos dos últimos dias cobraram o preço de uma vez só — grunhiu, tirando sua camisa e a calça social.

Em meio a minha névoa de dor e fadiga, admirei a beleza daquele homem. Sua pele parecia bronzeada naturalmente, os gominhos do abdômen eram delineados sem exageros, os braços definidos, o V que se esgueirava pela cueca boxer preta fazia um convite para ser explorado. Em seguida, flertei com as tatuagens que seguiam a aura do dono, todas com traços escuros, sem nenhuma cor. Os desenhos encobriam seu peito, deslizando pelos braços até na altura dos cotovelos.

— Vamos te lavar, senão vai acabar desmaiando aqui.

Voltei minha atenção para seu rosto rude, o brilho de proteção nos olhos verdes me confundiu.

Com cautela fui empurrada para baixo do jato gelado, suspirei com os pingos acalentando a quentura que percorria meu sistema inteiro, até que a ardência dos machucados me obrigou a torcer a boca em desagrado. Voltei a descer minhas pálpebras, não querendo me concentrar nas fisgadas.

— Eu sei que dói, Atena. Não precisa esconder — sussurrou, tirando meus cabelos do rosto.

Não respondi, não queria gritar que precisava ser forte, que não havia outra saída. Afinal, lutava bravamente contra o início do desfiladeiro que meus pés insistiam em aproximar.

De repente, senti o sabonete percorrendo minha pele, fiquei totalmente sem reação perante o que acontecia. Felipo não era nem de longe um cara que zelava por algo ou alguém. Puta merda! Não ousei externar o que pensava, pois acabaria com qualquer interação decente entre nós. Relaxei os ombros e deixei que me lavasse, queria ser cuidada, mesmo que pelo assassino que resolvi acompanhar para fugir do meu marido.

Meus músculos se soltaram aos poucos e desisti de segurar a dor na minha carne e o receio do meu futuro. Sem alarde permiti que as lágrimas se misturassem à água. Judiava ter noção de que qualquer verdade tenha sido anulada pela minha cegueira em querer ser perfeita. Não era o estilo de mulher vulgar ou mesquinha, sim, imatura e esperançosa. Defeitos que me ferraram para todo o resto.

O que ardia como fel na minha boca, era saber que repudiava a ideia de ser moeda de troca para Felipo, contudo fui para meu pai e Ian. Descartável. Papel que se encaixava na minha pessoa. Minha mãe me abandonou cedo demais, meu pai me anulou por anos, meu marido escroto me usou friamente. E onde, merda, eu estava? Fantasiando o que não existia, encenando dentro da própria encenação que vivia.

Minha garganta fechou com o soluço que engoli, então Felipo acariciou minha bochecha, obrigando-me a encará-lo.

— Não há necessidade de ser forte o tempo todo, Atena. Às vezes é necessário sentir até os ossos, só assim conseguimos voltar à borda com um novo ponto de partida. Seja ele bom ou não, será seu impulso para traçar o que quer.

Suas palavras vieram com força, quase pude tocar as notas de ódio, sofrimento e necessidade que expuseram.

— Foi o que fez? — perguntei mais lúcida do que minutos atrás.

— Foi — afirmou, taxativo.

Levantei a mão, tocando de leve seu queixo. A barba encobria o maxilar de forma abundante. Os fios grossos, cheios e negros, deixavam-no com um ar ainda mais insolente e perigoso.

Felipo não se esquivou, todavia, seus olhos se tornaram uma maré revolta, preparada para alagar e destruir o que encontrasse pela frente. Não recuei, sua *luz* não me repelia, ela sugava.

— Vamos sair. Vou te colocar na cama e ver se acho um antitérmico.

Do mesmo modo que se tornou gentil, ele voltou a se fechar na concha da indiferença. Resfoleguei para recuperar o controle, parando de imaginar bobeiras em meio a tantos problemas.

Felipo me estendeu uma toalha, sequei-me com calma, então voltei para o quarto. Por segundos fitei o cômodo espaçoso, todo branco, desde as paredes até os lençóis e cortinas. Tudo formal demais, como um hotel sofisticado sem uma gota de acolhimento.

— Tome, coloque essa camisa. Daremos um jeito em roupas mais tarde.

Ele voltou sei lá de onde, completamente vestido, e me estendendo uma camisa branca de botões; peguei-a sem relutar. A toalha estava em torno do meu corpo, meus dentes batiam um nos outros por causa dos calafrios, a sensação ruim reaparecendo.

— Obrigada — agradeci sorrindo de leve.

Felipo chegou mais perto, assustei-me quando o dorso da sua mão pairou na minha testa, encostando no local.

— Ainda está quente — constatou. — Deite-se, já volto.

E assim, do nada, ele me deixou sozinha novamente.

Felipo

Saí do quarto como um foguete, muitas das minhas amarras estavam se soltando perto daquela garota.

Em algum ponto da estrada, Atena começou a resmungar coisas incoerentes, bastou tocá-la para constatar que estava queimando de febre. Provavelmente a dor, munida com o desgaste psicológico, tenha desencadeado reações em seu corpo. Passei o restante da viagem com um olho na estrada e outro nela. Por que caralho me preocupei tanto? Não sei. Só não conseguia me livrar dessa bendita vontade de protegê-la. Deduzir se fazia isso por ela parecer tão frágil ou por ser uma cópia de Lisa, era fundamental, mas não estava com paciência para priorizar. Dane-se!

Carregá-la nos braços, lavá-la e vê-la quase nua, confundiu-me como o inferno. Só que observar Atena chorar contida, decidida a não demonstrar fraqueza, foi como um tapa na minha cara. A garota foi enganada durante a vida, viu seu pai ser morto, convivia com um marido filho da puta e ainda precisava lidar com a podridão que eu exalava.

— Maldição!

Enfiei a mão entre os cabelos, a fim de trancar o fluxo de lembranças misturadas com o presente, que me enlouqueciam. A ânsia por cheirar pó veio como uma colisão de princípios. Não me rendia a isso há mais de quatro anos, porra!

— O que houve? — Gael apareceu na sala, onde nem notei ter entrado.

— A garota está queimando de febre, preciso de um antitérmico.

Gael me analisou seriamente. Eu sabia o que parecia, ele também. A merda era que não queria parar para raciocinar.

— Deve ter na cozinha em algum canto. Quase não venho aqui, mas deixo alguém para cuidar de tudo.

Concordei sem me pronunciar verbalmente.

— Quando arranja tempo para vir aqui? — questionei, louco para distrair minha mente da ideia de sair à caça de uma bucha de pó.

Minha garganta chegou a secar por relembrar a sensação de entorpecimento, de alívio por se desligar da realidade.

— Nos dias que temos uma brecha — disse sem estender o assunto.

Compreendi que não queria falar e não insisti, não era da minha conta. Mexi nos armários e encontrei o que queria, peguei um copo com água, subi até o quarto onde ficaria e cacei a pomada na mochila, depois rumei até onde Atena estava.

Encontrei-a encolhida sobre o colchão, as cobertas puxadas até seu nariz. Sentei-me ao seu lado, fitando os olhos mais azuis possível, semiabertos.

— Engula isso. — Entreguei dois comprimidos a ela. Ajudaria com a dor e baixaria sua temperatura. Lentamente, Atena se sentou e fez o que pedi, ingerindo uma quantidade grande de água. — Deixe que eu passe pomada nos ferimentos, ajuda na cicatrização.

Ela apenas balançou a cabeça, indicando que tudo bem. Com o cansaço estampado em seu rosto de anjo, sua perna saiu por uma fresta da coberta pesada. Distribuí uma camada generosa da pasta transparente sobre sua panturrilha. No total dez pontos, deixariam uma marca feia. Realizei o mesmo processo em seu queixo.

— Em poucos dias vai começar a secar. Se cuidarmos direito, não terá maiores problemas.

Fechei o tubo plástico, pronto para sair. Queria fumar, apaziguar meu estado caótico e ansioso por droga. Seus dedos quentes seguraram meu pulso antes que pudesse completar meu plano.

— Por que está fazendo isso por mim, Felipo? Não tem lógica nenhuma — lançou, confusa.

Eu também estava confuso, mais do que era capaz de aguentar.

— Por que não tem? Você está mal, Atena. Estou somente ajudando.

Ela sorriu de lado, minha visão acompanhava seus lábios grossos em formato de coração.

— Se qualquer outra pessoa me dissesse isso, eu agradeceria. Mas você, logo *você*, não dá para ignorar. Olha a situação, seu objetivo... Meu papel nessa baderna, o *seu* papel.

Não havia vestígios de raiva ou decepção, Atena só queria entender o que nem eu sabia explicar.

— Não sou o monstro que pensa, Atena.

Sim, eu era.

— Parece loucura dizer, mas sei que não.

Meu peito inflou de discordância e algo a mais, que não tinha nome. Ela só podia ser louca, definitivamente. Nada em mim seria caracterizado como menos que *monstro*. Tudo o que fiz, as escolhas egoístas, os desastres formados. As vidas que destruí, quem perdi. Cerrei os punhos, curtindo a merda da culpa, ao mesmo tempo me perdendo no azul-celeste dos seus olhos.

Ficamos nos fitando por muito tempo, nem sabia por que, merda, permanecia ali. Seus cílios piscaram mais devagar, indicando que o sono a vencia. Decidido a acabar com a palhaçada, levantei-me. Seu aperto não me soltou.

— Nem toda escuridão é ruim, Felipo. Elas só precisam ser iluminadas para retornar ao caminho — murmurou quase inconsciente.

Tirei sua mão de mim e a cobri bem, antes de caminhar até a varanda que dava de frente para um mato sem fim. Puxei um cigarro do maço e acendi, tragando a nicotina com muita força. Mesmo assim, não consegui barrar os flashes.

— Por que o chamou? — Lisa perguntou ao enxergar seu pai em frente a nossa casa.

Enruguei a testa com seu desespero. Pensei que...

— Queria mostrar que está tudo se alinhando. Seu pai arrumou o emprego para mim na fábrica, e pediu para vir aqui conversar com você.

Minha esposa levou as duas mãos à cabeça, desnorteada. Pediu, com calma, para que Lív levasse JP para o quarto e não saísse de lá até ser chamada.

— Amor, o que está havendo. É seu pai e...
— Felipo, me escute. O que te contei sobre Ícaro... — Ela parou ao ouvir seu nome sendo chamado do lado de fora.

Segurei seu rosto com carinho, beijando a ponta do nariz arrebitado e mergulhando no mar que me encarava com medo.

— Vai ficar tudo bem, amor. É nosso recomeço — garanti, indo abrir a porta.

Naquela noite tiraram o chão sob os meus pés, porque entreguei as ferramentas necessárias para tal feito. A partir daquilo apenas declinei, caindo e caindo mais nos pecados irremediáveis. Atena não tinha ideia do quanto minha escuridão era tóxica. Ela, assim como Lisa, tentava enxergar uma face que não existia; a única estampa que me compunha era a de aniquilar o que tocava. E me revoltava aceitar que minha principal arma era a de atrair para, em seguida, envenenar.

Puxei mais fumaça para os pulmões e acabei sorrindo com a melancolia. De certa forma, essa tortura que fazia comigo ao reviver o que aconteceu, era bem-vinda. Assim eu curtia o inferno, queimava lentamente nele, pois não merecia o paraíso depois de ter feito o que fiz.

CAPÍTULO 12

Felipo

— Acho válido nos mantermos neutros enquanto buscamos o que precisamos. Não tenho dúvidas de que Ravish e Delacroix estão na nossa cola. Vai demorar um tempo a nos acharem, então, vamos usar o espaço a nosso favor — Gael falou enquanto rolava o botão do pequeno mouse para baixo.

Fazia dois dias que estávamos naquela casa, quarenta e oito horas em que cavávamos informações sem de fato chegar a uma útil, e isso estava me enervando. Por mais que Delacroix fosse um dos alvos, nós o deixamos de lado para focar totalmente em Ravish.

Porque, mesmo que a *Casta* demandasse poder, não chegava aos pés da *Sociedade*. Delacroix tinha se tornado o único Geral da organização que encobria o lado Norte, onde trabalhávamos. Já a facção do nosso Torre, liderava cada canto do país. O que significava que, independente da força que Delacroix exercia, matá-lo seria mil vezes mais fácil do que apagar Ravish.

Acelerei meus dedos no teclado, buscando invadir mais um dos sistemas da facção, no qual trabalhávamos sem parar. Quebramos três das cinco barreiras criadas por eles. Os caras eram muito espertos, criavam armadilhas e documentos falsos para despistar.

— Concordo, mesmo discordando. Queria terminar isso do meu jeito, mas entendo que não dá por enquanto — comentei.

Não se tratava só de matar por raiva, mesmo que essa fosse a maior parcela. Eu não me importava de ser posto no fogo cruzado sem garantia de segurança, contudo, queríamos uma cartada boa para, quem sabe, nos livrarmos daquilo tudo sem maiores danos. Ravish abriu a comporta quando nos usou, nós só decidimos alagar tudo de uma vez.

— Consegui entrar — avisei assim que burlei o controle do sistema e a mensagem de acesso liberado piscou na tela.

Gael era o especialista em computadores, mas eu também sabia um pouco. Nesse ramo, a necessidade de exercer várias funções se fazia presente, apesar de que minha principal qualidade era agir. Ele veio para meu lado e, juntos, zapeamos pelos arquivos. Bufei ao me deparar com vários documentos sem nexo, lotados de linhas e mais linhas de números e letras aleatórias. Encarei com atenção o que via, buscando desvendar toda aquela porra.

— Os filhos da puta são ligeiros — Gael resmungou, rindo.

Fiz uma cópia de tudo o que tinha ali, salvando no meu *notebook*. Não me demorei, não correria o risco de ser descoberto. Mesmo que os membros que cuidavam dessa parte soubessem que invadimos o sistema, só bateriam a cabeça tentando identificar de onde vinha o endereço de IP. Gael fez um bom trabalho com o programa que desenvolveu para direcionar os otários para um IP aleatório. O que não significava que podia abusar da sorte.

— Tudo bem! Vamos dar uma pausa por hoje, já nos arriscamos demais. Não podemos subestimar os *hackers* da organização — Gael disse, tão puto quanto eu por não pegarmos um filete que interessasse.

Não bastava ter endereços que serviam como local de troca. Era necessário muito mais para ameaçar um esquema gigante como a *Sociedade.* Ou, pelo menos, algo que pudéssemos chantageá-los no momento certo.

Fechei o *notebook* e me levantei indo até a janela para fumar. Estávamos na sala, Atena se mantinha no quarto desde que chegamos. Ia até lá apenas para checá-la, não permanecia por mais de dez minutos. Queria manter distância, era o mais sensato.

— O que faremos com a garota? — Gael questionou, dando vazão a uma conversa que tentava evitar, pois não fazia ideia de como resolver esse impasse.

Atena parecia um parasita no meu sistema, daqueles que tentávamos expelir, mas não sabíamos como. Eu tinha ciência de que ela precisaria ficar pelo caminho em algum ponto crucial dessa loucura, só não conseguia me decidir quando isso chegaria.

Eu andava mais agitado que o normal, a presença dela exercia uma parcela grande nisso. Todos os dias eu lidava com a fissura em recorrer às drogas pesadas, o que intensificava a minha mente doente sobre meu passado, impelindo meus pecados a autoflagelação.

— Ainda estou pensando sobre isso — avisei, levando o cigarro à boca.

— Você está interessado nela, Felipo. Esse é o motivo de não ter decidido.

Virei o rosto para o lado, encarando meu parceiro nos esquemas dos últimos quatro anos. Gael era como eu: reservado. Para se meter nos meus problemas pessoais, porque sim, Atena virou um, indicava que a situação começava a fugir do controle.

Esse instinto de proteção camuflada com *ela* levava minha paciência. Porque não queria, no mesmo compasso não conseguia ignorar.

— Vou dar um jeito — garanti, voltando-me para a janela.

Não desenrolaria temas que não estava disposto a dividir. Não era uma sessão de terapia, era a porra da realidade enchendo meu saco. Gael ficou em silêncio, poucos minutos depois saiu.

Terminei de fumar e subi até o quarto, para tomar um banho. Passava das 3h da tarde, estava esgotado de tanto espreitar as sujeiras que não encontrei. A água quente lavou um pouco da tensão, deixando somente a incoerência em relação à Atena. Via-me encurralado com vontades que não devia ter. Desde que a vi vulnerável, algo crispou na minha personalidade, obrigando-me a preocupar com o que não fazia diferença. Tentava a todo custo justificar isso como remorso, já que Lisa morreu por minha culpa e o destino me fodeu colocando uma sósia dela na minha frente, como se dissesse: *"conserte o que fez"*.

Era isso, tinha de ser. E assim que a deixasse a salvo, acabaria. Eu voltaria para uma rotina confortável, ela daria partida de onde quisesse.

Não tinha nada a ver com os lábios cheios, com os olhos em dois pigmentos mais escuros que os da Lisandra; os cabelos quase loiros, que também a diferiam da minha esposa. Não me atraía sua coragem em se manter firme mesmo ruindo. Não tinha sido influenciado pelo corpo pequeno, com curvas suaves, que há dois dias vestia minhas camisas sem nada por baixo. Maldição!

Passei as mãos nos cabelos, tirando o excesso de água, e encostei a testa na parede. Eu carregava muita merda para envolver, mesmo que remotamente, outra pessoa. Não duvidava que Atena se rendesse a mim, ficou claro que sim no dia em que a beijei, entretanto não estava disposto a ferrá-la mais do que a vida já fez. Não pegaria para mim outro erro que me corroeria sem dó. Não podia destruir mais ninguém.

Bati os punhos no azulejo, relampejos de Lisa, Lívia e João Pedro estouravam em minha cabeça. Uma saudade absurda dos que amava e que jamais voltaria a ver. Em meses me permiti ser fraco e ansiar pelo que perdi por puro descaso. Lisandra me recebendo sorrindo nas tardes de sol, à porta de casa. Eu sorrindo de volta, feliz por ter o que mais prezava a um suspiro. Minha irmã batendo no meu ombro carinhosamente, aprovando meus alinhos para melhorar nossa condição. Meu filho chorando, querendo o colo da mãe, enquanto eu admirava a cena.

Então, as imagens vaguearam para o dia em que minha esposa morreu em meus braços por conta da minha burrice. Da sua voz melodiosa pedindo para salvá-la. Do meu grito desesperado por saber que não seria seu herói, sim, seu ceifador.

— Puta que pariu! — grunhi, desligando o chuveiro para esquecer essa podridão do caralho.

Enrolei-me na toalha, ainda molhado, e saí do banheiro. Onde dei de cara com Atena sentada em minha cama. A camisa branca cobria até metade das coxas, os dois primeiros botões estavam abertos, revelando ainda mais pele. Eu estava catatônico com o que revivi minutos antes e *ela* apareceu para me deixar ainda mais à borda.

— O que faz aqui? — questionei rudemente.

Seus olhos subiram do meu tórax para meu rosto. Não tive tempo de decifrar o que se passava ali, só notei que o azul das suas íris tremulou.

— Que-queria falar com você. — Puxou uma quantidade significativa de ar.

Soltei um riso irritado, baixando a visão para o chão. Eu não era idiota, Atena me cobiçava, eu vi o mesmo olhar no chuveiro quando a ajudei a tomar banho, ignorei porque ela não estava bem. Mas agora... Porra! Ela estava sã, sem indícios de febre ou dor, e mesmo assim atiçava minha sanidade sem culpa.

Rosnei fora de mim. Eu faria merda, meus instintos gritavam que sim. Seria mais uma penitência a pagar... Que se foda! Não havia redenção, só a fodida e velha impulsividade do momento.

Com isso bem acomodado, voltei a encará-la.

— Não devia ter vindo, Atena — alertei-a, antes de dar um passo em sua direção.

Atena

Eu rolei na cama por horas, pensando que não saía do lugar em relação a nada. Então, cheguei à conclusão de que estava presa nisso, sem data de mudança, e que se quisesse enfrentar Ian seria necessário me mexer. O problema seria convencer Felipo a me apoiar. E minha esperança era ele, porque o grandão, com cara de psicopata, não moveria um dedo para me ajudar. Tinha certeza de que já teria sido morta ou despachada, caso Felipo não interviesse.

Mordi o canto da unha, tirando uma lasca do esmalte que descascava. A situação como um todo se descrevia como bizarra. A prisioneira que pretendia pedir auxílio ao seu suposto sequestrador. Por outro lado, vim por livre e espontânea vontade. E no meio disso tinha a dúvida do porquê de Felipo ter me trazido e ainda me manter segura. E a pior parte: por que *eu* me sentia segura com ele?

Lancei as cobertas para baixo, levantando-me da cama antes que me arrependesse. Eles odiavam Ian, tínhamos isso em comum, seria válido me escutar e, quem sabe, fechar uma parceria.

Duvido muito. O que eu ofereceria?

Coloquei as mãos na cintura, andando de um lado para o outro, tentando buscar informações para passar. Nada!

— Vamos lá, Atena, tem que ter alguma coisa.

Varri minha memória até que encontrei uma pequena ajuda. Talvez servisse, talvez não.

Dane-se!

Saí para o corredor e bati à porta da frente, ninguém respondeu. Girei nos calcanhares para voltar ao meu *canto*, acabei desistindo. Se não insistisse, ele não me ouviria. Dei de ombros, não raciocinando direito, e entrei no quarto de Felipo sem ser convidada. Eu sabia que ele estava ali dentro, ouvi quando entrou.

O barulho do chuveiro chegou aos meus ouvidos enquanto analisava o local idêntico ao meu. A casa era enorme, bonita e totalmente sem cor. Eles deviam ganhar bem, porque esse lugar custou uma fortuna.

Sentei-me no colchão macio para esperar. De relance fitei minha panturrilha, o fio escuro destoava da minha pele branca. Não estava doendo como antes, ainda fisgava com menos intensidade. O machucado no queixo já não incomodava mais. Eu fiquei mal apenas no dia que chegamos, depois só permaneci quieta porque quis mesmo. Assimilando o que acontecia comigo e tentando não surtar com a minha falta de preocupação com isso.

Meus olhos estavam pregados na porta do banheiro quando Felipo apareceu de toalha e molhado. Por Deus, era uma perfeita miragem! Admirei suas tatuagens obscuras, as gotículas de água escorregando devagar, como se provassem cada um dos gominhos esculpidos ali. Era errado ter atração por ele. Era inadmissível desejá-lo. Porém, desde o beijo, eu não o via como uma ameaça.

— O que faz aqui? — Sua voz rude me levou a mirar seus olhos.

Cheguei a tropeçar nas palavras ao tentar explicar. Felipo sorriu, só que não tinha humor no gesto. Meus pelos arrepiaram ao ter seu verde distinto cravado em mim. Entreabri os lábios, absorta nele.

— Não devia ter vindo, Atena — declarou, minando o espaço entre nós.

Apoiei os braços para trás, arregalando os olhos. De súbito sua mão agarrou minha nuca, levando-me ao seu encontro, colando sua boca na minha com brutalidade e sem qualquer vestígio de hesitação.

Meu lábio inferior ardeu com a mordida que recebeu, em seguida foi chupado com gosto. No segundo que respirei, levando oxigênio aos pulmões, Felipo girou sua língua na minha, capturando meu susto com o desejo que senti ao vê-lo quase nu. Seu beijo não tinha zelo, parecia mais como uma punição por querer o que não devia.

Sua mão grande apoiou minha coxa, subindo, subindo, causando calafrio no meu estômago, não um ruim. Seu cheiro de cigarro e menta envolveu meus sentidos, até que seus dedos pairaram sobre meu sexo, decidindo se avançavam, tirando toda a minha noção do correto. Eu respirava pesado, inebriada e confortável com qualquer linha entre o certo e errado.

— Não se atiça assim um homem como eu, Atena. Você está completamente nua por baixo dessa camisa, veio até meu quarto num momento nada propício e, de quebra, exala tesão sem ao menos disfarçar — sussurrou sem deixar de me beijar. — Não sou bom, garota. As chances de te queimar são grandes.

Eu percebi que ele queria colocar juízo na minha cabeça, assim pararia essa loucura. Mas meu lado incoerente não queria, porque seu toque despertava um desejo que há muito não era saciado.

Por isso, só por isso, finquei minhas unhas em seu peito, arrastando para baixo, arrancando a toalha que escondia o restante do seu corpo.

A força do beijo aumentou, o aperto na minha nuca também. Meus lábios corriam para acompanhar o ritmo frenético dos seus. Minha palma subiu por sua barriga, espalhando a água que ensopava a pele bronzeada. Aquilo me fez esfregar uma perna na outra. Estava sem sexo há mais de seis meses, meu cérebro não queria funcionar além da sua capacidade de ter o que minha libido queria.

    Gemi quando seus dedos tocaram minha vagina de leve, meu pescoço tombou para trás, dando livre acesso ao seu ataque. A frase seguinte saiu sem que eu pudesse processá-la, e não tive vontade alguma de recolhê-la.

— Não tenho medo da dor, Felipo. Eu quero queimar.

CAPÍTULO 13

Felipo

Aquela frase subiu pela minha espinha, alojando-se na nuca de tão crua que foi. Faria mesmo uma burrada. Puta que pariu!

Como Atena soltou a toalha, meu pau ficou totalmente livre para tocar sua boceta que meus dedos mapeavam, sentindo a carne encharcar. Essa garota era como eu, talvez não soubesse ainda, mas era. Ela gostava do sujo, do errado, da adrenalina de sentir e causar discórdia. No fundo podíamos até ser comparados como iguais.

Não diminuí a pressão do beijo, porque não queria pensar no caralho da situação. Estava ardendo de tesão e, que se dane, eu ia foder Atena. Minha mão na sua nuca a mantinha erguida, dominada no aperto. Nossas línguas circulavam sem cuidado. Ágeis, desesperadas em busca de alívio, nem que fosse passageiro. Deslizei dois dos meus dedos mais para baixo, entrando com força onde queria.

Ela se contorceu, gemendo tão intensamente que a cabeça do meu pau pulsou.

— Mais... — pediu, sem vergonha alguma.

Disposto a pular de cabeça nesse precipício sem fim de merdas, soltei-a para que tombasse no colchão e segurei meu pau, bombeando enquanto assistia o trabalho de comê-la com os dedos. Sem tirá-los da sua boceta, encaixei meu membro ali, acoplando junto e empurrei um pouco. Fervia, babava, levava minhas ressalvas.

O prazer era, sem dúvida, uma das sensações que mais gerava impulsividade, porque naquele instante nada além de me enterrar nela valia minha atenção. Seus pés fincaram na minha bunda, puxando-me para perto, obrigando-me a percorrer todo o caminho até o fundo. O contato de pele com pele, os meus dois dedos deixando o espaço ainda mais estreito. As veias do meu braço saltaram, então não consegui barrar o rosnado baixo.

— Que porra!

Meus olhos não desviavam do local onde meu pau bombeava com ímpeto. Minha mão livre fincou na sua cintura, mantendo-a no lugar. As unhas de Atena cravaram no meu antebraço, e os sons ficaram descontrolados. Sua bunda estava quase para fora da cama, a camiseta embolada na altura do umbigo. Meu tom moreno contrastando com o seu claro.

Arranquei os dedos, subindo-os para seu clitóris, circulando o nervo do jeito que *ela* gostava, sabia que *Lisa* gozaria em poucos segundos com esse toque. Tirei suas pernas da minha bunda e as escancarei, ganhando a visão deliciosa da sua boceta rosada que lutava para dar conta do meu pau. Eu respirava pesado, aumentando cada vez mais o ritmo frenético das estocadas, minha garganta seca queria buscar o beijo molhado para saciá-la e, ao mesmo tempo, meus olhos não desejavam parar de assistir.

A *vibe* era sempre a mesma quando a comia. Delírio. Amor. Necessidade.

Grunhi mais, alucinado por ter tido a chance de experimentar esse descarrilho de novo, por ganhar uma segunda oportunidade de reparar os estragos. Foi ali, no ápice do meu sonho, que uma voz mais rouca, mais invasiva, desanuviou meus sentidos.

— Não para, Felipo...

Ergui a visão para os cabelos revoltos que eram mais claros, desci para os olhos mais escuros e, enfim, fitei a boca bem mais cheia. Não era Lisa, era *Atena*. Suas bochechas coradas indicavam que o orgasmo estava perto, as labaredas nas suas íris contavam que ela pouco se importava em estarmos fodendo *literalmente* tudo.

Atena mordeu o lábio para barrar o grito com seu clímax, suas costas se desprenderam do colchão para se envergar de prazer, os bicos dos seios marcavam o tecido fino que os tapava. Por mais que meu gozo tenha subido, eu me privei de senti-lo. Não podia, não queria, negava-me ao absurdo. Meu pau foi inundado por uma quentura absurda, melado ao extremo com os fluídos de Atena. Aquilo era o inferno e o paraíso. Cerrei as pálpebras, intensificando o aperto em sua cintura, ensandecido com o desejo e doido para barrá-lo. Puxei grandes golfadas de ar, dominando meu lado animal.

Comia algumas putas durante as viagens, não era adepto do celibato, porém, o estereótipo de mulher nunca era meramente parecido com Lisandra e tinha motivo para isso: não confundir minha mente perturbada, exatamente como Atena vinha fazendo.

Apertei a base do meu pau e escapei da sua boceta quando notei que estava meramente saciada. Os olhos azul-celeste se arregalaram ao constatar o que fizemos, de supetão ela se sentou.

— Eu... Nós... — gaguejou.

— Não tem nós. Você quis, eu te dei. Agora acho que terminamos — afirmei.

Atena não se abalou como eu esperava, pelo contrário, ela desceu sua inspeção até parar no meu membro duro como uma pedra, minhas bolas estavam enrugadas pelo gozo barrado.

— Você não gozou — constatou, peguei uma pitada de contrariedade na frase.

— Não, faço isso sozinho.

Ela se voltou para o meu rosto, espantada.

— Quero fazer isso por você, Felipo. Deixa — pediu, novamente sem vergonha alguma.

Maldição!

— Atena... — alertei-a.

Aquilo não terminaria nada bem, nada mesmo. Eu não me importava, mas ela talvez sim.

— Quero... Quero fazer isso — sussurrou, confirmando que era tão sem controle quanto eu.

Travei o maxilar, tonto com tanta merda junto, lembrando-me de Lisa enquanto metia em outra. A garota que supostamente seria refém pedindo descaradamente para me chupar.

— Nós somos iguais aqui — externou meu próprio pensamento de minutos antes, fundamentando minhas teorias. — Você adora a escuridão e eu descobri que a quero como aliada.

Levantou-se, em seguida se ajoelhou na minha frente.

— Não sabia que existia essa necessidade por perigo e pecado dentro de mim até que *você* me deixou atirar, até aceitar que me sentia atraída pelo assassino que me protege. — Suas mãos quentes substituíram as minhas. — Essa rebeldia deve estar no DNA, não acha? Vivi uma encenação durante anos, mas *você* libertou a verdadeira Atena.

Seus lábios espaçaram e ela me abocanhou, sem me dar brecha para a negação tirando meu eixo com a língua esperta. Dane-se! Se a garota estava propensa em se estrepar, quem eu era para impedir?

Enrolei os cabelos curtos em meu punho, segurando o que dava, e arremeti meu quadril, tocando o fundo da sua garganta. Atena se engasgou, mas não recuou. Nos seus olhos conseguia decifrar a satisfação em sentir essa brutalidade que lhe dava. Soltei meus lábios, entreabrindo-os para respirar com mais afinco. Sua boca descia e subia, seus dedos massageavam o que ela não encobria. Sua outra mão espalmou minha bunda, pedindo em silêncio que não aliviasse meus instintos.

E eu não ia.

Pelo que pareceram horas, fodi sua boca sem dó. Em determinado momento, lágrimas escorreram dela, pois segurei sua cabeça firmemente de encontro a minha virilha. Minha barriga fisgou, indicando que ia gozar. Ela deve ter percebido, porque se empenhou ainda mais para me levar ao limite. Esporrei fitando-a, assistindo Atena engolir cada gota do que lhe dava. Nenhum dos dois se importava com o que era certo, com o que devíamos ou queríamos, dando vazão somente ao que precisávamos.

Mesmo após tirar meu pau da sua boca, ela permaneceu abaixada, esperando o que vinha a seguir. Seus lábios tão inchados e vermelhos pelo ato se tornaram imensamente convidativos. Fiquei ali, pelado, ela apenas com minha camisa. O cenário como um todo não encaixava em lugar algum, mesmo assim era satisfatório.

Isso até a culpa se esgueirar pela minha consciência.

Atena

Eu não estava desconfortável com o que fiz, acho, inclusive, que, pela primeira vez, tinha agido como queria agir. E não me incomodei com qualquer outro detalhe além daquele. Felipo tinha suas feições fechadas, em contrapartida seus olhos verdes estavam brilhantes, lânguidos.

— Levante daí — mandou, virando as costas e indo para o banheiro.

Sentei-me na cama, aguardando. Meus nervos pareciam em êxtase pelo que houve, o meio das minhas pernas estava encharcado e... eu queria mais. A atração que Felipo despertou em mim foi instantânea e não ousei ignorá-la. Não imaginei que aconteceria algo tão cedo, mas ansiava para que acontecesse logo. Sorri, aceitando que a irracionalidade se aconchegava melhor em mim do que a falsa perfeição.

O sexo com Ian era sempre enfadonho, frio, como um roteiro a ser cumprido. Então, ele decidiu que não estava mais interessado e pouco se importou com o meu estado. Eu, apesar de excitada, não sentia vontade em procurá-lo, com isso fomos deixando esse envolvimento primordial de escanteio. Acreditava que meu escroto marido tinha perdido o interesse na esposa troféu, no final tinha razão. Negócios eram negócios, e em determinada altura se tornavam um dever.

— Por que ainda está aqui, Atena? — Felipo questionou sem camuflar a reprimenda.

Ele transmitia confusão, raiva, casos mal resolvidos, beleza. A esfera toda me chamava para embarcar em qualquer desastre, fosse ele eminente ou não.

Retomei o foco ao me lembrar de que fui até ali com um propósito e o cumpriria. Não desistiria de me vingar, só precisava de um ponto de partida para o que ainda não conhecia direito.

— Vim fazer uma proposta — falei, convicta.

Ele sorriu, maldoso, ainda nu e com sua postura irredutível de tão imponente.

— Qual? Sexo? — Escorreu deboche da pergunta.

Entortei a boca, aquilo foi grosseiro. No meu antigo mundo me abalaria; no novo, não era opção, porque não adiantaria já que Felipo estava se ferrando para os meus sentimentos.

— Não.

Ele caminhou até a mochila no canto e pegou uma boxer e calça social preta. Aquilo parecia um uniforme, o homem não colocava outra coisa. Vestiu-se em silêncio, sem dirigir seu olhar a mim. A tatuagem gigante nas suas costas me chamou a atenção. Como as demais, era *dark*, um caminho de árvores mortas e uma mulher passando entre elas. Ela usava um vestido esvoaçante e parecia tentar chegar ao destino. Embaixo, como continuação do desenho, havia a parte de um rosto, nariz, boca e queixo, a imagem de cima parecia sangrar sobre a debaixo. Medonha e hipnótica. Fiquei me perguntando se tinha algum significado.

— Qual seria a proposta, Atena? Não que esteja interessado, só fiquei curioso — disse por fim.

Apertei uma das mãos na outra, começando a ficar nervosa. Minhas esperanças de que ele me ajudasse escorrendo pelo ralo. Respirei fundo e comecei a explicar:

— Quero aprender sobre meu mundo, quero que me ensine.

Suas sobrancelhas grossas quase se juntaram.

— Por quê?

— Porque vou acabar com Ian e pegar o que é meu por direito.

Desde que me joguei na companhia dele, não o tinha visto ser pego desprevenido. Felipo parecia... surpreso.

— Não é tão simples assim. Primeiro, porque Delacroix não vai mais baixar a guarda e arrumar uma brecha será difícil. Segundo, mesmo que não tenha medo, é ingênua demais para esse meio, Atena. Terceiro, assumir uma facção não é como brincar de boneca.

De todos os seus pontos, aquele último me irritou ao máximo.

— Pensa que não dou conta?

— Não é isso que quero dizer, acredito que todos dão conta do que querem, basta arriscar. Só que os membros da *Casta* não vão aceitar de braços abertos uma mulher no poder. Esse deve ter sido um dos motivos para seu pai te manter afastada dos negócios, não que isso justifique a burrice dele.

Mundo machista de merda! Odeio que coloquem minha capacidade à prova, mesmo que tenha ficado em segundo plano por vinte e cinco anos.

Chegava a ser cômica minha revolta, sendo que passei anos casada com um cara que anulava minha competência, fui uma transição de *empresas* para a minha família e idiota o suficiente para não entender o que se passava debaixo do meu nariz. Mesmo com isso tudo, odiava demais esse comportamento imbecil da sociedade.

— Bem, eu duvido muito que eles se oponham. O legado é meu e, a partir do momento que assumir, ficará quem estiver disposto a me seguir.

Mais uma vez, ele juntou as sobrancelhas.

— Deixaria os membros irem?

— Sim.

— Isso seria perigoso para a organização.

— Não se eles tivessem motivos para não abrir o bico.

Felipo pareceu se interessar, tanto que se acomodou na cadeira ao lado da cômoda e apoiou os cotovelos nos joelhos.

— Prossiga.

— Todos têm pontas soltas, você sabe disso. — Concordou, incitando-me a continuar. — Nada mais motivacional do que chantagem. Quem sair ficará ciente de que, se abrir o bico, verá quem ama morrer e no fim será morto.

Seus olhos verdes escureceram.

— Faria isso? Mataria pessoas inocentes para manter algo ilegal?

Mataria?

Minha ideia poderia ser amadurecida conforme fosse abrindo o leque na minha mente em relação ao crime. Contudo, de início, foi o que me pereceu viável. Eu me convenci a deixar a parte humana em segundo plano, apenas assim conseguiria não fraquejar.

— Não sei. — Fui sincera. — Talvez, se eu me envolver nesse mundo acabe buscando outra saída.

— E como chegaria até Delacroix?

— É aí que você entra. Sei que Ian está na sua cola e que seu interesse é pará-lo. Acho que tenho uma informação que pode ajudar. Se prometer ser meu guia, eu a darei a você.

Felipo coçou a barba, analisando o que propus. Ele poderia não aceitar, o que atrasaria muito meus planos. Meu estômago gelou em antecipação, mordi a língua para não o apressar em responder.

— O que quer tanto saber? — inquiriu, sério.

— Tudo. Como funciona, quais as regras, os meios que posso trabalhar.

— E por que acha que sou a pessoa certa a ensinar tudo isso a você?

Repuxei meus lábios, quase zombando da pergunta.

— É óbvio, não? Você vive nesse mundo, Felipo.

Criou-se uma cratera entre nós durante os minutos que ele repensou o que falei. Aguardei, a tensão crescia ao ponto de me deixar desconfortável.

— Ok, eu te ajudo. Com uma ressalva: você aprende, faz e esquece que me conheceu. Não quero ligação entre nós, será somente um meio para o fim.

Assimilei o que ouvi, meu incômodo pareceu aumentar. Ignorei-o e foquei nos objetivos.

— Ótimo! — aceitei logo.

Felipo balançou a cabeça devagar, aprovando minha reposta.

— Já que estamos de acordo, me conte o que sabe sobre Delacroix.

CAPÍTULO 14

Felipo

Concentrei-me no que Atena tinha a dizer, porque assim não me apegava ao que tinha acontecido e no que queria fazer, porque, porra, eu realmente desejava me enterrar mais nela! A garota tinha uma boca do pecado e a merda era que o *pecado* sempre caía como uma luva em mim.

— Acho que tenho um endereço que pode interessar a vocês. Não sei o que há lá, mas Ian o citava com frequência — começou firme, capturando meu foco.

Atena parecia uma contradição ambulante. Foi enganada ou se fingiu de idiota a vida toda, mesmo assim tinha mais jeito para assuntos *chaves* do que a maioria dos homens que trabalhavam nesse meio. Exalava determinação, coragem e não fugia do que lhe causava medo. Em contrapartida, aparentava uma fragilidade quase patética.

Não fazia ideia do que ela sabia sobre Delacroix, também não colocava muita expectativa de que fosse relevante. Mesmo assim permaneci impassível, decidido a descobrir até onde a garota iria por vingança. Ouvi-la dizer que sacrificaria gente inocente para manter o legado caso conseguisse reconquistá-lo, desviou minha mente por duas vias distintas: descrença em acreditar na sua capacidade e surpresa em cogitar que fosse capaz.

— Se não sabe o que tem no local, por que acha que vou te ajudar? — perguntei mais para observar seus olhos azuis adquirirem aquele brilho sagaz, como se sua segurança não balançasse perante o desafio de me convencer.

Encará-la era um misto de reconhecimento, por ser tão parecida com Lisa; e estranheza, já que sua personalidade não podia ser mais oposta.

— Não estou achando nada, Felipo. Estamos conversando e vendo se chegamos a um acordo, caso não funcione, darei outro jeito — respondeu, rebelde.

Arqueei uma das sobrancelhas, segurando-me para não rir da sua revolta. Atena semicerrou as pálpebras, apertando o lábio inferior entre os dentes. Essa ação entregava um pouco da sua ansiedade ou, quem sabe, medo do que ouviria.

Acabei sorrindo, sem deixar de fitá-la. A ocasião não tinha como ser mais disfuncional. Ela agindo como se discutíssemos um contrato, quando, na verdade, não havia o que barganhar. A garota veio comigo por um lapso de bom senso que tive, cogitei usá-la como moeda de troca, depois me rendi à merda da necessidade de protegê-la por não conseguir desmembrar sua imagem de Lisandra.

— Diga o endereço, Gael e eu vamos verificar, então voltamos a conversar.
— Como posso ter certeza de que não vai me enrolar?
— Não vai, terá de atirar no escuro.

Foi sua vez de repuxar os lábios de forma debochada.

— Prefiro guardar para mim até encontrar alguém que esteja disposto a *atirar no escuro* pelo que ofereço. — Levantou-se, a camisa caindo até o meio das suas coxas.

Percorri minha visão dos pés pequenos até os seios médios, imaginando como os bicos ficariam túrgidos com o toque da minha língua, por fim encontrei suas íris a determinação de não ceder ao que propus.

— Que outro alguém, Atena? Só tem Gael ou eu.
— Não, não tem. Até onde sei você só está esperando o momento certo para me despachar, e eu vou *esperar o momento certo* para agir. Aguardei vinte e cinco anos, algumas semanas a mais não farão diferença.

Maldição! Essa garota gostava demais do perigo, porque não raciocinava direito. Eu poderia facilmente torturá-la para conseguir informações. Suas pernas se movimentaram, levando-a para perto da porta. O lugar podia ser inútil ou benéfico, o caralho era que teria que investigar para entender se servia para algo.

Rosnei, apertando os dedos no encosto da poltrona. Odiava ter de ceder ao que não queria, mas minha vivência me ensinou a abrir o leque antes de fechar.

— Coloque uma das minhas calças, vamos falar com Gael — disparei, impedindo que a filha da mãe se fosse.

Ela estremeceu de leve, quase pude ler sua mente comemorando por ter me dobrado. Porra! Atena se virou na minha direção, serena, sem ocultar sua satisfação por ter alcançado um objetivo que se autoimpôs.

Atena

Precisei barrar minha impulsividade em bater palmas de felicidade. Era um passo mínimo rumo ao que planejava. Rezava para que o tal endereço servisse para eles, porque precisava, e muito, da ajuda de Felipo.

Esperei pacientemente para que ele se mexesse e, quando o fez, resfoleguei. Felipo com cara de tesão era delirante, mas sua fisionomia de bravo, sem camisa, com as tatuagens escuras à mostra, e descalço, era perdição no sentido literal da palavra.

Eu devia ter ligado o botão do *foda-se*, porque o cobicei sem frescura alguma. Nunca fui tímida, pelo contrário, queria e ia buscar. Mas andar na linha costumava ser uma tarefa que cumpria com destreza. Em que ponto deixei esse costume, não sabia dizer. Talvez, ter visto meu pai morrer, descobrir que meu marido escroto de fato era escroto e ter ficado a milímetros da morte tenha ajudado a desencapar os fios que acionavam minha personalidade mais insolente. E, no fundo, eu estava adorando essa versão, por mais irregular que fosse.

Só percebi que estava hipnotizada quando Felipo pigarreou, chamando minha atenção. Seus olhos de um verde diferente, tomaram um tom mais escuro, perigoso.

— Pare de me encarar desse jeito, Atena. Ou juro que te enfio nessa cama e só saímos quando *eu* estiver satisfeito — grunhiu, rouco.

Aliviei a tensão em meus ombros e engoli em seco me sentindo uma verdadeira vadia por cogitar pedir que o fizesse. Balancei a cabeça devagar, recobrando o juízo, porém nada disse.

Com passos decididos, Felipo foi até a sua bolsa, pegou uma calça de moletom cinza e lançou para mim.

— Vista-se e vamos!

Sob seu olhar atento, fiz o que pediu.

Minutos mais tarde descemos as escadas que davam na sala. Eu não tinha saído do quarto desde que cheguei. O lugar amplo, as paredes todas em vidro davam a impressão de que estávamos suspensos. Aproximei-me da borda, olhando para as pedras que escorregavam para baixo, na base se abria para uma grama verdinha e alguns metros à frente começavam as árvores. Virei-me nos calcanhares, fitando a decoração clara, sem emoção, como os dois quartos do andar superior. Então, minha visão recaiu *nele*, que tinha as mãos enfiadas nos bolsos da calça social, com os olhos pregados em mim.

— O que aconteceu? — Gael surgiu de uma porta lateral, vestido como se fosse a um casamento.

— Atena pode ter algo interessante — Felipo lançou.

— E qual o preço? — o loiro com cara de psicopata questionou sem rodeios, encostando-se displicentemente na parede.

Ele não gostava de enrolar, era direto e não se importava em ser inconveniente. Percebi isso quando o conheci, quando me olhou pelo vidro do carro e ordenou que Felipo se livrasse de mim.

— Ela quer minha ajuda para chegar até Delacroix.

Ambos conversavam, como se eu não estivesse ali.

Gael não esboçou reação, contudo seu maxilar travou, intensificando a fisionomia séria.

— E qual seria a informação? — Desta vez se dirigiu à minha pessoa.

— Tenho um endereço que pode ser útil — afirmei sem titubear, perante sua postura rígida.

— E o que tem lá?

Dei de ombros.

— Ainda não sei, mas acredito que vocês possam descobrir. Caso não seja nada, voltamos à estaca zero, onde sou apenas um peso. Do contrário, criamos uma parceria.

Gael riu, maldoso.

— E como acha que vai saber se é útil ou não? Enganar você não é difícil, garota.

Foi minha vez de rir, maldosa.

— Vou acompanhar cada passo que derem na localização do local e na varredura que, com certeza, vão fazer.

De imediato, ele se afastou da parede, largando os braços, que estavam cruzados, rentes ao corpo.

— Nem fodendo! — rosnou, irredutível.

Empinei o queixo, não baixando a guarda. Não entregaria o que tinha sem ter o que queria.

— Ou é assim ou não é de jeito nenhum — devolvi.

— Que se foda! O meu foco nem é Delacroix! Se ele quiser nos achar que venha, nóa a entregamos, matamos quem precisar e acabamos com a palhaçada, porra! — aumentou a voz.

Dei um passo para trás, impelida pelas faíscas de raiva em seus olhos.

— Gael... — Felipo avisou baixo.

— Não vem com essa merda, Felipo! Tá maluco só em cogitar a hipótese de envolvê-la nisso. A garota deve ser informante do Delacroix.

— Não sou! — Coloquei firmeza nas palavras, irritada por ele ficar dizendo isso sempre. — Eu quero matar Ian e pegar o que é meu por direito, é isso. Acredite você ou não!

Gael veio para o meu lado, meus pelos eriçaram com o que poderia acontecer. Antes que me alcançasse, Felipo surgiu entre nós, deixando-me às suas costas.

— Não. — De novo alertou.

— Não? Não? Qual é, Felipo? Que porra está havendo? Como consegue acreditar nessa...

— Chega, caralho! Não temos tempo para drama, Gael. Se Atena tiver informações que nos ajude, ótimo! Estamos correndo contra o tempo, e mesmo que Delacroix não seja o alvo principal, é um problema que precisamos resolver. Pare de suposições e se concentre no que temos.

Por instinto, apoiei uma das mãos em suas costas, sentindo os músculos retesarem com o meu toque. Não recuei. Um silêncio incômodo recaiu no ambiente, os dois homens se fitavam, irritados. Gael bufou, espiou-me e bufou novamente.

— Ok, vamos foder tudo como você quer — acabou declarando.

Felipo

Gael não estava satisfeito com a ideia e eu não estava nem aí. A situação pedia medidas drásticas, não havia segundas opções nesse

embate. Se Ravish nos encontrasse, o que não ia demorar, precisaríamos lidar com uma facção gigante, não que me importasse. A merda era que odiava perder, e se nosso Torre resolvesse se unir o Delacroix, as chances de nos pegarem desprevenidos passariam de grandes para gritantes.
    Puxei uma cadeira, afastando-me de Atena e seu magnetismo distorcido.
    Observá-la descobrindo o lugar foi um baita *déjà vu*, como quando Lisa admirou nossa casa minuciosamente, com um sorriso caloroso pela conquista que fizemos. Na época, eu não sabia que sua fortuna poderia comprar incontáveis imóveis luxuosos, o que, de certa forma, me fez admirá-la mais. Minha esposa tinha muitas qualidades, a simplicidade era uma delas.

    — *É linda, Felipo* — *disse ao passar os braços por meu pescoço.*
    Fazia mais ou menos vinte minutos que estava somente assistindo seu tour pelas cinco peças da construção. Não era grande coisa, mas era o começo. Não queria permanecer no antigo imóvel que meus pais deixaram; a sujeira que continha naquelas paredes podia manchar meus planos. Apesar de estarmos no mesmo bairro, acreditava que seria melhor.
    — *Que bom que gostou, amor.* — *Beijei calidamente seus lábios macios, alisando seu ventre já protuberante.*
    Nosso filho estava a caminho, nosso novo lar garantido, nada poderia estragar o que estávamos construindo.

    Nada além de mim mesmo. Eu consegui soterrar não somente minha esposa, como enterrei também meu filho e irmã ainda em vida. Um dos meus maiores alívios era ter saído do caminho de ambos antes de dar o baque final. Por algum milagre, eles encontraram o que precisavam, mesmo que por meios não convencionais e após pagarem pelas minhas merdas diretamente.
    — Me diga uma coisa, garota... Como conseguiu esse endereço? — Gael perguntou, ainda de pé, em posição de ataque.
    Estava ali uma dúvida que não me atentei. Como? Girei para encará-la, aguardando uma explicação.
    — Digamos que Ian não dava muita importância para a minha inteligência — falou, trançando os braços em torno da sua cintura, encabulada por admitir.
    Relancei Gael, que ainda não estava 100% convencido. Entediado com a rixa idiota, fui ao que interessava.
    — Qual o nome da rua?
    Ela chegou mais perto, parando ao meu lado, e citou o que eu precisava para pesquisar no *Google Maps.*
    Era um barracão isolado, o nome *Revierah* se destacava na parede de concreto. Suspeito, todavia, Delacroix era um dos maiores, se não o maior, fornecedor de joias do país, aquilo devia ser apenas um depósito de mercadoria.

— Não desista ainda, Felipo. Por favor... — Atena pediu baixinho, pensando o mesmo que eu.

— Consegue invadir as câmeras para darmos uma olhada? — inquiri para Gael, ignorando o apelo dela.

— Vou ferrar meu tempo para provar que essa garota está de joguinho, assim talvez você acorde do caralho do transe! — chiou antes de abrir seu *notebook*.

Continuei percorrendo a extensa rua, tentando pegar qualquer pormenor que me ajudasse a desvendar o que encontraríamos lá dentro. Nada.

Enquanto Gael digitava sem parar, permaneci neutro, aguardando para saber se mandava a garota de novo para o quarto sem seu objetivo alcançado ou se passaria a ser sua babá na busca pelo que tanto queria. A segunda opção era uma puta porcaria e a primeira uma merda de problema a ser resolvido, pois não dava para ficar carregando Atena para todo canto como um peso morto. Precisava me decidir sobre o que fazer com ela.

— Acho que temos algo aqui — Gael expôs, levando-me a levantar para entender do que falava.

Seis câmeras apontavam para o espaço, vigiando sem parar o que Delacroix guardou.

— Meu Deus... — Atena murmurou, abismada.

Percorri minha visão com cautela por cada quadradinho que ia ficando maior conforme era maximizado.

— Definitivamente temos algo — admitiu Gael a contragosto.

Caralho, nós tínhamos, sim! Tínhamos um bote cheio nas mãos.

CAPÍTULO 15

Atena

Parei atrás de Felipo, olhando para a tela do computador por sobre seu ombro e não consegui disfarçar o choque com o que aparecia ali.

Meu. Deus!

Ian não era apenas bandido, era um monstro. Sete mulheres de, no máximo, vinte anos estavam presas em uma espécie de jaula. Uma jaula! Todas sentadas, assustadas e quietas. Não acreditava que meu pai se envolveu com algo tão baixo, tão asqueroso. Não só se envolveu, como foi o fundador desse inferno.

Felipo mudou a câmera antes que eu pudesse me desintegrar de repulsa bem ali, caixas e mais caixas de madeira entraram em foco. Enruguei a testa, tentando pensar no que poderia ser. As joias não ficavam armazenadas desta forma nunca, elas exigiam um cuidado bem maior.

— Drogas e armas. Um estoque diversificado do filho da puta — cochichou Felipo, esclarecendo minha dúvida.

Eu não conseguia verbalizar uma palavra além do meu espanto e empatia por aquelas meninas que, bem provável, tinham sido sequestradas ou até enganadas para caírem na armadilha dos nojentos.

— Contei oito capangas — informou Gael.

— Precisamos estudar melhor o local, podemos pegá-lo desprevenido lá. Por enquanto temos uma carta na manga que ficará oculta — Felipo ditou, saindo de perto.

Permaneci estática, olhando para a tela, as imagens alternando entre as mulheres e os demais cantos do barracão. A bílis subiu na minha garganta, rasgando os espaços para jorrar. Engoli, não querendo expor meu estado com o que assisti.

— Escute, garota. — Gael chamou minha atenção, desviei devagar meus olhos para os seus. — Se for uma embosc...

Meu sangue ferveu. Homem insuportável!

— Vai se ferrar, Gael! Quer acreditar, acredite. Não quer, dane-se! Estou falando que não tenho nada a ver com isso. — Apontei para o *notebook*. — E que, definitivamente, quero Ian morto. Ou me ajuda ou não atrapalha — esclareci nervosa, ainda não assimilando o que acontecia debaixo do meu nariz por anos.

Minha respiração ruidosa era o único som na sala enorme. Então, um pequeno sorriso brotou nos lábios do loiro com cara de psicopata. Ele ficava ainda mais ameaçador sorrindo.

— Cuidado com o comportamento explosivo, Atena. Isso pode te render um belo problema. — Foi uma ameaça, mas no fundo senti uma ponta de respeito. Ele relanceou Felipo e voltou a mexer no teclado. — Vou investigar mais o local, descobrir os horários de troca de turno e quando Delacroix aparece. Farei isso por outro programa, não quero ser detectado antes de conseguir o que procuro. Agora, vocês podem vazar e dar início ao acordo patético que fecharam.

— Preciso de roupas. — Eu me peguei falando.

Esse era o menor dos males, porém não tinha como ficar com essas roupas gigantes direto.

Gael me fitou, descrente. Virei-me para Felipo, querendo saber se estava sendo tão tola em me preocupar com besteiras em um momento tenso como este.

— Se ela vai treinar, não pode viver tropeçando na barra das calças — opinou sem me olhar.

— Tem algumas roupas no guarda-roupa do último quarto, acho que serve nela. Entre, pegue o que quer e suma de lá. — A última frase foi para mim.

Concordei, sem delongas rumei para a escada.

— Me encontre no jardim depois. — Escutei a voz grossa de Felipo assim que pisei no primeiro degrau.

Não lhe dei uma resposta, não era necessário. Caminhei pelo corredor com passos instáveis, estava amortecida com as descobertas, com o que teria de lidar depois de assumir meu lugar por direito. Naquele segundo veio a pergunta: *eu queria lidarcom toda a bagunça? Queria mesmo pegar o caminho sujo?* Não conseguia me decidir, mas tinha certeza de que iria até o final em relação a Ian.

Abri a última porta e, quando adentrei o cômodo, parecia que havia invadido outra realidade. O quarto era todo decorado, com duas paredes em tons diferentes de vermelho, quadros coloridos que combinavam com a decoração. Os móveis e a divisão do *closet* e banheiro eram diferentes dos outros dois dormitórios. Os espelhos, as cortinas pesadas azul-escuros, lençóis da mesma cor. Tudo o oposto da falta de sal do restante da casa.

Observei a única foto no porta-retratos ao lado da cama. Gael mais novo, com o braço em torno de uma mulher morena, com olhos escuros como a noite. Fiquei pasma de vê-lo sorrindo sem sua habitual arrogância e ameaça.

— Já fuçou o bastante, garota? — Sua voz cortante me fez virar de supetão para encontrá-lo no corredor.

— Sim. Vou pegar as roupas.

Saí depressa para pegar o que fui buscar enquanto minha mente martelava quem seria a abençoada que conseguiu quebrar o gelo do ogro.

Várias peças sofisticadas brilharam aos meus olhos, cada uma organizada minuciosamente. Como não queria aborrecer ainda mais o dono, pesquei o necessário de roupa íntima, a maioria com etiqueta ainda, e o que achei de mais confortável: jeans, camiseta e casaco, além de dois pares de tênis. Caminhei para fora sob o escrutínio irritado de Gael. Soltei um "obrigada" curto e sumi para onde estava hospedada.

Pelo jeito, não era só Felipo que tinha um passado complicado, Gael estava no mesmo barco. Deve ter perdido a esposa como seu parceiro; se antes de entrar nessa vida errada ou depois, só Deus sabia.

Deixei para lá os problemas dele, pois já tinha os meus, e me troquei rapidamente. As roupas serviram bem, somente o calçado ficou um pouco largo, nada que incomodasse. Em seguida desci para encontrar Felipo.

A escada que dava acesso ao jardim era de vidro, com flores embaixo e dos lados. Cada canto da propriedade esbanjava natureza. Linda e, acreditava eu, escolhida a dedo para não ser achada com facilidade, porque meus olhos não encontravam nada além de mato em volta.

Avistei Felipo de costas para mim, fumando enquanto acolhia a pistola entre os dedos. Ele ficava sexy com esse ar de mafioso dos filmes que eu assistia. A diferença entre isso e o cinema era que o perigo *dele* existia. E eu parecia ser a mocinha idiota que se via atraída pela rebeldia, não teria outra forma de descrever minha situação surreal.

Parei ao seu lado, fitando seu perfil. A barba abundante, não exagerada. Os fios do cabelo escuro estavam desalinhados de um jeito proposital. A camisa branca em conjunto com a calça preta e os sapatos lustrosos que ele devia ter calçado depois que subi. O cheiro de tabaco e menta viajou até as minhas narinas, junto dele veio o perfume almiscarado, forte, presente.

— Você sabe atirar, mas entende de arma? — inquiriu rudemente.

— Não muito — fui sincera.

Na época que fazia aulas de tiro, as pistolas eram entregues já prontas, o máximo que eu fazia era carregar o pente e trocá-lo. Nunca cogitei entender melhor, só obedecia às ordens do meu pai. Alienação, que me levou até a sucessão de desastres dos últimos dias.

— Não precisa entender de todas, só da que vai usar. — Estendeu a que portava para mim, segurei-a admirando a cor preta fosca, com um risco cromado no cano. — Essa é uma *Glock 17 Gen4*. Bala 9mm, pente padrão com dezessete tiros, bem mais leve do que a maioria e mais precisa. Acoplei um silenciador, isso é importante para não chamar atenção, caso esse seja o intuito.

— Essa não é a sua — afirmei, lembrando-me bem de como foi pegá-la na mão na chácara, os detalhes eram diferentes.

— Não. Essa é sua.

— Certo! E por onde começamos a me treinar para matar Ian? — lancei logo, ansiosa.

Felipo riu de lado.

— Acho que temos muito que aprender antes de chegar a esse estágio, Atena. Primeiro, vamos aperfeiçoar sua mira.
— Eu sei atirar, Felipo. Viu isso antes.
Seus olhos verdes incisivos me encararam com seriedade.
— Treinar nunca é demais, independentemente de sua mira ser ótima — repliquei, grosseiro.
Ele caminhou até uma das árvores, lançando a bituca do cigarro pelo caminho, e com um pedaço de carvão, que pescou em um tambor, fez quatro círculos, um menor que o outro. Não demorou a retomar a sua posição anterior.
— Pode começar. — Apontou.
Concordei com um aceno. Afastei minimamente meus pés, engatilhei, empunhei a pistola, respirei devagar e, ao ficar satisfeita com o alvo na mira, disparei. O tronco não estava tão longe, por isso consegui ver com nitidez que o disparo pegou no limite do terceiro círculo. Droga!
Bufei, inconformada com o péssimo desempenho.
— Lembre-se de que o primeiro disparo sempre é o frio, aquele que funciona como teste. Você pode, na sorte, acertar em cheio ou não. — Prestei atenção em cada palavra, mesmo sem fitá-lo, então ele mandou: — Tente de novo.

Felipo

Assim que Atena atirou novamente comprovei o que suspeitava desde a primeira vez que a vi fazendo isso: a garota tinha uma precisão invejável para cravar uma bala. O furo pequeno, bem no centro do círculo menor, pulou aos meus olhos.
Sem falar que vê-la totalmente concentrada, buscando a perfeição era, no mínimo, um espetáculo. Ela deu dois pulinhos ao meu lado, demonstrando que ainda não dominava sua impulsividade jovem. Por mais que quisesse elogiar, eu me calei.
— Já matou alguém, Atena? — questionei, o que fez seu sorriso sapeca cair.
— Não. — Foi sucinta.
— E quem garante que não vai titubear quando chegar a hora?
Suas íris azuis crisparam.
— Não vou.
Não acreditava muito, entretanto não retorqui.
— O meio do qual pretende fazer parte não é fácil, as pessoas que o compõe estão pouco se lixando para os seus medos, inseguranças ou princípios. Todas as linhas que pensa serem aceitáveis serão transpassadas a partir do segundo que pisar com os dois pés por cima delas. Não se contradizer, manter sua palavra, evitar o emocional são quesitos essenciais para que se mantenha viva e na liderança, entendeu?

— Sim.
— Como já falei, haverá relutância da parte dos membros, não importa se estamos no século XXI. Ali dentro, a corja mantém certos achismos, e um deles é acreditar que mulheres não têm pulso firme o suficiente para exercer o papel de um Geral.

Percebi sua mão segurar a pistola com mais firmeza, indicativo de que foi provocada pela mera possibilidade de colocarem seu desempenho à prova.

— O que acabei de falar sobre emocional, Atena? — comentei, seco. — Instabilidade não pode existir, do contrário irão usar seu fraco contra você mesma.

Ela relaxou os ombros, respirando fundo.
— Odeio esses pré-julgamentos machistas.
— Pois trate de não absorvê-los e demonstrar que pode.
— Ok — grunhiu, ainda querendo rebater.
— Delacroix usará carga pesada, e como já sabemos está pouco se fodendo para você. Vacile na presença dele por alguns segundos e estará estirada no chão em seguida, fui claro?
— Sim.
— As facções têm uma hierarquia. Como a *Casta* é pequena em relação à *Sociedade,* Delacroix é o único Geral agora, o que significa que é o cabeça da operação. Abaixo dele tem os Torre, que cuidam das atividades dos membros e resolvem conflitos, organizam chacinas e repassam o andamento para o chefe. Os que ficam com o cargo de Resumo são os que decidem os interesses da facção, como acatar uma punição ou não. Os Finais são quem apagam os membros que traem ou algum outro alvo que possa colocar em xeque a operação. Tem muitas outras subdivisões na hierarquia, por enquanto essas são as principais.
— Gael e você são Finais? — pergunta, curiosa, desviando do foco.
— Somos, mas de um jeito diferente. A *Sociedade* é a única do país que trabalha com assassinatos por encomenda, as demais facções só matam porque acham necessário.
— Na sua facção também há apenas um Geral?
— Não, são cinco Gerais, todos fundadores ou parentes de fundadores — expliquei a contragosto e retomei o rumo do que interessava. — O importante para não bater de frente com outra organização é estabelecer limites dentro do território abordado por cada um. A *Sociedade* se estende por todo o território nacional, tendo bases em cada estado e controla a maior demanda de drogas e armas, porém, em cada espaço, exerce funções que não interfiram nas locais. Aqui, por exemplo, a maior demanda é drogas e prostituição. No Sul, o que se sobrepõe é a venda de armas e drogas. No Norte, é jogatina e prostituição.

Atena tem os olhos um pouco arregalados pela quantidade de informações.

— Tudo bem organizado para um submundo do crime.

Sorri de leve.

— Organização e disciplina são primordiais para que tudo seja executado sem chamar a atenção da lei, não que isso não aconteça.

— Como despistam a polícia? Porque não deve ser apenas matar e pronto.

— Como eu disse, cada cargo tem sua função. Meu trabalho é matar e ponto, porém não deixamos pontas soltas. Gael é incumbido com as câmeras, assim evitamos exposição. As mortes são encobertas com propina na maioria das vezes, não existe ninguém que não possa ser corrompido, Atena. Basta colocar valor na jogada. Com certeza há casos em que os militares caem em cima; mesmo assim, na maior parte, não conseguem ligar a facção ao crime. Quando isso acontece, quem foi pego prefere morrer a entregar o esquema.

Torce sua boca para o lado.

— Não era mais fácil fazer um acordo com a polícia para passar informações?

Sorri de novo.

— Acredite quando digo que eles preferem serem torturados pelos militares a que serem acusados de informantes pela organização. A punição não é nada bonita.

Ela estremeceu de leve.

Ficamos em silêncio, acreditava que a garota tentava assimilar o que ouviu. Não seria simples alcançar o que planejava, e aquele tópico serviria de prova para as etapas mais complicadas. Observei seu lábio inferior ser mordido, de onde estava conseguia quase escutar as engrenagens do *certo* da sua cabeça sendo quebradas uma a uma. Ou ela se lançava no errado ou desistia antes mesmo de começar.

Queria avisar que seria um caminho sem volta, que não encontraria calmaria nem flores no trajeto. Gostaria de dizer que a tranquilidade de ser livre deixaria de valer assim que abraçasse a escuridão. Ela poderia ter uma vida tranquila, contudo não queria. Então, quem era eu para frear seu desejo por vingança, ou quem sabe justiça, sendo que burlei cada cadeado que mantinha minha alma intacta somente para ver quem odiava sofrer?

CAPÍTULO 16

Atena

Minha cabeça parecia prestes a explodir com tantos dados a coordenar. Meus dedos se firmaram mais em torno da arma, buscando ali algum ponto de apoio para não entrar em espiral.

"*Respira, Atena! Respira!*", disse em pensamento.

Eu precisava me acostumar aos fatos para adentrar os *negócios*. Não sabia muito bem se conseguiria digerir a ideia de matar, torturar, abusar de outras pessoas por uma organização. Era complicado aceitar o crime quando mantinha uma índole propensa a agir de forma branda, mesmo que não certa.

— Acho que paramos por aqui com as explicações, amanhã podemos continuar. A noite está caindo e precisamos descansar. — Sua voz rouca me levou ao atual momento. — Aprenda a levar sua pistola para onde for. Deixe-a ao seu alcance sempre, entendeu?

— Sim — respondi, taxativa.

Sem mais, Felipo saiu, deixando-me sozinha com uma porção de dúvidas e possibilidades furadas. Travei a pistola e subi para o quarto praticamente me arrastando, não encontrei ninguém no caminho, o que foi ótimo. Coloquei meu novo meio de sobrevivência debaixo do travesseiro e fui para o banho. Sentia como se o mundo tivesse recaído em meus ombros sem dó de me derrubar. Pela primeira vez, desde que curti o luto ainda na antiga vida, eu me permiti sentir a falta do meu pai. Ele era pior do que a maioria das pessoas e minha *única* família, o que significava que não havia mais nenhum parente. Era eu e eu nessa realidade de merda.

Abri as brechas da menina mimada, fraca e ingênua, deixando que os soluços me arremessassem para o chão. Encolhida, abraçando os joelhos, eu chorei. Desesperada por uma luz no final do túnel, contudo, não uma que clareasse minhas decisões, uma que me apoiasse a cumprir o que pretendia, porque nada, nem o medo de não conseguir, barraria minha determinação em acabar com o escroto do Ian.

— Nada — cochichei em meio ao embargo.

Fiquei tempo o bastante no chuveiro para que a água quente parecesse gelada em minha pele. Pesquei uma toalha dobrada no nicho ao lado da pia, sequei-me de qualquer jeito, enrolei o tecido felpudo no corpo e voltei para o quarto. Meus passos cessaram ao dar de cara com Felipo sentando no colchão, apenas de calça de moletom, com os olhos cravados em mim.

— Vim passar a pomada. — Indicou minha perna.

O maior cuidado estava sendo ali, já que o queixo estava razoavelmente melhor.

— Só vou me trocar. — Fugi para o *closet*, não querendo deixar meus olhos vermelhos em evidência.

Como não tinha short, coloquei uma calcinha e camiseta, cobrindo a cintura com a toalha.

— Por que estava chorando?

Quase dei um pulo com a voz tão perto. O filho da mãe parecia um fantasma.

— Está aí há quanto tempo? — perguntei fitando-o.

— No quarto, o suficiente para escutar seus soluços. Aqui, o bastante para te ver nua — revelou sem rodeios.

Engoli em seco, seu timbre forte viajou pelo meu sistema em um ritmo quase doentio. Sem que percebesse, deslizei a visão pelos braços definidos, pelo tórax talhado sem exagero, as tatuagens sendo uma ótima parceria em sua beleza. As veias que subiam pelo V atiçavam minha curiosidade. Elas estavam presentes no dorso das suas mãos, subindo pelo pulso em direção ao antebraço. Aquelas linhas proeminentes eram sexys demais.

— Quando eu disse que não pode demonstrar fraqueza, me referia aos seus inimigos. Aqui dentro ou dentro de você, a fraqueza impera às vezes. E isso, Atena, não precisa ser algo de que se envergonhe — comentou, chamando minha atenção para os seus olhos verdes. — Todos, sem exceção, temos rachaduras. São como cicatrizes que não conseguimos evitar. Elas não nascem incrustadas em nós, mas se criam com o tempo. E acredite quando eu falo que é impossível se livrar delas.

Novamente engoli em seco. Sempre buscava para onde fugir quando me expunha mais que o normal, uma ferramenta que aperfeiçoei durante os anos de imagem perfeita. Era mais fácil escapar do que me machucava ou coagia, do que enfrentar as consequências do que não conseguiria controlar. Apelar para a cobiça me pareceu um jeito bom de distração, contudo não enredou o bendito Felipo.

Não me posicionei perante seu conselho quase filosófico, não tinha o que falar. Ficamos nos encarando por intermináveis minutos, o tecido felpudo sendo esmagando entre os meus dedos ao perceber que ele via mais do que eu desejava mostrar.

— Venha, vamos cuidar do corte, você precisa descansar e eu também — decretou por fim, saindo do *closet*.

Felipo

Eu estava, definitivamente, ficando louco. Caralho!

Foi por pouco que não entrei no banheiro para... Para o quê? Consolar uma garota que não era Lisa?
Bufei, inconformado com a minha mente fodida.
Ir atrás dela no *closet* foi um baita erro, porque encontrar Atena nua me deixou desperto de imediato, porém confrontar sua vulnerabilidade crua levou grande parte das minhas forças para não a acalentar de alguma forma.
Acalentar Atena, não minha esposa morta.
Larguei o tubo de plástico sobre a cama, passando as duas mãos nos cabelos, tentando controlar essa ânsia sem precedentes de cuidar dessa garota. Precisava com urgência desmembrar as duas pessoas tão iguais fisicamente e com importâncias singulares na minha vida.
Lisa era a mulher que amava, a única que amaria.
Atena não passava de um contratempo que precisava lidar por ora.
— Se quiser, eu mesma posso passar, Felipo — afirmou, perto demais.
Virei-me devagar, encontrando-a com a camiseta tão azul quanto seus olhos, os bicos dos seios arrepiados destacando no tecido. Sem sutiã. A toalha branca presa em torno do quadril; como foi dobrada ao meio, suas coxas ficaram à mostra. Não queria meu corpo despertado pelo dela, porra!
— Eu faço, sente-se!
Sem reclamar, ela se acomodou no colchão.
Puxei a cadeira do canto, posicionando na sua frente. Indiquei a pomada, que me foi entregue. Abri a tampa, colocando um pouco do creme espesso na ponta do dedo, que corri por sua panturrilha, em cima do machucado. A cicatriz ficaria feia, sem dúvidas.
— No máximo, em quatro dias, vamos tirar os pontos, está cicatrizando bem.
— Ok.
Subi meu olhar para seus olhos, ainda um pouco vermelhos e inchados pelo choro. Soltei sua perna no chão com cuidado. Inclinei-me na sua direção, pegando mais um pouco do creme.
— Erga um pouco a cabeça, Atena — pedi e fui atendido.
Com cuidado cobri o local, ali a marca seria quase imperceptível. Demorei mais que o aceitável, porque escutei a respiração dela se agitar. Seu joelho tocava o meu sutilmente, de propósito. A garota não se fazia de rogada e, assim como eu, buscava meios para se distrair da realidade. Para ela era menos fodido, já que não lhe causava nada além de tesão. Para mim, trazia lembranças agradáveis, dolorosas e uma confusão gigantesca.
— Não me provoque! — alertei-a sem me afastar.
— Não estou fazendo nada...
Escorreguei a mão livre para sua nuca, encaixando-a na área, a outra pousou em sua coxa, virada para cima, ainda segurando o tubo.
— Sim, está. — Obriguei-a a me encarar. — E eu posso te dar, só não vai ser hoje — decretei, soltando-a.
Levantei-me, pegando a tampa que estava ao seu lado, curvando mais do que precisava, deixando nossas bocas quase coladas. De perto

conseguia notar algumas rajadas de castanho-claro no meio do azul-celeste. Eram tão finas que passavam despercebidas. O hálito fresco ricocheteou no meu rosto, Atena exalou entrecortado, então se esticou tocando nossos lábios.

— Por que não? — Suas unhas subiram, arranhando minhas costas.

Um arrepio insuportável cravou minha espinha. Não era muito de agir por impulso, os meios para o qual trabalhava não disponibilizavam essa regalia, mas ali, de pau duro e louco para extravasar a tensão, eu me deixei levar. Ela queria esquecer seu mundo de merda, eu queria foder. O descanso de ambos ficaria para depois, dane-se!

Sanei o espaço que ainda existia e escorreguei minha língua na sua que já despontava. Segurei sua cintura, empurrando-a para trás, a toalha caiu no chão com a pomada. Apoiei um joelho em meio as suas pernas, encostando-o na sua boceta. Atena sibilou, aumentando o aperto em minha pele. O beijo se tornou exigente, forte, sem cuidado. Cada um buscando afogar o que queria. Corri as mãos pelos seus contornos, amassando com força. Deslizei por sua coxa, parando na bunda, erguendo um pouco seu quadril para roçar em minha perna.

— Felipo...

Continuei esfregando-a sem pudor, como se a comesse a seco. Corri meus lábios para a sua mandíbula, pescoço, colo. Cada vez que a apertava contra meu joelho, ela se envergava. Atena puxou a barra da sua camiseta, passando-a pela cabeça e lançando em qualquer canto. Parei um segundo para fitar seus peitos médios, que tinham aréolas claras, pequenas, os bicos eriçados. No dia que lhe dei banho, não foquei muito em suas curvas, agora não havia nada para me deter.

Chupei um dos montes, assoprando em seguida. Atena gemeu tão *fodidamente* gostoso que desisti de qualquer merda que me segurasse e me encaixei de vez entre suas pernas, esfregando meu pau sobre a calcinha empapada. Juntei seus seios, sentindo o sabor de tesão que essa mulher exalava.

— Me come, Felipo. Só... me come — sussurrou ao meu ouvido.

Seus pés fincaram em minha bunda, tentando empurrar a calça para baixo. Levantei meu tronco, fitando seus olhos, que pareciam labaredas de desejo. Fiquei de joelhos, baixei o cós da calça e, como estava sem cueca, meu pau saltou livre. Segurei-o pela base, esfregando em cima do tecido totalmente molhado que protegia sua boceta. Minha boca salivou para chupar ali também, mas me segurei.

— Você tá pingando, Atena.

Pincelei meu pau em sua extensão, travando o maxilar com o tesão que era.

— Coloca isso logo — pediu como uma gatinha manhosa.

Caralho!

Puxei a calcinha para o canto e me enterrei sem dó até o talo, grunhindo com o aperto que fisgou minhas bolas. Puxei quase tudo para fora e arremeti novamente. Meus dedos fincados em suas coxas brancas, que contrastavam com minha pele mais morena.

Atena ergueu os braços acima da cabeça, puxando os lençóis, gemendo sem vergonha. A cada estocada ela ficava mais molhada, mais receptiva, mais gostosa... Porra!

— Fica de quatro, Atena. Quero te comer espalmando essa bunda redonda.

Ela jogou uma perna por cima da outra, girando, obrigando-me a recuar. Seus cotovelos apoiaram no colchão, o tronco baixou, as costas curvaram e sua bunda empinou. A filha da mãe me fitou de lado, com um sorriso carnal me convidando para o inferno.

Eu fui. Sem repensar.

Meu pau achou o caminho de volta para a sua boceta e não teve mais como parar. Enrolei os cabelos curtos meu punho, forçando-a ao meu encontro. Desferi um, dois, três tapas fortes, adorando perceber o tom vermelho sangue no local.

— Mais forte, mais rápido! — gritou com o rosto enfiado no colchão.

Ela estava perto, dava para senti-la palpitar ao meu entorno. Debrucei-me, praticamente montando nela.

— Goza, Atena. Goza no meu pau, garota — murmurei no limite.

Voltei à posição anterior, chupei um dos meus dedos e circulei seu rabo, o fio da calcinha esticado deixou a cena mais erótica ainda. Ela projetou seu corpo para trás, pedindo que eu a violasse ali também. Centímetro a centímetro, meu dedo entrou. Atena estremeceu e chamou meu nome, gozando gostoso *pra caralho*. A cabeça do meu pau inchou, a fisgada na minha barriga aumentou e eu esporrei. Precisei entreabrir os lábios por causa do frenesi que passou pelas minhas veias.

— Porra! — rugi, travando no fundo, curtindo o quanto era bom o alívio repentino.

Ela se desfez sobre a cama, lânguida. Respirei pesado, recuperando o fôlego e fiquei sobre os meus pés. Nem percebi que tinha tirado a calça. Observei suas pernas abertas, minha porra escorrendo ali com os seus próprios fluídos. Apertei os dentes com força, barrando o ímpeto do caralho em voltar a comê-la.

— Fica.

Subi minha visão para a sua face ruborizada pelo esforço, seus lábios ressecados sendo hidratados por sua língua.

Ela podia estar equivocada com o que aconteceu, afinal foi sexo, sem qualquer outro envolvimento, ou eu estava vendo demais. O que só reforçava a grande cagada que vinha fazendo nos últimos dias. Traçando mais alguns anos no puro inferno, porque não conseguia controlar minha mente perturbada.

— Boa noite, Atena — disse, catando minha roupa e saindo do quarto.

Atena

Fiquei olhando para as costas dele até que sumissem da minha vista com a porta sendo batida de leve. Soltei o ar, não gostando de me sentir usada com um lance que eu mesma procurei. Felipo tinha uma magnitude díspar do que conhecia, tanto pelo lado mais sombrio quanto pela beleza e mistério.

Não quis me levantar para me limpar, apenas puxei a coberta para poder dormir. O que tinha acontecido foi nada mais do que uma busca para desligar a realidade. Funcionou para mim, acreditava que tinha funcionado para ele.

Amanhã retomaríamos com o plano em destruir Ian. Cada um com seus objetivos, sem pormenores, isentos de qualquer risco em ferrar tudo. Felipo não era o tipo de homem que se apaixonava, eu não fazia o tipo de mulher que se enganava, pelo menos não mais.

Naquela noite achei que tivesse o futuro sob controle, mas, na verdade, estava caindo no precipício sem qualquer base sólida embaixo. No fim, não restaria muito para contar a história. Mesmo assim, com todos os fatos contra, eu me lançaria no escuro com a esperança de levar Felipo comigo para a luz. Apostaria alto no dilema de alcançar a salvação e acreditaria na escuridão que pensei não machucar, querendo loucamente que fosse real.

CAPÍTULO 17

Atena

Passaram-se quatro dias desde que transei com Felipo, quatro dias que ele me colocou em uma área segura, sem qualquer contato além do necessário e, mesmo não querendo admitir, isso me afetava.

Não conseguia explicar o magnetismo que me puxava para dentro da sua zona *luminosa*, só sabia que puxava. E, no fundo, sentia que exercia o mesmo poder sobre ele, porque, quando pensava que eu estava distraída, Felipo me olhava como se buscasse desvendar o mistério elaborado em sua cabeça. Nesses momentos, nesses ínfimos momentos, digeria sozinha a vontade absurda de me aproximar. Era um terreno perigoso, minha sanidade gritava incontáveis alertas, em contrapartida não conseguia barrar meus instintos.

Junto do furacão sem controle, aparecia a ânsia por questionar seu passado, seu início na *Sociedade,* sua esposa morta, milhões de perguntas sem resposta. No fim, eu acabava me obrigando a segurar a língua para não ferrar nosso entrosamento robótico.

Pelo menos, meu treinamento estava fluindo. Nesse período, aprendi muito sobre a facção, suas normas e conceitos distorcidos para o bem geral. Aperfeiçoei minha mira, adquirindo mais segurança com a pistola que virou minha parceira. Procurei deixar de lado meu turbilhão interno e focar estritamente no meu objetivo, mesmo que nem sempre conseguisse desviar os pensamentos.

Gael continuava pesquisando sobre os horários de Ian, a escala de segurança e ambos bolavam planos para invadir, estávamos em uma jornada de formiga. Eu não participava das conversas dos dois, acreditava até que pensassem o mesmo que meu marido escroto, que eu não dava a mínima para isso. Ledo engano, cada palavra foi absorvida.

Nós três adquirimos uma rotina bizarra, levando em consideração de que eles eram assassinos e eu a mulher do Geral da organização rival. Começamos a comer à mesa da cozinha, até a TV ficava ligada em um canal aleatório, como se ali vivesse uma família normal. Quando o café terminava, um mandava o outro fazer; no final sobrava para mim, tarefa que não me entediava, pois era melhor do que ver os brutamontes mexendo sem parar no *notebook*. A mesa da sala parecia um esquema do

FBI com computador, papéis, telefone. Gael falou que os celulares eram antigos, somente para receber ou fazer chamada, e desde que começamos com a fuga o chip era trocado constantemente para evitar qualquer equívoco, mesmo que as chances de rastrearem fossem mínimas. Sem perceber, fui meio que inclusa no *trabalho,* porque tinha acesso a migalhas da rotina deles.

Quase todos os dias uma senhora vinha, organizava a casa, lavava roupa, fazia comida e se retirava. Entrava muda e saía calada. Ela parecia tranquila, bem provável que não soubesse a procedência do dinheiro que ganhava ou a índole do seu patrão.

— Está dispersa, Atena. Se concentre, porra! — Felipo me repreendeu.

Pisquei, voltando ao foco. A arma ainda estava empunhada, esperando o disparo. Havia uma linha de garrafas rentes ao muro, a uma distância razoável. Por mais que nas últimas duas vezes eu tenha acertado todas sem vacilar, o infeliz me fazia repetir. Encarei-o, irritada, soltando os braços rentes ao corpo. Não tinha paciência para esperar a hora certa de agir, queria para ontem. A intenção de dividir informações e buscar parceria era justamente agilizar o processo. Pelo jeito não adiantou nada, pois aquela demora estava me deixando pilhada.

Então, um estalo veio, empurrando-me para um lado complicado, o que não mudava o fato de que eu tinha uma barganha para distrair meu ímpeto em ir atrás do desgraçado do Ian.

— No dia que atirei lá na chácara, lembra?

Felipo enrugou a testa, confuso.

— O que tem? — O cigarro pendia entre seus dedos, levando aquele toque diferente a sua personalidade e ao seu cheiro.

— Você falou que eu poderia pedir algo se acertasse o alvo, eu o fiz e não tive meu prêmio.

Sua sobrancelha esquerda se levantou, inquisitiva.

— Hum? Já faz um tempo, não acha? Por que resolveu se lembrar disso hoje?

— Veio a calhar. — Dei de ombros.

Ele se escorou mais na parede, apoiando um dos pés nela e tragando uma quantia grande de nicotina. A fumaça espessa foi expelida, dissipando-se em seguida. Felipo trajava um conjunto completo de terno, sapato lustroso e seus cabelos estavam naquele desalinho perfeito. Não sabia discernir se meu coração acelerava pela imagem ou pela aura insolente que o cercava. A única coisa que conseguia afirmar era a de que sentia uma atração pungente entre nós. Não podia ser loucura ou imaginação, as ondas me acertavam como brasa a cada aproximação.

— Tudo bem, o que quer?

Um sorriso jocoso se abriu em seus lábios cheios, um que logo sumiria. Dardejei meus olhos por seus contornos, tendo a certeza de que adentrava um campo minado.

— Me fale sobre sua esposa. Lisa, certo?

No mesmo segundo sua postura mudou, seus olhos escureceram e o cigarro foi lançado ao chão. A parede de poder e frieza trepidou, e por uma fina brecha enxerguei sua vulnerabilidade.

— Quem te falou de Lisa? — inquiriu tão baixo, que precisei me esforçar para ouvir.

— Nayana.

— Aquela vadia... — sibilou.

Quase disse o que não precisava contar, só para aliviar o furacão em suas íris. Contudo, desisti. Eu queria muito saber o que houve, mesmo com a convicção de que não ficaria a par de tudo.

— Esse não é um assunto em xeque, Atena. Peça outra coisa.

— Não, você não colocou regras. Não me venha com ressalvas agora.

Felipo deu dois passos na minha direção e recuou, suas mãos bagunçavam mais os fios escuros. O tema o perturbava, era evidente. O que só atiçava minha curiosidade por descobrir o que aconteceu.

— Eu não sou sua inimiga, Felipo. Sei que não pretende me manter por perto, mas podemos erguer a bandeira branca por ora. Você mesmo falou que não precisamos ser fortes o tempo todo.

Tentei acalmá-lo, não adiantou. O homem pareceu se enfurecer ainda mais. Não me movi, fiquei aguardando seu embate interno terminar.

— Melhor você não tentar adentrar um local do qual não vai dar conta, Atena. Permaneça no caralho do seu plano de vida e me deixe em paz! — rosnou, antes de subir as escadas.

Felipo

Essa garota vai me enlouquecer, porra!

Que papinho-furado era aquele de saber sobre Lisa? Quem era ela para tocar no nome da minha esposa? Qual seria sua intenção em descobrir essa podridão?

Minha cabeça começou a girar com a mera possibilidade de adentrar esse assunto, de expor meus erros que sangravam a cada maldito segundo do dia.

— Então é nesse muquifo que mora, Lisandra? — Ícaro inquiriu assim que passou pela porta.

Fiquei parado, segurando o trinco, abismado com seu timbre rude. Não foi com essa frieza que ele se dirigiu a mim ao nos encontrarmos. Pelo contrário, mostrou-se empolgado em ver a filha.

— Não preciso de muito para ser feliz, pai. Agora que já sabe onde estou, faça o favor de se retirar.

Fitei minha esposa, que parecia nervosa. Queria abraçá-la, garantir que tudo ficaria bem.

Só não tive tempo.

Meus nervos retesaram com os *flashes* macabros, impelindo-me a esfregar o rosto para respirar na ordem. Atena era como um portal para a minha fodida desgraça. Eu só não conseguia entender como não odiava aquela garota, mesmo tendo todos os motivos para isso.

— Caralho! — praguejei ao pisar na sala.

— Problemas no paraíso, Felipo? — Gael debochou.

Ele não tinha como provar meu envolvimento com *ela*, entretanto não era burro o suficiente para deixar passar o poço que se abria entre mim e aquela filha da mãe enxerida.

Fazia quatro dias que me privava de saciar o desejo que tinha em fodê-la por horas sem parar, o que me impedia era saber que não devia. Esse indicador pesava uma tonelada. Vinha desmembrando Lisa de Atena, não do jeito certo, digamos assim.

— O que temos? — Mudei de assunto, não estava com saco para conversinha do chá da tarde. Ele que cuidasse do que precisava, sem se meter onde não devia.

— Isso aqui tá parecendo muito regrado. O tempo extenso entre uma troca de turno, as datas e horários que Delacroix aparece. Não sei, mas tem algo errado.

Sentei-me na cadeira que ocupava todos os dias, acessando meu *notebook*. Eu não burlei a segurança das câmeras para não chamar mais atenção. Gael vinha se empenhando nisso e me atualizava com frequência. Eu me dedicava a romper os dois últimos sistemas da *Sociedade*. Aquela merda de números com letras sem significado nenhum me deixava à borda.

— Precisamos estudar isso então — falei, meio aéreo.

O que era uma merda, concentração garantia 80% do trabalho.

Ficamos em silêncio. Eu fitando a tela sem começar nada do que precisava, Gael me observando não gostando da minha falta de interesse. Dane-se!

No automático, abri meu e-mail, sabia que minha irmã não tinha enviado nada, ainda não chegou a data certa. Mesmo assim procurei a lixeira, clicando no único e-mail que não tive coragem de excluir. Uma foto de João Pedro e Lívia na piscina. Meu filho sorria feliz para a sua tia, enquanto ela jogava água em sua cabeça, com a barriga redonda à mostra. O e-mail era antigo, mas a imagem ficou tão perfeita que me impedi de excluir definitivamente. Pulei para a lixeira do computador, buscando aquela foto de Lisandra sorrindo perto da janela, do seu olhar apaixonado pela vida que planejava. Uma vida que eu fodi, levando-a direto para o fim.

Sorri, indignado com a própria sorte. Gostava de me torturar vez ou outra, eu merecia. Era como um pré-requisito para se viver no inferno. Chacoalhei a cabeça, dispersando as tragédias. Não querendo retomar a ânsia de me entorpecer para esquecer. Fazia dias que não ficava fissurado por velhos hábitos.

Abri as pastas que copiei dos arquivos da facção e as analisei. O que poderia ser aquela porra? Não tinha um padrão, nada que pudesse despertar minha linha de raciocínio.

Até que algo cutucou meu interesse, aquilo poderia ser...

— Coordenadas — sussurrei.

O esquema de números e letras estava bagunçado, mesmo assim não dava para descartar a possiblidade. Um chute no escuro era melhor do que porra nenhuma.

— O quê? — Gael perguntou se levantando e vindo para meu lado.

— Podem ser coordenadas, só precisamos organizar.

Ele não falou nada, ficou ali olhando para a mesma coisa que eu. Pensando e repensando.

— Que merda, é bem provável que seja. Joga as sequências aqui. — Indicou um dos ícones da tela.

Abri o programa e fiz conforme indicou. Não demorou muito para que tivéssemos dez combinações de lugares distribuídos pelo país.

— Vamos nos concentrar nos pontos que ficam dentro do nosso território — pontuei.

Ravish era nosso interesse, a *Sociedade* só estava no caminho para isso. Os Torres daqui não envolveriam os Gerais, porque se garantiam em dar fim em nós antes mesmo de causarmos estragos. Gostava de saber que estavam enganados. Gael e eu podíamos não ser os assassinos perfeitos, mas éramos movidos pelo sentimento que mais favorecia os fatores: raiva. Além disso, tínhamos o detalhe de não nos importarmos com nada, de não termos um calcanhar de Aquiles. Eu não tinha passado, pelo menos não mais.

— O restante fica de escanteio por enquanto — ele garantiu.

Compenetrado, busquei o endereço certo de cada uma das coordenadas. Três ficavam no nosso terreno. Esperava que tivessem serventia, porque com elas daríamos o pontapé inicial para derrubar Ravish e, consequentemente, a organização inteira.

Se sobreviveríamos para contar ou conseguir, não podia garantir, mas com certeza iríamos tentar.

Atena

Fiquei mais um tempo parada do lado de fora. Irritada por não conseguir logo o que queria, indignada pela atração louca por Felipo e curiosa para descobrir o passado negro daquele homem. O que aconteceu com Lisa deve ter sido muito complicado, porque foi somente tocar no nome dela para desestabilizá-lo.

Subi as escadas com a pistola travada, pendida entre os dedos. Ia deixar o assunto de *esposa* para lá, por ora. Precisava me concentrar em Ian, no que pretendia fazer com o meu futuro. Assumiria a *Casta* sem dúvidas, o que vinha me incomodando era os limites que ultrapassaria com isso. Não havia um modo de dirigir uma facção criminosa sem me envolver com o crime. Tirar esse certo ou errado da cabeça esgotava. Que merda!

Assim que pisei na sala espaçosa, os olhos verdes de Felipo, que estavam na tela do computador, me encararam. As faíscas de revolta crisparam no fundo, porém, as nuances de desejo refletiram também. Não tinha como ignorar, fosse lá o que acontecia entre nós.

— Decidiram quando vamos invadir o barracão? — questionei ao me aproximar.

De propósito encostei meu braço no seu, a fim de sentir a vibração correr por meu corpo como se buscasse a linha de chegada.

— Ainda não — Gael respondeu, indiferente.

Aquilo bateu a irritação para fora. Empinei o queixo, adotando uma postura rígida. Para a puta que pariu esse descaso! Eu dei o que precisavam, eles que devolvessem o favor.

— Faz uma semana que estamos trancados aqui, sem fazer nada além de comer, fuçar nesse *notebook* e fingir que nos aturamos. Fizemos um acordo, vocês toparam, então sejam homens para falar se pulam no barco ou não. Porque preciso resolver o empecilho que meu marido escroto se tornou — jorrei sem parar para respirar. — Se vão ficar me enrolando, eu vou sozinha atrás do que quero.

O loiro com cara de psicopata riu. *Que ódio mortal desse filho da puta!*

— Pensa o quê, garota? Que a vida é como nos filmes de ação, que tudo acontece num estalar de dedos? Estamos levantando hipóteses, meios de não nos estreparmos com o lixo do Delacroix. Não dá só para entrar, olhar e sair. Precisamos de algo que o deixe à nossa mercê. Sabemos o que tem lá dentro, e daí? Seu marido é poderoso, pode se livrar das provas, pior, pode nos colocar na linha de tiro. Aí, sim, fodeu. Sabe por quê, Atena? Nós somos apenas os merdas que matam por dinheiro. É isso que quer? Acabar com sua chance antes mesmo de começar?

Semicerrei as pálpebras, analisando o que ouvi. Não queria que Gael estivesse com a razão, contudo, estava. Eu ainda me deixava levar pela menina mimada que desenvolvi por anos.

— Pare de ser impulsiva e pense com clareza, caralho! — grunhiu.

Inspirei o ar para mandá-lo se ferrar, o que me barrou foi um alarme. Não era alto, só o suficiente para ser escutado.

Felipo se prostrou de pé em segundos. Gael praguejou, digitando rápido no teclado. Um zunido me tonteou, porque sabia o que era antes mesmo da confirmação vir.

— Fomos encontrados — comunicou o que eu temia.

Apertei a arma ainda mais, curtindo a adrenalina maluca que me tomou. Uma sede vagarosa de vingança, fúria e medo se entrelaçava nas minhas entranhas.

Chegou a hora!

Foi a única coisa que minha mente processou.

— Até que demoraram — disse Felipo, arrancando-me da teia espessa. Sua voz parecia calma demais para uma situação complicada. — Vamos lá, matar os filhos da puta.

Fitei-o rapidamente, o sorriso maligno se desenhando devagar em seus lábios carnudos. Sua feiçõ carregada de empolgação e fissura.

Eu devia ficar apavorada com sua atitude ou com o que se desenrolaria, mas não fiquei. Era como se aquele mundo torto se encaixasse de um jeito desordenado em mim.

CAPÍTULO 18

Felipo

Eu quis segurar os ombros de Atena e chacoalhar até que entendesse que não estávamos em um jogo nessa porra. A garota pensava que tudo girava em torno do seu umbigo, não entendia como conseguia ser tão destemida em determinadas situações e tão burra em outras.

Começava a pensar que dei muita liberdade para quem não devia, entreguei-lhe o benefício da dúvida sem resguardar qualquer outro problema, deixei-a se aproximar por puro desleixo e sabia onde isso daria: mais uma fodida situação para corrigir.

Baixar a guarda não era válido, pelo menos não no meio do qual me embrenhei, a pergunta que martelava sem dó na minha cabeça tinha sido lançada pelo senso tático mínimo que segurava: *por que parecia confiar nessa garota sem qualquer motivo para tal?*

Gael permanecia em alerta perto dela, por mais que tenha desistido de acusá-la de ser informante. Por outro lado, eu continuava caminhando para o declínio. Talvez, o medo que vi em seus olhos no dia em que invadi a cobertura, a determinação que exalou ao decidir me acompanhar, sua personalidade férrea ao lutar tanto para sobreviver quanto para se impor, foram um dos muitos fatores que me levaram a abrir brechas.

Aceitável? Nem no inferno! Só não achava um jeito de me livrar do fardo que pedi para carregar.

— Pare de ser impulsiva e pense com clareza, caralho! — Despertei com Gael cuspindo irritação.

Encarei o perfil de Atena, que havia se afastado para pontuar seus interesses desconexos. No seu semblante ficou claro que entendeu a realidade da situação e que, por mais que não gostasse, precisaria acatar. Observei seu peito subir e descer rápido, seus dedos envolveram o corpo da pistola com mais força, os olhos se estreitaram. Ela era o tipo de mulher que teve o que queria a vida toda, lutar com seu ímpeto automático de não aceitar um "não" a corroía. Sorri de lado. Um belo caminho para podar suas raízes mimadas.

O barulho do alarme soando me colocou em alerta total, desligando qualquer outro espaço do meu cérebro que não fosse o de sobrevivência. Gael confirmou que tínhamos visita, aquilo permitiu que a adrenalina escoasse pelas minhas veias, jorrando pelos poros. Eu estava com saudade da ação, de atirar para valer. E não tinha maneira melhor de suprir essa vontade do que matando os filhos da puta que queriam nossas cabeças.

Só restava saber se lidaríamos com a *Casta* ou se Ravish deu seus pulos para nos incomodar.

Dei um passo à frente, louco para alcançar a saída e começar com o show. Porém, a voz de Gael me fez parar.

— Espere, tem algo errado. — Analisou as câmeras, aproximei-me para fazer o mesmo.

Quatro carros pretos corriam pela rua deserta cercada de mato.

— Apenas o alarme soou, e isso só acontece depois de passar pela segunda entrada. As câmeras deviam ter saltado na tela no segundo que chegassem ao portão.

— O que quer dizer? — questionei, encabulado.

— Quero dizer que essa casa é isolada e que o esquema de segurança é muito preciso.

Travei o maxilar, entendendo o que aconteceu.

— Os desgraçados invadiram o nosso sistema.

Gael riu sem humor algum.

— Exato. Só que o interesse não era coletar provas, pois tenho certeza de que nenhum dos arquivos foi corrompido. Eles queriam nos achar.

Rapidamente caminhei para o meu computador, não sabia se também tinha sido burlado, mas não daria mais uma chance ao azar. Gael pensou o mesmo que eu, porque se concentrou em mascarar o IP, isso nos manteria seguros por enquanto.

— Merda, queria saber como não me toquei antes! — resmungou ao finalizar o trabalho.

Eu entendia a raiva de ser pego desprevenido, de ter vacilado.

Com mais alguns cliques, ele jogou as imagens da câmera para a TV. E, puta que pariu, mais três carros passaram pelo portão. Eram, no mínimo, trinta capangas de alguma das facções.

— É Ian — Atena murmurou, ganhando minha atenção. Sua visão estava cravada no vídeo.

— Como sabe?

— O emblema no canto do vidro dianteiro. — Prestei atenção no adesivo razoavelmente grande, onde um O e um C se entrelaçavam. *Ordem da Casta*. Esse era o real nome da organização. — É o carro do meu pai.

A voz dela vacilou, entretanto não foi de emoção, foi de revolta. Atena destravou a *Glock*, preparada para alcançar seu plano. Eu sabia como se sentia: com a pulsação nos ouvidos, o coração acelerado e a respiração regular para não perder o foco. As cenas diminuíam a velocidade, apenas para deixar o momento mais denso, era possível sentir o gosto bom de completar sua missão autoimposta.

Eu tinha noção do quanto podia ser extasiante e mais ainda de que esperar o tempo certo era indispensável.

— Não! — alertei-a.

Atena se virou devagar para me fitar, seus olhos azul-celeste injetados de adrenalina.

— Eu vou! — rebateu.

Cerrei os punhos, sem paciência ou tempo para lidar com esse caralho.

— Se sua intenção é se matar, está livre para ir. Não tenho saco para tentar domar suas idiotices, Atena. São mais ou menos trinta homens, para derrubar três. Como acha que vamos vencê-los?

— Vão fugir? — perguntou, descrente.

Eu odiava sair pela tangente. Gostava de bater peito com peito e apostar, contudo ali não teria chance alguma de sairmos vivos.

— Vamos — respondi, convicto.

— Peguem o essencial, temos no máximo dez minutos até que consigam entrar — Gael disse, reforçando minha decisão, recolhendo o material sobre a mesa e cessando o debate inútil.

Peguei meu *notebook* e subi as escadas, indo direto para o quarto. Minhas coisas estavam prontas, só aguardando a partida que sempre vinha. Assim que pisei no corredor novamente escutei o primeiro estrondo.

— Os filhos da puta vieram com munição pesada. Estão tentando arrombar o último portão, então estarão dentro. — Gael passou apressado por mim. — Vamos descer pelo acesso da cozinha até a garagem para pegar o carro.

Atena saiu do quarto com as roupas emboladas nas mãos.

— Não tem... — sussurrou, sem completar a frase.

Bufei, pegando o que segurava e socando na minha mochila. De relance percebi suas mãos tremerem de leve, o único indicativo de que estava nervosa com a situação.

— Vamos, porra! — Gael gritou do andar inferior.

Com passos pesados desci, Atena no meu encalço. Acessamos a saída lateral da cozinha, que ficava encoberta por um balcão alto de fundo falso. O que me deixou mais confuso sobre o porquê de Gael mantinha esse lugar. Tudo bem que precisávamos de pontos estratégicos para usar como esconderijo e para isso tínhamos as paradas exclusivas da *Sociedade*, mas essa casa parecia ter sido feita para que ele protegesse algo ou alguém.

Mais uma pancada soou do lado de fora quando alcançamos a garagem, fazendo com que Atena segurasse minha mão, sua palma gelada entrelaçou a minha quente. Não a repeli, e tinha certeza de que aquele se tornaria um erro fatal, porque o toque daquela garota era perturbador. Olhei-a, intrigado, percebendo que, por mais que ela quisesse ser forte, o medo do desconhecido ainda se sobrepunha a coragem. Seus lábios grossos estavam em uma linha fina, os ombros tesos pelo estresse, a vulnerabilidade piscando através de ações sutis, que só poderiam ser entendidas se prestasse atenção.

Atena sabia camuflar o que a desestabilizava, um ponto ótimo a seu favor. Por instinto apertei seus dedos nos meus, não para passar conforto, mas por não conseguir discernir o que houve naquele meio segundo, por me espantar com a necessidade nada bem-vinda de defendê-la.

E, maldição, não tinha nada a ver com Lisa, com a aparência, com meus pecados. Tinha a ver, única e exclusivamente, com *ela*.

Atena

Gael destravou as portas do carro, uma *Land Rover* preta que parecia nunca ter sido usada. Não prestei atenção em volta, nem no percurso que pegamos até ali. Os barulhos estavam me colocando em desespero, não por ter de lidar com os bandidos, sim, pela possiblidade de Ian me pegar. Contraditório demais levando em consideração que eu queria matá-lo sem remorso algum.

Em câmera lenta soltei os dedos de Felipo, sentindo falta do apoio quase indiferente dele, e me lancei no banco traseiro. Ambos ocuparam seus lugares. Felipo no passageiro e Gael no motorista. O portão automático se levantou devagar e, no segundo seguinte, dois homens entraram por ele.

— Porra! — rosnou Felipo.

Um tiro pegou em cheio no vidro, estremeci, depois percebi que não fez sequer um arranhão. Sem dúvidas era à prova de balas. Os invasores se entreolharam e se aproximaram, um de cada lado. Nem consegui raciocinar antes de Felipo empurrar a porta com força, acertando o sujeito, ganhando uma distração mínima para atirar. Não acompanhei os passos de Gael, que também levou o outro sujeito ao chão.

Felipo desceu para pegar alguma coisa na mão do homem, no entanto, não teve tempo de voltar antes que mais disparos acontecessem. Como uma tola, assisti mais cinco caras chegarem. Felipo se abaixou atrás da porta, Gael fez o mesmo e a troca de tiros intensificou. Não podia ficar parada, íamos morrer. Tomei a merda de uma decisão e desci. Minhas pernas estavam um pouco instáveis, só que minhas mãos não se acanharam ao destravar a pistola e atirar por sobre a porta, passando longe do ombro de um deles. Droga! Mira péssima.

Ignorei os milhões de desfechos que voavam incessantes na minha mente e busquei me concentrar no presente. Tinha de manter sob controle meu desalinho, trazer para a superfície a mulher que pretendia dirigir uma facção inteira. Pelo vidro escuro por conta do *insulfilm* fitei um dos capangas de Ian, um que eu já tinha visto várias vezes perambulando pela cobertura, que estava concentrado em Gael. Soltei o ar com cautela, dei um passo para o lado e apertei o gatilho, a bala percorreu o espaço se alojando na lateral da sua cabeça. O urro parco, seguido do baque comprovou que o alvo foi abatido. Respirei fundo, satisfeita com a precisão.

— Atena, caralho! — Ouvi Felipo grunhir, no mesmo instante fui jogada para dentro do carro de novo, seu corpo definido cobrindo o meu, o estopim ecoando em meus ouvidos. — Maldição! — praguejou, com um toque de dor no fundo.

Seus olhos verdes lindos desfocaram, quando voltaram estavam escuros, revoltos, amedrontadores.

— Fique aqui! — mandou, voltando a ficar de pé, fechando a porta com um baque.

Levantei-me desengonçada, então observei seu lado mais assassino em prática, nem sequer pisquei enquanto Felipo atirava com uma pistola em cada mão, sem proteção, sem medo de ser morto. Se eu não presenciasse, jamais acreditaria naquela loucura. Tateei às cegas ao meu lado, percebendo que era a minha arma que usava. Cada estalo seco arrepiava minha nuca. Ora olhava para a porta, temendo que mais e mais capangas entrassem, ora *ele*.

Mesmo depois de derrubarem os invasores, Felipo continuou disparando.

— Felipo! — Gael elevou a voz, despertando-o seja lá de onde estava.

Sua respiração estava controlada como se não estivesse matando, sim, jogando videogame, a fisionomia assustadora em exposição. Os respingos de sangue na camisa branca impecável deixavam a cena ainda mais obscura. Ele não falou nada, apenas encarou seu suposto companheiro.

— Entra, porra! — Gael finalizou, acomodando-se atrás do volante.

Felipo marchou até nós, ocupando seu assento à minha frente. Aceleramos, saindo pela rua de pedras, que ficava nos fundos de onde eu treinava. Dali deu para ver a movimentação em volta da casa. Mais tiros, gritos.

Gael pegou uma rua à direita, adentrando um pouco as árvores e virando à esquerda poucos metros depois. Do nada caímos em uma estrada de terra, onde a poeira deixou uma cortina espessa para trás. Os ruídos de baderna foram substituídos por pedregulhos sendo esmagados pelos pneus. No espaço confinado, nem as respirações eram ruidosas o suficiente para quebrar o silêncio mórbido.

Retorci minhas mãos, escorando-me no banco. A cabeça pendeu, meus olhos fecharam e exalei fundo. Minha adrenalina estava nas alturas, tanto que não achava jeito de controlar os batimentos cardíacos descompassados, muito menos o deleite por ter burlado a linha tênue que criei entre o certo e o errado. Eu tinha acabado de matar uma pessoa e, pelo amor de Deus, não havia um pingo de pânico por isso na minha cabeça. Só conseguia pensar que o filho da mãe mereceu, que Ian e todos esses imbecis podres merecem.

"Você vai fazer parte dessa sujeira, Atena. Não julgue os que são da mesma laia".

Eu seria, sim, parte dessa maldita organização, mas não apenas isso. Seria a responsável por arrancar cada viga segura que o escroto do meu marido levantou antes de mandá-lo para o inferno. Precisava do seu martírio, tanto pelo que fez com o meu pai, por ter sido um traidor com a *Casta*, pois deu fim no próprio Geral, quanto por me manter no escuro e tentar me matar sem sequer repensar.

Ian Delacroix pagaria pelo que causou na minha vida. Como se diz: *"olho por olho, dente por dente"*. Eu estava ansiosa para vê-lo cair.

CAPÍTULO 19

Atena

Nós estávamos rodando há horas. A noite caiu e com ela veio o frio, estremecendo meus nervos ainda mais. Encolhi-me no banco traseiro, querendo saber para onde iríamos, mas permaneci em silêncio, esperando que algum dos dois falasse algo.

Estava agitada, com os pensamentos a mil, repassando o momento em que matei um dos capangas de Ian. Não sabia se me sentia assustada pela ausência de culpa ou satisfeita por ter conseguido arrebentar uma linha da qual me perguntei várias vezes se ultrapassaria quando fosse necessário.

— Você está bem? — Gael perguntou de repente, encarando Felipo.

Meus olhos, que já estavam atentos *nele*, concentraram-se ainda mais. Felipo apertava com força a minha pistola, que ainda estava em sua mão.

— Temos um problema maior do que eu imaginava — comentou depois de um intervalo misterioso, sério, sua voz mais rouca do que o normal.

Agucei meus ouvidos, não querendo perder os respingos que ganhava para alimentar meu conhecimento mínimo. Até porque não seria inclusa na conversa mesmo que me intrometesse, por isso circulei os braços a minha volta, engolindo cada dúvida que subia pela garganta.

— Por que diz isso?
— Um dos homens alvejados tinha a marca de *Caim* no pulso.
— Filhos da puta! — Gael grunhiu sem acreditar.

Foi por isso que Felipo mexeu no cara morto? Pensei que tivesse pegado algo dele, na verdade só estava checando. Em vez de entender, fiquei ainda mais perdida. *Que merda era essa marca?* Eu não entendia quase nada sobre Caim. Sabia que se tratava de uma história bíblica onde um irmão tirou a vida do outro por pura inveja e foi condenado a viver para sempre com seu erro. Algo assim.

Segurei para não bufar, querendo desesperadamente mais informações. Não fazia sentido nenhum.

O carro continuou pela mesma estrada por mais ou menos vinte minutos, sem que nenhuma outra palavra fosse pronunciada. Então Gael virou à direita, em seguida à esquerda, parando em um pátio de hotel de dois andares. A estrutura decadente deixava claro que não recebia muitos hóspedes, pelo menos não o bastante para custear uma reforma.

— Fiquem aqui, vou pegar um quarto. Ficaremos juntos, melhor para agirmos caso haja contratempos — Felipo ditou antes de descer, deixando-me sozinha com o loiro com cara de psicopata.

Os minutos pareceram se arrastar até que ele voltasse com uma chave.

Subimos um lance de escadas e adentramos a terceira porta, que marcava o número 19 desenhado de tinta preta na madeira bege. O cômodo se resumia em três camas de solteiro, TV antiga, mesa azul desgastada, uma cadeira dobrável no canto e um banheiro. Desde que fugi com eles, foi a primeira vez que realmente parei para prestar atenção em uma decoração. O tapete amarelo e florido parecia encardido, o piso vermelho passava a impressão de desleixo, o papel de parede geométrico não se encaixava no ambiente.

— Eu vou atrás de algo que possa ser útil, não adianta de nada ficarmos presos aqui sem pegar um caminho — Gael falou, com a mochila pendida no ombro.

Ele poderia facilmente picar um corpo e colocar ali. Para mim, não seria surpresa descobrir que fazia isso. O homem era amedrontador.

— Vou junto, nem fodendo que fico parado — Felipo, que estava sentado na cama, pegou sua bolsa, pronto para a ação.

— O caralho que vai, olhe seu estado.

Enruguei a testa para a frase de Gael. Encarei Felipo, passando os olhos minuciosamente desde seu rosto, descendo pelo torso, até parar na mancha de sangue que parecia esculpir a camisa branca.

Ele estava ferido.

— Nada que não possa resolver no caminho — garantiu, sua fisionomia de bravo não dava brecha para contestar.

— Escute aqui, Felipo, quero agilidade, não vou correr o risco de me atrasarem. E se não for você, será ela. — Apontou para mim. Semicerrei as pálpebras. Filho da mãe! — Então, como você trouxe esse empecilho para nós, trate de cuidar dele. Volto em no máximo dois dias, te mantenho informado — finalizou, saindo e batendo a porta.

Felipo me fitou, irritado, não sabia se arrependido de me trazer junto na sua agitada rotina, por estar machucado ou por Gael ter sido um baita pilantra.

— Vou tomar um banho — disse, saindo de perto.

Queria ver seu ferimento, ajudar a cuidar, mas não via uma forma fácil de me aproximar. Felipo era arisco, fechado, insuportável de tão teimoso. E eu era sem noção alguma em me preocupar com ele. Parecia cada segundo mais atraída pelo precipício. Para ser sincera, a queda me apresentava uma dor gostosa que ficava mais e mais difícil de ignorar.

Comecei a me questionar se era tão insana quanto *ele*. E acabei por me convencer de que não dava a mínima se fosse. Por mais surreal, preferia o que acontecia à indiferença a qual estava acostumada a atuar.

Felipo

Coloquei a *Glock* que ainda mantinha firme na mão sobre o colchão e me despi da cintura para cima, com o intuito de ver o estrago. Aquilo estava queimando como o inferno, mas sabia que não tinha sido muito grave. Gael foi um filho da puta por me dispensar da varredura, o pior era que eu o entendia. Atena nos atrasaria, tinha certeza de que as respostas não seriam obtidas de forma civilizada.

Pesquei o que precisava na mochila e voltei a me sentar na cama. A bala pegou na lateral, de raspão, mais alguns milímetros para o lado tinha atingido em cheio. O corte não era tão superficial, também nada que precisasse me preocupar. Bastava limpar e pronto. Joguei álcool em cima, sibilando com a ardência de merda.

Vim o caminho todo me segurando para não encher Atena de xingamentos.

A garota conseguia ser impulsiva ao ponto de se colocar na margem de fogo. Puta que pariu! Ela pensava que a vida real podia ser comparada a ficção e não tinha como estar mais enganada. Ali, ou acertava ou se estrepava. Não havia outra opção. Além disso, descobrir que a *Sociedade* se aliou à *Casta* ferveu meus nervos. Os desgraçados tinham nos colocado na bagunça, queriam Delacroix morto, então que porra estavam inventando ao se juntar com o inimigo? Não tinha uma ponta que não estivesse solta nessa situação fodida.

Esperamos e esperamos, no fim não tínhamos nada que pudéssemos usar ao nosso favor. As duas facções se uniram para nos matar e não pouparíam esforços. O que não parava de martelar na minha cabeça era: *por quê?* Nós matamos membros da organização, ok. Mas antes disso, por que nos enfiaram nesse rolo se seguíamos à risca os comandos do Torre?

Esperei que Atena saísse do banheiro, ignorei que estava apenas de toalha, porque ainda desejava lhe dar uns tapas por ser tão imatura, e entrei. Deixei a *Beretta* em cima da pia e arranquei o restante das roupas, enfiando-me na água quente. Espalmei as mãos no azulejo, deixando que a água fizesse seu trabalho de relaxar um pouco meus músculos. Sempre fui prático, preciso, evitava chamar a atenção mais do que o necessário e, do nada, me pegava em uma sinuca de bico, uma que eu mesmo adentrei ao trazer a garota comigo. Se não tivesse agido pela minha mente distorcida, era só ter finalizado o que nos foi imposto e vida que seguia. Agora, além de ser caçado por Delacroix, estava na lista negra de Ravish. Tudo o que queria para queimar ainda mais no inferno que me autoimpus.

Desliguei o registro e me sequei, voltando para o quarto.

Ela estava de pé perto da janela, vestida com calça jeans, casaco e tênis. Sem me importar em ficar nu na sua presença, deixei a toalha branca cair no chão enquanto procurava o que vestir. Ao puxar a boxer preta, levantei meu pescoço, pegando seus olhos azuis em mim. Atena era, sem

dúvidas, a maior incógnita. Centrada, impulsiva, imatura, mimada, desinibida.
Quem guardava tantas personalidades ao mesmo tempo?
Quando se tratava de tesão, não se fazia de rogada. Quando o assunto envolvia seus medos, ela desabava. Quando era vingança, precipitava-se. Acreditava que isso me impelia a protegê-la, pois não éramos diferentes em muitos dos quesitos, só conseguia domar melhor meus impulsos.
— Deixe-me ver isso aí. — Indicou o ferimento.
Vesti a calça e calcei os sapatos sem responder. Se ela me tocasse, acabaríamos trepando novamente, não dispensaria essa válvula de escape; esse se tornou o motivo de manter distância. Não gostava de como ficava em relação a Atena, não gostava de perceber as diferenças entre ela e Lisa, de separar uma da outra e ficar somente com a imagem que não queria. Lisandra devia se sobrepor, porém, não vinha acontecendo desta forma.
— Não precisa.
— Ok.
Ela se voltou para o vidro, concentrada no estacionamento do hotel horrendo. Joguei mais um pouco de álcool no corte e o cobri com gaze. Caminhei até o banheiro para pegar minha pistola, que acoplei no cós da calça. Depois peguei meu *notebook*, precisava urgentemente reforçar a segurança do sistema para evitar qualquer invasão como aconteceu com Gael. Mexi no que tinha de mexer, pesquisei pelo *Google Maps* os locais que as coordenadas indicaram e tentava não perder a paciência com Atena perambulando sem parar pelo pequeno espaço.
— Pode parar com esse caralho de agitação — rosnei, não encobrindo minha irritação.
Os passos cessaram, seu corpo miúdo se voltou para o meu e nossos olhos se prenderam. Levantei uma das sobrancelhas para as faíscas de ira pulsando no seu azul-celeste.
— O que significa a marca da *Caim*? — lançou o que a estava corroendo.
Bufei.
— Significa que o membro matou algum parente para proteger a facção.
Atena continuou me fitando, aguardando uma continuação da aula teórica ridícula que vinha exercendo nos últimos dias. Merda!
— É responsabilidade do membro manter em segredo o que faz, caso conte, coloca em xeque sua identidade dentro da organização. Se a pessoa dedurar o segredo a mais alguém e isso chegar ao conhecimento de um Torre ou Geral, o membro que decidiu abrir o jogo para quem confiava tem duas escolhas: eliminar seu sangue ou ser morto pela facção. Aquele homem que matei decidiu dar fim a quem amava a perder seu cargo no crime — esclareci.
— E qual o intuito de marcá-lo?
— Bem, serve tanto para indicar a facção que o membro errou e pagou pelo erro, quanto para lembrar a ele que matou seu próprio sangue pela família que o acolheu.
Acabei rindo, porque tinha certa poesia macabra naquilo.

— Para mim parece mais uma punição, assim como é na Bíblia. Quem consegue viver sabendo que foi o responsável pela morte dos que deveria amar? A marca serve para lembrá-lo constantemente da atrocidade que cometeu, não é um troféu de lealdade.

Suas palavras não podiam ser mais certas.

— Como eu disse e vou repetir: não tem nada de justo ou bonito nesse meio, Atena. Quem se envolve no submundo só pensa em dinheiro, poder, destaque. Eles estão se fodendo para os costumes corretos ou alma perdida. Pisamos em brasa com gosto, porque sabemos que merecemos e queremos isso.

— Você merece isso, Felipo? Seu passado é tão ruim para achar que precisa sofrer?

Não esbocei reação com sua pergunta direta, o que não mudava que, por dentro, meu coração desacelerou por sequer pensar em todas as porcarias que fiz, em cada dor que causei aos meus, a desgraça que desencadeei para Lisa, na morte lenta e torturante do pai dela.

— Pare de fazer isso, seu filho da puta! — suplicou Ícaro, a raiva respingando da sua boca. — Lisandra deve ter nojo de você, nojo do que se tornou. Minha filha...

— Cale a maldita boca, seu porco imundo! Ela não é sua filha, nunca foi. Não ouse colocar minha esposa no meio dessa sujeira. — Finquei a faca sem dó na sua coxa pela quinta vez.

Ele podia gritar o quanto quisesse, naquele horário as únicas pessoas na clínica onde aquele verme se escondeu eram eu e mais dois companheiros.

— Você a envolveu nisso, escutou? Você! — gritou no final.

Eu estava adorando o desespero que transbordava mais a cada segundo. Sorri sem humor, ensandecido por sangue.

— Não, Ícaro. Você é o culpado, e agora eu vou me vingar — murmurei, levantando a lâmina muito bem afiada para fincar na sua outra perna.

— Sim para as duas coisas.

Nem percebi que ela se aproximava, apenas senti seus dedos tocando meu rosto devagar.

— Acho que isso é muito relativo, sabe? Você pensa que precisa e, como consequência, aceita que merece. Nenhum erro cometido é ausente de perdão, Felipo.

Engoli em seco, nem sequer me movi para afastar seu afeto repentino, deveras apavorante. Atena me desestabilizava e aquilo era de longe a sensação mais esmagadora desde... Lisa.

— Não tenho, não busco e nem quero redenção, Atena.

Suas pernas tomaram a liberdade de se acomodarem uma em cada lado do meu quadril na cadeira enferrujada, montando em meu colo.

— Não se trata de redenção, estou falando sobre se perdoar. É diferente, libertador. Se não quiser a luz, permaneça nas sombras, ela nem sempre significa trevas.

Engoli em seco de novo. *Caralho de mulher que fala demais!* Não estava disposto a reviver fantasmas nem desabafar sobre a podridão que deixei no rastro. Não tinha só Lisa, tinha JP e Lívia.

— *Sua irmã foi estuprada, seu filho passou fome. Eles não tinham nem água para tomar banho direito, Felipo. Nada. Você focou na merda de uma vingança e deixou sua família à mercê das suas falcatruas. Acha que as justificativas inúteis que deu relevam o que fez? Se os ama mesmo, deixe-os em paz. Eu prometo protegê-los, até mesmo de você.*

As palavras de Apolo, marido da minha irmã, reprisaram na minha cabeça. Ele me disse isso no dia que me procurou para saber sobre Ícaro, para bolar como derrubá-lo. Foi ouvindo a verdade que me convenci de que não havia lugar para mim na vida deles. Doeu aceitar que mereci, que falhei, que ferrei *todos* que amava.

Voltei a me concentrar em Atena. Sua mão encaixou nos cabelos da minha nuca, puxando-os de leve. Sua boca vermelha e carnuda me convidava a tocá-la. Os olhos azuis, com rajadas de marrom, brilhavam ao meu encontro. Eu tinha plena convicção de que mais porquês, onde, quando e como, viriam. Ela era curiosa, obstinada ao extremo. E eu não ia, nem fodendo, contar o que tanto me castigava.

Por isso segurei seus cabelos curtos, chocando nossos lábios com força, não deixando abertura para qualquer outro papo-furado. A minha penitência se formava por trevas, e elas repeliriam qualquer luz que tentasse me salvar.

CAPÍTULO 20

Atena

Eu me mantive distante desde que chegamos, ignorando meu sistema que gritava por aproximação. Porém, não consegui resistir a sua exposição crua de arrependimentos. Não negava que puxar conversa foi só uma desculpa para conseguir acesso a *ele*.

Adoraria saber se Felipo conseguia se tocar do quanto ficava vulnerável ao levantar assuntos que pudessem envolver seu passado. Quando perguntei se merecia sofrer, uma boa camada da indiferença costumeira se abriu para revelar todo o restante que havia por baixo. Era essa amostra da realidade dele que me atraía mais do que devia. Como se eu fosse a mosca sugada pela luz, mesmo que essa *luz* fosse dolorosa.

E, como de costume, acabamos calando problemas com tesão. Nesse quesito nosso *modus operandi* era idêntico. Nossas línguas dançavam uma na outra com ímpeto, suas mãos fortes apertavam minha carne onde podiam, meus dedos puxavam mais e mais seus cabelos grossos e escuros. Eu o queria, queria de um jeito quase insano. Não sabia como frear esse desejo misturado com necessidade e segurança, porque, sim, sua presença me confortava, deixava-me tranquila mesmo em meio a tanto caos.

Eu não o conhecia de verdade, só tive acesso ao seu lado tático, cruel, frio. Mas como diziam: *"até as sombras são cativantes às vezes"*. E, por Deus, Felipo conseguia ser hipnotizante. Tanto na beleza quanto na sua veia de mistério.

— Atena... — Meu nome saiu da sua boca assim que me apertei de encontro a sua virilha.

Ele estava duro, eu estava molhada e o calor do quarto subiu demais.

— Eu quero você, Felipo — admiti logo.

Nunca fui tímida, contudo, ao lado dele desenrolava uma liberdade fora do comum. Soltava minhas vontades, meus medos, despia qualquer armadura que fui obrigada a vestir durante tanto tempo.

Sem dizer nada, ele se levantou, comigo enroscada em seus quadris, e me depositou na cama. Sem pressa, as minhas roupas e as suas foram arrancadas. Felipo tomou minha boca novamente, com mais força. Seus dedos tocaram desde os meus seios até o meio das minhas pernas. Sem controle me contorci, ansiando por muito mais. Seus lábios escorregaram para o meu pescoço, colo, os bicos eriçados dos meus seios. Seu pau resvalava de leve no meu centro, instigando minha libido.

Então ele foi descendo, descendo, até pairar onde escorria pedindo atenção. O magnetismo que nos envolvia só aumentava. No segundo que sua língua me tocou, minhas costas envergaram de prazer.

Felipo não chupava aleatoriamente, ele parecia saber onde me tocar: os círculos que fez em volta do meu clitóris, a forma erótica que beijou minha boceta, sua língua se enfiando em minha entrada. Depois, veio os dedos em conjunto com a sua boca, sua mão livre espalmada sobre minha barriga. Meus gemidos altos pedindo libertação, os grunhidos dele derramando tesão, a fisgada no meu baixo-ventre denunciando a chegada do orgasmo que arrebataria meus sentimentos, razão e coração. Eu gozei chamando por ele, pelo homem que nem sequer desvendei.

Felipo só parou após minha respiração aliviar, então me empurrou mais para o meio do colchão, ajoelhando-se entre minhas pernas, passando seu membro na bagunça de saliva e fluidos antes de se enterrar em mim. Gritei. Porque foi delicioso, intenso, um encaixe errado de tão perfeito.

Nas vezes que transamos não usamos camisinha. Ele não comentou, eu não dava a mínima. Um detalhe que não era relevante no meio da loucura que vinha vivendo. Eu tomava injeção de três em três meses e ainda estava no prazo. O resto não me interessava. Idiota? Sim, para a maioria, e eles que fossem para o inferno. Não queria sensatez ali, queria o que demonstrávamos ser.

Trancei meus pés em sua cintura, puxando-o mais para o fundo. Ouvi os sons do quanto fiquei molhada, os gemidos que ambos expelíamos em cada investida, enquanto seu dedo estimulava meu feixe de nervos. Lancei os braços para trás, agarrando os lençóis.

— Mais forte... Meu Deus... — murmurei totalmente envolvida no momento.

Seus olhos verdes não desviaram do local onde nos conectamos. As veias salientes dos seus braços mais evidentes, as tatuagens *dark* destacavam sua pele, a barba, os dentes fincados no lábio inferior... Um conjunto que meu cérebro registrava como irresistível.

— Caralho, sua boceta parece ferver! — rosnou, ainda sem me olhar. — Quero você gozando de novo, gozando bem gostoso para me levar junto. — A pressão aumentou no meu canal, não reclamei, era delicioso. — Meu pau e mais dois dedos te fodendo, a visão do paraíso. — Escutei o riso em sua voz.

Meu corpo se lançava em direção as estocadas, porque eu estava pegando fogo de tanta excitação. Uma das suas mãos firmou em minha cintura, Felipo se inclinou um pouco para frente e foi ali que me desmanchei. Seu pau pareceu ir ao limite, no ponto exato para que o orgasmo se tornasse um furacão.

— Felipo... — gemi alto, amolecendo sobre seu controle.

Ele girou os quadris, jogando a cabeça para trás, curtindo sua própria libertação.

— Porra!

Minha visão ofuscou por segundos, desfocando da cena, lavando meus sentidos com a quentura do clímax. Assim que voltei, ele se retirou de dentro de mim, sem sequer me dirigir o olhar. Aquilo me incomodou, e foi o segundo passo que dei para o abismo. Porque foi ali que entendi o quanto queria todos os pedaços de Felipo; mesmo que os cacos pudessem me cortar, eu desejava colar cada um deles.

Nem sempre a razão ganhava. Em algumas ocasiões, ela era derrotada pela incapacidade de recusar o que tanto queríamos e que poderia nos destruir.

O declínio jamais pareceu tão convidativo. Era como um dia de sol que pedia piscina, o cheiro de café que conseguia acalmar, o carinho que aliviava a dor.

Era. Só *era*. Na verdade, parecia. No fundo, eu queria que fosse.

O problema se tornou apenas um: nada de bom sairia daquele desastre.

Felipo

Apoiei as mãos na pia, encarando-me no espelho. Mais uma vez, o controle escorreu pelo caralho do ralo. Não sabia o que acontecia comigo na presença daquela bendita garota.

Maldição!

Liguei a torneira, joguei água no rosto e limpei meu pau, que exalava nossos cheiros, procurando não repensar nas merdas sem tamanho que vinha fazendo. Nem a porcaria de uma camisinha eu cogitei usar e a consciência nem sequer piscava com isso. Desde Lisandra me pontuava para a proteção, tanto por não querer mais filhos quanto por todos os outros problemas que poderia enfrentar. Agora, com Atena, meu cérebro voltou a cagar para o que era importante.

O pior foi não conseguir olhar para ela, mesmo querendo com todas as forças me neguei a isso, porque teria de aceitar não ver mais Lisa ali, ia ter de assumir o quanto fodidamente errado essa merda parecia.

Meu corpo reconhecia o de Atena, meus ouvidos adoravam os sons de prazer; como consequência, meu sistema inteiro entrava em colapso por cogitar ser embrenhado de outra forma que não fosse sexo. Era onde entrava a tão bem-vinda privação.

Na primeira vez que transei com Atena me privei de gozar dentro dela. Na segunda, resisti ao desespero de provar seu gosto mais íntimo e hoje me obriguei a não encará-la.

Seu sabor, seu cheiro e sua rebeldia me inebriavam. E, porra, o diabo devia adorar acompanhar meus passos em falso se repetir. Estava lutando para não abrir espaço, não podia, não devia, não era aceitável de jeito nenhum.

Atena merecia muito mais do que um homem escroto como eu. Não havia vida ao meu lado, não se projetava esperança, era somente a velha e conhecida decadência. Lisa acreditou que me salvaria e se foi. Lívia apostou no seu próprio sangue e sofreu como um cão. Até meu filho, que esperava ter o amor incondicional do seu progenitor, foi decepcionado.

O papinho-furado de que a luz podia iluminar tudo não se estendia ao buraco onde me lancei. Não tinha como violar meus próprios pecados, o fundo jamais chegaria ao topo sem que destruísse o que estivesse no caminho.

Puxei a toalha do suporte na parede, secando os respingos que prenderam na barba. Os relances do passado vieram sem piedade.

— Não sei o que você viu em mim.

Ela riu baixinho, tão serena. Os cabelos compridos caíam como uma cortina no meu peito, meus dedos corriam por suas costas nuas. Fazia meia hora que JP tinha capotado, desde então estávamos nos curtindo na nossa cama. Eu me pegava tão feliz, que quase não acreditava.

Lisa me fitou, eu amava como seus olhos ficavam incríveis na luz fraca do abajur.

— Eu vi... — Tocou meus lábios com seu dedo indicador, delineando o local devagar. — O homem inteligente, batalhador, carinhoso, lindo...

Coloquei uma mecha dos seus fios claros atrás da orelha, encantado pela minha esposa.

— Eu vi o quanto sua alma se encaixa em mim, em como você é nobre, esperançoso, mesmo com tantos problemas vencidos.

— Você aposta muito em mim, amor.

Mais uma vez ela sorriu, então me beijou de leve.

— Só digo o que vejo, querido. Você é maravilhoso e precisa entender isso.

Cerrei os punhos com a memória de uma época que ainda teimava em acreditar que conseguiria dar a minha família tudo o que queria, que pensei aceitar as qualidades que Lisandra fazia questão de destacar em mim. Ela não podia estar mais errada, porque eu realmente não era o bastante, não prestava, e provei da pior forma.

Atena tinha que ir embora, precisava sair de perto, só assim seguiria sua vida do jeito que desejava. Não havia possibilidade de dar a ela mais do que tesão, *eu* não nasci para a felicidade, por isso me dava tão bem com minha rotina sem pormenores, sem ponto fraco.

Fiquei tempo o bastante no banheiro para acalmar o fluxo gritante de pensamentos. Quando voltei para o quarto, Atena estava encolhida na cama, ressonando baixinho. Vesti minha roupa e desliguei o *notebook*. Peguei a *Beretta* sobre a mesa, chequei se a porta estava trancada, apaguei a luz e dei uma espiada no pátio vazio do hotel antes de me deitar. A pistola ficou ao meu alcance, caso precisasse. Não se ouvia um mosquito naquele lugar, somente a respiração cadenciada da garota que despertou fantasmas que enterrei fundo a fim de não remoer, pois, por mais que adorasse o sofrimento que merecia, existiam lembranças que acionavam gatilhos e eu lutava ao extremo para não sucumbir a eles.

Anos atrás, ao sair de perto de quem amava com o intuito de deixá-los viver, as primeiras pessoas que procurei foram Nayana e Elias, fiquei alguns dias com os dois e foi durante essa estadia que me contaram sobre a *Sociedade*, em seguida fizeram o convite que mudou minha rota de fuga.

Ravish me deu um trabalho teste, eu o executei com maestria e estava dentro. Gael surgiu dois meses depois, mesmo contra a minha vontade. O Torre exigiu que aceitasse um parceiro porque, segundo ele, todos os Finais que escalavam nossa ramificação tinham. No fim deu muito certo, inclusive assumimos os trabalhos mais importantes da organização pelo fato de termos 100% dos casos concluídos sem contratempos. Isso até chegarmos a Delacroix.

Não conseguia compreender por que, merda, Ravish resolveu nos ferrar sem ter motivos, mas descobriria. Algo me dizia que tinha muito mais por trás da confusão que nos meteram. Se a *Casta* e a *Sociedade* se juntaram para nos matar, poderia existir duas possíveis ideias: ou Atena era muito, muito valiosa, ou *nós* éramos. Só bastava descobrir o porquê.

Um soluço baixo chegou aos meus ouvidos, desviando minha linha de raciocínio. Virei a cabeça para o lado, tentando me concentrar no barulho, o breu do ambiente não ajudava minha visão. Então, veio outro soluço, sanando minhas dúvidas.

Atena estava chorando.

Permaneci imóvel, não querendo me meter onde tinha certeza de que não devia. Não era do meu interesse suas emoções. Ela que lidasse com o que a atormentava, pronto. Todavia, não estava sendo fácil domar meus instintos de proteção. O que chegava a ser cômico, porque o único instinto que achava ter era o assassino.

Seu corpo miúdo se remexeu, queria ver o que ela estava fazendo, por isso, sem remorso, liguei a luminária horrível fixada na parede. A coberta foi puxada até seu pescoço, seus joelhos estavam dobrados, como se imitassem a posição fetal. Eu percebi que Atena tentou ficar em silêncio, falhando miseravelmente quando seus ombros chacoalharam.

Fechei os olhos, ignorando meu ímpeto de perguntar o que houve, e voltei a desligar a luz.

Não é da porra da sua responsabilidade!

Mais um soluço reverberou. *Maldição do caralho!* Levantei e dei um passo para alcançá-la. Puxei a coberta para me deitar ao seu lado, trazendo-a para meu braço. Ela não relutou.

— O que aconteceu?

— Na-Nada — disse entrecortado.

Quase bufei.

— Diga logo, Atena. Pare com essa mania de enrolar, cacete! — soltei sem conseguir barrar minha total falta de paciência.

— Eu matei aquele homem, Felipo. Matei e não senti remorso algum...

— Então por que está sofrendo, se não se arrependeu?

— Porque eu devia sentir culpa, sentir asco, meu Deus! Eu *matei*, matei o pai de família, filho ou marido de alguém — resfolegou. — Tirei uma vida por puro descaso, por achar que devia. Quem sou eu para julgar se merecia?

Desespero escorregava nas palavras. Ela estava em negação, o que era normal e complicado de absorver.

— Escute, ou era ele ou você. O infeliz sabia o que estava fazendo e não contaria até dois para enfiar uma bala na sua testa. É cruel? Sim. Contudo, é o nosso mundo e o seu desde que decidiu que queria fazer parte dele. Você sente remorso, o fato de estar sofrendo prova. Por isso vou te perguntar novamente: tem certeza de que quer levar seu plano adiante?

Ela não respondeu de imediato, pareceu prender a respiração por alguns segundos. Sua mão que pairava em meu peito, estava gelada, trêmula. No automático a segurei, tentando esquentá-la.

— Sim, eu tenho — afirmou num fio de voz.

— Então precisa processar o que sua decisão envolve. Morte é apenas um dos tantos pedaços que compõem a podridão de viver no crime.

— Eu sei, é só que... Só que... é feio, frio, triste.

Sorri.

— Acredite, esses detalhes deixam de importar com o tempo, porque você começa a se preocupar em sobreviver e sobreviver, sem dar a mínima para quem elimina. Vai somente querer que seu lado vença, independente das consequências.

Aquilo pareceu fazê-la chorar mais. O assunto acabou, a angústia de Atena não. Talvez, no fundo, esperava que ela mudasse de ideia, que escolhesse recomeçar do jeito certo ou talvez quisesse justificar o que *eu* fazia para sobreviver, assim não pensaria no quão fodido me tornei.

As horas passaram e continuávamos na mesma posição, os resmungos de fraqueza dela cessaram, dando lugar ao sono. Acariciei suas costas, sentindo meus olhos pesarem de cansaço. Não fui para a minha cama, não a larguei e não me toquei de que tinha despencado mais um pouco em sua direção.

CAPÍTULO 21

Felipo

Tudo pareceu passar em câmera lenta. A discussão entre Lisa e seu pai, eu tentando inutilmente entender o que estava acontecendo, o segurança na porta esperando algum comando. Meus instintos de perigo apitaram, eles viviam comigo desde sempre, pois nasci nesse meio da bandidagem, porém, não os ouvi. Nem quando Ícaro me procurou demonstrando querer paz, nem quando minha esposa me contou que seu pai não chegava perto de ser quem deveria.

Meu peito comprimiu, minha mente paralisou e o ar fugiu para longe dos pulmões com o estopim oco do tiro. Eu me gabava por conseguir acompanhar a bala até o alvo nas vezes que atirava, mas ali, vendo o caminho final dela, não pude fazer nada além de aguardar, porque o desfecho ocorreu num piscar de olhos.

O grito agonizante, minha aproximação desesperada, o corpo mole de Lisandra nos meus braços, um borrão sem fim de desespero misturado com impotência.

— Não me deixe, amor. Por favor... por favor, não me deixe, não de novo! — implorei, vendo-a perder a cor.

Os olhos claros me fitavam com carinho mesmo naquela bagunça.

— Escute, querido, você merece. Merece o que está sentindo, merece o que despertou. — Sua mão delicada acariciou meu rosto banhado por lágrimas. Não conseguia controlar meus batimentos, o medo de perdê-la pela segunda vez gelou minha espinha. — Pare de se culpar, Felipo. Nunca foi sua culpa — sussurrou.

Tentei absorver suas palavras, tentei tocá-la com mais força louco para lhe dar vida, não adiantou. De repente, não era mais a Lisa, sim, Atena. Inerte, pálida, morta. Meu erro se repetindo, brincando com a minha mente fodida. A dor dilacerante me cortando como navalha de dentro para fora.

Não, porra!

Despertei com a respiração acelerada, os músculos tesos e os sentidos encrespados. Chequei o quarto, percebendo que havia amanhecido e que ainda estávamos sozinhos. O único barulho era um motor de carro resmungando ao longe. Fitei Atena, que dormia na mesma posição, enroscada em meu peito.

Maldição!

Que pesadelo bizarro, foi como se a cena da morte de Lisandra reprisasse de um jeito irreal, como se ela tentasse passar uma mensagem, algo que não consegui compreender.

Puxei meu braço com cuidado debaixo da cabeça de Atena e me levantei, precisando urgentemente fumar.

Pesquei um cigarro do maço, o isqueiro e a *Beretta*. Em seguida, saí do jeito que estava, descalço e sem camisa. A primeira tragada de nicotina foi como entorpecente no fluxo agitado de pensamentos, por isso mantive aquele vício, não tinha como largar de tudo ao mesmo tempo sem enlouquecer.

Lancei minha visão pelo pátio vazio, as árvores do outro lado da rua, a placa desgastada do hotel, um silêncio mórbido, quase palpável exalava no ar. Sentia a ânsia em ir atrás de pó subindo pela garganta, suguei uma quantia grande de fumaça, deixando-a encher os pulmões antes de expelir. Não me renderia à válvula de escape, que quase me destruiu após a morte de Lisandra. Na época, eu queria morrer, acabar com a dor, mas não mais. Minha vontade de me punir de alguma forma era maior do que a de dar fim ao sofrimento autoimposto. E, para mim, não havia castigo pior do que viver longe do meu filho, da minha irmã e sem a mulher que amava.

Fiquei um longo período negando que não fui o responsável pelo que aconteceu com Lívia, que o estupro foi uma fodida situação que não tive controle. Negava-me a admitir que o estado lastimável que ela e João Pedro lidavam não foi causado pela minha total falta de inteligência. Eu foquei somente em me vingar, deixei em segundo plano quem importava. Já tinha perdido Lisa, e terminei de perder o resto. Só aceitei a responsabilidade dos acontecimentos, após ouvir Apolo, marido da minha irmã, cuspir as verdades irreversíveis.

— Eu não matei Lisa, não larguei meu filho e Lívia assim. Não é o que pensa. Fiz para protegê-los... — afirmei, defendendo meu ponto.

— Protegê-los do quê? Dos estupradores que violentaram sua irmã? Da situação precária com a qual João Pedro lidava? Protegê-los do quê, seu filho da puta?

— Eu os amo, Apolo, cada jogada que fiz foi pensando em livrá-los dos problemas, o que aconteceu a Lívia foi... Foi horrível. Mas eu não podia me expor...

— Claro que não, preferiu deixar a própria irmã ser violentada, sangrar por dias, lidar com o que sentia e ainda cuidar de uma criança sem a mínima condição!

Aquelas palavras ainda agitavam meus demônios, porque foi naquele instante que decidi não merecer *eles.*

Eu admitia aquele caralho! Remoía cada minuto de cada dia minha imaturidade e desejo por uma vingança que não serviu de nada, pois não trouxe minha família de volta, só atiçou mais meu lado doentio.

Lancei a bituca para longe, passando a mão no cabelo, farto do martírio que o inferno oferecia. Voltei para o quarto, dando de frente com Atena e seus olhos azuis que enxergavam demais. O pior era que não me irritava com sua mania invasiva de se intrometer, sentia-me quase... confortável.

Virei-me para fechar a porta, vincando a testa com o estalo mínimo que fez a confusão aumentar no meu peito. Lembrei-me da sensação perturbadora no sonho, ao segurar uma Atena cheia de energia, morta em meus braços. Experimentei uma dor tão esmagadora quanto a que amargou minha boca no passado. Não pretendia ser esse destino *dela,* não queria.

Puta que pariu! Eu parecia o mesmo bundão que conheceu Lisandra, a menina reluzente disposta a clarear meu mundo inteiro.

Espalmei a mão na madeira, minha capacidade de pensar com coerência se esvaiu. Essa merda não estava normal. Havia algo diferente em mim, algo que não planejava colocar em xeque, porque sempre ferrava tudo. E, por Deus, não estava disposto a afundar Atena comigo, esse devia ser o motivo da consciência embaralhada: medo de carregar mais culpa.

— Ei! — Um toque quente escaldou meu ombro. — Tudo bem?

O timbre rouco, baixo, terminou de me enlouquecer. Eu não conseguia dar nome ao que ela criou no meu sistema. Conseguia lidar com o tesão, o fogo, a necessidade de desligar da realidade, só não sabia se seria capaz de assimilar qualquer outro motivo para mantê-la por perto, para não repudiar sua aproximação. Nos últimos dias me mantive distante, ignorando a ideia de que largá-la em breve me incomodava mais do que deveria.

— Felipo... — Seus dedos alisaram minhas costas, contornando a tatuagem.

Caralho!

Não devia abrir brechas, não tinha como nada de bom sair de mim ou do meio em que atuava. Mesmo com as convicções na linha de frente, voltei-me para Atena, circulando sua cintura e chocando nossas bocas. Assim não precisaria falar nem deixar que ela me desvendasse, muito menos processar o quanto estava sendo filho da puta por não resistir.

Puxei seu lábio inferior entre os dentes, para então mergulhar minha língua na sua boca. Seus braços transpassaram meu pescoço, rendendo-se ao beijo. Desliguei por minutos todos os erros, os problemas eminentes, toda a podridão que virou uma bola de neve. Deixei que a parcela de sossego se juntasse ao que me devorava.

Eu sentia minhas paredes ruindo aos poucos, porém, no mesmo compasso, pressentia que a escuridão repelia a luz, mantendo somente o que nos afundaria mais tarde.

Atena

Estava disposta a ser intrometida de novo e perguntar o que houve, eu o vi se levantando da cama, antes disso senti a tensão do seu corpo. Dormir com ele foi uma surpresa boa, porque ontem não esperava nada da sua parte, não em relação a ser meu suporte enquanto minha consciência remoía o que ocorreu. Felipo começou, não sei dizer especificamente quando, a ser mais que o assassino, mais que o cara que me salvou, muito mais que o homem misterioso. Era uma baita idiotice, contudo, não recuaria, não pensaria com clareza, queria a impulsividade que podia ser ao seu lado.

Minhas unhas arranharam de leve sua nuca, atiçando. Felipo grunhiu, pressionou-me mais ao seu encontro. Eu não era boba, sabia que ele estava fugindo dos seus próprios fantasmas, só decidi adiar minha repetitiva tentativa de conhecê-lo.

No segundo que fui imprensada na parede, o celular começou a tocar em cima da mesa. De imediato, Felipo se afastou, saindo com seu porte imponente, deixando-me com a cabeça ainda concentrada no seu beijo.

Puxei golfadas de ar, recobrando o raciocínio.

— Mas como? — Sua voz séria me obrigou a sair das nuvens. — Ok, tudo bem! Eu te ligo quando puder.

Ele encerrou a chamada e me encarou.

— Precisamos ir embora, pegue tudo — ditou, indo até a bolsa.

Não parei para tirar dúvidas, apenas me mexi. Vesti os tênis e a blusa, havia ido ao banheiro quando acordei. Como não tinha mais o que arrumar, fui até a janela espiar o que poderia estar acontecendo. Tudo estava limpo, nada fora do normal além de um cara varrendo as folhas que escapuliram da árvore bem no meio do pátio.

— Por que precisamos ir? Gael levou o carro, não...

— Escute, Atena. — Segurou meus ombros, seus olhos verdes cravados em mim. — Eles nos encontraram, isso aconteceria de qualquer forma, são duas facções cheias de olheiros na nossa cola. O que quero saber é: está preparada para sair daqui e lutar para sobreviver? Porque, se encontrarmos imprevistos no caminho, preciso ter certeza de que posso contar com você.

Meu coração acelerou um pouco em imaginar que minhas mãos pudessem matar outra pessoa, junto a isso minha cabeça assimilou o que Felipo disse ontem: ou era eu ou eles.

— Estou dentro — garanti sem titubear.

Escolhi isso ao sair da cobertura com o inimigo e voltei a escolher ao fazer a proposta de entregar o endereço em troca de ajuda para derrubar Ian. Não importava se duas organizações criminosas estavam no nosso encalço, iria até o fim mesmo que pudesse perder tudo.

— Ok, mantenha-se às minhas costas — mandou, abrindo a porta.

Ele não vestiu o terno, colocou apenas a camisa branca com as mangas enroladas até os cotovelos. A calça social preta e os sapatos da mesma cor se encaixavam com maestria na sua aura perigosa. Felipo segurou firmemente as duas alças da bolsa e assim saímos para o corredor extenso sentido as escadas. O gelo da pistola na minha lombar dava ao momento um quê de antecipação. Os ventos mudaram sem aviso, estávamos entretidos no desejo, agora corríamos para fugir dos bandidos que colocaram nossas cabeças a prêmio.

De repente, um braço me empurrou para trás, arregalei os olhos e juro que consegui ver a bala passando rente ao meu nariz.

— Porra! — O rosnado irritado chegou aos meus ouvidos antes que Felipo atirasse, derrubando um homem que estava na base da escada. — Fique atenta, Atena. Não posso proteger a nós dois se você anda no mundo da lua, caralho!

Sua insatisfação foi dirigida a mim, somente concordei rápido.

Minha garganta apertou, não de medo, de arrependimento por ter ficado dispersa. Não podia bobear, era fundamental desligar minha mente de qualquer outro assunto que não fosse o de sair viva daquele lugar.

Enredei meus dedos em torno da *Glock*, arrancando-a do cós da calça, deixando a mira pré-pronta para atirar caso precisasse. Continuamos descendo, Felipo mirava para todos os cantos, a grade nos permitia ter uma visão do espaço como um todo. Passamos por cima do corpo que bloqueava a passagem, sequer olhei para ele, engoli todos os meus receios ou o que tinha como certo. A Atena que trouxe à superfície durante a madrugada se manteria pelo restante do percurso, nem que para isso fosse preciso repicar meus conceitos e remontá-los.

Felipo fez um gesto com o dedo da mão direita, pedindo para que eu cobrisse um lado e ele outro. Fiz como mandou, varrendo cuidadosamente o ambiente, quando nos demos por satisfeitos dobramos a esquerda, mantendo-nos colados à parede até que chegássemos à recepção.

Passamos pelas portas de vidro. Felipo contornou o balcão, soltando outro xingamento. Por curiosidade fui ver o que era, e registrei uma mulher, na base dos cinquenta anos, com um buraco no peito. O vestido verde xadrez ensopado de sangue.

— Filhos da puta! — disse, checando se a vítima estava morta.

Comprimi os lábios, guardando minhas emoções a sete chaves.

Era complicado não ter empatia, de não pensar que aquele ser humano poderia estar bem se não estivesse no lugar errado, na hora errada.

Felipo se colocou de pé, escrutinando o cômodo pequeno, sua testa franzida denunciava que estava pensando em como agir. Então, catou as chaves penduradas no gancho perto do telefone e rumou para o fundo. Um quarto com cheiro de mofo, a luz que entrava vinha dos vidros de uma porta de metal. A cama estava desarrumada, o aquário com três peixes tinha luzes vermelhas no fundo. Roupas largadas pelo chão, toalha sobre a cadeira, TV ligada, pacotes de salgadinhos vazios, uma bagunça total.

A porta foi aberta devagar, um rangido irritante dedurou nossa localização. Escondido na lateral, ele colocou primeiro o cano da pistola para fora, olhando pela fresta o que enfrentaria, só então se movimentou. Em choque vi um homem brotar na minha linha de visão, pronto para atirar. Felipo soltou a bolsa, com agilidade seu braço se ergueu e socou o sujeito, que revidou o golpe. Fiquei estática vendo a briga. Ele pegou o cara pelo pescoço, numa espécie de gravata, e pressionou até que o mesmo amolecesse, despencando no chão. Sem dó atirou duas vezes, eliminando mais um dos capangas de uma das facções. Suas costas subiam e desciam com a respiração descompassada, causada pelo esforço.

— Vamos de uma vez — falou com a voz grossa, sem me encarar.

Saí da inércia, dando um passo para o ar frio da manhã. O piso de pedregulhos, a cobertura precária de uma garagem, a tinta descascando do muro malfeito. Notei que ali, bem no fundo, havia uma moto daquelas grandes. O hotel estava em decadência, mas, com certeza, gastaram uma grana naquilo. Escutei uma risada gostosa. Encucada, levei minha visão até Felipo, que parecia um menino com presente novo. Confesso que aquilo tirou meu fôlego inteiro, era a primeira vez que o via rir sem sarcasmo ou frieza.

— Pelo menos vamos nos divertir. — Lançou um dos capacetes para mim e colocou o outro, acoplando a bolsa, que nem percebi ter pegado novamente, nas costas.

Minha audição captou um barulho baixo no exato segundo que a moto foi ligada. Virei-me com cautela, a *Glock* pendida entre os dedos firmes ficou em posição de ataque, o capacete caiu com um baque ao me ver frente a frente com um brutamontes, que dava o dobro do meu tamanho. Ele engatilhou sua arma, a minha estava no ponto certo. Nenhuma linha de pensamento passou além de que precisava extinguir a ameaça. Não ajeitei a mira, só apertei o gatilho. Uma, duas, três vezes. Os disparos acanhados por conta do silenciador acertaram todos no peito do indivíduo.

O *piiiiiii* nos meus ouvidos estava sendo causado pelos batimentos na minha caixa torácica. Como se me puxasse do fundo, em direção a borda, senti a mão quente do Felipo se atrelar a minha.

— Precisamos dar o fora. Agora! — avisou.

No automático catei o capacete, colocando-o, e subi na garupa. Não me importava o destino, só queria alcançar meu objetivo que acabou de ser reforçado, porque não senti remorso pelo que fiz, pelo contrário, uma adrenalina louca correu pelas minhas veias, um reconhecimento de que aquele *mundo* era meu antes mesmo de descobri-lo.

CAPÍTULO 22

Felipo

Era tão bom poder pilotar, que a cada curva acelerava mais. Atena ia no embalo, deixando seu corpo acompanhar o gingado da moto. O vento rebatia na viseira escura do capacete, remetendo-me ao passado, no dia em que abandonei minha família para buscar direção e não foder mais nada.

Agora, estava prestes a fazer uma merda necessária, não que quisesse, só não havia muitas opções. O círculo estava se fechando, Ravish e Delacroix não desistiriam até que nós três estivéssemos mortos.

Se Gael não tivesse acessado a câmera da rodovia, não poderia me avisar de que tinha homens no hotel, o que levaria a um desfecho, talvez, não tão favorável para mim. Ele não sabia muito bem como nos acharam, mas eu sabia que tinha uma teoria. Gael foi atrás de respostas, e o conhecendo não voltaria sem elas.

Por outro lado, eu não parava de baixar a guarda, não me preocupei em checar nada, não dei a mínima para o perigo nem para a possibilidade de sermos pegos. Por mais que relutasse em aceitar, minhas falhas ocorriam por causa de Atena, pela vontade insana de permanecer na sua companhia.

Girei mais o acelerador, passando como um risco pelos carros na pista. A *Suzuki GSX-R 100* estava sendo amaciada sem dó. Sei que deixei uma sujeira das grandes para trás, uma que seria limpa em breve pela *Sociedade* ou pela *Casta,* os filhos da puta ficariam possessos por terem sido vencidos mais uma vez.

Os braços de Atena apertaram na minha barriga quando podamos um caminhão. Ela estava com medo, porém, não admitiria de jeito nenhum. Acho que essa sua personalidade confusa era o que mais me atraía. Um misto exato entre o destemido, vulnerável e cauteloso.

Fazia horas que estávamos rodando desde a última parada, sem um destino devidamente resolvido. Contudo, aproximava-me do limite que estabeleci a mim mesmo para não deslizar nas decisões. Desacelerei até parar no acostamento, apoiando o pé no chão para nos equilibrar.

— Preciso do celular — pedi, enquanto ela descia para esticar as pernas.

Em uma determinada altura, passei a bagagem para Atena, assim não atrapalharia nossa viagem.

— Toma. — Entregou a bolsa. — Vou fazer xixi, senão minha bexiga vai explodir — disse, caminhando para o mato baixo do acostamento.

Encontrei o que precisava, entrei na agenda e fiquei com o dedo parado sobre o número que não ligava há anos. Nem sabia se ainda existia. Dane-se!

Chamou duas vezes antes que atendessem.

— *Apolo.*

— Sou eu, preciso de um favor.

O silêncio quase sepulcral se instalou.

— *Nós combinamos...*

— Eu sei o que combinamos, Apolo. Se estou ligando é porque realmente preciso de ajuda.

— *O que é?* — Seu tom descontente não escondia o quanto estava irritado com meu contato. Não podia culpá-lo.

— Quero um lugar seguro para ficar alguns dias.

Ele bufou.

— *Que porra, Felipo!* — resmungou. O barulho de uma cadeira sendo arrastada reverberou na linha. Por fim, disse: — *Tem sua antiga casa.*

— Você a comprou? — rosnei. Filho da puta sem noção!

— *Eu não, sua irmã. Lívia está pensando em abrir um projeto para ajudar mulheres que sofreram abuso. Por mim, tacava fogo naquele lugar.*

Meus ouvidos ouviram, só não captaram. Ainda tentava decidir se era uma boa ideia e compreender por que minha irmã quis manter aquela casa que trouxe mais desgosto do que alegria para ela.

— Ok, tudo bem — respondi, aéreo. Não havia muitas cartas na manga.

— *Quando chega?*

— Em no máximo três horas.

— *Terá alguém esperando para entregar as chaves.*

— Obrigado! Como eles estão?

— *Muito bem* — garantiu, taxativo.

Apolo era protetor, não me deixaria interferir na sua vida novamente. Ainda mais estando em jogo tudo o que amava.

— Não comente com Lív.

— *Não minto para a minha esposa, Felipo. Ela saberá assim que essa chamada acabar. Mas pode ficar tranquilo, Lívia não irá até você.*

Fechei os olhos, retendo qualquer outra merda sentimental que queria soltar para saber mais, em ter uma notícia real de JP. As fotos matavam um pouco da saudade, alimentavam meu martírio e nunca seriam o suficiente.

— Isso é bom.

— *Algo mais?*

— Não.

— *Adeus então.*

Mesmo após a ligação acabar, não tirei o telefone da orelha. Cinco anos atrás prometi que não pensaria no que perdi de uma forma que me fizesse querer reconquistar. Ali não existia espaço para mim. João Pedro tinha novos pais, uma situação tranquila, conforto. Tudo o que não lhe daria se continuasse inutilmente tentando. Na verdade, nem tentei e era tarde demais para cogitar tal hipótese.

Atena

Felipo mudou completamente após ligar sei lá para quem. Preferi deixá-lo no seu canto, não queria desencadear uma discussão naquela altura do dia. Estava esgotada, louca por um banho e com o corpo dolorido.

A moto subiu uma rua esburacada e virou à direita, parando em uma casa amarela, muito bonita, com flores distribuídas nos canteiros. Estávamos em uma favela, em outro estado e não fazia a mínima ideia de quem morava ali. Tirei o capacete e soltei a bolsa aos meus pés, remexendo os ombros para me livrar da tensão.

De repente, um carro escuro parou ao nosso lado, mais que depressa levei a mão para pegar a pistola.

— Não precisa, tá tudo bem — Felipo avisou, sorrindo.

Balancei a cabeça em concordância, o veículo não ficou por mais de três minutos antes de partir. Com um molho de chaves na mão, Felipo abriu o portão, guardou a moto e pegou a bolsa do chão.

— Vamos entrar e descansar um pouco.

Novamente acenei em entendimento e o segui. Minha barriga roncava de fome, o lanche que fizemos na primeira parada já não saciava mais. Deixei de me lembrar do meu estômago com a beleza da casa que derramava aconchego. Um tapete de retalhos redondo cobria boa parte do piso decorado com azulejo branco. O sofá vermelho contrastava com os móveis escuros. Caminhei para o outro cômodo, uma cozinha muito bem equipada, três micro-ondas estavam sobre a bancada. Juntei as sobrancelhas para o exagero, mas não dei muita importância. Continuei xeretando. Havia dois quartos bem equipados com beliches e banheiro, um quintal enorme nos fundos.

— Adorei a decoração, a pessoa tem um ótimo gosto — comentei ao voltar para a sala, onde Felipo permanecia em pé perto da estante.

— Pois é — murmurou, parecia perdido, meio deslocado.

— Vou pegar minhas coisas e tomar um banho, depois vejo se tem algo para comermos nos armários, estou morrendo de fome.

— Ok. — A única resposta que tive.

Fui até a bolsa, catei o que queria e me tranquei em um dos banheiros. A água quentinha fez maravilhas nos meus músculos moídos da viagem. Enquanto me lavava com o sabonete líquido que estava no suporte, minha mente raciocinava sobre os dias que vinha vivendo, era como se anos tivessem passado, tanto que nem lembrava direito de como sobrevivia antes de Felipo. O que parecia inaceitável se eu deixasse os pontos negativos se sobressaírem a minha vontade insana de continuar. Não conseguia entender o que acontecia comigo em relação a ele, era como se

Felipo, sua rotina turbulenta e nada certa completasse meu lado inerte e sem propósitos.

Esfreguei o rosto sob o jato do chuveiro. Felipo mexia demais com os meus sentimentos, eles ficavam embaralhados, controversos; não sabia que direção seguir. Negava-me a aceitar que estivesse apaixonada, porque estaria me enterrando sozinha. *Ele* não era alguém disposto a amar, não mais pelo menos. Sem falar que, em alguma altura do trajeto, eu teria que me separar para assumir a facção, e as chances de Felipo ficar eram tão miseráveis quanto as de me considerar importante.

Girei o registro, cessando o banho. Sequei-me com a camiseta que estava, porque não encontrei toalhas por perto. O odor doce tanto do xampu quanto do sabonete me deixou confortável, com ar limpo. Vesti minha roupa e saí, dando uma pausa nas loucuras que aconteciam dentro da minha mente e procurando não aprofundar os acontecimentos do hotel, prometi que não me culparia por lutar e cumpriria isso. Felipo ainda estava no mesmo lugar, tão rígido quanto um tronco de árvore.

Não querendo mexer com seu humor rabugento, deixei-o curtir seja lá o que sentia. Abri todas as portas dos armários e não encontrei nada para comer.

— Droga! — bufei, desanimada, morrendo de fome.

No segundo que puxei uma banqueta, escutei o chuveiro sendo ligado e em conjunto a porta da frente ser aberta. Arregalei os olhos, tinha deixado minha pistola em cima da pia do banheiro. Sou muito burra mesmo!

— Felipo? — Uma voz calma reverberou, fazendo-me franzir o cenho. Será que era alguma *conhecida* dele? Nem conseguia mensurar a cólera por imaginar aquilo. Entrando na minha linha de visão, chamou de novo: — Felipo?

Suas pernas travaram no limiar do arco do cômodo, a mulher me encarou, chocada, as bochechas avermelharam e os olhos encheram de lágrimas. Ah, não, era mesmo uma amante dele! Filho de uma puta!

— Oi — falei, constrangida, sem conseguir camuflar o ciúme idiota.

— Mas o que... — Um homem alto, corpulento, parou às costas dela.

Ele tinha uma carranca de bravo encrustada na fisionomia, porém também pareceu perdido ao me ver.

— Felipo está no banho — comuniquei aleatoriamente, estava em desvantagem ali.

— Não pode ser, meu Deus! — Do nada me vi em meio a um abraço afobado da mulher. Sem saber como agir, dei tapinhas nas suas costas. — Como pode? Como pode estar aqui?

Juntei ainda mais as sobrancelhas. O homem largou algumas sacolas sobre a bancada e veio para perto, puxando delicadamente a suposta *conhecida* do Felipo.

— Não é o que pensamos ser, menina — falou baixinho, alisando os longos cabelos dela.

— Ela é... É... Meu Deus, Apolo!

Seu choro aumentou, sem escândalo, somente um choro sentido.

— Como se chama? — o grandão questionou me fitando diretamente.
Abri a boca para responder, mas fui impedida por Felipo:
— Atena, ela se chama Atena.
Os visitantes se viraram para ele, deixando-me respirar. Felipo manteve seu escrutínio em mim, suas feições mais carregadas que o normal, como se não gostasse das pessoas ou como se... estivesse inseguro com a minha presença entre eles.
Que merda estava acontecendo?

Felipo

Que caralho eles estavam fazendo aqui? Apolo deixou claro que Lív não viria. Porra!
— Felipo! — Minha irmã correu para me abraçar, amparei seu corpo pequeno em um dos braços enquanto o outro acoplava a *Beretta* no cós da calça.
Não tive tempo sequer de vestir uma camisa, coloquei apenas a calça preta. Entrei em pânico ao escutar a voz de Lívia, não só pelo que minha caçula poderia falar a Atena, também pelo risco que corria ao aparecer. Porém, naquele momento, só quis curtir o contato conhecido da garotinha que criei após nossos pais serem presos, os que deveriam nos proteger e só foderam com a gente. Quase dei risada da hipocrisia, não tinha moral alguma para julgá-los, pois peguei o mesmo caminho: destruí os meus.
— Que saudade eu estava de você — cochichou, chorosa, alisando meu rosto.
— Também estava, maninha. — Sincero, sorri para ela.
— Bom... — Respirou fundo, segurando a língua para não me colocar contra a parede em relação a Atena. Era impossível não enxergar a semelhança. — Trouxe comida que Madu fez e um bolo que JP preparou, além de toalhas de banho e lençóis. Ainda não organizei essa parte.
Minha irmã se calou, esperando minha reação ao absorver o que disse. Engoli em seco, desta vez *me* segurando para não perguntar nada. Já era perigoso demais tê-los aqui.
— Obrigado! — agradeci.
— Quero falar com você, Felipo — Apolo pronunciou, saindo da cozinha.
Ergui a sobrancelha, olhando para as costas do prepotente filho da mãe.
— Não seja tão mau, ele só está preocupado.
— É, imagino. — Dei um beijo na testa da minha irmã. Antes de ir atrás do meu cunhado, chequei Atena que tentava entender o que acontecia.
Encontrei-o parado em frente à janela. Eu ainda não processei esse lugar, as lembranças, o caralho da saudade que tinha do passado, e de brinde teria que lidar com a possessividade absurda do Apolo, com a bondade excessiva da minha irmã e, mais tarde, com a curiosidade irritante de Atena.

— A garota é um clone da minha irmã, Felipo! Você tem algum problema, caralho?

Enfiei as mãos nos bolsos da calça.

— Olha, as coincidências param em alguns detalhes físicos.

Levei na brincadeira, até porque a veracidade dos fatos não poderia ser contestada.

— Onde a achou?

Voltei a levantar uma sobrancelha, o meu silêncio ganhou sua atenção. Apolo não era um homem que ficava sem respostas, esse detalhe quase o fez ferrar tudo anos atrás.

— Não é da sua conta — retorqui logo. — Você falou que Lív não apareceria.

— Tente barrar sua irmã. Eu quase a amarrei para não deixá-la sair, não adiantou.

— Eu mandei não contar.

— Vai se foder!

Soltei uma risada baixa, o homem virava um bundão com Lívia.

— Vocês não podem ficar aqui, Apolo. — Voltei a seriedade, jamais cogitaria envolvê-los nas merdas que me meti. — E não falo isso por não querer ficar perto da minha irmã ou pela vontade que tenho de ver João Pedro, falo por segurança.

— Se meteu no que não devia?

— Você não faz ideia. — Encarei-o esperando que entendesse o quanto era perigoso. — Vou ficar alguns dias, só preciso resolver as pendências.

— Tudo bem! — Apolo deu dois passos na minha direção, parando a centímetros do meu rosto. Não me movi, sua pose de macho alfa não me desestabilizava em nada. — Não coloque minha família em risco, Felipo, porque, como disse antes, eles são minha prioridade; e se for preciso acabar com você, eu o farei. Entendido?

Ele tinha um ponto muito relevante.

— Entendido.

— Felipo? — Lív parou ao meu lado, fitando seu marido com os olhos ferinos. A pequena dominava o cara e não tinha medo de peitá-lo. — Precisamos conversar, te espero nos fundos — ditou, saindo em seguida.

Maldição!

— Diga a ela que estou esperando no carro. — Meu cunhado abriu a porta. — Tome cuidado com o que conta a minha mulher, Lívia não precisa sofrer mais do que já sofreu.

Não lhe dei uma resposta. Podia ser um filho da puta, mas em hipótese nenhuma traria sofrimento a minha irmã, não depois de ter ferrado sua vida da pior forma.

Lentamente segui para o quintal, não fazendo ideia do que esperar daquela conversa. Lív havia deixado claro quando parti que não me queria mais na sua vida nem na do JP. Ela havia tomado a melhor decisão, e eu agi de acordo com o que era melhor para *eles*.

CAPÍTULO 23

Atena

— Me Ajuda a guardar as coisas? — a mulher perguntou.

Ainda estava paralisada, abismada, por ter ouvido a palavra *maninha* sair da boca dele. Nem imaginava que Felipo poderia ter alguma família, só sabia da esposa que perdeu.

Afinal, o que você sabe sobre ele, Atena?

Parei de matutar o que não desvendaria por ora e levantei para ajudar. Tirei os potes da sacola, o cheiro era muito bom. Havia muitos mantimentos, carne, verdura, arroz... Minha barriga voltou a roncar.

— Você pareceu assustada ao me ver aqui — disse como quem não queria nada, tentando buscar uma mísera luz no meio dessa confusão.

Não obtive retorno de imediato, o que me fez encarar a mulher de cabelos escuros como os de Felipo e olhos verdes idênticos, que só prestei atenção agora.

— Peço desculpas pelo rompante. É que sua semelhança com a minha cunhada chega a ser meio... estranha — falou por fim.

Aquilo desencadeou um frio na boca do meu estômago que quase me dobrou. Então, Felipo me salvou por que minha aparência lembrava a da sua esposa morta? Nunca teve nada a ver comigo, nem a atração, muito menos a proteção que ele exalava a minha volta.

Não tive coragem de pronunciar uma palavra, minha incapacidade de processar aquilo denunciou que eu não sabia da fatídica verdade. O que a fez se retrair visivelmente, e não demorou a pedir licença e se retirar. Voltei a me sentar na banqueta, esquecendo da fome, focando apenas em saber qual era o intuito *dele* ao me salvar de Ian.

Felipo

Lívia estava sentada no muro baixo perto do tanque. As lembranças de ela ali conversando e rindo com Lisa, enquanto minha esposa lavava roupa, ricochetearam minha mente. Não era digno do que perdi, mas era inevitável sentir saudade e um caralho de tortura ter noção de que fui o culpado por perder o que tinha.

Encostei-me na pilastra que sustentava a cobertura da lavanderia, tudo foi reformado, tudo muito bem refeito levando em consideração a grana que Apolo tinha. Amparei um dos meus pés no concreto, louco por um cigarro, mas Lív odiava o cheiro, então varri a ânsia para longe por enquanto.

— Ela é muito parecida com Lisa, irmão.

E a conversa de merda começou.

— Sim, ela é. Mas garanto que as semelhanças cessam na aparência. Atena é o oposto de Lisandra em qualquer outro quesito.

— Levei um choque quando a vi — comentou me olhando. A dor refletida no fundo dos seus olhos era mínima, mesmo assim estava lá. — Você gosta dela, não é?

Lívia sempre foi muito centrada, determinada e obediente. Nunca me deu trabalho, entendia nossa situação e o meio em que me envolvi para nos manter com o básico. Quando conheci Lisa decidi largar o crime e saí atrás de um emprego digno, acabei parando na porta das empresas do pai dela, o que desencadeou o restante do terror. Porém, minha irmã não sabia segurar a língua quando tinha dúvidas, o que, naquele momento, era a porra de um problema.

— Não da forma que pensa — disse mais rude do que planejava, ignorando que no fundo fiquei incomodado, pois não era burro ao ponto de não saber que Atena despertava mais que memórias distorcidas ou desejo.

— O que andou fazendo todos esses anos, Felipo? Não recebi sequer uma notícia sua, nem uma mensagem. Sabe como fiquei preocupada?

— Fiz o que achei melhor para vocês.

— Ser ausente não é o melhor para nós, acredite.

Sorri de lado.

— Meu filho pensa que estou morto, Lívia. Antes disso o que eu trouxe para vocês além de desgraça? Fodi Lisa, você... João Pedro.

— Escute, irmão. — Ela se levantou, parando a alguns centímetros de mim. — Há cinco anos fiquei revoltada e feliz por descobrir que estava vivo; em seguida, a decepção veio com a sua partida. Eu disse coisas que não devia, jurei que não te perdoaria pelo que causou, pela sua covardia em lutar por mim e seu filho. Com o passar do tempo fui refletindo sobre os fatos e entendi que cada um sofre de um jeito diferente. Eu jamais abandonaria quem amo para me afundar na vingança.

Fitei o chão, a vergonha percorrendo minhas veias.

— Só que essa sou eu, não você.

Meus dedos batucaram na coxa, impaciente com o rumo da conversa. Lív não devia me entender, ela deveria me odiar. Assim eu seguiria no inferno com gosto, porque queria queimar pelos meus pecados. Uma palma macia segurou minha mão, levando minha visão para os olhos idênticos aos meus.

— Você morreu no dia que enterraram Lisa e pegou a vingança como uma âncora para não sucumbir. Não compreendo o que fez, também não julgo, Felipo.

Ri de novo, desta vez com crueldade.

— Sinto te decepcionar, maninha, a realidade é que não queria viver sem Lisandra, que tentei me matar inúmeras vezes porque não fazia ideia de como aliviar a dor que sentia. Nem me lembrar de JP ou de você me deu impulso. Eu queria afundar, queria definhar por ter sido imaturo, inconsequente e burro. Lisa morreu nos meus braços, pedindo para salvá-la. E o que eu fiz? Nada. Nada antes, nada durante, nada depois — confessei sério. — Então, larguei vocês *achando* que resolveria os problemas que iam aparecendo, tanto com o filho da puta do Ícaro quanto com as drogas que fiquei devendo por me internar nelas dias a fio. Você foi estuprada, porra! Meu filho passou fome, frio, morava em um barraco caindo aos pedaços...

Saí de perto, buscando não adentrar os fantasmas que torciam para corroer minha carne até os ossos. Eu os larguei à mercê de qualquer um, pois não conseguia conciliar a vontade de vingança que me guiava e a possibilidade de ver minha esposa cada vez que olhasse para João Pedro. Procurei pagar para um restaurante dar comida a eles, pagava a diária que Lívia ganhava para limpar um dos estabelecimentos quase falidos do bairro onde moravam. Na minha cabeça aquilo compensava o que fazia, nem procurei saber o que passaram, não dei a mínima para nada além de matar o monstro que se dizia pai da minha mulher e acabou por levá-la de mim.

No começo, quando descobri sobre o estupro, voltei a cheirar pó, a única forma que encontrei para amortecer a culpa. Uma culpa que andava comigo para onde fosse.

— Somos humanos, Felipo. Erramos, e você...

Virei-me rapidamente para ela, possesso por vê-la tentando justificar a podridão que joguei no seu caminho.

— Não ouse me isentar do que fiz, caralho! — Cerrei as mãos em punho. — Não faça essa merda, Lívia.

Como previa, ela não recuou, só se aproximou mais, até passar seus braços em torno da minha cintura e encostar a cabeça em meu peito.

— Acho que você já se culpa o suficiente, irmão. Eu perdoei você, seu filho te perdoou e a Lisa também. Não apenas por acreditarmos que mereça uma segunda chance de felicidade, mas porque sabemos que se arrependeu dos deslizes e que, se pudesse voltar, faria muitas coisas diferentes. Pare de achar que precisa pagar por esses erros para sempre.

Apertei minha irmã no abraço, querendo muito absorver suas palavras. Eu não queria redenção, queria reverter o que causei e para isso não havia possibilidade.

— Eu estou feliz, Felipo. Realizada demais e juro por Deus que passaria por tudo de novo para chegar ao ponto que alcancei. Apolo é meu alicerce e meus filhos são meu coração batendo fora do peito. Todos esses anos, o que me tirava a paz era imaginar onde você estava. Agora, te tocando e conferindo que está bem, acalentou muito dos meus medos. Eu te amo demais, irmão, e não guardo nada além de amor por você. O passado ficou lá atrás, sei que Lisa será uma ferida constante em nós, mas ela gostaria de te ver renascendo, assim como eu fiz.

Ela falava entre soluços baixos, contidos, não menos dolorosos. Não era uma dor causada por seus traumas, e sim por me ver ainda perdido depois de tantos anos.

Maldição!

Lívia ergueu seu rosto para mim.

— Se o que precisa é perdão, eu te perdoo. E, quando estiver preparado pode encontrar JP, ele sabe que está vivo. Não escondi nada do meu pequeno.

Entreabri os lábios para puxar o ar, não acreditando no que ouvi. *Ela fez isso por mim? Mesmo me odiando na época?*

— Jamais esconderia do meu sobrinho o pai incrível que ele tem. João Pedro não lembra, mas eu sim. Você foi e é maravilhoso, irmão, só precisa aceitar. Não resuma tudo o que te compõe em erros que a ocasião criou.

Minha garganta trancou tanto que não consegui colocar minha voz para fora.

— Vamos, menina. — Virei o pescoço, encontrando Apolo parado ao batente da porta.

Seu timbre suave com a esposa era estranho a minha audição.

— Volte para a superfície, Lipo. Deixe que a esperança ilumine essa escuridão que pegou para si. Acredito que Atena seja um fio luminoso, e não por se parecer com Lisa, mas por te fazer enxergar nela todas as diferenças que lhe interessam. — Seu sorriso de menina escancarou. — Quando se sentir pronto, pode nos procurar de novo.

Deixou um beijo na minha bochecha e seguiu com seu marido para longe. Estático, escutei o portão sendo fechado e o motor do carro arrancando.

Eu não procurava a redenção, tinha aceitado o fundo. *Então por que metade do peso que carregava tinha acabado de cair por terra?*

Atena

Apoiei os cotovelos na bancada, brigando com minha impulsividade em caçar Felipo pela casa e jorrar perguntas na sua direção. Então, o bom senso vinha e questionava: *qual o propósito? Ele te deve satisfação?* E aí eu me tocava de que não existia nada que cobrar, Felipo era uma incógnita desde que deixei a cobertura. Não me prometeu nada, não pediu nada, somente esperava a ocasião propícia para me despachar.

Viramos aliados nesse percurso, saciávamos o tesão que ambos tínhamos e fim. Dei um tapa de mão aberta no mármore, porque ainda continuava sendo a garota imbecil que acreditava em contos de fadas inúteis. Nem a realidade para a qual fui lançada desfazia a parte que causou todos os problemas que passei: a menininha mimada que buscava um salvador.

— Grande idiotice.

Resolvi que me enfiaria em um dos quartos e tentar dormir, amanhã decidiria o que fazer. Ficar quieta era a melhor das opções, assim não correria o risco de alimentar o que não ganharia consistência.

Saí para o corredor, antes que pudesse atravessá-lo, Felipo apareceu. Sua aura sombria, que tinha a mania de confundir com a luz hipnótica que atraía mosquitos perturbados como eu, encobria suas feições.

Permanecemos fitando um ao outro. Eu tentando chegar a um consenso entre a razão e o desalinho. Ele, como sempre, sem demonstrar qualquer sentimento que pudesse deixá-lo vulnerável. Aquilo me irritava até a medula, porque sua indiferença costumeira se mostrava mais ofensiva do que sua ira ao inimigo.

Esgotada de buscar explicação para o caos sem lógica que criei, virei nos calcanhares indo direto para o quarto. Talvez, se eu focasse no objetivo de acabar com o escroto do Ian, esquecesse um pouco do rebuliço que Felipo causava.

Tentei fechar a porta para criar uma barreira entre nós, não adiantou. Ele a empurrou devagar, acompanhando-me para dentro do cômodo.

— Tem outro quarto. Quero dormir sozinha.

— Por quê? — inquiriu, seu timbre rouco dançando no espaço fechado.

— Por que não me contou que sou quase um clone da sua esposa morta, hein? Qual sua ideia em me deixar por perto? Tentar recriar o que passou com ela ou se punir pelo que fez?

Calmamente, ele fechou a porta. Sem se pronunciar foi dando passos à frente; por instinto, eu recuava.

— Nem um nem outro, Atena.

— Sério? Ah, esqueci que você é um bandido frio e calculista, que não dá a mínima para ninguém. Quer saber? Vai se foder, Felipo! — cuspi, encostando-me no beliche do canto.

Suas mãos me prenderam ali.

— Aí está...

— O quê?

— A diferença gritante... — murmurou.

Seus dedos se emaranharam nos meus cabelos curtos e me puxaram em sua direção, chocando nossas bocas. Não foi um beijo leve, foi incisivo, firme, como se nele Felipo pudesse encontrar respostas para o que precisava. Seus dentes mordiam meu lábio inferior, amaciando com a língua em seguida. Não retribuí. Seu aperto em meus cabelos aumentou.

— Eu não sou muito bom em pedir permissão, Atena, ainda mais sabendo que você quer. Então, abra essa boca gostosa e me consuma como costuma fazer.

— Quero saber pri...

Felipo voltou a selar nossos lábios.

— Amanhã, ok. Amanhã decidimos o que conversamos. Por ora, quero só te comer, ouvir você gemer e me esquecer do restante.

Desceu sua língua por meu pescoço. Tentei buscar lucidez, foi inútil. Novamente ignorei os alertas, de novo o declínio foi mais atrativo do que a razão. Passei os braços por seu pescoço e me lancei ao seu encontro, sem medo algum da queda.

CAPÍTULO 24

Felipo

"*Novamente recorri ao sexo para fugir do que não estou disposto a esclarecer para mim mesmo*".
Atena dormia nua em meus braços na cama de solteiro. Metade do meu corpo estava para fora, por receio de esmagá-la no canto. Passei boa parte da madrugada fodendo a garota, nublando na minha cabeça a conversa com Lívia, o passado de merda que me atormentava e os sentimentos que Atena vinha encrustando sem permissão no meu sistema.

Eu não queria nomear o que sentia ou como me sentia, mesmo assim não desejava pôr fim, independentemente de ter que fazê-lo. O ponto focal de trazer Atena comigo no dia que invadi a cobertura, foi enxergar nela minha ex-esposa, mas depois, com a convivência, as semelhanças foram se desmanchando, dando lugar a detalhes apenas *dela*. Por mais que a estatura ou poucos traços se comparasse à Lisandra, o restante destoava de um jeito gritante.

Talvez Lív tivesse razão... Na verdade, tinha. Eu desmembrei Lisa de Atena, não por me acostumar à nova presença, por realmente *notar* que eram pessoas diferentes, com encaixes diferentes. O problema não era admitir que quisesse Atena, era dar um passo à frente para ferrá-la irreversivelmente.

Sem pregar os olhos, encarei o dia nascer e, tarde demais, notei que Lívia colocou o beliche na mesma posição que ficava minha cama de casal anos atrás. O sol bateu onde minha mão acariciava os cabelos claros de Atena, a cor ficou ainda mais bonita, reluzindo.

Pela primeira vez, a imagem não me remeteu a Lisa e, por Deus, não conseguia decidir se aquilo era bom ou ruim. Eu destruiria mais uma pessoa que não merecia meus erros. Atena não conseguiria me fazer emergir, assim como Lisa não conseguiu me manter na superfície.

Apesar de ter ficado mais tranquilo depois de ouvir minha irmã, comecei a remoer o que não sumiria: culpa. Era burrice ir pelo mesmo caminho sem saída. Lív encontrou sua enseada, para mim não haveria um destino de sossego, seria sempre o martírio e a raiva caminhando colados. Atena não merecia isso; por mais que se mostrasse corajosa e determinada em assumir a facção que seria sua por direito, ela não merecia alguém que colocaria chumbo em seus pés e a afundaria sem pena.

Irritado em ficar choramingando como um adolescente bundão, saí da cama e fui para a cozinha, sem sequer colocar uma roupa. Abri a janela e acendi um cigarro. Esse caralho matava, mas servia como terapia.

Meus olhos foram atraídos para as margaridas no canteiro, a flor preferida de Lisandra. Lembrei-me da vez em que montamos um pequeno jardim ali no mesmo espaço.

— Onde coloco esses sacos de terra? — perguntei ao entrar pelo portão.
— Pode pôr aqui do lado das pedrinhas, amor — disse me fitando, sorrindo.

A barriga de seis meses preenchia a minha camiseta do Nirvana. Acho que nunca a vi tão perfeita. Coque bagunçado, short de malha, chinelos, mãos sujas e um brilho de contentamento contagiante nos olhos azuis como o céu.

— Bom, esposa, mãos à obra para deixarmos nosso lar pronto até João Pedro chegar — cantarolei, estalando um beijo em seus lábios.
— Já temos um lar, Lipo. Vamos apenas deixá-lo com a nossa cara.

Lisandra era como calor aquecendo e trazendo renovação. Perdê-la me destruiu, ainda mais levando em consideração que fui o culpado. Jamais cogitei procurar seu pai, contudo não imaginava que ele fosse dono de uma das maiores empresas têxteis do país e que ela ficava perto dali. Ícaro sabia quem eu era quando fui até a fábrica, tanto que não demorou a me levarem até ele, e ao descobrir de quem se tratava acabei surtando.

Os seguranças me seguraram e foi ali, mediante meu ataque de fúria, que o filho da puta começou seu plano, seu teatro foi tão bem montado que acreditei feito um otário.

Dizem que a mente prega peças, que camufla o certo para nos apresentar o que queremos. Eu provei na prática essa merda de fraqueza, porque ousei acreditar no desgraçado, ousei aceitar um emprego muito bem remunerado e não me liguei que abri espaço para o desfecho fodido.

Ícaro usou meus receios contra mim mesmo. Demonstrou que queria ajudar, jurou que amava a filha, que buscava uma reconciliação. Foram meses acreditando nele, meses bolando um reencontro, achando que Lisa gostaria da surpresa. Ela falava pouco da sua família, a única exceção era Apolo. Entretanto, das vezes em que comentou sobre seu pai, fazia questão de frisar o monstro que a criou. Então, ao invés de escutá-la, fui lá e assinei sua morte. Puta que pariu!

Taquei a bituca no terreno, esfregando a barba por causa do ódio que vinha ao relembrar.

— Então é aqui que você se esconde, Lisandra. — O nojo na voz dele me fez enrugar a testa.
— O que quer aqui, Ícaro? Não cansou de tudo o que causou, hein?

Lisa dividia sua atenção entre mim e seu pai, parado no meio da sala. Ela estava barrando a passagem para o quarto onde minha irmã e filho estavam.

— Na verdade, não, filha. Sabe... — Reparou em volta, torcendo a boca em julgamento. — Percebi que aprendeu a se esconder, faz tempo que te procurava. Nesse período cogitei várias possiblidades, até a de ter saído do país, só não passou pela minha cabeça que fosse ser burra ao ponto de engravidar de um marginal como esse. — Apontou na minha direção.

Fechei as mãos em punho, o sangue correndo mais rápido por conta da adrenalina.

— Saia daqui, seu filho da puta! Você me disse que...
— Te disse o que queria ouvir — ele me cortou. — Não é difícil enganar gente como você: sem propósito, aproveitador, imundo.

Dei um passo à frente, pronto para arrebentar no cacete aquele velho desgraçado.

— Não, Felipo, não! — Lisa implorou, em seguida voltou-se para seu pai. — Já viu onde estou, agora vá embora, Ícaro.

Seu tom enérgico destoava do doce habitual.

— Não posso, quero conhecer meu neto primeiro. — O sarcasmo derramava nas palavras.

Que merda eu fiz?

— Não vai chegar perto do meu filho, está ouvindo? — grunhiu. — JP vai ter uma vida feliz, rodeado de carinho. Bem diferente do purgatório que você proporcionou para mim e Apolo.

Ícaro riu.

Por que eu não conseguia agir? Minhas pernas pareciam pregadas ao chão.

— Acha mesmo que vou deixar um bastardo colocar em xeque meu legado? Só pode estar louca, Lisandra. Saia da minha frente! — exigiu.

— Vai ter que me matar primeiro.
— Será um prazer, filha.

Os pelos da minha nuca eriçaram assim que Ícaro pegou a pistola das suas costas. Tentei correr, tentei alcançá-la... Não foi o suficiente.

Deixei para lá as memórias e fui até a minha bolsa pegar uma roupa. A *Beretta* estava sobre a pia do banheiro com a *Glock* de Atena. Guardei a minha no cós da calça e coloquei a dela embaixo do travesseiro.

No segundo que pisei no corredor, meu celular tocou.

— Alô.
— Estamos em uma encrenca maior do que pensávamos, Felipo. Precisamos fechar o cerco, antes que sejamos enforcados — Gael falou rápido.

— Onde você está?
— Estou no Sul, verificando os endereços que as coordenadas apontaram.

— Certo. Eu saí do estado, quando estiver voltando me avise que te passo a localização.
— *Fechado. No máximo mais um dia finalizo por aqui.* — Desligou.

Não dava mais para ficar parado, tentando decifrar minha mente fodida e o que vinha acontecendo, eu precisava buscar informações, permanecermos vivos dependia disso. Liguei o *notebook*, acessando as coordenadas. Nesse estado tinha apenas uma, sairia à caça para ver o que encontrava.

Deixei um bilhete avisando que logo voltava e saí. Melhor protelar o quanto dava sem envolver Atena, ela já teria o suficiente para lidar quando chegasse a hora.

Atena

Abri os olhos devagar, acostumando-me com a claridade. No automático enfiei a mão embaixo do travesseiro, sentindo o frio da pistola em meus dedos. Felipo deve tê-la trazido para cá. Sem soltá-la joguei as cobertas para o lado, saindo da cama antes que me rendesse à preguiça, e vesti a mesma roupa de ontem. A casa estava silenciosa, causando uma sensação de tranquilidade. Fui ao banheiro, fucei nos armários e encontrei uma porção de escovas de dentes ali dentro, tudo estava bem abastecido com produtos de necessidades básicas. Escovei os dentes, lavei o rosto e fui direto para a cozinha. A primeira coisa que vi foi o bilhete colado na porta da geladeira com um imã da distribuidora de gás.

Tive que sair, volto em breve.
F.

Direto e reto, sem pormenores. Dei de ombros, ignorando a curiosidade por saber onde ele foi e o receio de ter me largado ali e sumido do mapa. Não era de se duvidar. Abri o pacote de café que a irmã dele trouxe e coloquei água para esquentar, doida para sentir o sabor inigualável da cafeína. Enquanto esperava, mexi nos mantimentos separando algo para preparar, estava faminta. No relógio do micro-ondas marcava; 11h45.

Apaguei por horas, mas também merecia. Foi intenso demais fazer sexo com Felipo essa madrugada, cada toque dele foi além da pele, os gemidos, a forma como me segurou ao seu encontro. Não havia como confundir tanto assim, existia algo a mais entre nós, devia existir algo a mais *nele*.

O grande vilão se tornou fazê-lo admitir e o maior obstáculo seria convencê-lo a se abrir. Não tinha a intenção de saber cada detalhe, mas precisava de respostas sobre Lisa. Tentava não alimentar a paranoia de que sua atração para comigo se resumia nas semelhanças com a esposa. Não sabia muito bem se aprovava esses sentimentos controversos, no fundo eu pressentia que isso poderia me afundar, por outro lado nunca me peguei tão *viva*. Era impossível negar que mudei, que meus conceitos e vontades alteraram a essência habitual. Ian continuava sendo meu foco de vingança, contudo, Felipo se tornou meu desejo de futuro juntamente com a *Casta*. Essas novas motivações me assustavam com a mesma porcentagem que aliviavam meu espírito que não era mais preso. *Ele* causou isso e... muito mais.

Só tinha de descobrir se poderia tentar acalentar as feridas que pareciam castigá-lo com frequência.

— Pare de pensar ou vai enlouquecer, Atena — murmurei.

O fluxo desregulado dos meus pensamentos me pilhava: Ian, Felipo, facção, as chances de dar errado, as de dar certo. Que merda! Concentrei-me em decidir o que fazer de almoço, limpei, naquele momento, qualquer assunto mais importante. Queria curtir a tranquilidade de uma rotina normal, uma que, por mais dinheiro que tivesse, jamais usufruí.

Felipo

Fazia mais de uma hora que estava parado em frente aos Correios, tentando entender que caralho poderia ter ali que valesse minha atenção. Cogitei que a coordenada fosse falsa, mesmo assim permaneci no local, esperando que algo inusitado acontecesse para me fazer mudar de ideia. Nada. Desisti de aguardar, liguei a moto e saí em disparada. Pretendia checar a sequência de números, certificar-me de que não acharia erro.

Porém, em vez de pegar o caminho de casa, fui em direção oposta. Não raciocinei qual seria o objetivo, só me vi entrando no cemitério onde Lisa foi enterrada. Estacionei a moto, tirei o capacete e lentamente caminhei até o túmulo. Li o nome da minha ex-esposa escrito de forma tão fria. Além do dela foi gravado os nomes da sua mãe, Mônica, e, como um tapa certeiro na cara, o do seu pai asqueroso. Sentei-me no túmulo ao lado, projetando Lisa na minha mente para não deixar sobressair o ódio de saber que Ícaro jazia no mesmo metro quadrado das duas mulheres que ele mesmo matou. Ergui meu pescoço, fitando o céu limpo.

— Eu nunca vim aqui, amor, me desculpa por isso — comecei, sem noção alguma de como continuar. Respirei fundo, me vendo ser esmagado sem piedade pela saudade. — Nunca vim porque tinha vergonha de admitir que te perdi por puro descaso e medo de aceitar a realidade fodida que me impus. Daria... qualquer coisa para voltar no tempo e fazer diferente, daria a minha vida para que *você* pudesse viver. Não é justo, Lisa, nada nesse caralho é justo e eu me puno cada segundo por ter causado tanta dor em... — Engoli em seco, com o choro trancando minha garganta. — Não mereço amar de novo, não mereço deixar a luz adentrar a escuridão... E por Deus, amor, estou lutando contra.

Tomei coragem em fixar meus olhos na pequena foto dela moldada ao mármore da lápide. O sorriso sereno, os contornos delicados. Soltei o capacete e me aproximei, com o dedo delineei o vidro que protegia a fotografia. Era como se a sentisse ali, como se sua pele branca e quente encobrisse a minha com carinho. Meu coração parecia parar, a respiração diminuiu o ritmo.

— Tem tanta coisa torta, Lisa. Tantos erros que anseio corrigir mesmo ciente de que não posso. Nosso filho... Você deve me odiar por tê-lo abandonado, eu só não... — resfoleguei. — Não conseguia olhar para ele e ver você, me lembrar de você. O quão filho da puta sou por isso? Admito que o pior erro foi ter me aproximado da menina cheia de sonhos, que ria alto, amava sem restrições e tentava me tornar melhor, porque, mesmo inconscientemente, eu sabia que arrancaria o que havia de bom nela. No final, minhas teorias tinham fundamento, não é?

Ri sem humor.

— Você podia estar aqui, conquistando seus objetivos, cuidando do JP, da Lív. Esse lugar aí, esses sete palmos de terra eram para mim, Lisa. Para mim, porra!

Meus joelhos tocaram a grama verde, muito bem cuidada. Eu não sabia como expressar tudo o que borbulhava por dentro. Era uma bagunça dos infernos entre Lisandra, Atena, o que devia fazer, o que queria fazer. Ali, com as mãos ainda sobre a imagem da minha ex-esposa, eu chorei. Um assassino amaldiçoado e que fodeu todos que amava, curtindo a perda. Bizarro e uma baita hipocrisia. Devia haver algo belo no ato de lamentar as próprias merdas, porque para mim, naquele segundo, soava quase poético de tão inviável.

— Estou com raiva por ter obtido perdão da Lívia sem esforço, desnorteado por João Pedro saber da minha existência, perdido com a magnitude do que Atena vem criando em mim. Não quero recomeçar, amor. Não posso, não é correto. Essa vida que eu levo é o que quero continuar fazendo, mas... Não sei... Não sei se quero continuar nela sozinho. Essa maldita vontade sem noção parece crescer sem controle. Atena é... É tão parecida e tão diferente de você. Não sei como lidar com a situação, Lisa. Não sei o que fazer. A escória tem um encaixe perfeito comigo, porque sei que a mereço. Então... Isso... Atena.

Não conseguia colocar em palavras, tanto por parecer que estava traindo Lisa quanto por não ser aceitável de maneira alguma.

— Não pretendo repetir meu passado, e se ousar me envolver com Atena é o que vai acontecer. Não fui feito para amar, Lisa, eu acabo com o que toco. Você melhor do que ninguém sabe disso — murmurei a última parte, agoniado.

Cessei meu rompante, pois não sabia mais o que dizer nem como organizar as informações que lancei. Lisandra não me daria um retorno, contudo precisava desabafar com ela. Fiquei um longo período na mesma posição, ainda tentando decidir o que fazer e com as lágrimas teimando em escorrer. Quando Lisa morreu, eu chorei por dias em meio à dormência das drogas e o luto. Depois, prometi que trancafiaria as emoções, era mais fácil administrar a fúria do que os pedaços quebrados.

Recuperei minha postura e me despedi da minha esposa de vez. Ainda sem uma resposta que pudesse decidir o futuro, ainda adorando o calvário e pagando pelo que causei aos meus. Não me libertei das amarras que me fechei apenas vindo ao cemitério, acho que não as soltaria nunca. O pecador merecia o inferno e, para todos os casos, eu era o culpado ali.

CAPÍTULO 25

Atena

Joguei o molho com a carne moída em cima do macarrão, misturando com um garfo. Não sabia se estava bom, mas o cheiro parecia ótimo. Minha barriga roncou vergonhosamente enquanto colocava o refratário sobre o balcão. Meu intuito era esperar Felipo, porém, além de faminta, não sabia onde ele foi. Nem um celular tinha para contato, só me restava aguardar. Então, que fosse satisfeita.

Peguei uma boa quantidade da massa e enchi meu copo com o suco de laranja que achei na segunda gaveta do armário. Sentei-me na banqueta, curtindo o silêncio e o cheiro do café que se misturava ao tempero na cozinha. Cheiro de lar, de rotina, conforto. Tantas pessoas reclamavam do dia a dia corrido, de repetir as mesmas tarefas com frequência, só que elas se esqueciam da parte privilegiada. De chegar a casa e dar *oi* para os pais, filhos, marido. De poder comer à mesa, de desejar boa-noite, da certeza do abrigo quando necessário. As pessoas tendem em diminuir o bom para exaltar obrigações indesejadas, mesmo que continuem a fazê-las pelo resto da vida. Não damos valor ao que importa justamente por nos apegarmos a regras, métodos de sobrevivência, necessidades.

Sozinha nessa casa, comendo meu almoço, tentei buscar na mente ocasiões em que não dei importância para o que devia, não veio nada. Não tive uma mãe presente, meu pai sempre estava mais preocupado com o trabalho do que em dar carinho a única filha, casei-me com um homem que não me amava. E quando, enfim, fugi de toda a indiferença, descobri que a podridão me acompanharia independentemente do local, pois estava embrenhada até os ossos.

Procurava não ficar matutando sobre o que faria ao me deparar com Ian ou em como conquistaria a *Casta*. Não seria fácil essa trajetória, mas estava empenhada em conseguir. Desejava demais a morte do meu marido escroto, e não conseguia decidir se essa ânsia desmedida poderia ser saudável. Jamais me imaginei ferindo alguém, tampouco planejando vingança, e do nada me vi em meio a uma situação de vida ou morte, onde não repensei em apertar o gatilho mesmo que tenha ficado em choque depois.

Talvez Felipo tivesse razão; com o passar do tempo ficaria menos impactante, até que não importasse mais. Queria permanecer viva e se para tal fosse necessário tirar do caminho gente tão inconsequente como eu vinha sendo, não me subjugaria ao remorso.

Enrolei o macarrão no garfo e levei à boca, provando o tempero, poderia ser a fome falando, mas estava uma delícia. Na terceira garfada, escutei a moto estacionando na garagem, não muito depois Felipo entrou na cozinha. Seu jogo de terno indispensável foi substituído por jeans, botas, camiseta branca lisa e jaqueta de couro preta.

Pelo amor de Deus! O homem ficou incrivelmente comestível e irresistível!

Subi meus olhos para o seu rosto, a barba farta, sem exagero, delineando os contornos severos da sua beleza. Assim que bati com suas íris, percebi que havia um quê diferente nele. Como de costume, não fui capaz de decifrar, o que me deixava no limite da revolta.

— Vejo que cozinhou, o cheiro está muito bom — falou, aproximando-se da bancada.

Engoli em seco com a enxurrada do que sentia por ele, era prematuro e tão... incontrolável. Cheguei a cogitar que os motivos da atração fosse como Felipo me fez amadurecer em um período mínimo de tempo, só que essa ideia se dissipava para elaborar outra: eu gostava da sombra que vivia a sua volta, amava como *esta* me sugava e em como me pegava segura com isso.

Doentio? Com certeza! Entretanto, um alívio para todas as minhas lacunas criadas por um estereótipo perfeito que precisava ser. Ali, com ele, eu era a verdadeira Atena. Impulsiva, determinada, com personalidade.

— Estava como fome, então... — Apontei para a travessa um pouco deslocada. — Quer?

Ele concordou, pegou um prato e se sentou na minha frente. Queria puxar assunto, saber aonde foi, o que houve, especular sobre a conversa pendente de ontem. Mordi a língua para barrar a curiosidade, porque eu tinha ciência de que, com Felipo, não adiantaria forçar, teria de acontecer no tempo dele. Continuei minha refeição, após terminar comecei a lavar a louça, abafando meus instintos de intromissão. De repente, seu corpo grande se encostou ao meu e seu braço esticou para depositar o prato sujo dentro da pia.

— Fale de uma vez, Atena. Sei que está remoendo algo, coloque para fora — sussurrou à minha orelha.

Não me mexi de imediato, só permaneci com a torneira ligada e o copo embaixo da água. Do que adiantaria, se ele sairia pela tangente ou usaria do desejo para não falar?

Soltei o que segurava para me virar, meu peito colando ao seu.

— Você quer que eu pergunte para não ter resposta ou vamos realmente esclarecer os pontos?

Juro que me senti patética ali, porque não tinha cabimento o que inquiri, nós não tínhamos nada. Merda!

Felipo deixou uma risada baixa deslizar por seus lábios convidativos, esperei o sarcasmo, no entanto o que veio me colocou ainda mais fora de foco. Ele plantou um beijo casto na minha boca e murmurou:

— Me diga o que quer saber e eu decido se conto ou não.

Não teve arrogância no tom, mesmo assim ficou explícito que falaria somente se desejasse, do contrário eu que morresse sem saber. Filho de uma puta! Estreitei os olhos na sua direção, Felipo riu de novo e voltou a se sentar onde estava. Desta vez, com um cigarro pendendo em seus lábios e o isqueiro preparado para acender.

Soltei o ar em uma lufada extensa, guerreando entre tentar desvendá-lo ou mandá-lo para a puta que pariu e ir para o quarto. Não foi difícil decidir, afinal não era mais a menina mimada que esperneava para ter o que queria. Eu era a mulher que corria atrás com o intuito de conquistar seus objetivos e, naquele mísero segundo, cheguei à conclusão de que Felipo seria o pior, mais complicado, intenso e não definitivo propósito.

De duas uma: ou nos encontraríamos um no outro ou seria o declínio épico de ambos.

Felipo

Vim o percurso inteiro convicto de que me fecharia novamente, manteria a distância que deveria ter imposto logo no começo. As brechas começaram a se abrir a partir do momento em que a chamei pelo nome, de lá para cá Atena conseguiu se infiltrar onde nem espaço acreditei ter. Foi de mansinho, sem sintomas primários até que eu estivesse realmente disposto a... tentar.

A culpa ainda ruminava, a certeza de que não merecia ardia como brasa, mesmo assim, mesmo com esse caralho bem resolvido na cabeça, balancei ao vê-la sentada sozinha, comendo uma comida simples, vertendo socorro por entendimento. Atena era uma garota ainda, com muita estrada para caminhar e, por Deus, eu não queria torná-la fatigada antes de chegar ao seu auge. Desejava mais do que queria tirá-la desse meio podre, onde um comia ao outro apenas para provar que era mais poderoso. Contudo, a mim não cabia decidir, essa decisão se estendia única e exclusivamente a Atena. Por outro lado, eu daria as opções, torcendo para que ela fosse sábia em escolher.

Ao chegar nessa maldita casa ontem, pensei que assinaria a decadência dos resquícios de sanidade que me restavam, entretanto, vi-me largando uma carga pelo chão após falar com Lív e outra parte ficou no cemitério. Como disse, não me livrei dos pecados nem da minha sentença em pagar por cada erro, só estava mais descarregado. E com essa parcela de *luz*, faria o certo em muito tempo.

— Por que não me contou que sua esposa se parecia comigo? — perguntou escorada na pia, o pano de prato jogado no ombro; a cena *comum* não se encaixava com ela.

Traguei um pouco do cigarro, ganhando os minutos para estudar a imagem desconexa.

— Por que diria? Era algo meu, Atena. Algo que não tinha intenção alguma em compartilhar.

Seus olhos azul-celeste correram pelo meu rosto, a indignação escorregando deles.

— Esquece, Felipo! Se não se importa, não há lógica nessa conversa. — Jogou o pano sobre o balcão. — Vou para o quarto esperar até que possamos ir atrás de Ian.

Ela deu um passo em direção à saída. Maldição!

— No começo, sua semelhança me chamou a atenção. Para ser mais exato, na noite em que mataram seu pai. — Atena travou no lugar, com sua atenção pregada em mim. — Fomos até a boate para estudar o local e bolar uma estratégia para dar fim ao alvo. Quando a vi entrar, pensei que estava sonhando com tamanha semelhança. Nos dias que passamos monitorando a cobertura, ora ou outra acessava a câmera do seu quarto, somente para te admirar e castigar minha culpa pelo passado.

Ela não se mexeu nem esboçou qualquer reação. Levantei-me e fui até a janela, fugindo do escrutínio incômodo que recebia.

— Te levar comigo naquele dia foi, sim, um passo idiota e impulsivo, porque vi Lisa no seu desespero, no seu pedido silencioso de socorro. Lisandra era como você... Jovem, cheia de propósitos e com uma família filha da puta, louca para sugá-la.

— Como se conheceram? — Ela parou ao meu lado, fitando o pátio também.

— Nay nos apresentou em uma festa aqui na comunidade. Eu a amei assim que a toquei, parece idiota, mas é a verdade. Lisa era um anjo, Atena. Uma pessoa boa, com brilho próprio, carinhosa. E sabe o que eu fiz? Suguei toda a sua energia até não restar mais nada.

— Felipo... — O tom calmo me dizia que ela seria mais uma em busca de aliviar minha culpa.

— O pai dela a odiava porque Lisa veio de uma traição, mais de uma vez ela me contou que o pai não prestava, *mais de uma vez*, Atena. E, ao invés de ouvir, eu acreditei quando o filho da puta me disse que amava a filha e tinha sido um mal-entendido. Sabe por que acreditei? Porque era um moleque imaturo que ainda acreditava em paz.

Joguei o cigarro para longe.

— Foi assim que entendi o quanto o mundo é injusto e como as pessoas são cruéis. Minha esposa foi morta pelas mãos do próprio homem que considerava um pai, só porque ele não queria manchar o nome da família por ter um neto que vinha do marginal aqui. Eu fodi tudo, Atena. Minha irmã foi estuprada pelos mesmos caras que me entregavam drogas para venda. Meu filho passou fome, porque *eu* não conseguia olhar para ele e ver sua mãe. Abandonei quem amava para correr atrás de vingança. E, ah, eu a tive! Lenta, fria, calculada — soltei entredentes. — Então, Atena, me diga: um homem que acabou com a própria família merece qualquer coisa além do inferno?

Encarei-a seriamente, com minhas mãos fechadas em punho sem que eu percebesse.

— Não é...

— Não, porra, não! — rosnei. — Não me venha com compaixão ou um: "a culpa não foi sua". *Foi minha.* Cada fodida situação foi minha culpa. Além de matar Lisa por ser um imbecil, fiz minha irmã e meu filho sofrerem como dois cães, caralho!

— Não estou aliviando seus erros, Felipo. Só estou dizendo que todos nós erramos, que você precisa aprender a conviver com o que fez sem se castigar por ter feito. Não foi sua mão que apertou o gatilho...

— Foi, foi sim. Eu apertei o gatilho no segundo em que acreditei na encenação do pai dela. De brinde, joguei Lívia no limbo por ser um covarde. Não há justificativa para a podridão que larguei na estrada, não tente me isentar disso.

Atena respirava fora de ritmo sem deixar de me encarar, sua garganta se movimentou, engolindo em seco. O ódio costumeiro borbulhava como ferida na minha pele.

— Me manteve para reprisar o que perdeu? — questionou, mudando o assunto.

— No mesmo instante que saí da cobertura, eu me arrependi de ter te levado junto. Não queria você por perto e me condenava por não conseguir me desfazer da merda da corda que me puxava ao seu encontro. Nos primeiros dias, quando a olhava, enxergava Lisa, na verdade, ansiava que fosse.

Seus olhos ficaram rasos de água. Travei o maxilar odiando vê-la sofrendo e lutando com o orgulho para esconder.

— Ok, tive a resposta que precisava. Não precisa me dizer mais nada — rosnou, brava, virando nos calcanhares e sumindo de perto.

Rebeldia do cacete!

Fui ao seu encalço, encontrando-a sentada na cama.

— Não perde a mania irritante de entender o que quer e foda-se o resto, Atena?

— Não quero mais ouvir, Felipo. Não sou sua esposa morta, não vou me dignar a esse papel, apesar de estar exercendo ele sem conhecimento... — Sua voz calma, sem emoção, bateu para fora minhas decisões.

Queria seu fogo, sua ousadia, sua habilidade em me despertar desejo, raiva, posse.

— Não a vejo mais assim... — Acabei revelando, lançando pelos ares o caralho do plano em salvá-la de mim. — Em alguma parte dessa convivência maluca acabei desmembrando você e Lisa. Seria bom se não tivesse ficado só *você*. Eu ainda penso em Lisandra, acredito que jamais vou esquecer, mas hoje só vejo *você*. E isso é uma merda, Atena. Porque eu não sou bom, não há *felizes para sempre* ao meu lado. O certo seria te deixar viver, não te enrolar mais nessa teia tóxica que crio.

Terminei, decretando o xeque-mate em nós dois. Era isso, não conseguia negar que a queria nem ignorar que éramos bons juntos, bons do jeito mais errado possível.

Minha respiração rasa, os ombros tensos e os batimentos nos ouvidos, denunciavam que tinha feito outra merda das grandes. Minha consciência lutava para desconversar, ser indiferente, assim ela seguiria em frente e eu permaneceria no meu lugar de direito. Porém, algo no meu sistema insistia que *ela* valia a pena. E porra, era uma fodida burrada.

Atena se levantou devagar, os braços largados rentes ao corpo, seus olhos azuis conectados aos meus de tal maneira que a senti lendo todas as minhas inseguranças.

— Esse sou eu, Atena. Essa é a vida que levo e que não pretendo abandonar. Não terá casa com cerca branca, muito menos almoço tranquilo no domingo com os filhos brincando no quintal. Tudo, tudo o que estimo acaba se machucando e eu tenho certeza de que vou machucá-la também — esclareci, não gostando da esperança que brilhava em suas íris.

Para ser sincero, o que me incomodou foi a raiva por saber que em breve a decepcionaria.

— Eu aceito o que tem, Felipo, e não digo isso por ser pouco, mas por ser o que me faltava. Nunca tive uma vida normal, com amigos normais ou recordações divertidas. Foi sempre o monótono, o regrado, a encenação para não manchar o nome da família. Não conseguia ser eu, a não ser quando estava surtando dentro da cobertura ou por trás dos portões da mansão do meu pai. Com você, a Atena que escondi por anos pôde se expor sem remorso, sem represália. Pode parecer insano para alguns, fraqueza para outros, só que para mim é liberdade. Toda a liberdade que almejava ter e não podia.

Sua mão alcançou meu rosto, acariciando minha barba. Não me mexi, somente aguardei.

— Não quero perfeição, eu a tive por tempo o bastante e não me trouxe felicidade. Quero o que tenho agora, o que vou conquistar em breve e quero... você. Basta dizer que me quer também, Felipo. Deixe de lado o passado ou qualquer outro impedimento. Não precisa apagar o que passou, só... tente.

Tentar.

Ela usou justamente a palavra que martelou na minha cabeça na volta para cá.

Engoli em seco, não decidindo se dava um passo para frente ou três para trás. Ela se dispôs a pular no mesmo poço que eu estava e não ousei declinar disso, o desfecho sujo para quem parecia adorar causar sofrimento.

Agora, restaria rezar para que Atena não se afogasse.

CAPÍTULO 26

Atena

Minhas mãos tremiam, tanto pelo momento quanto por ver o desespero refletido nos olhos de Felipo. Entendia o medo dele de repetir o passado; por outro lado, conseguia enxergar que aquele homem frio poderia ser muito mais que isso, bastava fazê-lo acreditar que era possível dar certo.

— Não estou aqui dizendo que vai ser fácil, Felipo. Estou dizendo que, se você quiser, faremos juntos. — Encaixei as duas mãos em seu rosto. — Não sei o que temos nem o que você sente por mim, mas se... — Respirei fundo, insegura sobre estar dando um passo em falso. — Se está disposto, eu também estou.

Nem uma palavra dançou entre nós, e essa merda de impassividade me atingia em cheio. Desejava apenas uma chance de descobrir o que nos cercava, para isso era necessário que ele estivesse de acordo. A mera possibilidade de ser somente uma lembrança distorcida de Lisa me irritou, não pelo significado dela para ele, pela mágoa de não ter sido por *mim* todo esse tempo. Então, Felipo se expos mais do que imaginava que o fizesse e todos os receios evaporaram, pelo menos nesse quesito. Agora, ficaram as barreiras que ele mesmo criou para se proteger de não ferrar mais ninguém.

Percebendo que não teria um retorno, deixei meus braços caírem rente ao corpo, minha determinação balançando perante o silêncio. Ele pode ter desabafado, o que não significava que queria tentar. Sorri de leve, aliviando a pressão dele e a minha vergonha por ser tão impulsiva.

— Tudo bem... — murmurei, dando as costas e saindo pelo corredor, sentido aos fundos.

Daria espaço para que Felipo pensasse com clareza no que queria e para que eu respirasse sem o peso de, talvez, não ser o suficiente para ele.

Balancei a cabeça pela loucura de querer encaixar um romance no meio da baderna que estávamos vivendo. Perdi o controle dos meus objetivos pela mania de ainda acreditar no conto de fadas idiota que nós mulheres éramos apresentadas desde pequenas. Havia idealismo nos desenhos, nos livros, nas histórias contadas em todos os cantos do mundo. Assim crescíamos, desejando o perfeito quando, na verdade, não existia. Eu era um exemplo disso: Ian. O homem charmoso, rico, carinhoso que escondia a indiferença, frieza, arrogância, atrás do atrativo.

Então, matutei que Felipo não chegava perto de ser um candidato perfeito como Ian parecia, todavia era o caso perdido que qualquer donzela adoraria resgatar.

Humpf!

Passei pelo batente da porta, fitando o muro baixo onde várias mudas tinham sido plantadas, quando fui puxada para trás, meu corpo girado e imprensado na parede. Os olhos verdes mais diferentes que já vi me engoliam com intensidade. Entreabri os lábios para puxar o ar, perdida nele, esperando o que viria.

— Eu vou foder tudo, Atena, sei que vou. Só que, porra, eu quero... você. Não devia, mas quero — murmurou próximo da minha boca, acariciando meu quadril com a ponta dos dedos.

Meu sangue acelerou nas veias, um burburinho se estabeleceu nos meus ouvidos, nada ruim, era como... alívio. Ali estava o menino assustado com os sentimentos e o homem determinado a ter o que ansiava. Não relutei em encaixar a mão na sua nuca, trazendo-o para os meus lábios.

Se fosse certo ou não, ainda queria ver aonde iríamos com isso.

Felipo

Eu tinha uma merda de escolha, a mais simples seria deixá-la seguir em frente sem mais um fardo para carregar. Contudo, não consegui. Atena despertava meus melhores lados, aqueles que via como fraqueza e que mantive trancafiado no fundo para não fazer exatamente o que estava fazendo: ceder.

Seus dedos se apertaram nos meus cabelos assim que mordi seu lábio inferior, extraindo os gemidos que adorava ouvir.

— Felipo...

Minha língua se enfiou entre os seus dentes, aumentando a pressão do beijo, encaixando nossas bocas com força. Meus braços a içaram e, automaticamente, suas pernas cercaram minha cintura. Meu pau estava colado em sua boceta, onde o jeans não barrava a quentura que vinha dela para mim. Nada na minha mente verteu para atrapalhar o momento, por isso, com Atena enrabichada em meus quadris, entrei em casa, só que, em vez de ir para a cama, eu a depositei sobre o balcão da cozinha. Ela se esticou ali, lançando os braços para trás, segurando a quina oposta. A camiseta subiu para revelar a pele branca de sua barriga, meus olhos correram no local, passando pela elevação dos seios, lábios inchados, até bater nos olhos azuis revoltos.

— Se fizermos isso, pularemos juntos, Atena. Tem certeza de que está disposta a se arriscar? — murmurei, ainda dando a ela uma oportunidade de escapar.

Ela se sentou, seus dedos quentes encaixaram meu rosto, aproximando-nos. Sua inspeção percorreu meus traços sem pressa, como se decorasse os contornos. Então... Atena sorriu. E foi a porra do paraíso e inferno.

— Eu quero, Felipo. Quero porque sinto que não é apenas tesão, acredito que você também tenha percebido — sussurrou, convicta, aguardando uma negativa minha que não veio. Esfregando seu nariz no meu, perguntou: — Vamos pular juntos e ver no que dá?

Eu a machucaria, mesmo assim a tinha do meu lado sem ressalvas. Não sabia se agradecia pela sorte ou praguejava pela maldição de não conseguir manter o que era bom.

Resolvi encobrir o passado que, provavelmente, se repetiria no futuro e foquei nela. Não pretendia parar nosso lance, então não valia de nada se punir por ora. Como resposta, tomei sua boca de novo, grunhindo com seus dentes me arranhando de leve.

Dane-se o errado! Eu arriscaria tudo mais uma vez e que Deus me ajudasse.

Projetei meu quadril para frente, buscando atrito, arrancando de ambos um gemido de prazer. Eu estava muito duro, doido para me afundar na sua boceta molhada. Devagar a deitei, sem cessar o beijo, só então desci para o seu pescoço, enquanto minhas mãos arrancavam a camiseta e o sutiã. Seus seios pequenos ficaram livres. Sorri de lado, abocanhando um dos bicos, amassando o outro com a palma. Atena se envergou, agarrando meus cabelos, pedindo mais. Eu conseguiria fazê-la gozar somente assim, entretanto, queria ir além dos meus limites de conexão na transa, queria me inebriar *dela*.

Minha língua continuou para o sul, circulando o umbigo até chegar ao botão do jeans. Abri-o, desci a calça junto com a calcinha e tirei os tênis. Nua. Finalmente nua. Parei um segundo para assistir a cena. Seus dentes mordendo o lábio, as mãos apertando os seios, sua boceta clamando por atenção. Atena servia bem no papel de tentação, porque eu estava enlouquecido por ela inteira.

Coloquei suas pernas em meus ombros, encaixando-me entre elas. Conseguia ver sua lubrificação brilhar, como se me chamasse para prová-la. Com dois dedos separei seus lábios, em seguida passei a ponta da língua sobre seu clitóris.

— Ah! — O grito rouco despertou uma insanidade esmagadora.

Eu a queria de todas as formas, com todos os riscos. Maldição!

Abocanhei sua boceta, intercalando entro o leve e o invasivo. Louco para que Atena se perdesse em nós, mesmo que isso significasse não encontrar o caminho de volta. Meti dois dedos no seu canal, mesclando lambidas com estocadas rasas. A cada gemido, meu corpo incendiava. A cada tremor, meus nervos tensionavam.

Estava no limite, como se não experimentasse do carnal há anos.

— Escorre na minha boca, Atena — pedi, fitando suas íris banhadas de prazer. — Me deixa beber de você.

Ela gemeu alto, desalinhada com o que acontecia. Mordi o topo da sua boceta, mergulhando na sua umidade com vontade. A safada se apertou mais ao meu encontro, rebolando, buscando alívio. O que não demorou, pois o gemido longo quase me fez explodir.

— Que delícia, meu... Deus...

Chupei-a até que os espasmos cessassem, então me levantei, enfiando meus dedos melados *dela* na boca. Atena não se inibiu, pelo contrário, arreganhou-se mais para mim, descendo seus próprios dedos para se tocar. Meu pau deu uma guinada, apertando o zíper do jeans.

— Sua vez de sentar aqui e me deixar te chupar, Felipo. Venha — chamou, descendo do balcão para me ceder seu lugar.

Obedecendo ao seu comando, eu me despi, esticando as costas sobre a madeira rústica. Corri meu punho para cima e para baixo no meu membro, encarando-a. Amava como Atena corava com a excitação, não era vergonha, era puro desejo mesmo, um detalhe que me descarrilhava sem esforço.

Ela me observou com calma, nua em pelo no meio da cozinha, tramando alguma coisa. De repente, a careta de menina levada tomou suas feições e, ao invés de ficar na posição que eu estava, voltou a subir no móvel, encaixando suas coxas uma em cada lado do meu rosto. Atena desceu lentamente, sua bunda se abrindo, sua boceta na minha linha de visão. Ela escorria e aquilo... caralho!

— Agora ficou perfeito — sussurrou antes de afastar minha mão e chupar meu pau.

Não foi suave, Atena me consumia ali. Sugava sem cerimônia, causando uma fisgada nas minhas bolas.

— Porra... — Finquei os dedos em sua bunda redonda, puxando-a para mim.

Meus dentes fincaram em uma das bochechas, arrancando um grito abafado da bendita mulher que tirava meu juízo.

Para se vingar, ela arranhou minha glande, sem parar de me masturbar. Caralho! Mirei sua boceta aberta, pingando. Com o mesmo ímpeto que ela me sugava, eu devolvia. Viramos um amontoado de gemidos, suor, fogo. Suas investidas desordenadas me levavam à beira do precipício, apenas para me acalmar depois. Eu queria muito gozar, mas a desgraçada me impedia.

No segundo em que sua língua entrou na abertura da cabeça do meu pau, eu rosnei.

— Atena... — Foi mais um pedido de socorro que uma repreenda.

Não entendia como meu tesão ficava fora de controle sob seu domínio.

— Goza, Felipo — pediu baixinho, levando sua boca quase a base do meu membro, engasgando-se no ato.

Que puta tesão!

Minha barriga fisgou e gozei forte, mordendo sua carne como punição por me enlouquecer. Atena estremeceu, babando na minha boca pela segunda vez. Sem parar de bombear, sua língua capturou cada gota do meu clímax.

Estava tão envolvido no ato que meu pau nem sequer amoleceu. Deixei um último beijo em sua boceta antes que pudéssemos regular a respiração.

— Agora, vem a parte que você me come, não é? — questionou, encarando-me de viés.

Sorri sem conseguir barrar. Ela conseguia me levar do raivoso ao relaxado com muita facilidade, porra! Seríamos a perdição um do outro, a perdição mais deliciosa que já provei.

Atena

Pulei para o chão enquanto ele permaneceu esticado sobre a madeira. Suas coxas torneadas, as veias salientes dos braços, o sorriso safado. Eu o queria por completo, queria desvendar cada segredo e entender cada rasura da sua alma. Merda, estava muito encrencada. Sem dizer uma palavra Felipo desceu, parando na minha frente. Seu indicador levantou meu queixo,

— Antes de afundar na sua boceta, quero que prove seu gosto de mim.

Sem me dar chance de responder, sua boca encaixou na minha. Nossas línguas brincaram eroticamente, misturando os sabores, deixando o momento ainda mais excitante.

— Sua porra tá na minha boca também.

— Não vou reclamar de me provar direto de você, querida. — Sugou meu lábio, largando com um estalo. — Apoie suas mãos na parede e empine essa bunda, meu pau está pulsando para te comer.

Esfreguei uma coxa na outra, sem-vergonha, ele era muito intenso. Fiz como pediu, o azulejo frio em contraste com as minhas palmas fervendo. Felipo encostou dois dedos na minha cintura e subiu desenhando minhas poucas curvas, até alcançar meus cabelos curtos, onde enrolou o punho, envergando meu corpo para trás.

— Grita sem dó, Atena. Escutou? Quero saber o quanto gosta de ser fodida. O quanto ama receber meu pau...

— Felipo... — exalei, entregue.

O ar escapuliu dos pulmões assim que ele encaixou seu membro na minha entrada e estocou. Por Deus!

Sua mão encaixou no meu quadril, mantendo-me firme enquanto investia sem piedade, varrendo minha capacidade de raciocinar. Só queria gemer e pedir mais. Os barulhos que nossas peles expeliam com o atrito começou a comichar meu baixo-ventre. Felipo sugou o lóbulo da minha orelha, grunhindo em seguida.

— Você não faz ideia do quanto está me apertando.

Gemi, empinando-me para recebê-lo.

— Porra! Vem pra mim, goza no meu pau, querida.

Sua mão soltou meus cabelos e se infiltrou entre nossos corpos, mergulhando nos fluidos, para então tocar minha bunda, bem no meio dela. Felipo sondou o local, enfiou um pouco, tirou e voltou de novo, até que eu relaxasse o suficiente para que seu dedo entrasse por inteiro. Eu ia entrar em combustão.

— Não vou aguentar.

Encostei a testa na parede, estava encharcada de suor, travando os dentes para não me desfazer bem ali. Uma risada baixa reverberou no meu ombro, onde Felipo beijou de boca aberta.

— Goza, Atena. — Sua voz grossa, de comando, serviu como afrodisíaco, porque meus olhos se fecharam, curtindo a quentura que lavou meu sistema.

Por instinto rebolei, gritando com a enxurrada de prazer que veio. Minhas pernas falharam, os nervos amoleceram. Se não fosse o tórax dele me imprensando, teria ido ao chão.

— Assim... Bem assim... — gemeu, parando enterrado no fundo, aproveitando seu próprio ápice.

Nossas respirações desgovernadas se tornaram o único barulho do ambiente. Eu estava lânguida, ao mesmo tempo sem saber como agir. Queria me aconchegar nele, alimentar minha parte romântica e sonhadora, porém, não sabia se seria viável.

Felipo não parecia o tipo de homem que dormia de conchinha, mesmo imaginando que fosse muito mais do que demonstrava. Sanando meu duelo interno, fui pega no colo. Meus olhos se arregalaram ao bater nos dele, assustada e bem surpresa com sua intimidade além do sexo.

— Já que te usei sem remorso, preciso te lavar, não acha?

Riu, descontraído, aquilo me levou a passar os braços por seu pescoço e deitar a cabeça em seu peito forte, onde os pelos ralos fizeram cócegas em minha bochecha. Era surreal e... maravilhoso tê-lo assim.

— Concordo completamente — devolvi na brincadeira.

Minha mente criou muitos cenários futuros onde vivíamos felizes, cada um com suas cicatrizes e receios, mas juntos. Se eu soubesse como a escuridão me engoliria ou que não teria felizes para sempre, talvez não criasse tantas expectativas. Só que, naquele dia, meu coração resolveu descompassar, aproveitar a brisa suave que recebia.

Os caminhos nem sempre levavam a um fim tranquilo, muitas vezes éramos guiados para as beiradas do desfiladeiro e obrigados a decidir se valia a pena nos jogarmos em queda livre. Eu estava convicta de que valia, mesmo que fosse doloroso despencar sem uma certeza de que tivesse alguém para me amparar no fundo.

CAPÍTULO 27

Felipo

— Pare com isso, seu desgraçado! — Ícaro gritou quando passei a lâmina bem afiada da faca no seu peito.

Eu estava há mais de uma hora torturando o filho da puta, e não parecia o suficiente. Ele merecia cada dor para compensar o que fez à minha esposa. Vingança era disparado o sentimento mais estimulante e compensatório.

A sede que tinha pela morte desse verme me fez forjar minha própria morte. Bastou um corpo que tinha acabado de apagar por não ter pagado a cocaína, minhas roupas, documentos nos bolsos, um barracão vazio e fogo. Eu sabia que ninguém se empenharia muito por um drogado como eu, então o reconhecimento da minha irmã bastou para que fosse dado como morto. Tudo planejado para sumir do mapa, assim conseguiria arquitetar meu embate final.

— O quê? Nem começamos ainda — debochei, arrastando a faca por seu braço direito.

Fazia mais de um ano que organizava os detalhes para não correr o risco de cagar o esquema. A clínica onde o covarde se trancou para alegar instabilidade emocional pela perda da família era muito bem monitorada, a mais cara da cidade. Duas horas antes, eu invadi as câmeras; para todos os casos, nunca estive ali. Seis meses atrás coloquei três aliados no quadro de funcionários, ter favores para cobrar vinham a calhar em determinados momentos. Duas das enfermeiras eram parceiras do tráfico, antigas conhecidas que não titubearam em me ajudar, inclusive se escalaram para tomarem conta da clínica no mesmo dia.

O restante foi se encaixando, nada que dinheiro e ameaças não resolvessem.

Como prometi no dia que Lisa foi enterrada, não haveria regras até que conseguisse o que queria.

— Vão descobrir que é você, vão te caçar e você vai ter o fim que merece, seu marginal! — cuspiu com raiva. Eu amava ver o desespero de não encontrar saída nos olhos asquerosos daquele velho. — Foi um alívio matar a bastarda que achava ser uma Mendanha, eu mataria de novo e de novo se precisasse.

Aprumei as costas, o ódio borbulhando nas veias, a adrenalina alcançando picos altos. Lentamente caminhei até a mesa, pegando minha pistola. Destravei e engatilhei, voltando-me para ele. Ícaro tinha desistido de lutar, somente permaneceu largado na cadeira, as mãos amarradas para trás. Havia sangue pelo chão e sobre a mesa onde bati sua cabeça duas vezes. Em nenhum dos golpes causei ferimentos fortes o bastante para desmaiá-lo ou matá-lo, minha ideia era sofrimento, no sentido mais cru da palavra.

O primeiro tiro que lancei pegou no seu joelho, arrancando um urro alucinado do velho.

— Eu vou acabar com você, filho da puta! — Engasgou-se com o choro.

O segundo acertou a coxa, na outra perna. O som oco do estopim me ligava de um jeito medonho, quase aconchegante.

— Pare com isso! Por favor, pare! — implorou.

Alarguei meu sorriso, a parte do apelo chegou.

— Só me mate, acabe logo com isso...

Lágrimas grossas se misturavam com o suor e o vermelho vivido dos cortes. Não dei a mínima, da mesma forma que ele sequer titubeou em apertar o gatilho naquela noite. Dei um passo para perto, assistindo com deleite a queda do filho da puta.

— Cadê o todo-poderoso Ícaro Mendanha? Hã? Onde está sua fortuna, seu status? Você acabou sem ninguém, do jeito que merece, seu podre! — grunhi, apoiando as mãos nos braços da cadeira. — Espero que definhe no inferno, um dia nos encontramos por lá — afirmei, sabendo que era verdade, eu merecia queimar tanto quanto ele.

Seus olhos tremeram pela certeza do fim, um que não lhe daria de bandeja. Ícaro não teve reação quando passei a lâmina em seu pescoço, deixando-o se afogar com o próprio sangue. Juntei minhas coisas, enquanto curtia os barulhos agonizantes, até que cessassem. Com uma última olhada passei pela porta, virando à direita e saindo pelos fundos.

Minha vingança aconteceu, agora restava conviver com a culpa.

Acordei suando, com o coração disparado pelo sonho. Peguei meu celular embaixo do travesseiro, junto à *Beretta*, passava das 2h da madrugada. Atena ressonava ao meu lado, encolhida no canto. Ergui o lençol e me levantei. No escuro, vesti a boxer e a calça, que estavam no chão da cozinha. Cacei o maço de cigarros no bolso, em seguida caminhei até os fundos. O muro do canteiro serviu como assento enquanto inalava uma boa quantia de nicotina.

O assassinato de Ícaro não repercutiu muito, Apolo fez bem seu papel de aliviar a notícia e no final concluíram o caso alegando que não tinham provas o suficiente para chegarem ao culpado.

Lembrei-me da época em que Lisa foi morta e de que fui o primeiro suspeito, nenhuma novidade para um país onde o pobre servia de válvula de escape para encobrir a podridão de quem tinha poder. Prestei dois depoimentos, os filhos da puta esperavam sedentos por um desencontro de informações. No final, acabei sendo inocentado para a *alegria* do velho.

A polícia chegou a investigá-lo, contudo dinheiro sempre valia mais que sangue nas mãos. Bastou alegar insanidade, subornar autoridades e pronto, crime arquivado. O covarde acabou com o futuro da filha e saiu pela tangente com uma facilidade revoltante.

Às vezes, eu pensava que deveria ter adiado mais meu encontro com Ícaro, assim teria um propósito exato pelo qual buscar. Após matá-lo, perdi o rumo em como dirigir meu próprio caminho. Não havia Lisa, nem vingança, minha irmã e filho estavam melhores sem mim. Um oco se estabeleceu, foi então que a *Sociedade* surgiu, direcionando minha raiva para o que gostava de fazer. Não tinha passado, o Felipo não existia, então foi fácil aceitar que o máximo que conseguiria me apegar seria a uma arma e a nomes para riscar da lista.

Como dentro da facção todos tinham um pseudônimo, usei meu nome verdadeiro para não chamar a atenção. Nos meus documentos estava registrado Victor Santos, a nova identidade que Elias fez para mim. Nayana e ele eram os únicos que sabiam do meu passado e os únicos que jamais revelariam qualquer detalhe. Eles tinham muito medo de serem mortos para brincarem com os segredos que eu guardava de ambos.

Fitei o cigarro queimando entre os dedos, reprisando cada erro entre a fumaça que subia. Não importava quantas vezes eu pedisse perdão a Lisa, nada parecia o suficiente. Ela podia estar aqui, vivendo, cuidando de nós, do nosso filho... Caralho! Tirei a porra da madrugada para remoer o que não tinha solução.

— Um real por seus pensamentos, Bonitão.

Ergui a cabeça, deparando-me com Atena parada rente à porta. Ela vestia minha camisa branca, que encobria metade das coxas torneadas sem exagero.

Linda demais para o fundo do poço que a estava prendendo.

— Nenhum que valha a pena — devolvi sorrindo de leve para despistar a seriedade da frase. Sem que percebesse, chamei-a: — Venha aqui.

Taquei a bituca no canto, acomodando Atena em meu colo. Seu cheiro natural se infiltrou em minhas narinas, tranquilizando meus demônios. Seus dedos percorreram as veias grossas dos meus braços e o silêncio tranquilo dominou nossa interação.

— Está arrependido? — questionou baixinho.

Não precisei de mais explicações para entender do que ela falava.

— Não por mim, por você.

— Como assim?

— Você merece muito mais que os meios-termos que ofereço, Atena.

Sua mão se entrelaçou a minha, não a repeli, em vez disso apertei mais o contato. Outro passo em falso rumo ao precipício que ferraria aquela mulher. A merda era que não conseguia me afastar, mesmo não nomeando o que acontecia entre a gente.

— São os meios-termos que se encaixam perfeitamente em mim, Felipo. Eu tive o que queria a vida toda e jamais consegui me sentir completa.

Com você... Com o que estamos passando... É louco, mas estou feliz — disse, convicta.
— Não devia.
— Mas estou. E você deveria aceitar que talvez estejamos fazendo o melhor que podemos, que há chances de dar certo.
Ergui meus olhos para os seus azul-celeste. Como mais cedo, Atena sorria, sem resquícios de dúvidas ou medo pelo futuro incerto que embarcávamos. Meu coração desacelerou, gravando a imagem que se sobrepôs a todo e qualquer problema.
Eu estava fodido, não tinha volta.

Atena

Fiquei imersa na tempestade que se desenrolava nas íris dele. Era lindo como sua vulnerabilidade pulsava com a indecisão de se render ou evitar seja lá o que Felipo imaginava.
Eu estava disposta a lutar com ele e com qualquer empecilho que aparecesse. Não fugiria da briga, não quando conseguia enxergar a imensidão que aquele homem escondia.
Felipo engoliu em seco, focado em mim. Seus lábios se separaram, sugando ar. Então ele soltou minha mão para prender uma mecha de cabelo caída em meu rosto.
— Não sei como lidar com você, essa é a verdade, querida. — Meu peito palpitou com o termo carinhoso. — O que eu faço, como sou, mancha o que *você* é.
— Não sou inocente assim... — cortei sua mania de me ver como frágil.
Felipo sorriu, ainda com a mão em meus cabelos.
— Sei que não. Estou dizendo sobre sua alma, não suas ações. O que fez até agora foi para sobreviver. Eu faço por prazer. Gosto de matar, Atena. De ouvir o estopim, de concluir um serviço.
Meus pelos se arrepiaram com a intensidade da verdade.
— É o que conhece, Felipo.
— Não, não é. Eu tinha muitas outras escolhas, mesmo assim optei pelo que me deixava, digamos, relaxado. Cometi erros no passado e pressinto que estou fazendo o mesmo agora, com você.
Mudei minha posição em seu colo, encaixando minhas pernas uma em cada lado das suas. Segurei seu rosto com delicadeza entre meus dedos gelados. Precisava fazê-lo entender que estava ali e não partiria, ao menos se ele não quisesse.
— Eu amo o que me tornei com você — cochichei, sem deixar de fitá-lo. — Essa Atena forte, destemida, que enfrenta seus medos sem frescura. Eu amo o que aprendi nesses dias, sobre as revelações que ninguém teve coragem ou não quiseram me contar, mas você... Você abriu tudo para mim, me deu opções, livre-arbítrio e, acima de tudo, o benefício da dúvida.

Eu não preciso ser um estereótipo ao seu lado, Felipo. Posso agir conforme penso, tenho voz mesmo que você não concorde. Não há fios me prendendo aqui, é isso que quero que entenda: eu fico porque desejo ficar. E, sim, estou satisfeita com os caminhos, os efeitos colaterais, as dificuldades. Sabe por quê?

Alisei sua barba, intercalando entre seu verde diferente. Sua respiração acelerou, acompanhei seu ritmo.

— Porque jamais me senti tão viva. Essa é a *minha* verdade... Acredite nela.

Ele não verbalizou nada, porém me beijou com tanta fome que não restou dúvidas de que também estava envolvido. Nossos lábios se provaram, nossas línguas brincaram uma na outra. Permaneci com as mãos em sua face, enquanto as dele firmavam minha cintura. Não houve nada sexual no ato, era como se entrássemos em um acordo mútuo, uma entrega sem promessas.

Mesmo após cessarmos o beijo, ficamos enroscados ali. Minha testa pendeu em seu ombro, meus braços circularam seu pescoço. Eu estava feliz em meio a uma guerra e, por Deus, não me sentia nem um pouco culpada.

— Essa era a casa onde morava com Lisa e a mesma onde minha irmã foi estuprada. Sabe-se lá por que Lívia quis mantê-la — contou, do nada.

Retesei os músculos tanto por saber como as lembranças deviam torturá-lo, quanto por ter sido obrigado a voltar para o lugar que não pretendia.

— Eu sinto muito por ter due lidar com isso.

— Às melhores e piores fases da minha vida aconteceram aqui. Eu prometi que não voltaria para cá e, no final, foi exatamente aonde vim parar. Lisandra morreu nos meus braços naquela sala, eu pensei que iria enlouquecer ao entrar, mas isso não aconteceu. As memórias ruins e as boas vieram. Só que... Não sei explicar, Atena. Parece um vazio estranho, uma falta do cheiro, do toque, da presença. Não sinto mais Lisa como antes e não sei dizer se fico aliviado ou desesperado com essa constatação.

Ele se calou, como se repensasse sobre revelar mais do passado ou não mexer nele.

— Quando minha mãe morreu... — comecei baixinho, querendo expor um pouco de mim. — Eu pensei que não ia conseguir segurar a dor, que não teria um amanhã sem ela. Depois, os dias foram passando e eu fui vivendo, porque não tinha o que fazer. Ainda guardo o amor dela no meu peito, só que não consigo mais desenhar suas feições na minha mente, não lembro direito quais as frases que ela mais dizia. É desolador, mas com os anos deixamos que eles partam, que encontrem sossego. Esse é o ciclo, Felipo, por mais injusto que possa parecer.

De novo nada foi dito, em contrapartida, seus dedos forçaram minha lombar. Felipo confirmou minha teoria de que não se abriria mais do que achasse necessário. E, para ser sincera, não esperava isso. Seu passado podia ser apenas seu. O que me interessava eram as camadas que o montavam, o quão profundo poderia ser. Percorri suas tatuagens do braço, partindo para as costas.

— As tatuagens têm algum significado? — questionei, querendo matar minha curiosidade e desviar o assunto tenso.

— Apenas uma delas.

Não precisei perguntar qual. Afastei-me um pouco, analisando as tribais em seu braço, o leão em seu peito, as flores em harmonia com tudo. Porém...

— É Lisa em suas costas, não é?

— É sim — respondeu sem titubear, encarando-me com um olhar sério.

— Pode me contar sobre o desenho?

Espalmei as palmas em seu tórax, aguardando a negativa que não veio.

— Ambas são a desgraça que causei nela. Em uma, Lisa percorre o caminho da escuridão tentando me alcançar; na outra, seu choro de morte.

Resfoleguei. Felipo carregava muita revolta, culpa, e precisava se perdoar para começar a se reerguer. Eu sabia que o passado era pesado, contudo conseguia enxergar que ele era tão vítima quanto Lisa. Inspirei profundamente para dizer isso, mas acabei desistindo. Não adiantaria tentar convencê-lo do que não queria aceitar.

— Vamos entrar, amanhã Gael chega e precisamos descansar — ditou.

Sem me soltar, Felipo nos levou para a cama.

———⁂———

Despertei com o celular tocando ao longe, abri os olhos a tempo de ver Felipo atendendo a ligação. Seu braço estava embaixo da minha cabeça, meu rosto em seu peito.

— Ok, espere um minuto.

Ele pulou do colchão, fiz o mesmo seguindo-o até a sala onde a TV foi ligada. Demorei alguns segundos para focar no que se passava, quando o fiz quase despenquei.

— *Sim, minha esposa foi sequestrada e estamos correndo contra o tempo para encontrá-la. Não sabemos ao certo quem foi, entretanto, temos algumas pistas. As autoridades como um todo estão empenhadas em ajudar. Então, por favor, se alguém a vir, entre em contato com os números que colocamos na tela. Estou desesperado... Se algo acontecer...*
— finalizou com sofrimento fingido estampado na cara arrogante.

Não acredito!

— Filho da puta! — Felipo rosnou.

Um apito alto reverberou em meus ouvidos enquanto lia a mensagem em letras pequenas na televisão.

Esposa de CEO sequestrada. Recompensa de cem mil reais para quem encontrar.

No canto direito foi colocado uma foto minha. Voltei a focar em Ian, no olhar indiferente, na postura altiva. Aquilo era um jogo e ele fez questão de deixar claro que estava dentro.

CAPÍTULO 28

Atena

Felipo desligou a televisão, falou algo no telefone e jogou o aparelho sobre o sofá. Fiquei plantada no chão, sem conseguir me mover.

Não estava como medo de Ian, por mais bizarro que parecesse; o que me fervia por dentro era a raiva. *O filho da puta escroto ferrou comigo, matou meu pai, tomou meu dinheiro, a facção e ainda se fazia de vítima em rede nacional?*

Eu ansiava demais em acabar com ele, a sede pareceu triplicar de tamanho com aquilo.

— Gael está chegando à cidade, vamos encontrá-lo — Felipo informou.

Virei-me lentamente para ele, com minhas mãos cerradas rentes ao corpo. Sentia a gana se apossar da minha mente.

— O prazo acabou. Ou você vai comigo atrás do Ian ou vou sozinha.

— Atena...

— Não quero mais e mais motivos para não irmos agora. Não me importo com as consequências, me nego a ficar me escondendo. Isso precisa acabar — soltei entredentes.

Felipo me analisou por vários minutos, não desviei o olhar. Queria deixar claro que estava decidida. Ian me fez prisioneira por tempo o bastante, não me permitiria ser enjaulada mesmo fora do cativeiro. Eu tinha consciência de que aceitei o pouco que recebia, que me prestava ao papel de esposa troféu por puro descaso em manter as aparências, o que não significava que continuaria sendo manipulável.

Minha consciência trabalhava as opções, principalmente a de não conseguir atingir meu objetivo e me estrepar. Isso me incomodava? Sim. Só não servia o bastante para me fazer desistir.

— Ok. Vamos encontrar Gael, então pensamos em como atingir Delacroix — grunhiu, voltando para o quarto.

Fechei os olhos por alguns momentos, colocando em ordem minha respiração. Eu tinha traçado meus passos antes mesmo de me envolver com Felipo, e não declinaria deles agora por conta do que sentia.

Felipo

Que gana de dar uns tapas naquela garota impulsiva dos infernos. Caralho!

Quando Gael me ligou avisando sobre a declaração na TV, a primeira coisa que pensei foi: o desgraçado estava provocando. Ele conhecia Atena muito bem, tinha noção de que usar a birra dela seria uma carta muito bem elaborada. E não deu outra. Porra!

Catei as poucas coisas que tinha e joguei na mochila. Tomei um banho rápido e me vesti, em seguida fui até a cozinha preparar um café forte. Escutei enquanto ela se organizava, o chuveiro sendo ligado, desligado, minutos mais tarde seus passos adentraram o cômodo onde eu estava escorado no balcão.

Tive vontade de encarcerar Atena até que resolvesse o problema Delacroix. Fugir nunca foi algo do qual me orgulhava, mas entendia que em determinados momentos era necessário mais do que coragem ou ter uma mira precisa. Tínhamos duas facções no nosso encalço, incontáveis filhos da puta para matar.

— Eu preciso acabar com isso, Felipo. Não dá para viver me escondendo — Atena declarou, aumentando a merda da minha fúria.

Travei o maxilar no mesmo compasso que ficava de frente para a mulher que vinha descarrilhando meus ideais. Ela sentiu o quanto eu estava indignado, pois teve o senso de se encolher.

— O caralho do problema não é você querer vingança ou o que é seu por direito, é estar disposta a morrer para isso, porra! — Elevei o tom no final, não conseguindo me controlar. — Por que acha que Delacroix fez isso? Hã? Ele te conhece, Atena. E você está sendo imbecil do jeito que o filho da puta previu!

— E você *acha* que ele vai baixar a guarda quando? Quando, Felipo? — Alterou-se também. — Nunca! Porque o escroto quer a minha cabeça, a sua, a do Gael... E não vai parar até conseguir, merda! Sei como Ian é, ele não aceita perder. Então, sim, eu vou me enfiar em uma guerra suicida, porque, do contrário, vamos viver pulando de um canto para o outro a fim de despistá-lo, e não vou me acostumar a isso! — gritou, dando dois passos para perto, com o dedo em riste, os olhos azuis cintilando.

Eu a entendia, a vingança parecia doce demais para rejeitar, emaranhava-se no sistema, fazia você ansiar pela execução. Meu medo era perder Atena nesse percurso entre a sede e a satisfação. Poderia jurar que a manteria segura, só que não havia como calcular os estragos. Em contrapartida, nada a faria desistir. Eu era a prova de que o ódio nos levava até o último fio de sanidade, independente dos efeitos colaterais.

— Não vou te impedir nem te deixar na mão, mas tem uma ressalva: vai obedecer a todos os meus comandos. Se eu mandar recuar, você recua. Se disser para fugir, você foge. Entendeu?

— E você? — questionou baixinho.
— É você que me interessa, Atena. Eu me viro. Estamos de acordo?
Ela me estudou, buscando uma saída que não tinha. Atena precisava da minha ajuda e esses eram os meus termos.
— Sim — murmurou contra a vontade.
— Ótimo! — Mal sabia que tinha acabado de assinar a sentença dela.
Três horas depois estacionei a moto na saída da cidade. Eu passaria o endereço para Gael, porém aquela casa não era minha e não tinha a intenção de envolver Lívia no rolo que me meti. Quanto menos todos soubessem, melhor seria para encobrir o meu passado.
O Jeep Wrangler preto parou ao nosso lado logo em seguida. Gael baixou o vidro, correu os olhos de mim para Atena sem dizer nada. Ele não confiava 100% nela, não podia condená-lo.
— Entrem — falou por fim.
Atena desceu com a mochila, fiz o mesmo, deixando a moto desligada e com a chave na ignição. Ocupei o banco do passageiro, ela foi para trás. Assim que arrancamos, abri a janela, acendi um cigarro e tentei relaxar. Talvez estivesse mais preocupado com os próximos passos de Atena do que com as explicações que Gael me daria em breve.
— A coordenada que verifiquei deu em um correio, não cheguei a entrar, achei que fosse falsa — comentei.
— E era. Todas eram, exceto uma.
Ergui as duas sobrancelhas, encucado com a informação.
— Varreu todas?
— Sim. Por isso demorei.
— E encontrou algo?
Gael me encarou de esguelha.
— Encontrei o que pode nos colocar fora dessa enrascada, Felipo.
— Isso é bom.
— Sim, é. Quando chegarmos a um local seguro, conversamos.
Concordei com um menear de cabeça. O lance devia ser válido, pois Gael não se garantiria se não fosse.
Escutei Atena soltar o ar que prendia, para não perder um detalhe sequer, sua curiosidade era quase palpável, conseguia vislumbrar suas engrenagens rodando para entender as entrelinhas. Segurei um sorriso, levando o cigarro aos lábios. A garota tinha colhões, isso não tinha como negar.

Atena

Recostei a cabeça no encosto, fechando os olhos. Queria especular Gael, eu tinha o direito de saber sobre o que acontecia, entretanto permaneci calada. Não ia causar discórdia com o psicopata nessa altura do campeonato.

No automático passei a mão sobre a cicatriz no queixo, tirei os pontos hoje durante o banho, os da perna também. Os cortes estavam perfeitamente curados, ficaram apenas as marcas para me lembrar do que houve no começo dessa maluquice de fugir, descobrir, aceitar.

Se eu parasse para pensar em tudo, sem dúvidas me descontrolaria. Havia informação demais, mudanças repentinas, verdades quase irreais. *Quem diria que eu seria herdeira de uma organização criminosa, a qual meu pai era fundador? Que minha vida inteira foi baseada em uma mentira deslavada para me manter afastada do que realmente sou? Ou que me encaixaria com facilidade no meio mais aterrorizante que existe?*

Mirei a janela, não querendo entrar em espiral ali, no banco detrás do carro. Não criaria espaço para reflexões, era aquilo e acabou.

Rodamos por horas a fio, minha barriga já protestava de fome, meu corpo reclamava de ficar na mesma posição e minha bexiga explodiria a qualquer instante. Se eu não pedisse uma pausa, os dois jamais ofereceriam, pareciam dois robôs. Caramba!

— Preciso ir ao banheiro — comuniquei, enfiando-me entre os dois bancos.

Felipo me fitou de lado, Gael nem se deu ao trabalho de se mexer. Filho da mãe arrogante!

— Vamos parar no próximo posto — o psicopata avisou.

Felipo se voltou para frente, sem se pronunciar. Seu modo tático estava acionado, isso não me incomodava, gostava da sua forma de agir em situações de estresse intenso, e aquela que vínhamos passando nos últimos dias era, com certeza, uma bem complicada. Gael deu seta para a direita, entrando no pátio enorme do posto.

Havia um restaurante, vários caminhões, placas azuis indicando os banheiros. Nem esperei o veículo parar direito e pulei fora, louca para fazer xixi. Eu me fechei no cubículo, abri o zíper e baixei a calça jeans colada. O clima estava abafado, logo viria chuva. Fiz o que tinha que fazer e saí; no segundo que desliguei a torneira da pia, Felipo apareceu às minhas costas.

Quase enfartei de susto. Ele levou o dedo indicador aos lábios, pedindo silêncio, em seguida trancou a porta.

— O que aconteceu? — questionei baixinho.

— Estamos sendo seguidos.

Enruguei a testa. *Como sabiam onde estávamos?*

— Como, Felipo?

— Não sei, Atena. Agora pare de fazer perguntas, pegue sua pistola.

Fiz como mandou, destravando e engatilhando a *Glock*. Não sentia mais o frio na barriga da primeira vez que a peguei, parecia mais como euforia.

Alguém mexeu na maçaneta, Felipo indicou para que eu entrasse em um dos reservados, não demorei a obedecer. De repente, um estrondo aconteceu, quem quer que estivesse do lado de fora, entrou. Passos, socos, grunhidos, por último o tiro abafado que arrepiou todos os pelos da minha nuca.

Minha mão destrancou a fechadura, mas antes que pudesse sair, uma voz desconhecida reverberou.

— Acha que consegue fugir, Felipo? Você e Gael estão mortos, seus imbecis!

— E quem disse que isso me assusta? Estou no inferno tempo o bastante para não ter medo. — Ouvi o tom rouco *dele*, logo depois outro estopim.

Não aguardei liberação, simplesmente me lancei para o pequeno corredor a tempo de ver Felipo puxando o corpo até uma das baias. O rastro de sangue no piso branco desgastado e o buraco na testa do desconhecido foi como acompanhar um filme de ação onde os protagonistas corriam contra o destino para sobreviver. Nunca imaginei que matar poderia parecer tão... certo. Tão natural. Não conseguia decidir se isso me tornava doente ou cruel ao ponto de não ligar para aquela vida ceifada.

Era a realidade se conectando a mim. *O que uma pessoa normal faria? Ela ficaria confortável como eu ou surtaria?* Era impossível prever, só vivenciando para escolher quais atitudes tomar.

— Atena... — Meus ombros foram chacoalhados devagar, despertando meu cérebro do transe. — Precisamos ir.

Foquei minha visão no homem com as feições carregadas, os toques de preocupação estalando no fundo. Acenei aceitando, sem ao menos assimilar, porque minha atenção estava no que Felipo expunha sem perceber. Saímos de mãos dadas dali, rumo ao carro, Gael o colocou em movimento assim que entramos.

Eu não podia estar tão enganada, *ele* se importava, sim. A esperança acendeu com aquilo e, erroneamente, acabou se tornando a linha que me faria acreditar em nós.

Felipo

Enquanto esperava Atena ir ao banheiro, que muito conveniente ficava nos fundos isolados do posto, percebi uma movimentação suspeita. Não parei para pensar nem para avisar Gael, simplesmente fui ao encalço. E, caralho, estava certo. Tinha alguém nos seguindo e o alvo não era eu ou Gael, era Atena.

O capanga fazia parte da *Sociedade*, conhecia o cara desde que entrei para a facção, e acabei por apagar o infeliz mesmo que não quisesse. Ele foi mandado, não sossegaria enquanto não conseguisse o que foi buscar. Realizar um feito bem-sucedido era como subir no pódio, dava a você benefícios, destaque. Isso só reforçava o fato de Ravish ter formado aliança com a *Casta*. Filho da puta!

A velocidade do carro aumentava, levando-nos para longe da confusão. Atena respirava ordenadamente, como se não tivesse acabado de passar por um momento de perigo. Queria sentir orgulho dela por isso, no entanto não conseguia. Ela ia pelo mesmo caminho obscuro que me enfiei para fugir dos problemas reais, seus passos não balançavam na certeza de que seria a melhor rota de fuga.

Eu era o culpado pela falta de senso dela. Eu, porra!

— Como nos acharam? — lancei, com o intuito de desviar minha mente fodida do errado.

— Esperava que você me dissesse, Felipo. Na verdade, esperava que o óbvio fosse sua primeira opção — Gael falou, indignado.

Entortei a boca, buscando a porcaria que perdi, quase bufei ao me dar conta.

— Estão todos procurado por ela. Puta que pariu! Delacroix foi até a mídia justamente para isso — grunhi, irritado.

Gael tamborilou os dedos no volante, sorrindo sem humor.

— Exato. Mas deixei para ver até onde ia com sua indiscrição. Eles têm olheiros em todos os cantos, e não estamos falando de uma, sim, duas organizações que estão sedentas para nos eliminar.

Não rebati sua repriminda, Gael tinha razão. O membro que executei não foi mandado, ele estava atento, não perderia a oportunidade de ser o primeiro a levar a encomenda para o Torre.

Caralho!

Atena era o meu ponto fraco, minha brecha. Eu desligava meus sentidos apurados ao seu entorno, deixava de raciocinar com destreza porque *ela* me tornava vulnerável. Meu receio de ferrá-la nos colocava na linha de tiro com facilidade.

Todos ficaram quietos por mais de três horas, até chegarmos a uma cabana no meio do nada. Gael contornou a residência em decadência, escondendo o carro entre as árvores. Ele desceu, deixando-nos a sós no espaço confinado.

— O cerco está fechando, Atena. E, em vez de ficar esperto, estou me distraindo, me preocupando em encobrir você. Tanto que nem pensei que pudessem te reconhecer. — Dei risada, lançando as mãos em descaso. — Uma burrice catastrófica.

— Felipo...

— Não. Não tente justificar minhas falhas. Não há vida normal ao meu lado, não há segurança, muito menos conto de fadas. Você merece mais, hoje ficou claro isso. Não basta querer tentar, tem que existir parâmetros para se apegar, esse é o ponto chave: não tem.

— Não tente...

Virei-me para trás, fervendo de raiva.

— Não tem, porra! Pare de achar que vai me consertar, que vou mudar. Eu. Não. Vou. Irei cumprir o que prometi, ajudarei a derrubar Delacroix, depois te deixo em algum lugar, pronta para recomeçar. Desça, tome um banho e descanse. Tenho muito que conversar com Gael. Amanhã colocaremos em prática as ideias para adentar o armazém.

Sem deixá-la rebater, abri a porta e saí.

Ainda dava para brecar os erros, alinhar as desavenças que me permiti por não conseguir controlar a merda do desejo. Atena ficaria bem melhor sem mim para destruir seu futuro. Com o passar do tempo, ela entenderia e agradeceria por ter se livrado do fundo pelo qual ansiava por ora. Se eu não conseguia imergir e odiava o buraco onde me enfiei, qual a lógica de oferecer tão pouco a alguém que podia ter muito?

Segurei a *Beretta* com força entre os dedos. Aquela era a vida que eu merecia, que conhecia, que adorava. Fim de papo. Não tinha como encaixar um romance tórrido no meio do caos que constantemente me enrolava. Algumas pessoas nasciam para amar, outras sobreviviam por um propósito. Eu preferia a segunda variável. Sem imprevistos inesperados, sem nada que pudessem usar contra mim.

Com as ideias fluindo com convicção, procurei por Gael. Tinha de ficar por dentro das novidades, assim lançaríamos para fora os filhos da puta que nos envolveram nessa bagunça dos infernos.

Atena teria uma chance de ser o que quisesse.

Eu continuaria pagando por cada passo em falso que dava.

Opostos nem sempre se atraíam, na maioria das vezes eles se destruíam por não serem compatíveis. A prova estava no passado e se repetia no presente, era visível.

Por isso, pararia essa merda antes que saísse do controle.

CAPÍTULO 29

Felipo

Minha cabeça fervilhava com a verdade que fui obrigado a engolir: eu nunca seria o bastante para *ela*. Não adiantava o quanto tentasse, não chegaria lá. O meio no qual atuava não permitiria sossego, nem passeios no parque ou uma família completa. Seria sempre um meio-termo entre a preocupação e o cuidado de não pisar na bola para gerar um desastre. Não queria dar a Atena a merda da vida em cima de uma corda bamba, porra!

Meu peito se apertou com a possibilidade de não tê-la mais por perto, ao mesmo tempo minha consciência aliviou com a ação correta que tomei.

Encontrei Gael na parte da frente da cabana, parado rente à cerca. Aproximei-me lentamente, recobrando minha postura.

— Você sabia que todas as coordenadas eram falsas, não sabia? — questionei.

Eu me toquei disso no segundo em que ele falou sobre, apostava que nenhuma delas foi varrida, Gael foi direto à certa.

— Sabia — afirmou.

— Então, posso considerar que queria mesmo me deixar de fora.

Acendi um cigarro, aguardando o que viria. E não demorou.

— Só não *queria* te envolver mais nisso, Felipo.

Trinquei meus dentes. Para a puta que pariu essa ladainha!

— Se não confia em mim nos assuntos que nos envolvem, qual o motivo de sermos parceiros, Gael?

Como sempre, ele manteve a calma calculada.

— Eu percebi seu lance com a garota, não tente negar. Se há um jeito de sair dessa merda de vida, saia, caralho! Pensei o bastante em você para não te pregar na cruz com a facção.

Traguei a fumaça, tentando manter toda a raiva que fervilhava no meu sistema. Não adiantava discussões por ora, queria entrar de cabeça no problema para não pensar no outro que ficou dentro do carro.

— O que precisa saber é que Atena estará livre depois de resolvermos o impasse que a detém de seguir em frente. Agora me conte o que descobriu.

Ele bufou, como se não acreditasse nas minhas palavras, porém acabou desembuchando.

— Eu tinha um informante dentro da *Sociedade*. Era ele que me dava suporte para invadir o sistema e conseguir informações.

— Por que não me contou?

— Porque não achei necessário. O que importa é que descobriram e o cara foi morto. Por isso demorei mais do que o previsto, tentei salvá-lo, o que não deu certo. — Ele estava puto, sinal de que a pessoa significava algo. — Sobre as coordenadas, eu precisava do endereço, por isso hackeamos os arquivos, mas foi bater o olho para ter certeza.

— E o que encontrou?

— A lista dos compradores, dos empresários que estão na folha de pagamento, os lugares onde guardam as armas, drogas e onde fica os prostíbulos. Além de tudo isso, temos um enorme esquema de fabricação da cocaína. Não parece muito, mas é. Não se trata de arquivos, trata-se de um caderno. Em todas as folhas há o brasão da facção e a assinatura do Geral. Podemos usar isso para chantagear Ravish.

— Onde estava?

Gael se virou para mim, concentrado na conversa.

— Prefiro guardar esse detalhe.

— E como conseguiu?

Desta vez, ele sorriu, macabro, o mesmo sorriso de quem adorava causar dor. Eu conhecia, porque o usava com frequência.

— Precisei invadir o local, matar uns filhos da puta e arrombar o cofre. Saí com alguns arranhões para me lembrar de que consegui. Ravish deve estar me caçando como doido nesse momento, porque com uma ligação levo abaixo todo o esquema.

Acenei em entendimento. Gael sabia mais do que mostrava sobre a *Sociedade*. Mais do que um Final saberia. Resolvi ignorar minhas teorias por enquanto. Essa parte estava parcialmente resolvida pelo jeito, em breve bateríamos de frente com Ravish, mediaríamos a febre dos Torres que cobriam a nossa área e, consequentemente, envolveríamos os membros do país inteiro. De duas uma: ou sairíamos pela tangente ou seríamos torturados sem pena.

— Vamos invadir o galpão do Delacroix. Preciso saber se está comigo nessa. Depois, deixo Atena onde ela quiser e seguimos com o plano de derrubar a organização. — Mudei o foco, a fim de desfazer os nós o quanto antes.

— Vamos estudar mais um pouco o lugar, então entramos. Não estamos muito longe de lá.

— Ok.

Joguei a bituca na grama, pisando em cima com a sola do sapato. Havia segredos por trás da explicação simples de Gael. Na hora certa, eu descobriria.

Sem dizer mais nada, fiz o caminho até a cabana. Minha mente desligou qualquer outro objetivo que não fosse concluir o trabalho inacabado com Delacroix e deixar Atena viver.

Se eu soubesse que nada sairia como planejei, teria tomado outras decisões.

Atena

Eu queria ir atrás de Felipo e contestar sua mudança abrupta sobre nós. Droga! Estava tudo bem, de repente caiu por terra. Essa mania irritante dele de achar que vai sabotar a si mesmo a qualquer momento era uma puta sacanagem.

Joguei a mochila sobre o sofá, andando de um lado para o outro na minúscula sala. O odor de mofo pairava no ar, como se não abrissem as janelas há anos. O chão desgastado, somado com as paredes de madeira finas demais, proporcionavam um toque desleixado a casa. Os minutos se arrastaram o suficiente para me deixar nervosa, até que ele entrou, parando ao me ver.

Não freei meus sentimentos. Despejei cada um, senão enlouqueceria.

— Qual é a sua? Vamos viver tentando vencer essa sua insegurança idiota? Foi um deslize meu também, Felipo. Nem sequer pensei que poderia ser reconhecida. Mas, como sempre, *você* pega toda a culpa, e no final se pune por nada.

Sua aura dura ficou ainda mais ameaçadora. Felipo deu dois passos largos para me alcançar, sua mão grudou no meu braço.

— Por nada? Você poderia ter morrido hoje, caralho! Pior, seria sequestrada e levada direto para Delacroix. Sabe o que aquele filho da puta faria? Consegue imaginar, Atena? Porque eu juro que tenho muitas cenas nojentas na minha mente! Acredite, estou lhe fazendo um favor em te deixar livre.

Seus olhos faiscavam a cada frase, o verde se tornou quase preto com a revolta encobrindo suas íris. Felipo me soltou de supetão e marchou para uma das portas fechadas. Fui atrás.

— O que passamos na sua antiga casa não conta? Nós combinamos de tentar! Você me fez acreditar que...

— Esse é o problema, caralho! — gritou, cheguei a recuar, pois Felipo preferia manter a compostura mesmo na ira do que explodir. — Eu não quero te fazer acreditar em final feliz para depois puxar seu tapete. Estou exausto de não conseguir manter o que me faz bem, de machucar quem não merece. Coloca nessa sua cabeça, Atena: não sou o certo para *você.*

Respirei com dificuldade, impedindo meus olhos de arderem, tanto por estar prestes a perdê-lo quanto por perceber a dimensão dos seus traumas.

— É sim! É sim, Felipo. — Acompanhei nos gritos, pouco me fodendo com quem ouvisse. — Você não pode decidir por mim.

— Mas posso decidir por *mim* — grunhiu, prendendo meu corpo à parede. — Não vou arriscar, Atena. — Sua boca quase tocou a minha. — Não posso, não com você.

— Eu aceito os riscos.
— Você não faz ideia do que está falando, não está raciocinando direito. Quando tudo passar, e você estiver bem, feliz, recomeçando, vai me agradecer por isso.

Seus lábios rasparam nos meus. Em seguida, Felipo encostou nossas testas, seus olhos fechados me impediam de ler suas emoções.

— Não vou voltar atrás, nem adianta tentar, porque, pela primeira vez desde que perdi Lisa, sinto que estou fazendo o que é certo. Pare de pensar que merece as misérias que lhe ofereço. Você pode conquistar o mundo, Atena, e é isso que pretendo deixar que faça. Não piore a situação, apenas aceite.

Ele segurou meu rosto e deixou um beijo casto na minha cabeça antes de se afastar.

— Não vou desistir — declarei num fio de voz.
— Deveria, pois eu não quero mais.

Suas palavras me cortaram como navalha, fizeram gelar cada célula que me compunha. Porque, por mais que Felipo estivesse blefando sobre não querer, ele foi sincero sobre abrir mão do que tínhamos para me proteger. E lutar contra quem não queria ganhar, era o mesmo que lutar sozinho.

Não sei ao certo quantas horas permaneci pregada no mesmo lugar, tentando entender o que acontecia. Eu não desistira de Felipo, mas também não ficaria implorando nada. Decidi que focaria de vez em Ian, no esquema, na *Casta*.

Quando isso tudo passasse, retomaria aquela conversa.

Felipo

Peguei o *notebook* dentro da bolsa e o liguei, acomodando-me na mesa de plástico perto da janela. Acessei as câmeras da rua que cobriam o barracão onde Delacroix escondia suas falcatruas. Analisei cada canto vazio. Somente os seguranças estavam de guarda, três luzes acesas e o resto era escuridão.

Pulei para as câmeras internas, essas eram mais complicadas porque precisava ser cauteloso. Se fôssemos descobertos, seria um tiro no pé.

A jaula com as mulheres chegava a ser chocante, agora havia mais delas ali. Assustadas, encolhidas, chorando. Eu sabia que a *Sociedade* mexia com essa merda, contudo se não via, não era da minha conta. Segui para as outras monitorias, os caixotes de madeira despertavam minha curiosidade. Atena afirmou que não se tratava de joias, então só poderia ser armas ou drogas.

De repente, no canto direito, ocorreu uma movimentação. Levei meus olhos até lá, para encontrar Delacroix entrando com Vult.

— Filhos da puta!
— O que foi? — Gael apareceu na sala.

— Vult e Delacroix estão juntos tramando alguma.

Gael veio para perto, mirando a tela do computador. Vult parecia alterado, enquanto Delacroix mantinha as mãos nos bolsos da calça, relaxado, quase sorrindo. Ficaram nessa por vários minutos, no fim Delacroix deu dois tapinhas no ombro do Torre rival, o que pareceu acalmá-lo. Em seguida, ambos mexeram nos caixotes e saíram.

— Fizeram mesmo uma aliança entre as organizações. São uns desgraçados — Gael soltou entredentes. — Vamos monitorar durante a noite e amanhã o dia inteiro, então podemos invadir. Sabemos os horários regrados que Delacroix aparece, montaremos nosso esquema em cima disso.

— Atena vai junto.

— Você a cobre, eu busco informações sobre a *Casta*. Quanto mais tivermos, mais vantagens ganhamos.

— Ótimo!

Passei a madrugada de olho nas imagens, nada de anormal ocorreu. Não sei dizer por que, mas aquela calmaria me incomodava. Como se fosse um sanduíche perante alguém faminto que não recusaria a comida.

Quando começou a amanhecer, Gael tomou o posto. Cansado fui para o quarto, encontrando Atena encolhida em uma das camas. Meu primeiro ímpeto foi me deitar com ela, aí me lembrei de que manter distância seria a solução mais simples. Deitei-me onde Gael estava, apagando assim que coloquei a *Beretta* debaixo do travesseiro.

Despertei suando, perturbado por mais um sonho esquisito com Lisa. Nele, ela me pedia para ter calma que tudo se resolveria, e em meio à névoa voltava a ter Atena morta em meus braços. Se aquilo era um presságio ou alucinações da minha mente insana, eu não sabia dizer.

Gael e Atena estavam na sala, ambos em torno do computador, conversando como se fossem velhos amigos. Meu parceiro me encarou assim que pisei no cômodo, levantou e pegou as chaves do carro.

— Tem café fresco. Vou sair um pouco, volto antes de anoitecer, estejam preparados.

— Ok.

Então ele sumiu pela porta, deixando-me sozinho com a mulher que batia para fora todas as minhas certezas. Pensei que Atena tentaria puxar conversa, me enganei. Ela simplesmente me ignorou, parecia concentrada no que faríamos mais tarde.

— Por que não vamos lá durante o dia? A ideia é encontrar Ian mesmo.

Fitei-a sem muita paciência para sua mania de querer resolver tudo de qualquer jeito.

— Porque precisamos sondar o que há dentro do barracão, assim ganhamos vantagem. Para mim é óbvio, não é para você? — debochei.

Ela não respondeu, somente ergueu as duas sobrancelhas como uma perfeita petulante.

As horas se arrastaram ou talvez fosse a tensão que pulsava entre nós. Atena estava segurando o que queria despejar, eu obrigava minhas mãos a não buscar seu toque quase viciante para a minha loucura. O mais engraçado era que, após aceitar meu envolvimento com Atena, a vontade que bombardeava não era buscar pela cocaína, era buscar por *ela*. E essa porra ocorreu tão naturalmente que sequer notei a queda.

Gael voltou antes das 6h. Eu já tinha fumado uma carteira e meia de cigarros, tomado mais café que o aceitável e forçado meu sistema a não provocar a garota para ganhar uma dose da sua impetuosidade.

Nós nos organizamos em silêncio, entramos no carro do mesmo jeito e seguimos o percurso de vinte e três minutos na mesma dinâmica. Paramos em um ponto estratégico para não chamarmos a atenção. Conferi minha pistola, Gael conferiu a dele.

— Vamos por trás. Assim que entrarmos, nós nos separamos. Vocês ficam responsáveis por varrerem os cantos e dar fim aos dois seguranças. Eu entro para ver o que encontro.

Nesse período até às 11h da noite ficavam dois seguranças. Outro motivo para que eu desconfiasse dessa merda.

— Escute, Gael. Está parecendo tudo muito fácil. Tome cuidado.

Ele me fitou e se virou para Atena.

— Vocês também. A qualquer sinal de perigo, fujam. Não me esperem.

— O mesmo vale para você — afirmei.

Descemos e seguimos pela mata, alcançando os fundos do armazém. Abri o cadeado que barrava o portão e entramos. Com um aceno, Gael foi pela direita, Atena e eu pela esquerda. Coloquei-a as minhas costas, enquanto mantinha a *Beretta* apontada para frente, buscando os alvos. O breu e a falta de barulho me colocaram em alerta.

Tinha algo errado, caralho! E eu não dava a devida atenção.

Assim que chegamos ao fim da parede extensa, virei-me para analisar o espaço e um tiro em cheio acertou meu ombro, levando-me ao chão.

Maldição!

— Atena, corre — grunhi.

Ela não se moveu, pelo contrário, respirou fundo, entrou na linha de frente e atirou. A bala estalou no muro.

— Vejam só, minha frágil esposa sabe manejar uma arma. Achei que as aulas patéticas não tinham servido de nada. Estou surpreso.

Delacroix saiu das sombras, o sorriso frio refletia seu ódio por mim e por Atena.

— Seu desgraçado! — Ela deu um passo na direção do filho da puta. Antes que tivesse a oportunidade de atirar, desabou com a coronhada que um dos cães sarnentos dele desferiu.

Meu coração parou de bater ali, vendo-a desmaiada no piso de concreto. No automático, levantei a *Beretta* para matar o covarde; a fúria fervendo minhas veias.

— Se atirar, ela morre, meu caro. — Travei o maxilar, doido para direcionar aquilo ao limite. Bastou um relance no corpo inerte *dela* para me fazer repensar as ações. — Muito bem — cantarolou ao perceber que baixei a guarda. — Agora, vamos aos devidos desfechos.

Olhei bem para o padre, odiando-me por ter cagado mais uma vez com tudo, por não ter ouvido os alertas gritando na minha mente.

— Se tocar nela...

— Ah, meu caro, eu vou. Mas esses são outros planos, por enquanto estou decidindo o que fazer com você. — Enfiou as mãos nos bolsos, tranquilo como se estivesse em família. — Levem minha esposa para o carro e esse aqui podem arrastar para dentro. Vamos brincar um pouco.

O desespero de anos atrás voltou a aparecer, porque de novo fui obrigado a presenciar meus erros levando abaixo qualquer tentativa de felicidade, não minha, mas das pessoas que amava. O diabo devia estar rindo da minha falha contínua, que me sentenciaria a perpetuar eternamente no inferno.

Na vã esperança de submergir, acabei afogando quem não merecia.

CAPÍTULO 30

Felipo

Fui obrigado a ver o capanga de Delacroix pegar Atena nos braços e a levar para fora dos portões, enquanto outro amarrava meus braços para trás. Fechei os olhos por míseros segundos, punindo-me por não conseguir levar nada do que importava a sério. Não estava nem aí para o que aconteceria comigo, mas ela... Ela merecia o recomeço que teria em breve, caralho!

— Vamos lá, não fique desapontado. Nem todo mundo é esperto o suficiente, *Felipo*. — Levantei a cabeça de supetão, a forma com que o infeliz falou meu nome... — Sim, eu sei que seu apelido é seu nome verdadeiro, boa jogada para fugir das investigações.

Trinquei os dentes. *Até onde minha patética burrice iria? Puta que pariu!*

— Um filho, uma irmã... Muitos fios soltos para manejar, não acha?

Sua frase serviu para despertar meu lado brutal, ele não mexeria com a minha família, porra!

Ergui o cotovelo com tudo, acertando o rosto do filho da puta que tentava finalizar o nó da corda, ele guinchou como um porco com o golpe. Libertei-me do aperto, girei no lugar, pescando a *Beretta* ao meu lado, e disparei cinco tiros no moleque de no máximo vinte anos que já se envolvia com o crime, seu corpo desabou morto. Em seguida me levantei, indo para Delacroix, que sorria, como se não se importasse com meu rompante.

— Se fizer merda, os seguranças que estão perto da casa onde sua irmã mora vão entrar, e presumo que não vai ser bonito.

Travei os pés no chão, a respiração fora de ritmo.

Ele estava sabendo como comandar meus impulsos, não podia culpá-lo por ter a inteligência que eu não tinha. Larguei minha pistola, rendendo-me ao que viesse. As dúvidas todas tentando se encaixar sem sucesso. Delacroix sabia dos nossos passos e, para ter chegado a Lívia e JP, ele nos seguiu até minha antiga casa. Não havia outra explicação.

— Como sabia que estaríamos aqui hoje? — questionei.

Meus olhos queimavam de raiva, meus músculos pulsavam pela adrenalina de terminar logo com aquilo, minha mente buscava as saídas mais vantajosas para mim e para Atena.

Ele enfiou as mãos nos bolsos, divertindo-se com a emboscada bem-sucedida.

— Atena tem um biochip perto do quadril, eu o coloquei lá na nossa primeira noite de sexo, quando tirei sua virgindade. Sabe como é, uma precaução para evitar contratempos, afinal ela é minha propriedade, vendida pelo próprio pai. A coitada estava tão apaixonada que nem percebeu que foi dopada.

Mexeu no celular que tirou do bolso, como se estivesse entediado com o papo.

— O corte é minúsculo, imperceptível e praticamente indolor. Bastou dizer que ela se feriu durante nossa noite intensa e pronto. Uma garotinha manipulável desde sempre não muda hábitos, Felipo.

Voltou a me fitar. Delacroix estava longe de conhecer Atena, a mulher impetuosa e corajosa que *eu* conhecia.

— Desde que deixaram a cobertura tive total controle de onde iam. Só esperei que viessem até mim, sabia que isso aconteceria, bastava mexer nos botões certos da minha querida esposa.

Cerrei os punhos, ensandecido por fazer o filho da puta sangrar.

— Suponho que ela não saiba — afirmei, calmo, não querendo demonstrar o desalinho por ter ferrado tudo.

— Para quê? Os animais palpitam nas decisões dos donos? — Precisei usar uma força descomunal para não acabar de vez com aquele caralho, independente do fim que teria. — As perseguições que fizemos foi apenas para acalorar a busca, colocar um toque de ação no enredo. Fazer o quê? Sou um apreciador das tramas cheias de altos e baixos.

O desgraçado nos tratou como fantoches todo esse período. Maldição!

— Você é doente! — cuspi.

— Nesse quesito somos iguais, não? Levando em consideração seu passado.

Minha fronte latejou com a verdade. Éramos iguais, com trajetórias diferentes, mas iguais. Ele riu, debochado.

— Ah, sim, eu sei do seu passado. A casa está no nome da sua irmã, foi necessário fazer alguns contatos, ligar os pontos e caso solucionado. Irmã estuprada, filho abandonado, mulher morta... Tenho quase certeza de que foi você quem apagou seu ex-sogro, estou certo?

Não respondi, nem sequer esbocei reação mesmo que estivesse explodindo por dentro. Delacroix podia ser esperto, porém não iria me dobrar tão fácil.

— Ok, já que vamos manter as poucas palavras, entre. — Indicou a grande porta de correr que foi aberta. — Quero te dar as boas-vindas do jeito certo.

Sem me opor caminhei para dentro do armazém, não adiantava de nada tentar lutar por ora, precisava aguardar o momento certo. Aproveitei para estudar o local, havia dois homens parados do lado direito da porta, seria fácil derrubá-los, bastava uma brecha. Nos fundos, outra porta menor que serviria de escape. Muitos caixotes de madeira fechados, outros abertos, mas era impossível ver o que continha, e a poucos metros a jaula lotada de mulheres, os resmungos de cada uma se destacava no ar.

Fixei minha visão naquela direção, notando todas encolhidas, sujas, chorando.

O cano da pistola foi pressionado contra minhas costelas pelo próprio alvo que eu deixei escapar no começo dessa corrida sem lógica.

— Vai me dizer que está com pena das vagabundas ali? — Delacroix parou ao meu lado, sem baixar a guarda. — Qual é, você mata a sangue frio, meu caro, não me venha com compaixão.

Minhas íris bateram nas dele, onde só refletiam frieza. Nós não éramos iguais, acabei percebendo, pois em mim ainda existia humanidade. Delacroix não passava de um homem com poder que se intitulava rei por isso. Quanto mais dor causava, mais se engrandecia. Quanto mais pânico espalhava, mais acomodado se sentia.

— Só mato gente podre como você, *meu caro*. Não mexo com pessoas inocentes.

— Oh, que pena! — Deu um passo à frente, parando rente ao meu rosto. Sua mão livre puxou meus cabelos para trás, inclinando meu pescoço. Não desviei o olhar do filho da puta. — Porque eu não dou a mínima. Pessoas iguais a elas — apontou para as garotas — nasceram para servir quem está no topo. Não as obriguei a se prostituírem, vieram por escolha própria. Bastou oferecer trabalho bem remunerado e o "sim" deu as caras. Algumas nem especulam sobre funções, presumi que aceitariam o que fosse preciso para ter dinheiro.

Verme nojento!

— Talvez Atena se junte a elas. É o que a vadia merece depois de fugir.

Não consegui segurar o rosnado pelo que ouvi. Nem fodendo que ele subjugaria Atena assim.

— Experimente fazer algo a ela. — Cheguei mais perto. — Não tem inferno que me pare até conseguir acabar com você.

O ar de deboche caiu, dando vazão a contrariedade. Delacroix me analisou minuciosamente.

— Acredito que vocês devem ter se envolvido, levando em consideração sua preocupação. — As notas de ira se sobressaíram no tom. — Mas vou te avisar que Atena parece ser encantadora, e seria se não fosse sua carência exacerbada e rebeldia fora de hora. Mesmo com esses defeitos bárbaros, ela ainda é minha propriedade e ninguém além de mim pode tê-la. Ouviu bem, Felipo?

O cano da pistola encostou no meu queixo.

— O quão hilário seria morrer pela própria arma? Trágico e quase poético.

— Vamos lá, aperte o gatilho. Não tenho medo da morte, Delacroix. Para ser sincero, me faria um favor.

Puxei a cabeça para baixo, aumentando a pressão no couro cabeludo e do metal em minha pele. O filho da puta sorriu com deleite.

— Não vou te entregar assim de bandeja. Sabe, Felipo, se tem algo que me alegra é judiar dos meus inimigos. E você, meu caro, se enquadra nesse papel.

A joelhada veio em cheio na minha barriga, obrigando-me a encolher. Delacroix chegou a erguer o joelho de novo para acertar meu rosto, mas o estrondo estalando no ambiente chamou sua atenção. Virei a tempo de ver Atena entrando no barracão, derrubando os dois homens que estavam perto da entrada. Então, ela me procurou e, quando seus olhos pararam em mim, encheram-se de lágrimas e alívio.

Mesmo em meio à confusão dos infernos que nos metemos, eu sorri. Porque ali estava a mulher que desaprumou todos os meus ideais, provando que nada poderia pará-la.

Atena

Despertei desorientada, com uma dor insuportável perto da nuca. O cheiro de couro foi a primeira percepção que tive antes de notar que estava deitada no banco traseiro do carro de Ian. Uma música baixa tocava no rádio enquanto um dos seguranças tamborilava os dedos no volante. Minhas mãos estavam soltas, nada me brecava para fugir. Homens acreditavam mesmo que mulheres não conseguiam vencê-los, eram cegos ao ponto de subestimarem nossa determinação.

Esperei mais alguns minutos para recobrar os sentidos em definitivo e resmunguei, como se tivesse acabado de acordar. O filho da puta se virou no banco, sorrindo.

— Acordou, docinho? — murmurou, passando a mão em meu braço.

Respirei fundo para não agir por impulso. Felipo não parava de reclamar da minha falta de controle em situações de risco, por isso resolvi testar suas teorias de que aguardar era a melhor arma. Soltei palavras aleatórias, esperando que o sujeito se aproximasse, e deu certo. Quase, quase comemorei. No segundo que seu rosto se aproximou do meu, ergui minha cabeça com força, acertando seu nariz.

— Desgraçada! — rugiu.

A *Glock* estava largada sobre o assento do passageiro, embrenhei-me entre seu braço que lutava para barrar o sangue, a ponta dos meus dedos tocou a pistola, mas não consegui agarrá-la. O brutamontes segurou meu pescoço, apertando com força. Tentei me soltar, porém minha visão começou a escurecer, os pulmões a queimarem, até que o estopim reverberou.

De repente, o ar voltou a entrar, o formigamento passou e o homem foi arrancado de cima de mim.

— Está bem?

Nunca pensei que ficaria aliviada por ver a cara de psicopata do Gael.

— Sim. Felipo... Preciso procurar Felipo — avisei aos tropeços, saindo do veículo.

— Ele está dentro do galpão com Delacroix.

— Por que não o tirou de lá? — inquiri, indignada.

Ian vai matá-lo! Corri até o portão às cegas, precisava fazer algo. Dedos gelados seguraram meu braço.

— Escute, não posso entrar lá por enquanto. Sou a vantagem que vocês têm. — Gael parecia realmente preocupado. — Tome, vá! Há apenas dois capangas, derrube-os antes de qualquer coisa.

Estendeu minha pistola. Nem sequer titubeei a pegar e correr para dentro. Pela fresta localizei os alvos, engatilhei minha arma e atirei assim que pisei no interior do barracão. Como Felipo me ensinou, mirei na cabeça, os dois nem tiveram reação já que não esperavam a invasão.

Não conseguia mensurar o peso que saiu dos meus ombros ao perceber que o homem mais complicado e que me trouxe à vida estava bem, machucado, mas bem. Minhas pernas se apressaram em ir na sua direção, então notei o *não* sutil que Felipo fez com a cabeça.

— Ora, ora, estou muito, muito surpreso. Acho que seu pai estava errado, você daria conta das sujeiras da facção.

Parei de andar, lembrando-me de que Ian estava ali também. O escroto do meu marido tinha uma pistola apontada para mim. Engoli em seco, tentando não entrar em pânico. Eu tinha de usar a lógica, não ceder à vontade louca de estrangular o filho da mãe.

— Eu *dou* conta da facção, que é minha por direito, Ian — rebati.

Ele sorriu, o mesmo sorriso cínico que cansei de repudiar, de quem sabia que estava no controle.

— Que direito, Atena? Acha mesmo que vão te aceitar como líder? Que consegue administrar o crime? Não, meu amor, não tem como. Sua ingenuidade te levaria a queda em poucos dias.

Ele começou a caminhar em círculo, com o intuito de chegar perto da saída, fingi que não me toquei. Quando Ian dava um passo, eu fazia o mesmo.

— É engraçado, Francis te amava incondicionalmente, mas não pensou duas vezes em te vender quando ofertei sociedade. Ele precisava de apoio com os negócios e eu era a escolha perfeita. Bem-sucedido, discreto, envolvido com o esquema que seu pai tanto queria inserir na *Casta*: prostituição.

Arregalei os olhos, não conseguido barrar minha total perplexidade só de imaginar meu pai metido com isso.

— Pois é, Atena, o dinheiro e o poder fazem as pessoas ultrapassarem algumas linhas importantes. Pena que Francis deixou a ambição encobrir sua inteligência. Eu não buscava somente parceria, queria a dominância. O que não foi difícil. Ofereci benefícios, mudei algumas regras, recrutei membros fiéis e dei um jeito nos que teimavam em não me apoiar. Foi sutil e, do nada, comandava a organização sem esforço. — Ian deu mais dois passos. — Francis estava velho, desatualizado e, quando se tocou das perdas ele decidiu me foder. O que não deu certo, obviamente.

— Matou meu pai para tirá-lo do seu caminho?

Ele engatilhou a pistola ao perceber que chegou perto da porta.

— Qual é o pior erro de quem mexe com o crime, Atena? Essa é fácil.

— Traição — respondi, tentando ganhar tempo.
— Exato. Seu pai traiu a facção e merecia morrer. Não há piedade nesse meio. — Sua mira estava precisa no meu peito. — Isso se estende a você, *esposa*.
Não conseguiria esticar mais o papo, Ian não deixaria. Rezando para que Felipo estivesse atento aos meus planos não verbalizados, abri minha mão deixando a *Glock* cair. Foi o espaço de um sopro até ouvir o disparo e o grunhido do meu marido.
— Porra!
Relanceei Felipo debruçado no chão, com a arma ainda apontada. Ele pegou minha ideia, pareceu ler minha mente. Sorri genuinamente, aliviada até a medula. Porém, quando achei que estaríamos livres, veio a realidade para foder tudo.
— Estão arrumando confusão, crianças? — Um homem enorme, com uma cicatriz horrível no rosto, apareceu.
Gael falou dele enquanto monitorávamos as câmeras mais cedo: Vult. Esse era o seu nome.
— Vou me levantar rápido e atirar, então você corre, Atena. Ouviu? — Felipo cochichou.
Não confirmei, porque nem ferrando o deixaria ali sozinho. Ele chegou a se movimentar, entretanto, parou ao ser rendido por trás. O chute que recebeu nas costelas, doeu em mim. Meu instinto me pedia para gritar, minha cabeça clamava raciocínio e meu coração se desintegrava com a possibilidade de fazerem mal a Felipo.
— Escute, Ian, sei que o traí, que fugi, que te humilhei perante a organização. Façamos assim...
— Não, caralho! — Felipo rugiu, o que lhe rendeu mais um pontapé.
Eles iam matá-lo. *Iam matá-lo, droga!*
— Eu vou com você de boa vontade, só... Só o solte. Deixe-o ir.
Encarei meu marido, que estava sentado em um dos caixotes. Seu ombro sangrava, manchando o terno cinza claro. Ele parou de mexer no ferimento para me dar atenção, a indiferença costumeira estampada em sua fisionomia.
— A preocupação dele com você é igual a sua por ele. Simetria perfeita, não? — Ficou de pé. Seus lábios esticados em um sorriso maligno, que arrepiou meus ossos. — Não sei se considero isso algo belo ou patético. Contudo, aceito a oferta de você vir comigo por livre e espontânea vontade. Vamos?
Felipo segurou meu tornozelo.
— Não faça isso, por favor...
— Está tudo bem — garanti me afastando, admirando o quanto pude seus traços marcantes e lindos.
Ian espalmou sua mão na minha lombar, guiando-me para fora. A cena parecia acontecer em câmera lenta, pois não se alinhavam ao que eu pretendia. Enfiei Felipo nessa bagunça por capricho, agora o mínimo que

poderia fazer era tirá-lo da enrascada, independente do que precisasse aceitar.

Nós nos acomodamos em um carro, não parei para entender se era o mesmo onde Gael matou o segurança. Assim que arrancamos, Ian pescou o celular.

— Pode terminar o serviço, Vult — mandou, fitando-me diretamente.

— Você prometeu...

— Não prometi nada, meu amor. Apenas disse que aceitava sua oferta de vir por livre e espontânea vontade. — Inclinou-se para perto. — Achou mesmo que deixaria vivo o homem que tentou me matar e ainda por cima te comeu? *Tsc, tsc, tsc...* Tão inocente você! Não é, Atena?

Meus nervos retesaram ao máximo, tanto de ódio quanto de medo. Abri a boca para gritar em desespero, acabei desistindo, não faria diferença. Ian, mais uma vez, alcançou o objetivo que pretendia. Ele venceu por causa da minha inexistente veia de sobrevivência.

Devagar escorei as costas no assento e com as emoções debatendo para jorrar, acompanhei a rua passar pela janela como um borrão. Meus olhos arderam pelo choro barrado, meu estômago gelou, a garganta secou. Cada pedaço em mim fragmentou naquele instante.

Eu tinha pulado até o fundo para tentar resgatar Felipo e acabei por matar nós dois.

CAPÍTULO 31

Felipo

Vult pediu para que o membro da *Sociedade,* que estava com a pistola na minha cara, se afastasse. Eu me sentei, controlando meus impulsos assassinos. A ideia era me livrar dos filhos da puta logo para ir atrás de Atena. Quanto mais o tempo passava, mais as chances de encontrá-la diminuíam.

— Então, quer dizer que a maior organização de todos os tempos está sendo o cachorrinho adestrado de uma que não ocupa metade do espaço? Cômico para não dizer trágico — falei rindo.

Vult podia ser um homem enorme, amedrontador, mas quando se tratava do ego o otário se tornava uma criança birrenta. E ali, cercado por três capangas fora ele, eu tinha que usar as armas que me restavam.

— Quem disse que a *Sociedade* está inclusa nisso, Felipo? Hã?

Enruguei a testa, encarando-o. Minhas costelas queimavam pelos chutes, o ombro também por conta do tiro que Delacroix disparou ao nos encontrar, mesmo assim meus instintos estavam apurados, ignorando qualquer outro fator.

— Eu estou no comando aqui, Ian é apenas um degrau para derrubar Ravish e seus esquemas.

Novamente fiquei confuso, desbancar Ravish não lhe traria benefícios, afinal ele não era o Geral da facção.

— Belo plano para acabar morto, Vult. Meus parabéns! — debochei.

Os botões dele foram ligados, pois o infeliz veio como um touro para cima de mim.

— Continue achando que está por cima, seu merda! Vamos ver até onde vai essa sua postura arrogante. Neste segundo, Ian deve estar descamando aquela vadia que você tanto protegeu. E você vai acabar como começou: um nada.

Ri de novo, não dando margem para as suas provocações.

— Pelo menos, não sou eu que vivo à sombra de outro, tentando a todo custo chegar ao auge.

Desta vez, a coronhada pegou em cheio na lateral da minha cabeça, cheguei a ficar zonzo com a pancada. Porra!

— Cansei de ficar aqui batendo papo, hora de terminar de uma vez com isso, tenho trabalho a fazer.

Apoiei uma das mãos no chão, mantendo-me erguido. O barulho da pistola sendo engatilhada não me assustou, porque meus pensamentos permaneciam em Atena, em salvá-la do fim. Depois pouco importava o que me aconteceria comigo. Arriscando com a sorte, enfiei a perna no joelho dele com toda força, o barulho de algo quebrando fez com que Vult gritasse, segurando o local.

— Seu maldito Final de merda! — cuspiu.

Não esperei que os seus cães de guarda tomassem a iniciativa, somente me levantei, encontrando dois deles perto o suficiente. Abri bem o dedão e o indicador, acertando o meio de ambos no pescoço de um deles; isso fez a faringe ceder, interrompendo a respiração, o que facilitou para desacordá-lo com um soco. O outro sacou a pistola do cós no segundo em que meu punho se chocou com sua fronte, levando-o ao chão.

O caralho do problema é que o cano de uma arma pressionou minha nuca. Puta que pariu!

— Bancando o Jackie Chan, Felipo? — Vult riu, ainda com sinal de dor na voz. — Não acha que está esperando muito de si mesmo? Matar quatro de nós, sozinho?

Fui obrigado a andar até onde o filho da puta estava sentado, tinha certeza de que havia rompido algum ligamento com o golpe.

— Bom, a ideia é só matar você. O efeito colateral é silenciar os incompetentes que você chama de aliados.

Vult gargalhou e, merda, ele tinha a vantagem ali, não eu.

— Acho difícil conseguir me atingir.

Foi minha vez de rir.

— Já consegui te atingir, amigão. — Apontei para a perna lesionada.

— Acidente leve de percurso. — Ficou sério, matutando alguma idiotice antes de abrir a boca de novo. — Meu plano era te entregar para a facção, você seria o brinquedinho preferido deles por alguns dias e eu ganharia as honras pelo feito, só que decidi que prefiro te ver agonizando na minha frente, será mais divertido.

Alinhou a pistola, preparado para atirar. Aguardei, impassível. Se o infeliz queria meu pedido de misericórdia, cansaria de esperar.

— Acho que você precisa de uma carta na manga, e aposto que não tem.

— Quem disse que ele não tem?

Gael saiu detrás de um dos caixotes, seu tiro passou raspando ao lado da minha orelha, acertando a testa do infeliz às minhas costas. Vult tentou se levantar, mas voltou a se sentar por não conseguir se manter sobre um dos joelhos.

— Você estava...

— Morto? — Gael se aproximou, a arma empunhada com precisão. — Qual é, Vult? Acreditou mesmo que conseguiria me apagar tão facilmente?

Os ombros do Torre retesaram.

— Você está na linha de tiro e não vai ter regalias de novo só porque...

— Vamos mesmo falar disso? É você que está traindo a organização, lembra?

Vult ainda tentou fingir desinteresse, soltando um muxoxo.

— Da onde tirou isso, garoto?

— Vejamos, das ligações que fez para Delacroix, dos desvios de mercadoria da *Sociedade* que você organizou, as confissões de dois dos seus homens de confiança... Quer mais?

No mesmo instante a postura dele desmontou, sua resposta foi atirar, contudo Gael foi mais rápido e cravejou uma bala no outro joelho do nosso Torre, ele urrou. Em um golpe final, Vult levou uma coronhada. O corpo grande do sujeito amoleceu.

— Me ajude a colocá-lo no porta-malas antes que mais imprevistos aconteçam.

Encarei Gael, que fingia não ter acabado de plantar várias dúvidas e teorias na minha mente. Ele fez o mesmo, aguardando o embate. Havia muitas mentiras naquele esquema, começando por sua varredura nos endereços das coordenadas. Eu sentia que estava sendo jogado para escanteio, que por trás das ações aparentemente comuns, existiam motivos.

Fechei as mãos em punho, louco para colocar as merdas na mesa.

Indo contra minhas vontades, fiquei quieto e o ajudei a levar Vult até o carro que estava ligado em frente ao galpão. Ao longe, luzes piscavam, indicando que o reforço chegava. Sem esperar, assumi o volante, saindo no sentido contrário.

Minha prioridade era Atena. *Tinha de achar Atena.*

— Vou até a cobertura do Delacroix, vai comigo? Vou começar as buscas por lá.

— Não podemos aparecer assim, Felipo. Seremos mortos em segundos.

Pisei mais no acelerador.

— O desgraçado está com Atena, porra! Acha mesmo que me importo com o resto, só quero tirá-la de lá.

— Não é uma...

— Vai se ferrar, Gael! Não me interessa as merdas que tem para falar. Eu vou tirá-la de lá — afirmei, irredutível.

— Escuta, caralho! Só escuta! — rosnou. — Delacroix não vai fazer nada com Atena.

— Como tem tanta certeza?

— Porque ofereci as informações sobre a *Sociedade* em troca dela.

Fitei-o, surpreso, e ainda mais encucado.

— Por que faria isso? Nem se importa com ela.

— Mas você sim, e somos parceiros. Não vou te deixar na mão.

Comprimi os lábios, voltando-me para a estrada. Eu acreditava em Gael mesmo com todos os indicadores contra. O que era uma grande burrice do caralho!

— Vai mesmo dar esse passo? Criar uma guerra onde seremos o ponto focal?

— Não, eu tenho um plano, mas para isso preciso que se concentre e pare de agir como um lunático impulsivo.

Balancei a cabeça em concordância, tentando acalmar meu coração que ansiava pôr os olhos *nela* e me concentrando no raciocínio lógico, esquecendo, por ora, todos os assuntos inacabados.

Delacroix era ambicioso e Gael usufruiu disso. Conhecendo esses cuzões como conhecia, ele não tocaria em Atena até ter o que queria. Depois, com certeza, o verme tentaria matá-la. O importante era chegar a Atena, depois disso ninguém relaria um dedo nela. E isso era uma promessa, independente das consequências.

— Vamos foder todos eles então.

Atena

Fazia horas que eu estava na mesma posição sobre a cama do meu antigo quarto. Todas as lembranças, desde quando me mudei para a cobertura até o dia em que saí, pipocavam na minha cabeça. A Atena de antes parecia tão distante da de agora, era como se as duas não fizessem parte do mesmo mundo.

Se agisse como era acostumada, eu me sentaria ali e choraria por horas. Porém, algo em mim estalou com o que presenciei nos últimos dias. Não sentia vontade de lamentar, queria lutar, causar dor em Ian, terminar de uma vez por todas com essa porcaria. O que me mantinha travada era a incerteza de Felipo estar ou não bem.

Meu Deus! A mera probabilidade de ter acontecido algo com ele doía.

Puxei mais os joelhos rentes ao corpo, pedindo baixinho para que Deus não permitisse uma tragédia pior do que a que estava lidando. Felipo me trouxe, sim, à vida, independentemente se parecesse errado ou não. Nada do que ele fez no passado ou do ramo que escolheu seguir para sobreviver me afetava. Cada um sabia o que era melhor para si, cada um lidava com as dores e com os problemas de formas diferentes. Ninguém podia julgá-lo por lutar contra seus próprios demônios, droga!

Funguei, obrigando-me a não balançar agora, não dava para desmoronar quando seria necessário travar uma guerra contra o escroto do Ian. Falando no desgraçado, foi ele quem irrompeu o quarto com seu ar superior irritante e ocupou a poltrona no canto.

— Essa tristeza é por quê? Pela morte do seu amante, *esposa*?

Não respondi. Ele não acionaria meu desespero, não por ora. Ian pareceu não gostar do meu silêncio, pois veio até mim e apertou com força meu queixo, fazendo-me encará-lo.

— Uma puta barata você, não? Saiu do império para se atrelar com um matador de aluguel? Lastimável!

Apertei os dentes até que rangessem. Havia ódio nos olhos dele e o mesmo sentimento nos meus.

— Lastimável é sua sujeira, Ian. Sua falta de caráter, essa fachada ridícula de poder! — cuspi. — Você não passa de um merd...

O tapa queimou minha bochecha, jogando meu rosto para o lado. Ele riu.

— Engraçado. Foi desse poder que você usufruiu por anos.

Passei a palma da mão sobre o rosto. Meu sistema inteiro pulsava com ânsia de voar no filho da puta.

— *Você* usufruiu do que é meu, certo? Porque, até onde eu me lembro, não preciso do seu dinheiro para nada — retorqui. — O conglomerado é meu, a facção é minha. Então, não me venha com esse discurso falso para cima de mim! — gritei.

Ian semicerrou as pálpebras, furioso. Em um movimento fechou os dedos entorno do meu pescoço com força. Senti o sangue subir para a face, os pulmões queimarem, a cabeça ficar leve, mesmo assim não protestei.

— Como é ter o ar rareando, Atena? Hã? Porque aqui, *esposa*, aqui nesse caralho de cobertura e dentro da *minha* organização, quem manda sou eu. E você vai obedecer, vai trazer à tona a mulher obediente, adestrada, senão... — Sorriu. — Senão seu amado bandidinho vai sofrer muito antes de morrer.

Aliviou o aperto, permitindo que o oxigênio abrandasse a pressão da sua ausência. Assim que recobrei o fôlego, cuspi na sua cara imunda sem medo da devolutiva.

— Vai pro inferno!

Levei outro tapa, esse me desabou sobre o colchão.

— Eu vou e você vai junto, sua vadia! Devia ter dado fim na sua raça nojenta com Francis. Aí seriam dois coelhos com uma cajadada só. Evitaria todo esse furdunço ridículo — rosnou, limpando minha saliva.

A cena parecia quase a mesma de quando discutimos pela morte do meu pai. Ian agarrou meus cabelos abruptamente, aproximando-nos o máximo possível. Um choramingo se espremeu por entre meus lábios por conta do susto e da queimação no meu couro cabeludo.

— Não posso te matar ainda, Atena, mas grave bem minhas palavras: em breve, você e o merda do seu amante vão pagar. E vão pagar caro!

Soltou-me, saindo em seguida.

Fiquei ali parada, processando o que ouvi. Ian estava com as mãos atadas por ora, sem permissão para me machucar, o que poderia significar duas coisas: seria moeda de troca ou ele estava aguardando o momento certo para acabar comigo. Não decidia qual das opções me parecia mais sombria e aterrorizante.

Porém, mesmo na corda bamba, um único detalhe destoava: Felipo estava vivo.

Essa informação fez brotar um fio de esperança em meio ao redemoinho insano que acontecia. Talvez a luz ainda conseguisse alcançar o fundo, talvez houvesse uma segunda chance para que ambos segurássemos na borda. E foi nessa parcela mínima que me agarrei.

Felipo

Não seguimos para a cabana. Como Delacroix monitorava Atena, isso não seria prudente, com certeza encontraríamos seus capangas à espreita. As coisas estavam todas no carro, um hábito que criamos para evitar ter informações coletadas pelos supostos inimigos que éramos pagos para eliminar.

Gael ditou o caminho desconhecido por mim, até pararmos em uma mansão completamente fechada e vigiada. Os portões foram abertos assim que ele se identificou, adentrei a propriedade, parando antes de chegarmos à porta da frente.

— Onde estamos?
— Na casa de Ravish.

Virei-me para ele devagar, buscando me controlar.

— Vai me dizer o que está havendo? Ou devo começar a duvidar da sua lealdade comigo? — perguntei, impaciente.

Porra! Eram fios soltos demais. Gael sabia onde o Torre morava, tinha material suficiente para derrubar uma facção inteira, Vult pensou que ele estivesse morto. Eu tinha noção de que não era o momento certo para abrir o jogo, porque, por Deus, a única coisa que me importava era em tirar Atena do cativeiro, o resto que se fodesse. Contudo, precisava de uma garantia para poder apostar que nossa parceria não seria meu calcanhar de Aquiles. Ele citou sobre fazer um acordo com Ravish em troca de apoio para pegarmos Delacroix, entretanto não pensou em contar que tinha livre acesso a vida pessoal de quem o queria na forca.

Gael não piscou enquanto me analisava, mania irritantemente correta que o filho da puta tinha. Não recuei.

— Vou. Assim que pegarmos Atena e resolvermos toda essa merda, pode perguntar o que quiser — afirmou por fim.

Concordei com um aceno.

— Gael. — Uma garota apareceu na janela do passageiro.

Gael fechou mais ainda sua cara.

— Ayla — cumprimentou, seco.

Ela correu sua inspeção por ele, como se estivesse maravilhada em vê-lo.

— Você voltou...
— Não, não voltei. Vim apenas falar com Ravish.

As emoções dela pularam da pele, em um misto de decepção e raiva.

— Claro, senhor! — soltou entredentes. — Seu pai deve estar à sua espera. Entre.

Fez uma reverência ensaiada e a passos pesados saiu pela lateral onde as árvores davam continuidade a um gramado.

Nos primeiros segundos depois de meus ouvidos captarem a frase, fiquei perdido. Só então as ideias clarearam e... Caralho! Gael era filho de Ravish.

CAPÍTULO 32

Felipo

Antes de entrarmos lá, preciso que saiba de duas coisas. — Gael colocou o braço na minha frente, freando meus passos.

Tínhamos descido em silêncio do carro, concentrados em como seguir com o resgate de Atena. Trancafiei as novas notícias porque somente *ela* importava, depois resolveria as demais pendências.

Porém, não deixaria passar a alfinetada. Porra, nós éramos parceiros há praticamente cinco anos e nem sequer cogitei essa merda de possibilidade.

— Ravish é seu pai, isso eu já entendi. Qual a outra? — Não disfarcei a raiva no tom de voz.

— Sim, ele é, mas digamos que finjo não ser. Não me venha com mágoa essas horas, Felipo. Estamos até o pescoço com essa porra, sem espaço para birra desnecessária — soltou entredentes. Entortei a boca, ele tinha razão, o que não diminuía o fato de ter sido feito de trouxa. — Ravish não é um Torre, é o Geral direto da organização.

Não me movi, mesmo que a notícia tivesse martelado na minha cabeça. *Como caralho fui tão burro nesse rolo?* Agora tudo começava a fazer sentido: Vult querendo derrubar Ravish. A segurança exagerada em torno dele. *O que não quer calar é por que o Geral era nosso contato direto?* Ok, Gael era seu filho, o que não justificava nada. Esses homens evitavam se envolver, não davam a mínima para a família, só se...

— Você o traiu, não foi? Por isso esse controle patético a sua volta.

Ele semicerrou as pálpebras, irritado.

— Como eu disse, não estamos no recreio para chá e confissões — resmungou, adentrando a mansão.

Havia muito mais por detrás dos pequenos fragmentos a que tive acesso. Não que me importasse o bastante para contestar. Todo mundo tinha um passado, por mais fodido que fosse. Deixaria Gael lidar com o seu.

O hall enorme, com piso de porcelanato e uma mesa rústica escura bem no meio, passava um ar de poder. Óbvio que o filho da puta esbanjaria o dinheiro que arrecadava à custa dos outros. Não foi preciso ir muito longe para dar de frente com o senhor de ar tranquilo e despojado, que escondia por baixo da couraça um homem perigoso e sem compaixão. Com a verdade sobre sua função na facção, as impressões só aumentaram.

— Vejam só! Um bom filho a casa torna, certo? — jogou para Gael, que o ignorou e entrou direto em uma sala.

Segui-o de perto, com pressa para ir aonde *tinha* de ir. Ravish veio logo em seguida e assumiu a cadeira atrás da mesa enorme escura. Ficamos em pé, de frente para ele.

— Temos assuntos pendentes. Que bom que veio ao meu encontro, assim poupo esforços — cantarolou, demonstrando uma alegria deturpada.

Nada nele demonstrava afeição pelo suposto filho. Pelo contrário, Ravish parecia ansioso para rasgar a garganta de Gael. No fundo, eu não era tão diferente dele, já que abandonei meu sangue por vingança.

— Estou com Vult desacordado no porta-malas — Gael contou, calmo.

De imediato, Ravish se levantou, ódio espumava dele. *Lá vamos nós a mais um embate.* Não negava que queria muito poder matar alguns vermes para aliviar minha fúria por Delacroix.

— Seu filho da puta! O que acha...

— Acho que você é um imbecil, prepotente, que estava sendo enganado bem debaixo do próprio nariz! — devolveu.

O Geral se calou, sua testa enrugou mais ainda com a confusão estampada nas feições.

— O quê?

— Vult estava trabalhando com Delacroix, desviou toneladas de coca da *Sociedade*, cedeu terreno para a *Casta* e ainda por cima as mulheres que trabalhariam nos seus bordéis foram doadas à organização inimiga.

— O quê? — repetiu, desconcertado.

Eu não sabia muito sobre a influência do Torre com o agora Geral. Todavia, pela reação, os dois eram próximos.

— Seu fiel e tão respeitoso amigo estava te roubando, Ravish. Quer que eu desenhe esse caralho para você? — Gael manteve a voz neutra, o que não diminuiu o impacto dela sobre seu pai.

Ravish veio para onde estávamos, levei as mãos até o cós traseiro da calça, onde a *Beretta* estava acoplada. Peguei-a do lado do corpo desacordado de Vult.

Gael e seu pai ficaram cara a cara, o Geral teve que erguer o queixo para alinhar com os olhos do filho nem um pouco amado. Fiquei onde estava, quieto, observando a interação e tentando extrair algo daquilo.

— Quem você pensa que é para vir dentro da minha casa me afrontar, seu moleque?

Gael riu.

— Seu filho, não? — Ele se afastou, caminhando até a janela. — O mesmo que você fodeu para provar um ponto, o mesmo que jurou ser inocente e mesmo assim não teve o benefício da dúvida.

Eu poderia ficar ali na terapia, mas não tinha paciência, muito menos tempo para servir de conexão entre a família desestruturada deles.

— Imagino que os desentendimentos possam ser resolvidos outra hora. Não viemos aqui para reconciliações, viemos fazer um acordo — lancei de uma vez.

Atena estava trancada em algum buraco dessa cidade e eu aqui, parado como um otário, aguardando a boa vontade de um traficante de renome e meu parceiro nada alinhado, com a mente mais fodida que a minha. Eu não duvidava da competência *dela* em dar conta dos problemas, só que... Puta que pariu, tinha que tê-la na minha visão para me certificar de que estava bem!

Ravish desviou os olhos do filho e me fitou. Levantei as duas sobrancelhas em questionamento. Ele que fosse para o inferno com sua ladainha, não estava indo relevar suar merdas caso as despejasse em mim. Apertei mais a pistola, pronto para meter uma bala na testa do infeliz e terminar com esse caralho.

— Precisamos de homens. Delacroix está com algo que queremos, vamos buscar — Gael chamou a atenção para si.

— Por que acha que vou te ajudar? — o Geral inquiriu com arrogância.

De novo Gael riu, sem um pingo de humor.

— Porque do contrário, nunca saberá onde a coca e as mulheres estão. Delacroix é seu rival, não pegaria bem para os negócios deixá-lo sair por cima. Além disso, elimino Vult antes que possa ter sua vingança. E acredite, *pai*, eu sei o quanto preza por isso.

Ravish voltou para a sua cadeira, pensando se aceitaria ou não. Gael me encarou de esguelha, com os olhos fez um sinal sutil indicando a câmera no canto, foi para lá que virei disfarçadamente. Ravish era esperto, não nos receberia com a guarda baixa, seus cães entrariam ao mais fraco comando dele.

Soltei a *Beretta*, voltando a relaxar. Por mais que desejasse confusão, Atena se sobressaía a todos os fatores. Se Ravish não topasse o acordo, as chances de salvá-la despencariam. Eu iria atrás sem pestanejar, só não podia garantir que conseguiria êxito no plano.

— Ok, mando meus homens. Agora, me entregue Vult e a localização de onde esconderam os meus produtos.

— Eu te entrego Vult, o restante terá depois de pegarmos o que queremos — falou Gael, sem vestígios de que pudesse mudar de ideia. — Vamos, Felipo.

Demos dois passos em direção a saída quando Ravish nos brecou.

— Se estiver me traindo de novo...

— Não fui eu que te traí, Ravish. Não que precise te provar mais alguma coisa, acho que é inteligente o suficiente para ligar os pontos. Avise aos seus homens que estou no comando da operação. E, Ravish, não vou ter pena em apagar qualquer um deles que ousar interferir — Gael afirmou sem se virar.

Repuxei os lábios com a ironia do jogo. Os mesmos que nos queriam mortos, aliaram-se ao nosso propósito. Tudo bem que os motivos eram somente por eles, mesmo assim estávamos de mãos dadas com o inimigo e pressentia que teríamos desvios de percurso.

Contudo, o que importava era alcançar o *meu* objetivo, o depois não me afetava em nada desde que a mantivesse segura. Meus nervos tensos se enrijeceram mais, doidos para tocar Atena. Se o filho da puta ousou relar em um fio de cabelo dela, o inferno viria à Terra, porque não haveria maldição que me parasse até acabar com Delacroix.

Atena

Ian veio ao quarto duas vezes, depois da nossa discussão. Trouxe comida, a qual estava intocada no mesmo lugar onde foi deixada, e depois o escroto veio para ficar me observando. Sentou-se na beirada da cama, analisando-me dos pés à cabeça. Nada disse, muito menos eu. Só queria sair dali, encontrar Felipo e fazê-lo acreditar em nós.

Queria tocar sua pele morena, ver seus olhos verdes, trocar farpas que pareciam nos unir ainda mais. Era doido, mas não estava com medo do Ian, estava apavorada em pensar que pudessem ter machucado Felipo. Ele era quebrado de um jeito tão incrível, que eu só queria proporcionar mais e mais sorrisos encantadores para a sua alma obscura.

Não fiquei perdida ao constatar que aquilo era amor. Não mesmo. Porque diferente de como foi com Ian, onde me sentia pressionada a ser perfeita, criticada por ter vontade própria, com Felipo eu conseguia ser quem desejava ser. Ousava sem receio, fazia valer minhas ideias, meus atrevimentos. E isso, essa liberdade, essas descobertas, traziam-me conforto, alívio até.

Suspirei, levantando-me da cama para ir ao banheiro. Ao voltar, dei de cara com Ian prostrado perto da porta.

— Chegou a hora de ir — ditou.

E, naquele segundo, meu corpo tremeu de medo. Porque só conseguia enxergar maldade nas íris castanhas dele. Escondendo o que pensava, eu o segui. Em silêncio descemos até a garagem, entramos na SUV ridiculamente cara e partimos seja lá para onde.

Meus dedos se retorciam no colo, a ansiedade correndo livre pelo meu sistema, aumentando a inquietude no peito. Tinha de bolar uma fuga, o problema era como.

— Seu erro foi pensar que poderia me sabotar, Atena. Essa é a primeira falha do inimigo.

Desviei da janela para fitar o rosto rude, bonito e doente de Ian.

— *Meu* erro foi me apaixonar por você, foi me casar, foi aceitar todas as merdas que me impôs. Não inverta os papéis aqui, Ian. O monstro, sem dúvidas, é você. — As palavras saíram entredentes.

Novamente dava chance ao azar em não ficar calada. Mas, por Deus, queria jorrar meu ódio em cima dele!

Meu braço foi agarrado com brutalidade. Travei os dentes para não gritar de dor.

— Você vai implorar perdão e sabe o máximo que farei, *esposa*? Eu te deixarei ficar em uma das zonas que a facção mantém, porque lá é seu lugar. É lá que vadias vivem — grunhiu, fora de si.

Eu me inclinei mais para perto, fervendo de raiva. E a Atena irritada não respeitava limites.

— Prefiro morrer a te pedir algo, seu escroto! Pode me torturar, humilhar, xingar, que no final ainda vou optar por me ver livre do seu domínio nojento.

O tapa veio sem aviso, lançando minha cabeça contra o vidro. Acabei mordendo a língua no processo e o gosto de sangue invadiu meu paladar. Lágrimas pesadas encheram meus olhos, e as mantive quietas. Não deixaria que escorressem.

— Você precisa aprender o seu lugar, Atena. Seu pai te deu muita corda, isso desviou seus ideais. Balançou seus deveres como mulher de um CEO.

Alisou meu braço com sua mão asquerosa e me encolhi, rejeitando o toque.

— Eu paguei por você, meu amor, e não vou abrir mão. Então se contente com o futuro do meu lado, pois não vou te dar o gostinho de morrer. Sabe como é, tortura psicológica funciona melhor. Inclusive, já sei como começar... — Aproximou sua boca do meu ouvido agora. — Apagar seu amante na sua frente vai derrubar um tanto dessa postura rebelde — o sussurro foi ensurdecedor.

Ian não faria nada contra Felipo. E, sim, era uma promessa.

O galpão vazio no meio do nada deu boas-vindas ao entrarmos. O local estava abandonado há tempos porque o odor insuportável de mofo misturado com urina chegou a arder na minha garganta.

Ian me deixou parada entre os seguranças, que contei serem dez, e foi até uma porta nos fundos. Parecia um escritório em decadência. O escroto trouxe uma cadeira de ferro, posicionando-a no meio do extenso salão, e com um sorriso amargo indicou que eu deveria me sentar ali. O desgraçado queria brincar comigo, levar-me ao extremo para me ver ceder.

Com passos lentos, fui até lá e me sentei. Engoli em seco quando meus braços foram puxados para trás, e uma corda perpassou meus pulsos.

Tinha certeza de que Felipo viria, pois Ian estava muito convicto de que o mataria diante dos meus olhos. Meu coração deu uma guinada de medo, tanto por mim quanto pelo homem que desenterrou meus melhores lados.

— Vai ser um belo show. Acredite!

Seus lábios asquerosos beijaram os meus de leve. Não me mexi.

Ele se virou, com o intuito de ir falar com seus capangas. Tentei barrar minha impulsividade, não consegui.

— Será, sim, porque verei sua queda de camarote, *marido*! — cuspi.

Meus sentimentos se debatiam no fundo para sair. Estava em uma sinfonia de receio, raiva, ansiedade, esperança. E, droga, não era fácil me manter impassível por mais que fosse o certo.

Ian se voltou na minha direção, os olhos castanhos ofuscados por centelhas medonhas. Ele queria me machucar, queria me causar dor, porém esperaria o momento exato para exercer seu poder sobre mim.

— Veremos quem cai primeiro, meu amor. — O barulho de um motor parando no pátio, tão sombrio quanto onde estávamos, ganhou minha atenção. — Os convidados chegaram, vamos ao que importa.

Aguardei o que pareceu uma eternidade, então o vi entrando. E nada poderia me preparar para aquilo.

CAPÍTULO 33

Felipo

Na ida para o local onde Gael se encontraria com Delacroix, fui no passageiro para cuidar do ferimento no ombro. Aquela merda queimava como o inferno, sem falar que cada nervo do meu corpo latejava pelos golpes que levei.

Durante o percurso fiquei me perguntando como Gael se envolveu com Delacroix. Eu apostava que o filho da puta não estaria indo ao nosso encontro desarmado ou com um sorriso de boas-vindas, mesmo assim deu créditos a Gael em troca de provas. Havia algo a mais entre os dois, algum truque do qual ainda não sabia e teria que esperar para colocar em pratos limpos.

O carro virou à direita e, pelo retrovisor, avistei os três SUV que nos seguiam. Quinze homens da *Sociedade* nos cobrindo. Gael fez um sinal com a mão, mandando-os reduzir e aguardar. Tínhamos combinado que chegaríamos sozinhos e que o primeiro tiro seria o passe de entrada do reforço. Esse foi outro fato que me deixou cismado. *Por que Gael queria se arriscar chegando sem qualquer ajuda no encalço?*

— Aqui estamos — disse ao parar em um pátio extenso.

Não havia nada em volta além de mato, estrada de chão e a claridade natural. Passava da meia-noite, pelos meus cálculos Atena estava como refém há mais de três horas, talvez quatro. Olhei para o céu, pedindo em silêncio para que saíssemos bem dessa, que *ela* saísse bem dessa.

— Como avisei antes, meu primeiro passo será tirar Atena daqui.

— Assim que Delacroix baixar a guarda, você a pega. E, Felipo, tente raciocinar direito, não pegue para você o que acha que sabe, ok? — Gael não me fitou, ficou com os olhos cravados na porta imensa do barracão destruído.

Ergui as duas sobrancelhas com sua frase desconexa, contudo, de novo, preferi ignorar os alertas que piscavam em alto e bom som na minha mente, pois escolhi não dar margem para problemas quando estava com as duas mãos carregadas deles.

— Ok — murmurei por fim.

Fiz menção de abrir a porta, estranhando que nenhum cão de guarda se mostrou presente com a nossa chegada, no segundo que cogitei comentar sobre minhas suspeitas, uma pontada aguda na minha nuca me travou, em seguida apaguei.

Atena

Gael entrou carregando Felipo desacordado nos ombros e, por Deus, aquilo levou o restante do meu autocontrole. Meus pelos arrepiaram com a cena, com o quanto parecia errada.

Não conseguia acreditar que *ele* era um traidor. Gael não podia ter nos enganado por tanto tempo, enganado Felipo por anos.

— Aqui está! Agora me devolva a garota, que tenho mais o que fazer — disse para Ian, que se manteve impassível.

Apertei meus dentes uns nos outros. Os dois trabalhavam juntos ou, pelo menos, parecia isso.

— Primeiro, quero as informações que ficou de me passar sobre a *Sociedade*.

Ian se abaixou para verificar se Felipo estava vivo, mesmo de lado consegui vislumbrar seu sorriso vitorioso. Ele não me deixaria sair, muito menos seria chantageado por Gael. Por isso tantos homens na sua retaguarda. O infeliz era covarde e sem palavra, um perfeito filho da puta.

— Solte a garota, então te entrego os documentos.

Por míseros segundos, o loiro com cara de psicopata me fitou, e eu jurava que tinha visto um pedido silencioso de calma em seus olhos quase transparentes. Ele estava armando alguma. Com a visão fixa em Felipo, continuei remexendo minhas mãos a fim de me soltar, as cordas estavam extremamente apertadas.

— As coisas não funcionam como você quer, Gael. Pode ter sido um bom informante, leal eu diria, mas não é quem comanda. — Ian se prostrou de pé, o veludo do seu tom esbanjava autoridade.

— Não mesmo? — Gael retorquiu. — Então, será preciso rever nosso acordo. Vejamos, eu saio daqui com eles e poupo você de terminar com uma bala no meio da testa. O que acha?

Gael me assustou desde o primeiro momento que o vi, não só pelo porte físico ameaçador ou pela arrogância na voz, mas por não existir nada em seus olhos. Nada mesmo. O cara parecia uma casca seca por vontade própria.

Ian não moveu um músculo enquanto observava o suposto aliado ali, parado com as mãos para frente, relaxado, como se não estivesse cercado de homens prontos para acabar com a sua raça. Não bastava apenas coragem para ocasiões assim, Gael tinha cartas na manga para se garantir tanto.

— O quê? Achou mesmo que acreditei nas suas palavras, na sua lealdade? Você não parece ser um homem que cumpre o que diz, Delacroix, por isso não passa do patamar insignificante que hoje ocupa dentro do crime. Nesse meio se sobe com inteligência, audácia, contatos, mas manter a palavra é lei para permanecer na corrida.

Gael começou a caminhar devagar, em círculo, estudando os seguranças em volta.

— Não ligo para isso, meu caro! Não dou a mínima. Tenho dinheiro, poder e a *Casta* vem crescendo significativamente.

— Crescendo à custa do território inimigo? — debochou. Percebi Ian se empertigar, seu controle ruindo aos poucos. — Quanto tempo acha que sobrevive desta forma? Um, dois, três anos?

— Estou nisso há mais de seis anos, sugando os medíocres da *sua* facção sem que notassem.

O loiro assustador cessou seu caminhar, fitando diretamente o meu ainda marido escroto.

— Quem disse que não notamos? Só que, diferente de você, calculamos a hora certa de agir.

De imediato, Ian fez sinal para os seus capangas, mandando todos colocarem Gael na mira.

— Não tente ser esperto aqui. Estamos em maior número, não teria chance alguma.

Os olhos azuis cristalinos semicerraram, ainda isentos de medo ou indecisão.

— Não tenho dúvidas. Porém, se me matar, todos os arquivos que juntei sobre seu hobby não divulgado na mídia, será enviado para algum repórter que saliva por matéria bombástica. Além do mais, a polícia estará no seu pé antes que possa piscar. Então, *meu caro*, aconselho que solte a garota, assim saímos sem maiores prejuízos.

Ian balançou, deu para perceber sua postura titubear. Ele tinha muito a perder para embarcar nos riscos. Independente se Gael estivesse blefando ou não, Ian evitaria colocar seu império em xeque. Era o que prezava com todas as forças: a imagem perfeita.

Minhas mãos continuavam lutando com a corda, até que consegui me soltar. Mantive a respiração ritmada para não chamar a atenção dos vira-latas armados, que nem piscavam mediante a ameaça. De relance peguei o movimento sutil de Felipo, seus dedos que estavam rentes ao corpo, pescando a pistola no cós da calça. Repuxei meus lábios em um sorriso feliz em meio a todo o caos.

Ele estava bem.

Inspirei uma quantia significativa de ar, repensando no que decidi. Se não fizesse nada, não teríamos escapatória, eram muitos contra três. Felipo levantou seus olhos verdes incríveis para mim e o que despejou deles foi alívio, alívio misturado com ternura.

Não tinha mais como me enganar, eu o amava. Meu Deus!

Eu o amava.

Prevendo que eu faria algo, Felipo soltou um *não* sem som. Sorri contida, ignorando sua tentativa de me defender do inevitável. Serviria de distração sem problema algum, pois aquilo ditaria nosso passe livre para fora.

Em um rompante me levantei, agarrando a cadeira e fazendo-a voar em cima de um dos desgraçados de guarda. Todos olharam para mim, perdidos, entretanto demorou dois segundos até que Ian exercesse sua ordem.

— Prendam essa vadia de novo! — rosnou, bravo.

Felipo bateu os cílios, o cuidado anterior flamejou em ira nas suas íris. A cena correu lentamente, porque peguei cada uma das suas nuances. Então, acelerou quando ele sacou sua arma e atirou em um dos homens, derrubando-o sem dó.

— Abaixa, Atena! — Gael gritou.

Obedeci meio avoada, e em seguida uma sucessão de disparos quase me deixou surda.

De bruços no chão de concreto, com as mãos sobre a cabeça, observei Gael puxar um dos seguranças para usar de escudo e manter os tiros precisos na outra mão. Felipo apertou o gatilho três vezes, não segui o rastro da bala, só me concentrei nele. Depois correu até onde eu estava, agachando-se na minha frente, totalmente desprotegido.

Um estouro abrupto me fez pular. Mais gente adentrou o galpão e a bagunça se tornou um pandemônio.

— Venha, querida. Vamos sair daqui. — Seu timbre rouco pelo uso excessivo do cigarro alastrou segurança em cada célula que me formava.

Felipo

Eu estava desperto há alguns minutos, o suficiente para entender o que acontecia. Não que não cobraria o filho da puta do Gael pela coronhada mais tarde. Não ouvia a voz de Atena, em contrapartida sentia sua presença ali e, caralho, levei todo meu autocontrole para não levantar a cabeça e checar que ela estava bem. A merda foi que, quando o fiz, a imprudente mulher que bateu fora todo o tormento que existia no fundo, colocou-se em perigo para gerar distração. Não raciocinei em nada para ir ao seu encontro e pegá-la nos braços. Agora, com ela firme em meu peito, toda a porra do Universo parecia em sincronia.

Abri a porta na lateral que, por Deus, estava destrancada e saí para o ar fresco da noite. Gael e os outros membros da *Sociedade* dariam conta das desavenças, minha prioridade era tirá-la logo desse inferno. Anjos não deveriam provar do veneno que os demônios destilavam pelo mundo.

E, querendo ou não, eu era o efeito colateral ruim para ela. Depois que Lisa faleceu, caí em uma espiral de sabotagem, ódio, punição, culpa. Atena veio para retirar dos meus ombros muitos dos temores. Por mais injusto que fosse me livrar do fardo, aquela garota tinha conseguido aliviar a carga. Porém, mais errado que ter fodido tudo no passado, era sobrecarregar quem não tinha parte alguma com os tropeços que causei.

Cansei de ignorar os destroços que deixava pelo caminho a cada passo que adentrava mais o fundo. Eu não queria ter redenção, também não queria sugar Atena para meu próprio precipício, porque lá embaixo só haveria vazio, dor, arrependimentos. E ela merecia brilhar em vez de ser apagada.

"Eu a amo". Aquele estalo fez meu coração acelerar loucamente, pois admiti para mim mesmo que tinha deixado as barreiras serem jogadas por terra. E ao mesmo tempo em que me senti sereno com o fato, vi-me perdido pelo mesmo motivo. Achei que não amaria mais, que não cabia outra pessoa em um espaço apenas de Lisandra, achei...

— Vai ficar tudo bem, querida. Eu prometo — sussurrei, deixando um beijo em sua fronte, desviando minha mente das complicações que vieram com a aceitação.

Atena suspirou, aconchegando-se mais em meu peito. Alcancei o carro e a coloquei no banco de trás, dando a volta para assumir a direção. Deixaria de escanteio minha sede em detonar Delacroix, fugiria da adrenalina em matar os filhos da puta lá dentro, e não estava nem sequer cogitando o contrário. Atena valia muito mais que qualquer gatilho, sobressaía-se às minhas neuras, aos comandos doentes do meu cérebro ou aos desvios assassinos do meu sistema. Ela era, sem dúvidas, a minha âncora dentro do dilúvio.

— Indo a algum lugar, meu caro? — A voz chegou pelas minhas costas.

Devagar girei, com a *Beretta* em punho, para confrontar a porra do meu trabalho não executado.

CAPÍTULO 34

Felipo

— Achou que sairia pela tangente assim, tão fácil? Vamos lá, cadê os modos? — Ele deu dois passos para perto.

A arma em seu punho estava baixada, em contrapartida dois aliados faziam sua escolha. Os tiros do lado de dentro cessaram por breves segundos, então uma sucessão deles reverberou para em seguida o silêncio predominar.

Ninguém mais saiu do barracão, engoli em seco por imaginar que Gael tivesse sido alvejado.

— Sabe o que é bom, Felipo? Ter homens em todos os pontos, inclusive inseridos dentro da *sua* organização. Assim evitamos muitos "e se". Eu sabia da invasão, o que significa que seu companheiro não conseguiu me dobrar e ainda ficou lá para dar conta de um bando faminto por destaque. Aposto que o seu Geral deu ordens diretas para que apagassem vocês assim que estivéssemos mortos, afinal, vocês balançaram toda uma organização por serem desleixados. *Tsc, tsc, tsc...* — Balançou o indicador como se me repreendesse.

Apertei mais a *Beretta*, de saco cheio daquele verme.

— Bem, eu estou vivo, o restante lá dentro não. Por isso, vou ditar como as coisas vão acontecer: você vai vir comigo, vou te torturar até enjoar, depois te mato. Assim, Atena pode continuar sendo a esposa modelo, seguir sua vida rodeada de privilégios e sanamos os problemas. O que acha?

Filho da puta arrogante! Se ele pensava que me renderia sem lutar, não podia estar mais enganado. Sobre Ravish, resolveria mais tarde, o desgraçado nos ajudou porque garantiu que não teria passe de volta.

Com o canto do olho percebi Atena se arrastando para fora do carro por uma fresta que abriu da porta. Mulher impudente do caralho! Se colocassem os olhos nela, o inferno reinaria, porque nem fodendo Delacroix a pegaria.

— Quem disse que não armamos isso? Hã? Que a intenção era justamente que soubesse, assim descobriríamos seus cachorrinhos na *Sociedade*. Você não pode ser tão burro, Delacroix! Somos a maior organização criminosa do país. Quando cogitou a possibilidade de conseguir nos ferrar?

Ele riu de lado.

— Se fosse isso mesmo, seu parceiro não teria sido eliminado pelos próprios membros da facção, certo?

Travei o maxilar com a porra da frase. Gael não estava morto, o cara era esperto demais para se entregar assim.

— Você checou se ele está morto mesmo? — Repuxei os lábios em deboche. — Sem provas não há verdades, *meu caro*.

Ele olhou de relance para um dos cães que de imediato entrou no armazém, que eu apostava estar recheado de corpos.

Nesse segundo, Atena resolveu sair detrás do carro e voar em cima de Delacroix, ele levou um susto com o ataque repentino, eu parei de respirar com sua impudência. O outro pau-mandado mirou nela, somente girei um pouco para a esquerda e atirei, assistindo a bala fazer seu caminho até o peito do filho da puta.

Voltei-me rápido para Atena, dei um passo à frente para arrancá-la de perto do doente e terminar de uma vez com essa bagunça. Porém, Delacroix a prendeu em um dos braços enquanto o outro segurava a pistola de encontro a sua cabeça.

Jurava que meu sistema tinha entrado em colapso com a cena, cada nervo protestou com o medo de algo acontecer. Semicerrei os olhos, não perdendo qualquer movimento dele ou dela. Atena não transpassava pavor, suas feições se fecharam em raiva, desordem, impulsividade.

Eu não tinha o direito de pedir algo a Deus, mas ali, parado sem saber como agir, roguei internamente que Ele me ajudasse a tirar Atena viva daquilo. Não importavam as consequências que eu enfrentaria, bastava que *ela* ficasse bem.

Não conseguiria perder mais uma pessoa que amava. Lisa me devastou com sua partida eminente, se o mesmo acontecesse com Atena não restaria nada em mim para ser salvo. Porque acabei admitindo que os resquícios capazes de me manter no prumo, foram extraídos pela garota rebelde, corajosa e extraordinária que coloquei em xeque por ser a merda da escória.

Meus lábios ressecaram instantaneamente, meu sangue circulou mais devagar com a parcela mínima em arrancar de Atena o que era seu por direito: a vida. Não podaria suas asas, recusava-me a tirar seu voo, porra!

— Não a machuque, ok. Não faça nada com ela — implorei para o inimigo, lance que sabia não ter efeito, porém era minha última cartada. Por isso, devagar larguei a pistola, baixei o pescoço e me prostrei de joelhos, rendendo-me ao que Delacroix quisesse fazer comigo. — Pode me levar.

Ouvi um "não" fraco deixar Atena, no encalço veio o grito:

— Não! Não, droga! Levanta daí agora, Felipo.

Queria levantar, pelo inferno, eu queria. Mas meu ego era irrelevante se fodesse quem não merecia. Eu a amava demais para ceder aos meus próprios desejos de vingança. Permaneci do jeito que estava.

Delacroix não se pronunciou, então levantei a cabeça para fitá-los. Ele sorria, vitorioso, adorando me ver implorando. *Sádico do caralho!* Desviei alguns milímetros para o lado, batendo com as íris *dela*, seus olhos se encheram de água.

— Não faça isso, não se renda. Você é muito mais que a desistência, Felipo. Muito mais do que todos veem — sussurrou.

Eu não era, não era nada, não conseguia entender o que Atena e Lisa viram em mim.

"Brigue por ela!", meu cérebro berrava. Junto com ele o medo de fazer merda se sobrepunha. Se Atena ficasse viva, bem, estava perfeito.

"Ele não vai deixá-la viver", considerei por sobre os atos cuzões que disparavam sem parar. Porra! Óbvio que Delacroix não a deixaria em paz. O verme a tinha como um troféu, sem falar que Atena era o único empecilho entre ele e o conglomerado *Beaumont*. A fortuna dela seria muito bem-vinda para o filho da puta!

Cerrei os lábios, raciocinando com lógica, deixando em segundo plano os receios que me tornavam um fraco imbecil. Respirei fundo, o desenrolar passando em câmera lenta mediante minhas opções nada seguras.

Atena parou de se debater, tentando se livrar das garras do filho da puta. Ele ainda me observava, gravando sua vitória na mente. Eu jurava que tudo tinha silenciado, nem um ruído entrava em meus ouvidos, apenas a pulsação era sentida.

Que se foda! Atena tinha razão. Se fosse para morrer, que fosse lutando.

Atena

Percebi o exato momento em que os olhos dele se derramaram em fogo. As chamas mais belas que já tinha visto, porque o consumia por inteiro, tornando Felipo o homem habilidoso que tanto me encantou. Parei meus movimentos, na tentativa vã de ir ao seu encontro, chacoalhar seus ombros e o obrigar a reagir. Parei porque ele estava de volta ao jogo.

Graças a Deus!

— Deixe de tentar impulsionar o garoto, *esposa*. Ele fez o certo, não adianta tentar ganhar de um oponente mais forte. — Ian riu.

O asco percorreu minhas veias por suas palavras de vitória. Ele não conhecia Felipo, não fazia ideia do que aquele homem teve que enfrentar, dos fantasmas que carregava, do luto que pegou para si. Ian não chegava perto de desvendar o quanto Felipo poderia ser incrível.

Minha visão desfocou, buscando algo que pudesse ajudar. A pistola continuava na minha cabeça, o cano firme machucando minha pele. Em meio à névoa de dúvidas e rota de fuga, peguei Felipo balançando a cabeça sutilmente, pedindo para que eu ficasse quieta.

— Agora, você vai se levantar e entrar no carro...

Um estopim acanhado ricocheteou no interior do barracão. Ian virou a cabeça para seguir o som, dando a deixa que Felipo precisava.

Rapidamente ele pegou a arma, deitou-se no chão e atirou. Toda ação foi num piscar de olhos. Ian urrou e me soltou, dobrando-se para frente.

— Saia daí, Atena — Felipo pediu, colocando-se de pé.

Corri para seu lado, ficando às suas costas. Meu *ainda* marido escroto segurava o abdômen, nem assim deixou de sorrir perversamente.

— Devia ter continuado onde estava, meu caro. Isso te complica muito mais — caçoou.

Mesmo com as facetas de poder, percebi que sua armadura de indiferença trincou.

O sangue se alastrava pela camisa social branca. Felipo acertou em um ponto onde órgãos importantes ficavam. Ian estava ferrado.

— Acho que não, gosto do perigo, de apagar os alvos imprestáveis como você. Para ser sincero, me deu um baita trabalho, Delacroix. Só que, enfim, vou selar o contrato em aberto.

Felipo se aproximou. Ian tentou ficar ereto, contudo, a careta de dor dedurou sua incapacidade para tal. A pistola de Felipo apontou para a cabeça dele, bem no ponto onde me ensinou ser preciso. Ian não desviou os olhos do seu algoz, manteve a pose impertinente que eu passei a odiar durante os anos que ficamos juntos.

Não sabia mais ao certo como chegamos àquele desfecho fatídico nem como fui capaz de amar o cara frio, calculista e interesseiro com quem me casei. Já ouvi dizer que os fins justificavam os meios, devia ser isso que acontecia bem diante de mim. Ian merecia morrer, não só por ter sido filho da puta comigo, mas por todo o resto. Pelo meu pai, pelas pessoas que machucou, pelas mentiras que contou, pelas mulheres que enganava. Ele merecia cada gota de sofrimento e, por mais que não fosse eu a apertar o gatilho, peguei-me ansiosa por sua queda. Exatamente como queria.

Ian Delacroix, o CEO da *Revierah,* Geral da *Casta*, que não se importava com quem ou o que derrubava durante sua subida ao topo, ruiu.

Repuxei os lábios. Eu consegui. Acabei com o escroto do meu marido.

— Diga *oi* ao diabo por mim — Felipo murmurou, então atirou.

Fiquei confusa, porque dois rastilhos repercutiram. Acompanhei Ian tombar, com seus olhos castanhos arregalados, como os do meu pai na noite em que morreu, fixos em mim. A vida foi sendo esvaída dele conforme encontrava o chão, até sobrar apenas a opacidade.

Só percebi que também caía, quando braços fortes ampararam minha cabeça antes que batesse no piso.

Felipo

Assim que apertei o gatilho, Delacroix apertou o seu. Esperei pela bala me atingindo em cheio, não aconteceu. E, por Deus, esperava que fosse em mim, não nela.

Ver Atena perder a instabilidade das pernas aos poucos foi tão apavorante quanto cair em queda livre, ela nem sequer esboçou reação com o tiro. Corri ao seu encontro antes que se chocasse com o chão de pedregulhos. Seu pescoço foi firmemente amparado pela minha mão.

Os olhos azul-celeste tentaram se concentrar nos meus, mas tremularam. Seu tom de pele branquinho com um toque rosado, ficava mais e mais pálido.

Maldição!

— Vamos lá, querida, fique aqui comigo. Nós vamos resolver isso.

Pressionei o ferimento que pegou na lateral do abdômen. Tentava manter a calma, entretanto tinha muito sangue, muitas chances de perdê-la, muito desespero fluindo pelo meu sistema.

Porra, eu precisava fazer algo!

Peguei-a no colo com cuidado. Atena não falou nada, somente apertou minha mão com força. Suavemente a coloquei no banco traseiro do carro, alisando seus cabelos curtos cor de mel. Beijei sua testa, sua bochecha, seus lábios.

— Vai ficar tudo bem... Prometo que vai!

Por alguma razão desconhecida, minha voz embargou. No fundo, eu sabia não ser tão desconhecida, era o puro e verdadeiro pavor em tê-la morrendo nos meus braços como no pesadelo.

Fechei a porta e corri para o lado do motorista. Era arriscado demais ir a um hospital, até porque as fotos dela foram espalhadas por todas as mídias possíveis. Encarei Delacroix morto mais para frente, o buraco mórbido em sua testa não compensava o terror que o filho da puta causou a Atena, todavia, desejava demais que a eternidade no inferno compensasse.

Ele não a tiraria de mim assim. Não ia foder tudo. Não. Ia. Esse desgraçado já causou muita confusão, caralho!

Ele não podia... Não podia...

Soquei a lataria do veículo. Perdido, total e completamente perdido. Eu precisava de Atena, precisava mais do que era capaz de expressar. Esse sentimento surgiu de forma inesperada, contraditória e me devolveu motivos para continuar. Para tentar. *Tentar com ela.*

Cruzei as mãos atrás da nuca, descarrilhando por vivenciar o passado se repetindo. Como aconteceu com Lisa, não serei o suficiente para salvar Atena.

Eu sabia que o fundo jamais alcançaria o topo. Arriscar só a destruiu. Atena estava segura comigo até... que me amou. A partir disso, assinou sua ruína.

— Sei para onde devemos ir. Você dirige.

Levantei a cabeça de supetão, encontrando Gael ensanguentado do lado oposto.

Não perguntei nada, não contestei, não ofereci ajuda. Só me interessava cuidar *dela*. E se Gael tinha uma saída, eu toparia.

Toparia qualquer coisa.

CAPÍTULO 35

Felipo

Acordei suando, assustado com o pesadelo onde, mais uma vez, perdia Lisandra e no final era Atena. Porra! Que merda isso queria dizer?

Sentei-me na cama, o quarto estava um breu que me deixava calmo. Fazia dois dias que estávamos naquele casarão. O lugar se esticava por quilômetros, uma casa enorme e várias outras pequenas distribuídas pela propriedade. Evitei fazer perguntas, evitei encher minha mente de qualquer outra coisa que não fosse a garota, que quarenta e oito horas antes depositei quase morta em uma das camas.

Passei as mãos nos cabelos cobertos de suor e me levantei, indo até a janela, buscando relaxar meus músculos embolados. Puxei um pouco a cortina a fim de ver o jardim vazio, o sol apontando no horizonte acabou me lembrando de como chegamos aqui.

Atena resmungou no banco traseiro, levando minha atenção para si rapidamente. Sua cabeça pendida para o lado, o tom pálido assustador, os dedos sobre o ferimento. Meu pé pisou mais no acelerador, desorientado por chegar de uma vez seja lá onde estávamos indo. Ela não podia esperar mais.

— Faz mais de meia hora que estamos andando, Gael. Ela vai morrer bem aqui se não chegarmos rápido, caralho!

Fitei-o de soslaio. Sua fisionomia não era das melhores. Gael estava machucado e irritado com minha impaciência. Ele que fosse se foder. Atena perdia mais sangue a cada minuto que passava, o que significava que sua situação piorava drasticamente.

— Pare de encher a porra do meu saco e se concentre na rua, do contrário vamos acabar morrendo com a cabeça em um muro! — rosnou.

Firmei os dedos em torno do volante, notando o tom vermelho vivo neles, segurando o ímpeto de mandar Gael para o inferno. Alguns quilômetros à frente, paramos diante de um portão enorme de ferro, no topo o S da facção. Ele digitou no pequeno teclado do muro, em seguida ganhamos passagem.

Parei de qualquer jeito na entrada, pulei para fora e peguei Atena em meus braços. O suor gelado escorria por seu rosto, beijei-a ali.

— *Vai ficar tudo bem, querida.*
Ela sorriu. Porra, ela sorriu!
— *Vai sim, Grandão* — *balbuciou.*
Um filete de esperança percorreu meu âmago com sua voz melodiosa.
Gael pediu para segui-lo. A entrada era toda branca, como um hospital, o cheiro forte de produto de limpeza e éter se destacava no ambiente.
— *Gael? O que faz aqui?* — *A mesma garota da noite em que fomos até a casa de Ravish apareceu.*
— *Precisamos de atendimento. Agora.*
— *Mas... Mas...*
— *Sem mais, Ayla. Agora, caralho!*
Ela me fitou, fitou Atena e por último Gael. Chacoalhou a cabeça como se não acreditasse naquilo e murmurou:
— *Certo, me sigam.*

De fato, o lugar era um hospital, feito exclusivamente para o alto pelotão da organização. Bem óbvio, assim evitavam a exposição caso precisassem de auxílio médico.

Atena ficou se revezando entre acordar e delirar, até ser sedada. Ainda não consegui ver com precisão seus olhos incríveis, porque não se abriram direito. Como perdeu muito sangue, necessitou de transfusão. A bala atingiu o baço, causando lesão ali, por milagre não acertou outros órgãos. O agravante foi demorar muito a prestar socorro, a quantidade de sangue perdido complicou seu quadro.

Ela passou por cirurgia para extrair o projétil, ainda estava na UTI. Seu estado era estável.

A médica responsável disse que Atena tinha uma feracidade enorme de viver. Concordei sorrindo. A minha garota era nada menos que perfeita, guerreira e, porra, se tornou o principal motivo para que eu desejasse *tentar*.

Uma batida à porta despertou o fluxo desordenado de pensamentos. Gael colocou a cabeça pela fresta.

— Podemos conversar?

Seu braço estava enfaixado, sua perna também. Ele levou um tiro no ombro e outro na coxa, além dos múltiplos ferimentos de briga, mesmo assim se negou a ficar deitado ou sedado. Toquei instintivamente o meu ferimento causado pelo filho da puta do Delacroix. Não deixei que ninguém mexesse, somente joguei álcool e limpei.

— Entra aí.

Ele foi até a cadeira reclinável do canto e se acomodou. Gael tinha vindo por um motivo: colocar em pratos limpos as merdas que me escondeu. Escancarei as cortinas, permitindo que a claridade invadisse o cômodo e me escorei na parede ao lado.

— Como Atena está?
— Bem, se recuperando muito bem — respondi, convicto.

Meu peito se comprimia com os *flashes* dela na maca, indo para o centro cirúrgico às pressas.

— Certo! Agora, pergunte o que quer saber. Esse seu silêncio está me incomodando. Parece um zumbi rondando a UTI e preso nessa droga de quarto.

Levantei as duas sobrancelhas, porque o infeliz não estava com seu habitual sarcasmo, Gael queria fazer piada. O que, para ser sincero, era mais estranho do que sua personalidade fechada.

— Quero as verdades que você achou que eu não deveria saber — soltei sem rodeios; estava com pressa para ver minha garota, mesmo que não conseguisse admirar seus olhos azuis.

— Ok, então, vamos direto ao ponto. Fui eu que encomendei a morte de Delacroix.

De imediato soltei os braços rentes ao corpo, fechando os punhos. Maldição! Que...

— Que brincadeira do caralho é essa?

— Precisava achar um jeito de obter provas para incriminar Vult. Já sabia que ele vinha traindo a facção, só precisava comprometê-lo. Então, fiz uma parceria com o Geral da *Casta*. Por isso Delacroix não estava no escritório como falei, eu menti. Contei que ele era o alvo e avisei que não podia ficar na cobertura àquela hora, mas o imbecil ficou. Meus planos se encaminhavam de certa forma, até que você decidiu bancar o herói e salvar Atena.

Minha pulsação bateu no pescoço. Puta que pariu!

— Me fez de otário todo esse tempo? Encenou nas vezes em que estava preocupado com os cães dele no nosso encalço? Quando foi nos buscar no casebre, *você* comentou que tinha sido interceptado por homens do Delacroix! — Minha voz não passava de um chiado, que saiu entredentes.

— Não, Felipo, não te fiz de otário, porra! A ideia era entrarmos na cobertura, Delacroix não estar lá e pronto. Assim conquistava a merda da confiança dele para me infiltrar onde queria. *Você* fodeu tudo quando levou Atena junto. O cara desconfiou e todo o resto já sabe como funcionou. Não menti sobre a invasão no sistema, não menti sobre estar preocupado nem do meu pé atrás com a garota. Para mim, tinha sido armado e ela estava conosco para obter informações. Só desencanei disso no dia em que Atena atirou em um dos homens da própria facção para te salvar.

Levantou-se, iniciando um vai e vem irritante.

— Vult me fodeu bonito no passado, por isso sou um Final hoje. Meu objetivo era mostrar para Ravish o quanto foi um filho da puta por não acreditar no próprio sangue. Não vou me desculpar por despistar você ou por qualquer outra merda.

Dei um passo na sua direção.

— E para isso colocou em xeque meu desempenho e nossas vidas? Vai para o inferno, Gael! Quase morremos por sua culpa!

Ele se virou, encarando-me com ódio.

— Não julgue meus passos sem saber meu caminho, Felipo. Todos nós temos um passado, o meu só ficou mal resolvido. Sinto muito por te envolver, tentei te jogar para fora do círculo aos poucos, mas não deu muito certo.

Suas palavras me fizeram recuar. Eu não tinha nenhum tipo de moral em repreendê-lo, fiz pior que isso anos atrás. O que me deixou puto foi ser excluído dos planos.

— As coordenadas não eram sobre a *Sociedade*, sim, sobre a *Casta*. Eu sabia exatamente onde os documentos da facção estavam, afinal, sou da linhagem direta, apesar de não ter reconhecimento como tal. O endereço que te passei era falso, invadi seu computador quando te deixei no hotel e alterei os números. Todos os locais representavam os pontos de troca entre Vult e Delacroix. O galpão que invadimos servia de esconderijo para as cargas roubadas. Por isso relutei em varrer o local, sabia dos problemas que traria quando Atena o entregou para nós. O homem que foi morto durante minha inspeção me passou informações sobre o envolvimento de Delacroix e Vult. Junto às peças há quase dois anos. Então, sim, Felipo, eu vi a oportunidade e a peguei. Pode me odiar por isso. Só não venha dizer que não me importo com vocês, porque, porra, eu me importo! Tentei te deixar o mais fora possível dessa merda para que possa seguir sem pormenores. Esse jogo entre quem tem mais poder é uma guerra constante, acredite em mim.

— Como conseguiu convencer Delacroix a fechar outro acordo?

Fui ao que interessava, referindo-me ao resgate de Atena.

— Bem, ele sabe meio por baixo o que houve entre mim e Ravish, não seria nenhuma faceta gritante se eu desejasse derrubar o Geral. Prometi entregar os fornecedores, rota de desvio das drogas, contatos fora do país. Tudo o que destaca a *Sociedade* no meio do crime, seria dele. O filho da puta fingiu aceitar e eu fingi acreditar. Já sabia que teriam informantes dele na equipe, outro ponto onde Ravish foi inconsequente, por isso fui preparado com o ataque. O que não esperava era que os membros do caralho da minha facção quisessem minha cabeça porque meu próprio *pai* pediu — grunhiu, indignado.

— Como chegou até Delacroix?

Gael enrugou a testa, pensando se adentrava ou não esse assunto. Aguardei, impaciente.

— Francis, pai de Atena.

Prendi a respiração. Essa merda ficava cada vez pior.

— O cara podia ser Geral da *Casta*, rabudo com os negócios das empresas, mas totalmente burro em ser discreto. Quando desconfiei dos passos de Vult, comecei a checar e cheguei ao conglomerado *Beaumont*. Avaliei Francis por dias, sem pista alguma que me levasse ao que queria, até que Delacroix surgiu. Bastou invadir a mansão onde Francis morava, ameaçar sua querida filha e ponto, ganhei um aliado que ficou puto por estar sendo enganado. Todo o dinheiro que entrava com o crescimento à custa da *Sociedade*, não era repassado a ele. Além de foder os negócios com a entrada invasiva, Delacroix estava roubando o próprio sogro e sócio. Enquanto Francis achava que o estava ajudando, eu fechava aliança com seu genro ganancioso. O submundo tem dessas, não? Nem sempre agimos conforme deveria — debochou no final.

Minha cabeça lutava para processar cada informação desencontrada que recebia. Gael já conhecia Atena antes mesmo de vê-la comigo. Sua aversão com ela fazia sentido agora.

O caralho era por que fiquei no escuro todo esse maldito tempo?

— Meu informante, que foi morto enquanto pegava os arquivos que precisava dentro do forte da *Casta*, monitorava as ligações de Vult para mim. Eu só esperava o deslize, e ele aconteceu...

Apertei o ponto entre as sobrancelhas, cansado das merdas que vinham como jatos. Eu tinha o direito de estar irritado, porra! Enquanto entrava no jogo doentio dele, achando que éramos parceiros, fui feito de soldado experimental.

— Por que não me contou tudo isso no segundo em que viu Atena comigo? Minha lealdade estava ao seu lado, Gael. Esperava que a sua estivesse comigo também.

O porte enorme dele pareceu aumentar. Se havia algo que Gael odiava era ser colocado em teste sobre ser ou não leal.

— Acha que não me preocupo com você? Eu te tenho como irmão mesmo no meio desse inferno que vivemos, Felipo. Eu ia te contar assim que saíssemos da cobertura com o trabalho não feito. Delacroix confiaria em mim, se viraria contra Ravish e a guerra entre facções estaria armada. Eu colocaria Vult no fogo cruzado com o que tinha, porque ele não sairia pela tangente mesmo se quisesse. Mas então, em anos de convivência, te vi se importando com alguém. *Você nunca se importou com ninguém,* caralho! Foi a saída que encontrei para não te afundar mais na lama, para que pudesse ter a vida digna que merece. Não desejo essa solidão medonha para ninguém, muito menos para você...

Minha respiração acelerou, não por raiva, por não saber o que dizer. Gael viu uma luz onde eu não queria enxergar. Porque, Deus, Atena significou isso desde que coloquei meus olhos nela, só não admitia.

— Se você tinha provas contra Vult, por que não as entregou antes?

Ele baixou seu dedo em riste, recobrando sua postura, indiferente. Era estranho ver sentimentos em Gael, estava acostumado com seu jeito morto.

— Eu não tinha muito. Tinha Delacroix e uma ligação de trinta segundos avisando sobre o local de encontro para a entrega de mercadoria roubada. Era arriscado me basear nele para qualquer coisa, mas o filho da puta jogaria a própria família aos lobos para proteger os negócios. Se houvesse uma guerra, Delacroix entregaria o X-9 só para debochar de Ravish. Era com isso que eu contava. Contudo, seu passo em falso veio a calhar, pois consegui provas concretas. Desmascarei Vult, humilhei Ravish e demos fim em Delacroix. O conglomerado e a organização são de Atena. Eu vou receber o que mereço e você está livre para ficar com a garota.

Fixei meus olhos em Gael, não sabendo se ficava furioso com suas explicações ridículas ou grato por achar que podia me tirar do limbo. Cerrei mais as mãos, buscando um equilíbrio entre o que pensava saber e o que não sabia. Gael fez o possível para mostrar ao pai que era inocente seja lá do que. Anos atrás, fiz o impossível para concluir minha vingança. Nem sequer podia contestar suas ações quando as minhas eram mais ferradas que as dele.

Por mais filho da puta que Gael tivesse sido, ainda se colocou em meu encalço mesmo que eu não tivesse pedido. Eu, por outro lado, larguei os meus para suprir um desejo sádico por justiça. Então, sim, ser grato era o mais sensato a se fazer.

Calculei o que falar e, no segundo em que resolvi abrir a boca, Ayla — a mesma garota que nos recebeu há dois dias —, entrou pela porta e sorriu.

— Ela acordou e quer te ver.

Meu peito expandiu com o alívio em saber que Atena abriu seus olhos incríveis. Que, finalmente, veria o mar calmo e intenso que me mantinha submerso.

Ayla continuava sorrindo, aguardando minha reação. Sem demora caminhei para fora, louco para tocar a minha garota. Fui parado no limiar com a última frase de Gael, a única de todas que preferia não ter ouvido:

— Fui eu que entreguei Francis para Delacroix, Felipo. Precisava que soubesse disso.

Maldição!

CAPÍTULO 36

Atena

Meus cílios tremularam antes que conseguisse abrir os olhos direito, o odor forte de hospital invadiu minhas narinas, aumentando o desconforto. Tentei puxar na mente onde estava, minha memória enevoada demorou a se organizar, para processar os últimos acontecimentos.

Ian baleado. Felipo atirando nele. Eu caindo.

Todos os *flashes* vieram em grandes ondas e, por incrível que pareça, um alívio inundou meu peito ao constatar que estava livre do meu marido. Finalmente não seria mais necessário fugir.

— Felipo — murmurei para a luz no teto.

— Que bom que acordou, Atena! — Uma mulher morena, muito bonita, entrou na mina linha de visão. — Vou chamar o médico, só um minuto.

— Felipo... — Tentei de novo.

A mulher sorriu, anuindo devagar.

— Vou chamá-lo também.

Então, ela saiu e continuei fitando o teto. Minha cabeça doía, por isso voltei a fechar os olhos para aliviar as pontadas. Não sei ao certo quanto tempo permaneci assim, até que dedos mornos acariciaram o dorso da minha mão.

— Ei... — Aquela voz rouca por causa do cigarro, parecia melodia aos meus ouvidos.

Com mais dificuldade que imaginei, despertei para dar de frente com o verde lindo que carregou meus sonhos estranhos enquanto dormia.

— Ei — devolvi.

Felipo sorriu genuinamente, como se me ver acordada arrancasse dele medos enormes. Um beijo casto foi depositado nos meus lábios.

— Chega de dormir, não acha?

Repuxei minha boca, querendo rir mais, contudo a moleza não permitiu.

— Eu precisava desse descanso. — Meu tom saiu praticamente mudo.

Outras pessoas apareceram, obrigando Felipo a se afastar, mas ele não soltou minha mão, permaneceu entrelaçado a mim por incontáveis minutos. O médico checou o que precisava checar, elogiou minha garra em viver e me tranquilizou em relação ao meu estado.

Eu levei um tiro, passei por uma cirurgia, quase morri... Inacreditável como minha vida deu uma volta dessas. A rotina tranquila, regrada, sem grandes planos, tornou-se agitada e foi a melhor mudança que recebi, independentemente dos altos e baixos.

Não trocaria nada, nem mesmo as dores ou as inseguranças, pelo casamento fracassado e indiferente que aturei. Nesse último mês, eu desenterrei a Atena que sonhava em ser, libertei as garras, saí do que esperavam de mim e entrei no que eu precisava ser. No final, aprendi que as asas nos levavam mais longe do que éramos capazes de imaginar, bastava criar coragem para dar um passo fora da zona de conforto.

Três semanas depois...

Desde que saí do hospital, corri atrás de inúmeras pendências. A primeira: Ian. Precisei dar entrevista, explicar o que houve, enterrar meu marido que foi vítima de assalto — a mentira que me convenceram a contar —, pensar e repensar sobre o patrimônio que triplicou de tamanho. Se não bastasse tudo isso, quase enlouqueci com o assunto *Casta*.

Eu queria assumir meu lugar por direito e não seria um bando de machos repugnantes que barraria esse feito. Por outro lado, mudaria alguns quesitos que diziam respeito aos *negócios*. Esse tópico causaria barulho em meio aos membros de ponta, ou seja, os Torre.

Percalços que não trincariam minha determinação. Ou eles se juntavam a mim ou saíam da facção.

— Está pronta, querida?

Felipo parou ao meu lado. Vestido em um conjunto perfeito de terno, o homem conseguia se destacar com precisão no local. Estávamos no vigésimo andar de um dos prédios da *Revierah*, que descobri ser sede da *Casta*, prestes a adentrar uma sala abarrotada de egos exacerbados, que adorariam me comer viva.

Eu ainda não tinha conversado com Felipo sobre *nós*. Simplesmente seguimos juntos, sem maiores dilemas. Eu não falei que o amava, ele muito menos. Talvez, quisesse protelar as palavras que entalaram na minha garganta para não correr o risco de lidar com a negativa na devolução. Enfim, fosse o que fosse, chegaríamos lá. Por ora, focaria no que precisava fazer e faria sozinha.

Virei-me para ele, passando os braços por seu pescoço pouco me fodendo para a secretária de Ian parada a poucos metros.

— Sei que quer ir lá comigo, mas prefiro que fique aqui.

Felipo apertou minha cintura, roçando nossos lábios. Eu sentia seu ímpeto de rebater, de tentar me convencer do contrário. Todavia, sabia que não o faria, porque ele *confiava* na minha capacidade.

— Vai lá e acaba com os filhos da puta, Atena — sussurrou.

Sorri.

— Pode deixar, Grandão.

Felipo arrumou meu cabelo atrás da orelha e deu um passo para trás, deixando-me ir ao meu embate. Existiam lutas que precisávamos lutar sozinhos, aquela era uma delas.

Abri a pesada porta de madeira para encontrar quatro homens carrancudos, bem confortáveis em suas cadeiras. Seus olhares não foram amistosos com a minha chegada. Para a tal reunião, coloquei um tubinho preto, saltos pretos, cabelos soltos e um batom vermelho sangue. Não queria ser hostil, muito menos aparecer ali como uma mulher que demonstrava ser submetida com poucas palavras. Achei que o conjunto estava no ponto certo. Assumi a cabeceira da mesa, soltando meu celular a minha frente.

Não tremia, sabia o que desejava dizer e partiria para o ataque.

— Olá, senhores! Como sabem, meu marido está morto, afinal as notícias bombardearam a mídia nos últimos dias. E, bem, como acredito ser de conhecimento, não foi um assalto. Ian foi morto porque mereceu. Inclusive, quem o matou está do lado de fora desta sala me aguardando.

Muxoxos de espanto encheram o ambiente.

— São as leis do crime, eu acho. Olho por olho, dente por dente. Ian pegou o que não lhe pertencia, foi imprudente e ganhou o desfecho que procurou. — Elevei o tom para cessar a conversa paralela. Respirei fundo quando me deram atenção, e soltei a bomba. — Pois bem, sou a nova Geral da *Casta*. Meu pai fundou essa organização e meu ex-marido a tomou para si sem permissão. Acredito que está na hora de recuperar o que é meu por direito.

No mesmo instante todos se levantaram. Eles esperavam que eu viesse passar a facção para um deles. Apenas por isso aceitaram me encontrar. Do contrário, não perderiam um segundo com a dama quebrável, que foi troféu do Delacroix por anos.

— Isso é inadmissível, garota! Comecei isso aqui com seu pai, ele também não concordaria! — um senhor mais velho bradou para mim.

— Ele não está presente, está? — questionei, calma, indicando a sala. O rabugento fechou a cara, irritado com minha audácia. — Não estou aqui para discutir, senhores. Estou somente para avisar que assumi os negócios tanto da *Revierah* quanto do conglomerado *Beaumont* e quem não estiver de acordo, pode sair.

Todos se calaram, não por aceitarem, sim, por contrariedade.

— Como pensa que vai dirigir tudo isso sozinha, garota? Olhe só para você! Não passa de uma...

— Melhor maneirar no palavreado se não quiser acabar como o meu marido, a sete palmos do chão — cortei sua tentativa em me insultar, a *Glock* acoplada em minha coxa implorava para ser usada. Empurrei a cadeira um pouco para trás e me levantei; as costas eretas, mãos rentes ao corpo, queixo erguido. — Como já disse, ou permaneçam ou sumam daqui. Só não venham dizer que não sou capaz de comandar uma facção desorganizada, com pessoas inúteis e sem noção de onde metem o nariz.

Eu sei o que estou fazendo e não preciso provar a nenhum de vocês. Vou repetir: vão ficar ou sair?

— Não se sai de uma organização criminosa fácil assim, sabemos demais — o mesmo velho ralhou.

— É por isso que temos informações muito importantes sobre vocês. Pais, filhos, endereços... Todos têm um ponto fraco, o senhor deve ter também! — rebati, tentando a todo custo manter a serenidade.

Se Felipo tivesse entrado, já teria atirado em metade desses insuportáveis. Quase sorri com o pensamento.

— Contudo, acredito não ser preciso recorrer a tanto, pois espero que cada um aqui nessa sala, que participou por anos da facção, entenda que um dos piores erros dentro do crime é a traição. E, senhores, acreditem quando digo que não tenho pena de punir quem merece. Não sou a pessoa mais entendida do meio, tampouco desejo ser como meu pai ou Ian. Vou mudar algumas coisas, manter outras. Não importa o que aconteça, a facção vai permanecer, continuaremos uma família, protegendo nossos interesses, criando alianças, alavancando os lucros. Se for o errado que nos leva para frente, por que não aprimorar? Porém, antes de abrir meus projetos para vocês, tenho de saber quem vai embarcar comigo e quem vai pular do barco. Não sou inimiga, sou Geral de vocês e é lealdade que espero como retorno.

O silêncio predominou, até que um por um voltou a se sentar. Sorri, discreta, comemorando por dentro como a menina impulsiva que era. Acomodei-me no meu lugar, expliquei os pontos a serem alterados e os que seriam banidos; nesse último se encaixava o tráfico de mulheres. As maiores rendas vinham das drogas e armas, apesar dos protestos não titubeei na minha decisão.

— Por mais que seja capaz, Atena. Por mais que sua força de vontade a leve longe, por quanto tempo conseguirá dar conta de todas as empresas, que são muitas contando as de seu marido e pai, e mais a *Casta*? Isso aqui, por mais que pareça, não é como brincar de boneca.

Quem se pronunciou foi um homem mais novo, que se manteve quieto durante a baderna. A tatuagem de cobra tomava seu pescoço. Seu timbre não era debochado, tampouco afrontoso, ele parecia querer entender como eu daria conta. E, para ser sincera, não sabia.

— Agora — ele prosseguiu —, sou eu que pergunto: qual a sua jogada para administrar tamanha responsabilidade?

Encarei-o por um curto período, não mentiria, precisaria de ajuda. Esperava encontrá-la ali e no Conselho das companhias. As palavras vieram até meus lábios, só não as disse porque Felipo adentrou a sala.

— Com minha ajuda. Atena não está e não estará sozinha, de resto se preocupem em manter sob controle os afazeres de cada divisão dentro da facção — afirmou, caminhando da porta até onde eu estava. Seu porte grande dominava o espaço, o gingado nos passos, as feições carregadas. Felipo não tinha como passar despercebido, pelo menos não para as mulheres.

— E quem seria você? — o Torre retorquiu,
— Felipo.
— Felipo de quê?
O olhar severo que aprendi a admirar foi direcionado ao homem.
— O mesmo que matou a porra do seu Geral e que não ligaria em enfiar uma bala na sua cabeça. Pare de fazer perguntas. Atena tem mais tópicos para debater, se não quiser participar é só se mandar.

Sua mão apoiou no espaldar da minha cadeira, segurei uma gargalhada com os olhos arregalados do Torre e com o mau humor de Felipo.

Nós tínhamos conversado sobre ele ser meu parceiro nessa. De primeira, minha proposta foi recusada; na segunda Felipo ficou de pensar e, pelo que parecia, tinha topado. Não havia pessoa que confiava mais para o cargo. No fundo queria gritar por socorro, porque jamais me imaginei administrando algo, ainda mais tantas coisas ao mesmo tempo.

Mesmo com uma baita responsabilidade, prometi a mim mesma que daria um jeito. A faculdade de Moda não ajudaria em nada, por outro lado, se sobrevivi à enxurrada de problemas das últimas semanas, encontraria um meio-termo para aquilo.

Satisfeita com a presença imponente e o calor delirante emanando de Felipo, recostei-me no assento, preparada para dar início às mudanças. Nenhum dos Torres rebateu meus planos, não sabia se por mim, por Felipo ou por não terem argumentos.

A reunião se estendeu por horas e, confesso, adorei cada minuto por mais impróprio que pudesse ser para a maioria da sociedade.

Felipo

Fazia três semanas que as coisas seguiam seu curso. Atena se recuperou bem, cuidou dos pormenores que ficaram soltos e não nos desgrudamos. Estávamos ficando em um hotel desde que saímos do hospital da organização, ainda sem resolver para onde ir ou como ir.

Meus fantasmas apaziguaram, pararam de atormentar. Mesmo que eu soubesse merecer cada porcentagem do tormento, não me punia como antes. O motivo devia ser a garota rebelde que se lançou na minha vida do nada, sem sequer pedir licença. Vê-la hoje, dando um show de garra em meio a lobos ansiosos para devorá-la, foi incrível.

Atena conseguia tornar tudo mais fácil ou menos complicado, e não duvidava que daria conta. Relutei em aceitar sua proposta de cuidar da facção, tinha acabado de me livrar da *Sociedade* graças a ajuda de Gael, e não sabia em que momento acabaria esse lance que desenrolamos, estava aguardando ela acordar e perceber que não a merecia.

No final, enfiei-me no furacão porque nada mais importava além *dela*. Eu não devia ter entrado na sala, mas o silêncio sufocava conforme o ponteiro do relógio no meu pulso girava. E, por mais que Atena tivesse força o suficiente para derrubar todos os Torres sozinha, eu *queria* estar lá por ela.

Levantei a cabeça da tela do *notebook* quando a vi passando de toalha na minha frente. Altiva, provocadora, desinibida, nem parecia a garota que se encolheu debaixo do chuveiro três dias atrás e chorou compulsivamente. Diferente da primeira vez, quando escutei seu choro na casa onde estávamos escondidos, eu entrei lá e a segurei nos braços até que se acalmasse.

Minha vontade era matar o filho da puta do Gael, ele foi o causador da desordem. Quando fiquei sabendo que Gael foi o responsável pela morte de Francis, intimei-o a contar, porque eu não faria o trabalho sujo. O infeliz voltou somente para isso. Sem amortecer o golpe, soltou a bomba.

— Fui eu que dedurei seu pai para Delacroix — contou depois de narrar toda a história. — E não senti remorso algum por isso.

Acompanhei-a engolir em seco, sentada no sofá de frente para ele. Então, Atena se levantou e estalou um tapa em sua cara. Gael não se mexeu, apenas trincou o maxilar.

— Não esperava sentimento, não de você! — minha garota rosnou, mantendo a dor no fundo para não explodir bem ali.

Gael a olhou por longos segundos, ela revidou. Atena podia não ver, nem sequer se tocaria, mas agora ele se importava com ela. Do contrário, não estaria ali contando algo que poderia comprometê-lo de várias formas.

Depois disso Gael sumiu, Atena guardou mais uma decepção para a conta e eu seguia tentando entender o que se passava entre nós.

— Vai ficar só me olhando ou vai vir aqui? — Apareceu à porta do quarto, nua.

Sorri de lado, apreciando sua imagem gostosa, e fui ao seu encontro. Nossas bocas foram as primeiras a se tocarem, em seguida minhas mãos seguraram embaixo da sua bunda e a içaram até ter suas pernas em torno do meu quadril. Meu pau exatamente onde queria estar, encaixado rente a sua boceta. As unhas afiadas dela desceram por minhas costas encobertas pela camisa social branca.

Joguei-a na cama, assistindo suas coxas se abrirem, convidando-me. Encarei seus olhos azul-celeste que brilhavam intensamente, vendo-a por completo. Vendo somente *ela*.

— Vou te chupar primeiro, querida. Só então meu pau vai se enterrar aqui. — Contornei seus lábios. Desci meu dedo até sua boceta, provando o calor, a umidade. — E aqui.

Atena se remexeu, sorrindo.

— Sou toda sua, Grandão. Agora, comece logo — murmurou, atiçando meus instintos famintos por ela.

Em minha mente uma frase complicada se repetia: *o encaixe certo para a minha escuridão.*

E ela era. Caralho, como era!

Não sei por que decidiram que eu merecia uma segunda chance sem ao menos querer. Não havia lógica naquilo. O homem que burlou sua família, seus ideais, seu próprio filho, estava se apoiando na superfície.

Eu não merecia nada, não era digno de ser trazido para a encosta, e me peguei ansiando pela viagem. Contraditório, tão fodido quanto meu passado. Que o inferno entrasse em guerra, mas desejava demais o que tinha para abrir mão.

Os demônios continuariam no meu encalço, a culpa corroeria meus ossos sem parar, a penitência não teria fim, contudo, encontrei o ponto de equilíbrio entre a loucura e a sanidade. Entre o propósito e a desistência. Era naquele pequeno pedaço de paraíso que padeceria em ruína.

O declínio me ofereceu consolo e eu o abracei, despencando sem pestanejar no precipício banhado de pecados.

CAPÍTULO 37

Felipo

Três meses depois...

Parei o carro em frente ao prédio residencial muito bem localizado, com monitoramento de última geração, estudei muito bem o terreno antes de considerar uma escolha. Desliguei o motor e encostei a testa no volante. Porra, eu nem sabia ao certo o que estava fazendo! Só tinha certeza de que não podíamos nos instalar em um hotel pelo resto da vida.

Fiquei noventa dias aguardando Atena me dizer para desaparecer, não aconteceu. Pelo contrário, parecíamos adentrar mais a rotina de um casal. E, caralho, nunca me peguei tão assustado e sossegado. Não me via em uma casa de cerca branca, com carro e filhos, mas me via com *ela*. Era insano como essa merda me deixava maluco.

A *Casta* estava seguindo seu curso, os Torres me respeitavam. Reorganizamos as funções, delimitamos nossa própria área, colocamos um pé fora do estado. A ideia não era arrumar rivais, era criar aliados. Ravish me procurou mês passado pedindo ajuda para eliminar um alvo forte que, segundo ele, seria trabalho somente para mim e Gael, tive o prazer de sorrir e dizer um sonoro não.

O filho da puta aceitou nos ajudar com Delacroix para que depois seus cães inúteis nos apagassem e ainda vinha me procurar? Que ele fosse para o inferno! Sua organização podia ser a maior do país, mesmo assim não me submeteria a sua ameaça.

Não deixei de perceber que Gael cumpriu o que falou que faria: cortou o anelar esquerdo do pai, o mesmo onde Ravish usava o anel que ostentava a inicial da facção. Eu quis muito participar, porém entendi que era um assunto inacabado do meu antigo parceiro e respeitei.

O Geral da *Sociedade* pediu desculpas ao filho perante todos os membros da organização, também matou Vult para provar seu ponto sobre punição para traidores, regra rígida que não absolvia a elite do Conselho. Gael conseguiu o que buscava há anos, então sumiu do mapa. Foi graças a ele que Ravish nos deixou em paz. Nós lhe devolvemos o que Delacroix roubou e seguimos cada um seu caminho.

Sobre Atena, ela vinha sendo muito mais que uma CEO, a mulher se tornou a primeira Geral de uma organização criminosa no país, pelo menos a primeira que vinha de linhagem direta, e mantinha com maestria seu título. Toda e qualquer mudança passava por ela, os outros pormenores ficavam comigo.

A minha garota carregava uma veia para os negócios, demandava nas empresas do conglomerado, da *Revierah*, da *Casta,* ainda encontrou um período para se dedicar ao curso de administração.

Não me incomodava que Atena tivesse um patrimônio ridículo de tão enorme, para ser sincero, isso me deixava orgulhoso. Acompanhar seu esforço para dar conta era uma puta admiração. Além disso, montei minha própria fortuna durante os anos que passei trabalhando como Final. Quando não tinha no que gastar, guardava. E meu acúmulo foi satisfatório.

Voltei a levantar os olhos para o prédio bem decorado, sofisticado. Fiquei dias a fio pensando e repensando sobre um passo muito importante. Um que batia para fora meus demônios, aqueles que adoravam lamber minhas feridas para fazê-las arderem mais. Eu poderia estar a meio passo de foder tudo ou a mesma distância de aprumar o futuro...

— Dane-se! — resmunguei pulando para fora do carro.

Recusava-me a tropeçar com os lances da aposta jogados à mesa. Dois minutos mais tarde ela chegou, vestindo jeans, tênis e camiseta. Incontestavelmente perfeita e tão familiar.

— Oi, Grandão — cumprimentou, passando os braços por meus ombros, seus lábios tocaram minha boca.

Circulei sua cintura, recebendo de bom grado o carinho que a cada dia parecia se encaixar melhor em meu sistema. Eu a amava, esse fato não era nem surpresa nem um problema, parecia mais como o acalento do caos.

— Oi, querida!

— O que viemos fazer aqui?

Atena estava longe de ser inocente, ela sabia exatamente o que fazíamos ali. Porém, igual a ela, entrei no jogo. Sorri de leve, beijando de novo seus lábios macios.

— Quero te mostrar algo, venha.

Enredei nossos dedos e com o cartão de acesso subimos até o último andar.

Nenhuma palavra foi dita durante o percurso, nossas respirações ritmadas embalavam o silêncio confortável. O duplex vazio, pronto para ser decorado, nos deu as boas-vindas. Observei minha garota caminhar pelo que deveria ser nossa sala, parando em frente à janela que ia do chão ao teto. Uma vista espetacular da cidade aos nossos pés.

— Não sei se... — Atena se virou para mim. — Se me sinto feliz com o que minha mente imagina ou preocupada com o que a *sua* está tramando.

Não a julgava por esperar o pior, ainda mais levando em consideração meu histórico. Enfiei as mãos nos bolsos da calça, fitando-a com o que existia de melhor por dentro. Eu queria falar, pôr para fora mesmo que não devesse. O caralho da insegurança querendo barrar minhas ações me obrigou a permanecer calado pelo que pareceram horas.

Ela merecia saber, tinha esse direito, porra!

Travei o maxilar, colocando minhas certezas sobre os medos.

— Desde que a correria deu uma trégua, eu fiquei pensando, matutando noite após noite sobre cada prós e contras — comecei, louco para acender um cigarro e aliviar a tensão. — Aguardei sua decisão de que merecia mais do que um Final sem piedade, um homem sem dignidade, um ser humano egoísta como eu. Cada vez que te olhava, me convencia de que não queria ser quem suga o que há de melhor em você, que não poderia te arrastar para o fundo só porque sua luz me confortava.

Atena deu um passo para perto. Em seu azul-celeste percebi dúvidas, estranheza.

— Eu sei o que mereço nesse mundo, Atena. E, acredite, não é ser amado ou entendido. Fiz mais mal do que bem. Causei mais dor do que esperança. *Eu* fiz, ninguém me pediu. Quando achei ter me acomodado com o breu que o inferno oferece, surgiu uma brecha para colocar em prova cada uma das minhas convicções.

Suas pernas a trouxeram mais um pouco para perto. Permaneci onde estava, se a tocasse não continuaria com o que planejei.

— *Surgiu você*. Seu jeito rebelde, impulsivo, irritante, que consegue domar e perturbar meus piores fantasmas. Foi o caralho da confusão mais linda e deliciosa que enfrentei, porque acredito que me liguei a você antes mesmo que pudesse entender o que significava.

Ela levou as mãos até a boca, chocada com meu desabafo. As íris cristalinas estavam inundadas por lágrimas. Algo no meu íntimo adorou pegá-la desprevenida.

— Não há um fio em você que mereça o emaranhado que carrego. Não tem sequer um sorriso seu que precise dos meus traumas. Nada, nada que te monte necessita dos meus pedaços. Mas *eu* descobri que o essencial em mim pulsa em você. E, por Deus, assusta mais que o próprio fundo. Sabe por quê? Porque vou fazer merda, vou agir sem pensar, vou me doar por inteiro. E se acabar te perdendo, se acabar despertando seu lado mais sombrio, corro o risco de ferrar o que é bom justamente porque não o mereço.

Mantive minha voz estável, mesmo que meu coração teimasse em esmurrar o peito. Era patético, parecia mais um comício ensaiado do que as merdas mais verdadeiras que segurava. Fazia tanto tempo que não precisava demonstrar sentimentos que me peguei sem saber como agir.

— Sim, eu comprei esse lugar para *nós*. Comprei porque não tem condição alguma de ficarmos em um hotel, porra! — Ela riu. — Comprei porque, por mais imbecil que possa parecer, eu quero estar com você. E estou aqui, dizendo que cada caco, cada farelo do que sobrou, é seu. E se você estiver confortável com isso... Caralho, querida! Se você me quiser assim, eu também quero. Basta dizer.

Queria rir de como soou patético para um homem sem escrúpulos como eu. Pessoas que mereciam o que eu merecia não deveriam amar.

Atena me alcançou assim que finalizei a ladainha, sua palma em concha na minha face. Nada nela refletia angústia ou contrariedade. Era um bom sinal, pensava.

— Isso que você não consegue entender, Felipo — murmurou. — Você desperta o que existe de melhor em mim. Não temo o fundo, não temo despencar em queda livre, porque sei que vai me segurar. Você traz a sombra necessária para que eu possa ser quem sou. Então, me deixe ser a luz que te mostra que é possível enxergar em meio ao breu. Não precisamos ser perfeitos, não é isso que busco. Eu quero o que pode me oferecer, todas essas partes quebradas que encobrem as minhas.

Uma lágrima desgrudou dos seus cílios e rolou por sua bochecha. Levei meus lábios até o local, impedido que o caminho molhado manchasse mais sua pele branquinha. Depois, tomei a iniciativa de puxá-la para perto, minha testa pendia na sua. Eu não sabia mais o que falar, era mais de fazer do que dizer. Isso era uma porra de complicação.

— Diga que fica, que vai tentar — pediu tão baixo que me esforcei para ouvir. — Não desista disso, por favor! — Apontou entre nós, a unha pintada de rosa demonstrando que a menina levada ainda fazia morada. Detalhe que só aumentava o que me despertava. — Não desista por medo da luz. Ela não queima, só aquece, Felipo. E me deixe provar.

Ergueu sua visão para a minha, derramando sua alma naquilo. Eu não fazia ideia de onde esse caminho bagunçado daria. Maldição, não conseguia sequer vislumbrar. Porém, com todos os contras, eu ainda me apegava aos prós. Porque precisava, porque queria, porque *era ela*.

Atena

Enquanto assimilava tudo o que ouvi, *tudo o que queria ouvir*, voltei na noite que aconteceu meses atrás. Na noite em que, pela primeira vez, me convenci de que Felipo me amava. Do jeito dele, com os receios dele, mas amava.

— Você confia em mim? — *perguntou assim que saímos do chuveiro.*
Ficamos horas transando, gemendo e, que droga, eu queria mais. Nada parecia o suficiente.
— Sabe que confio — afirmei sem pensar.
Eu confiava minha vida a Felipo sem medo do desfecho.
— Espere aqui um minuto.
Nu, ele saiu pela porta do quarto. Em menos de dois minutos voltou com um canivete nas mãos. Enruguei a testa. Felipo me girou, deixando-me de costas para si. Seus lábios beijaram meu ombro.
— Na noite que invadimos o barracão, Delacroix contou que colocou um biochip em você. —*Aquela porcaria fez meu estômago gelar. O desgraçado*

me rastreava como um cachorro. — E eu quero arrancar isso, porque você não pertence a ninguém, querida. Você é livre, corajosa, independente.

Tateou minha pele, até que um ardor queimou perto do meu quadril. Travei os dentes, não pela dor, pela raiva em como era controlada sem saber.

— Não se limite ao que achava que era, tudo bem?

Virou-me de frente, como se lesse meus pensamentos, e segurou minha mão, depositando o pequeno objeto no centro da palma. Um minúsculo aparelho que me colocava no radar do filho da puta do Ian.

—É o que quiser agora, Atena. É, principalmente, meu ponto de equilíbrio. — Desviei do treco que estava dentro do meu corpo para me conectar ao verde lindo que me fitava. Nada além de amor reluzia no fundo, eu conseguia ver. — Está livre para ser quem quer, ir aonde deseja, remontar cada passo. Porque é isso que quero significar para você: liberdade. Sem limites, sem regras, sem "e se".

Eu me lembrava de ter me lançado em cima dele naquele dia, esquecendo no chão o maldito *biochip* que mais tarde foi destruído. Esquecendo qualquer outro fator que não fosse seus braços. Eu o amava demais para perdê-lo e lutaria até o fim para provar que merecíamos um ao outro.

— Amo o que sou com você, Grandão! Amo o que me sinto capaz de fazer na sua presença, o quanto me deixa forte e aumenta minha capacidade. — Sorri, ainda presa no mar verde dos seus olhos. — Isso tudo acontece porque eu amo você, Felipo! Amo todos os seus defeitos, as suas qualidades, seus traumas, até seu mau humor.

Suas feições carregadas neutralizaram. Uma faísca de esperança se acendeu. Contudo, nada saiu dele. Nenhum resmungo, nem sequer um suspiro. Eu sabia como era difícil para Felipo se abrir, que as barreiras que derrubou para desabafar levaram muito da sua energia.

E, por Deus, eu só conseguia amá-lo mais por isso.

— Você me ama — afirmei por fim, desprovida de hesitação.

Ele provava seu amor todos os dias. Com beijos, com sexo, com incentivo, com sua fé enorme no potencial que nem eu sabia ter.

— Não estou pedindo que confirme, porque eu sei que me ama, Grandão. Só quero que consiga lidar com esse receio em ferrar o que temos, quero que entenda que vamos juntos pelo caminho. Não é leviano, é uma promessa, Felipo. *Nossa promessa.*

Suas pálpebras baixaram, escondendo suas íris. Um suspiro profundo deixou seu peito, seus dedos exerceram pressão em meu quadril, seus nervos pareceram tremer. Ele estava lutando, esforçando-se para se declarar. Conseguia antever suas emoções se debatendo e, sinceramente, entendia seus motivos. Para Felipo não externar se tornou a borda, a mísera fonte para não se afogar.

No passado ele se entregou, viveu, amou e por um erro do destino foi destruído. Não podia condená-lo por tentar assegurar alguns indicadores.

Doeu acompanhar sua luta interna, doeu mais ainda perceber que Felipo jamais deixaria de se castigar pelo que aconteceu. Esse era seu fardo, sua história, suas entrelinhas. Eu não pesaria mais, queria ajudá-lo a nadar em maré calma. Não me importava com palavras ditas, contentava-me com as ações concretas.

Merda! Não havia jeito de não notar que ele me amava, a frase que fosse se danar!

Acariciei seu maxilar bem desenhado, encoberto pela barba. Decidida a cessar o martírio dele, abrandar os demônios que não o deixavam, meus lábios se separaram no mesmo compasso que seus olhos verdes voltaram a me encarar. Ali, naquele poço ilimitado de garra, frieza, raiva, uma pequena faísca queimou. Uma que ainda não tinha visto, que torci para que se acendesse: fé.

Forcei meu peito contra o seu, porque jurava que iria ao chão de tanto alívio, orgulho, admiração.

Felipo não se permitia somente por mim, ele vencia, desafiava-se. Acreditava.

Ele estava tentando.

— Eu te amo, querida! Amo há muito tempo, se for para admitir a verdade. Deve ter acontecido no dia em que te beijei pela primeira vez ou quando me desafiou com essa língua afiada, ou ainda no momento em que te tirei daquela cobertura. Não sei ao certo, só... Só me desculpa por não falar antes. — Foi um mero murmúrio, e eu não precisava de mais.

Um sorriso escancarado se abriu, meus braços subiram para seu pescoço, abraçando-o forte. Feliz, quase flutuando. Cada passo dele somava ao meu próprio e aquele foi um *passo* importante, foi o começo para que as suas várias facetas pudessem emergir.

— Obrigada por dizer agora, Grandão! — Meu tom embargou, porque meu peito precisava compartilhar da alegria.

Fui levantada do chão, girada no ar devagar, sem alarde, ao jeito dele. Estávamos parados em uma sala vazia, que seria *nossa* sala muito em breve. O nosso começo. Nosso começo juntos.

Foi a jornada mais enlouquecedora, os degraus mais penosos, mas vencemos. Ambos conhecemos a liberdade, de formas opostas e tão significativas.

Cada pessoa tinha uma cruz, punia-se de formas diferentes, arrastando sua mochila lotada de defeitos autoimpostos, culpas incrustadas, dores permanentes, expectativas não alcançadas. Cada um ao seu modo se blindava contra os ataques, fossem eles da mente, fossem eles do mundo. Na verdade, esperamos apenas outro alguém que pudesse aliviar o cansaço ou extrair um pouco do melhor que preferimos esconder.

No nosso caso, a luz acabou espantando a escuridão.

O topo alcançou o fundo.

E, no final, o inferno não era merecedor das nossas almas duvidosas.

CAPÍTULO 38

Atena

Alguns anos depois...

Felipo andava de um lado para outro na sala. Os raios de sol adentravam as enormes janelas, refletindo em seus cabelos negros revoltos. Seus dedos perpassavam os fios como sinal de nervosismo.

Desde que nos mudamos para a cobertura, muitas coisas mudaram. Nossa interação, sua intimidade para comigo, a liberdade em sorrir e ficar relaxado. Ele era realmente muito mais que todos viam. Felipo me transbordava de todas as formas, nunca me senti tão feliz e tão confortável com nossa relação.

A facção fluía bem, alcançamos outros estados, aumentamos consideravelmente nossa renda e seguíamos sem rixa com outras organizações. Conquistamos clientes importantes, contatos de respeito. Acabei esquecendo o peso na consciência por ultrapassar o que considerava certo. Cheguei à conclusão de que era meu legado e o assumi como tal, independentemente da opinião imposta pela sociedade. Apesar do crime, eu fazia o máximo para ajudar quem precisava. Podia parecer hipocrisia, de fato era, mas eu fazia.

Felipo dirigia a *Casta* com punhos de ferro, acabei deixando toda e qualquer responsabilidade disso com ele, o homem entendia melhor do que ninguém dos assuntos que envolviam a facção.

Sobre as empresas, todas se tornaram uma só. Unifiquei para facilitar minha administração. Existia o Conselho, que servia de suporte em quase tudo, mesmo assim eu gostava de ficar no controle das situações.

Centralizamos a presidência, Recursos Humanos, faturamento, todas as áreas do conglomerado e da *Revierah* em um prédio só.

A faculdade de Administração somava de maneira única ao meu desempenho. Implantei pontos que favoreceram os colaboradores e, consequentemente, nos fazia produzir mais. Uma ideia que gerou um ideal. Todos bem, engrenagens sincronizadas.

— Porra...

Pisquei, voltando ao presente quando Felipo resmungou. Sua falta de tato para problemas comuns chegava a ser cômica. Ele matava, lidava com traficantes, confrontava bandidos da pesada, contudo bastava envolver sentimento que o homem se desequilibrava.

Sorri sem conseguir me conter.

Dois meses atrás, Lívia, sua irmã, contatou-nos e convidando para o aniversário de doze anos do João Pedro, o filho que Felipo abandonou por não conseguir lidar com o luto e a culpa. De princípio, ele não aceitou; com o passar dos dias, eu o pegava perdido em pensamentos, revendo as fotos que recebia de Lívia em um e-mail antigo.

Semana passada, Felipo estava no escritório, bebendo em silêncio. Sentei-me em seu colo e pedi que me contasse o que tanto o incomodava. Foi naquele dia que descobri que *Felipo* era seu nome verdadeiro usado como apelido e que sua identidade forjada foi uma jogada para despistar qualquer curioso que tentasse chegar perto de Lívia e JP. Seu medo se concentrava nisso: envolver quem já machucou nas merdas que fazíamos.

Eu não podia tirar sua razão, afinal, lidar com o crime significava manter um pé à frente, prevendo todos os deslizes que pudessem aparecer. Em contrapartida, meu maior desejo era que ele se permitisse a redenção, que se perdoasse. E eu sabia que sua carga só aliviaria após resolver as pendências que ficaram no passado. Lisa foi a primeira parte que Felipo deixou ir em paz. Lívia e JP estavam ainda em aberto, o medo da rejeição o impedia de pedir perdão, era visível isso por mais que ele não admitisse.

— Precisamos ir, Grandão. Do contrário, não chegaremos a tempo.

Toquei em seu ombro, parando seu vai e vem.

A casa de Lívia ficava em outro estado, eram horas de viagem. Olhos verdes angustiados me encararam. Acariciei sua barba rala, tentando lhe passar conforto.

— Eu vou foder tudo, Atena. Não é uma boa sacada essa.

Sorri novamente.

— Escute, você não vai *foder* nada. Eles estão nos esperando hoje. Apenas tente, Felipo. Se for muito, saímos de lá o mais rápido possível. Tudo bem?

Ele lançou suas íris nas minhas, decidindo se topava ou não. Por fim, o relampejo de esperança se sobressaiu ao desespero.

— Tudo bem! — Puxou-me para mais perto, beijando meus lábios. — Acho que sua influência sobre mim está me tornando um banana, querida — cochichou, com a diversão implícita na voz.

— Eu acho que você me ama e tenta me ouvir, isso não é fraqueza, Grandão.

Felipo me analisou, seus lábios curvados para cima, um pouco do receio havia deixado suas feições. Amava isso em nós, em como conseguíamos motivar um ao outro.

— Não mesmo.

Felipo

Foram horas intermináveis de viagem. Nem o cigarro nem a mão quente da minha garota acariciando minha perna me ajudou a relaxar por completo. Atena tinha razão, eu sabia que tinha, o caralho do problema era convencer minha mente perturbada disso.

JP estava disposto a me ouvir, talvez não para me aceitar, mas só por querer minha presença já dizia muito. E eu, o cuzão que era, cogitei não ir porque se tornou mais fácil ignorar os erros do que assumir.

Lancei a bituca para fora da janela no segundo em que parei em frente ao portão da casa onde Apolo morava com minha irmã e João Pedro. Estive ali uma vez anos atrás, somente para avisar Lívia que os estava abandonando de novo. Quanto mais pensava, pior ficava a situação.

Eu não merecia a bondade da minha irmã, nem o entendimento do meu filho, nem sequer merecia a fúria controlada de Apolo. Eu imaginava o quanto o cara devia estar puto em me ver tentando adentrar sem permissão sua família. A promessa que fiz de não voltar mais estava prestes a ser quebrada.

Acompanhei o portão se abrir, mesmo assim não saí do lugar. O mais sensato seria não vir, deixá-los viver sem paz, sem as minhas porcarias para incomodar. Há anos, eu sumi porque tinha certeza de que era o melhor para quem amava, esse fato não tinha mudado, continuava pensando da mesma forma.

— Ei, Grandão...

— Eu não devia estar aqui, Atena — cortei sua frase, não retendo meu desabafo. — Eles estão melhores sem mim, muito melhores. Lívia e JP têm o que merecem, tudo o que não dei a eles. Então...

— Lipo, ainda bem que chegou! Estava com medo de que não viesse.

Minha irmã surgiu do nada. Seus olhos idênticos aos meus reluziam de felicidade por me ver.

Como conseguia enxergar o bem mesmo com tantos escombros? Eu não conseguia entender.

— Não deixaríamos de vir, Lívia — Atena disse.

Só fiquei ali parado, com a garganta trancada, louco para dar meia-volta. Lív notou, pois esfregou meu braço.

— Limpe da sua cabeça qualquer tentativa de fuga, irmão. Nós o temos de volta e, desta vez, não vou deixá-lo ir. — Piscou, tão sapeca quanto na adolescência, antes de toda a podridão que causei. — Tenha seu tempo aqui, vou te aguardar lá dentro para cantarmos parabéns.

Sorrindo, ela se foi. Meus dedos apertavam o volante com tanta força, que as juntas protestavam.

Maldição! Odiava me pegar indeciso. Odiava ficar vulnerável.

— Você precisa entender que eles não estão levando em consideração suas atitudes do passado, estão criando expectativas sobre quem você decidiu se tornar hoje. — Virei-me para Atena, o azul-celeste iluminando o poço onde me escondi. — Não os decepcione por criar teorias infundadas, Felipo. Eles te amam, te perdoaram, faça o mesmo consigo.

Sua boca bem desenhada beijou a minha.

— Amor não se trata de perfeição, ele representa ter quem te apoie mesmo nos dias mais nublados. Você viveu os seus sozinho, permita que daqui para frente tenha uma âncora. Todo mundo precisa de uma, até você, Grandão.

Com isso ela desceu, acompanhando minha irmã para dentro. Apertei o ponto entre as sobrancelhas irritado com aquele caralho. Aguardei mais alguns minutos e arranquei, parando perto da entrada. Por azar, Apolo estava sentado nos degraus da escada.

— Puta que pariu... — resmunguei, saindo.

Eu tinha noção de que meu humor beirava ao insuportável, não tinha como controlar esse meu desvio. Acostumei-me a seguir sozinho, do nada me vi rodeado por Atena e sendo amparado pela família que afundei. Minha mente não conseguia assimilar, então acabava me fechando, usando do ataque para defesa. Porque, convenhamos, até minha alma fedida reconhecia que era injusto um recomeço para mim.

— Antes de entrar, vamos ter uma conversa.

— Não vou foder tudo... — menti.

Meu cunhado, mais ranzinza do que eu, fechou a cara.

— Prefiro reforçar. — Indicou o caminho que dava para os fundos.

Contrariado fui atrás, paramos rente ao muro que dava para o lago.

— Escute bem o que vou te dizer, Felipo: você só está aqui porque *eles* quiseram desta forma. Por mim, nunca mais te veria na vida. — Não o encarei, fiquei admirando a paisagem, tentando não mandá-lo se foder. — Eles são minha família, e não me importa se a menina te ama, se JP te ama... Se os machucar de novo, por ser um covarde do caralho, eu mesmo te mato. Estamos entendidos?

Travei o maxilar, querendo agir de acordo com a minha personalidade, entretanto, segurando os impulsos, pois Apolo estava apenas protegendo quem importava.

— Eu não os mereço...

— Nisso concordamos.

Filho da puta!

— Mas quero tentar pelo menos fazer parte de algo — continuei, ignorando sua alfinetada. — João Pedro é seu filho, Lívia sua esposa, eu vou ser somente a visita que aparece de vez em quando. Lisa foi a pessoa mais importante da minha vida por muito tempo, Apolo, e esse foi um dos meus erros, pois há mais pessoas tão importantes quanto ela. Sei que não soube lidar com a ausência, não consegui canalizar minha perda da forma certa.

Encostei as costas no muro, acendendo um cigarro. Já que era para desabafar logo com o irmão da mulher que praticamente matei, e hoje era marido da minha própria irmã, que fosse com um pouco de anestesia no sistema.

— Nunca cogitei pedir perdão a *eles*, não por não precisar, sim, por não ter nada para oferecer. Como se repara todo o mal que causei?

Esperei que Apolo rebatesse, nada veio.

— Fiquei dias sem dormir, cogitando mandar uma mensagem e cancelar. Hoje mesmo quase dei meia-volta pelo menos umas dez vezes. Só que a imagem da Lisandra refletia a cada piscada, me impulsionando a seguir. Se não bastasse isso, ao meu lado tinha a mulher que me trouxe para a borda, na mente o sorriso de Lív e a gargalhada do meu filho. Não sou bom, Apolo. Nada bom, para ser sincero. Porém, quero ser bom para eles agora.

— Tarde, não acha? — questionou, sério; sem resquícios de sarcasmo, pendia mais para o zelo.

— Antes tarde do que nunca, certo? — retorqui.

Ficamos em silêncio, o cigarro queimou mais a cada tragada, sua bituca parou embaixo da sola do meu sapato.

— Estou abrindo minha casa para você, Felipo. Cedendo o que tenho de mais valioso. Aproveite, porque será sua última chance.

Ergui os olhos para ele, anuindo devagar. Minha visão foi atraída por uma movimentação sutil, levei-a para lá, encontrando JP parado a poucos metros. Cerrei os punhos, lutando para não perder o controle. O garoto era a cópia da mãe, tirando os cabelos que tinha a cor dos meus.

Apolo caminhou para ele, batendo a mão em seu ombro.

— Vamos esperar lá dentro, filho.

— Tudo bem, pai.

Não sabia expressar como me senti com a palavra "pai" sendo dirigida a outro. Estava longe de ser raiva ou mágoa, parecia mais com vazio. Eu fiz aquilo, *eu* e mais ninguém.

JP se escorou ao meu lado sem dizer uma palavra. Aguardei que ele começasse, porque eu não fazia ideia de como abordar os tópicos: abandono e covardia.

— Quando minha mãe, ou seja, minha tia, contou que você estava vivo, a única pergunta que me fiz foi: por que ele me deixou? Passei um bom tempo com isso na cabeça, mesmo com a pouca idade. Então, um dia, eu fechei meus olhos e pedi ajuda para entender. Naquela mesma noite sonhei com a minha mãe, não a Nana, a minha mãe biológica.

João Pedro me fitou, criei coragem e retribuí. Todos os pelos do meu corpo estavam arrepiados, meu coração acelerado, a boca seca.

— Eu nunca tinha sonhado com ela antes. Na verdade, nem sequer me lembrava de como era. E naquela noite pude ver cada contorno, até o som da voz. — A pausa que se estendeu foi, no mínimo, angustiante. — Sabe o que ela me disse?

Engoli em seco, sem condições de verbalizar nada. O caralho do sentimento corria para a superfície numa velocidade alarmante.

— Não — respondi entredentes, variando entre querer ouvir e tapar os ouvidos.

— Que cada um escolhe como sofrer, que o luto não se estendia de igual para todos, que somos humanos, logo, somos falhos. Ela afirmou que você me amava demais e que seus erros eram justificáveis devido ao que passou. Minha mãe biológica sorriu para mim no sonho, prometendo que as peças se encaixariam, que você se recuperaria e, enfim, poderíamos conviver juntos. Eu acordei faceiro, contei para a Nana, para Apolo e aguardei sua volta. Demorou anos, mas estamos aqui.

Seus olhos azuis brilhavam, sem um filete de raiva ou nojo pelo que causei.

— Não entendo o que fez, Felipo. Só que também não guardo rancor, porque Nana esteve lá por mim. Ela me ensinou que não devemos julgar sem saber toda a história — prosseguiu. — Eu sei a sua, *a nossa*, e entendi que a morte da minha mãe acabou com você, te despedaçou, e tudo bem. Não precisamos ser fortes o tempo todo, não somos obrigados a esconder nossa dor para focar no próximo.

Abri a boca, em choque. O garoto tinha doze anos. Doze anos, porra! E me dava uma lição de moral épica. Contudo, existia uma brecha no seu relato: eu devia, sim, ter escondido minha dor para me dedicar a eles. Era minha obrigação e falhei. Jamais teria argumento para esse caso.

— Eu vou repetir o que já falei ao seu pai e mãe, JP: não mereço vocês, filho. Não tem como relevar meus erros, muito menos o efeito colateral que eles geraram em vocês...

João Pedro apoiou as mãos no muro, projetando-se para cima, acomodando-se ali. Aquela ação causou uma sensação de familiaridade, leveza, remeteu-me ao Felipo jovem.

— Nós estamos bem, felizes. *Você* está bem, feliz — concluiu, indicando algo com o queixo. Segui seu olhar para enxergar Atena sentada no degrau da escada, com suas feições carregadas de preocupação. — Ela ama muito você, dá para ver de longe.

— Ela ama, sim. — Sorri, tanto pela frase dele quanto para acalmar minha garota.

A garota que não desistiu de me libertar do fundo, que acreditou piamente na minha pessoa. Atena se tornou o fator principal por esse grande passo que dei hoje. Passo relutante, admitia, não menos importante.

— Eu tenho uma família, Felipo. Uma que pedi por muito tempo. Pai, mãe, irmãos, e sou grato demais por isso. As dificuldades foram válidas, nem penso mais nelas. Então, se quiser fazer parte do que somos, eu estou aqui, Nana também. Basta você querer.

Porra, meus olhos arderam! Eu queria, queria demais. *Precisava* era o mais correto.

— Obrigado, filho! Prometo que não vou decepcionar.

Apertei as mãos em punho, segurando as emoções.

— Acredito em você — murmurou. Sua fé bastou para me impulsionar rumo à metade do que teria de ser. Não encontrei agradecimento para tamanha maturidade daquele menino. Ganhei muito mais do que esperava.

Duas crianças surgiram da lateral da casa, um menino e uma menina idênticos.

— Mano, vamos! Queremos cantar parabéns — a menininha disse ao se aproximar.

— Estou indo! Estou indo! — João Pedro cantarolou, pulando para o chão.

— Oi, você deve ser o irmão da minha mãe, né? — o garotinho questionou.

— Sou, sim.

— Meu nome é Miguel.

Eles deram o nome... Lívia sendo Lívia.

— Prazer, Miguel, sou Felipo.

— A gente sabe seu nome, tio. Mamãe fala direto de você — a garotinha revelou, parando rente ao irmão gêmeo.

Fiquei travado como um otário, sem saber como reagir. Na minha cabeça *eu* entrava na zona proibida de debates.

— Por que não vão indo lá para dentro? Eu já vou — JP me salvou.

— Tá bom — a menina respondeu, arrastando o irmão pelo braço. — Ah, meu nome é Lisa, tio. Espero que volte mais vezes.

Meus ouvidos zuniram com o que captaram, minha cabeça entrou em parafuso.

Lisa. O nome da minha sobrinha era o mesmo que o da minha ex-mulher. Uma homenagem linda, com um peso gritante.

— Vou lá antes que os pestinhas obriguem meu pai a se vestir de palhaço, todo ano é isso. — João Pedro passou por mim, parando alguns passos depois, suas íris vindo na minha direção. — Sabe o que eu penso do sonho que tive lá atrás? Penso que minha mãe te amava ao ponto de acreditar que conseguiria se recuperar. Ela não perdeu a fé em você, nenhum de nós perdeu.

Continuou sorrindo, como se aprovasse meu retorno repentino.

— Eu... Eu... — Nada subia, o entalo causado pela minha mania em se esconder do que me fazia sentir.

Ele tornou a se virar, pegando minha desordem com a sucessão de acontecimentos.

— Te espero para os parabéns! — gritou, antes de começar a correr.

Fazia tanta força nos dedos, que as unhas curtas arderam na palma. Caralho! Que reviravolta foi essa?

Não percebi que chorava até que Atena me abraçou, afagando minhas costas. Eu não era digno de tanto, então por que eu? Por que não Lisa?

A resposta veio mais rápido que um piscar: porque a vida não era justa. Porque não a controlamos.

Passei anos peregrinando por medo de estabelecer morada, por pavor em *tentar*. A culpa corroeu minhas esperanças, lavou qualquer ímpeto para o futuro. Na caminhada não pensei se minhas opções feriram indiretamente quem eu amava, não pensei justamente para não sentir. Não sentir privava você da dor, fazia você se concentrar no que pudesse alimentar sua raiva. E a raiva abastecia os cantos ocos do meu sistema. Isso bastou por longas horas, dias, meses. Até que uma garota impulsiva mergulhou no fundo, estendeu sua mão e movido pela *impulsividadedela*, eu aceitei a ajuda.

Muitos ideais se modificaram desde então. Findei de que *sentir* não era errado, porque era esse detalhe que nos carregava de fé.

Fé em recomeços. Fé em felicidade duradoura. Fé naqueles que precisamos manter por perto.

Foi uma longa jornada em direção a luz, ainda existiam parcelas de escuridão, acreditava que permaneceriam, e eu não me importava. Porque o declínio não significou nosso fim, ele simbolizou a partida.

Sem redenção, sem meios-termos. Éramos nós, os pecados e uma longa estrada. Para um homem fadado ao inferno, eu estava acomodado com a encosta. Em algum ponto do caminho, por mais ilógico que parecesse, acabei por merecê-la.

EPÍLOGO

Felipo

— Quantos filhos da puta faltam, Gael? — grunhi, com a Beretta em punho.
— Na minha conta, dois.

Nós matamos no mínimo uns seis desgraçados lá atrás. Há quinze dias estudamos uma gangue que se intitulava *os Merecedores.* Os vermes estupravam mulheres, marcavam suas peles com cortes aleatórios, depois matavam. Segundo um dos membros, que torturamos por horas, eles eram escolhidos para limpar o mundo da feminilidade desrespeitosa.

Doentes do caralho!

Gael chegou até eles de um jeito nada bom e, apesar de não ter conseguido resgatar quem queria, colocou como meta eliminar cada um dos infelizes. Não titubeei em ajudar.

Indiquei que iria para a direita, ele pegou a esquerda. O corredor escuro fedia a urina, havia roupas pelo chão, marcas de mofo nas paredes, madeira pregada nas janelas. Um buraco para os ratos. Parei um segundo, tentando escutar qualquer barulho, nada. Tinha uma porta no final do espaço e uma a centímetros de onde eu estava.

Cheguei a primeira, o banheiro tão imundo quanto o restante da casa, estava vazio. Em menos de quatro passos cheguei à última porta. Sem paciência, girei o trinco louco para dar fim naquela merda e poder voltar para Atena.

Encontrei o filho da puta agachado no canto, com a cabeça entre as pernas. A repulsa vibrou em mim por cogitar o que eles faziam com mulheres nesse esgoto. Várias calcinhas penduradas em um varal improvisado, camisinhas pelo chão.

— Não me mate! Não fiz nada! Só estou ajudando a limpar o...

Não o deixei terminar. Meu dedo apertou o gatilho vezes seguidas, adorando ver a bala cravar no crânio do desgraçado imundo. Meus nervos trepidavam com a adrenalina de terminar mais um serviço, um que não foi mandado, nós o escolhemos.

Não viramos a merda dos defensores, mas tinham pessoas que mereciam morrer somente por existirem. Aqueles homens eram esse tipo. Assim que pisei para fora do quarto, escutei o estopim. Gael encontrou o que faltava. Guardei minha pistola no cós da calça e pesquei o maço de cigarros, acendendo um deles, a nicotina relaxava meus ânimos. Conseguia ouvir as batidas de *Wanted Dead or Alive*, do Bon Jovi, na mente, com o toque ressoando, fiz o percurso para fora daquele lugar. Segundos mais tarde, Gael apareceu.

— Obrigado por entrar nessa comigo, Felipo! — agradeceu, enfiando as mãos nos bolsos.

— Foi divertido. Agora, vamos para casa logo, Atena vai arrancar minhas bolas por não ter ligado.

Gael meio que sorriu.

— Estou contando com isso.

Buscamos o carro que ficou a quinhentos metros do lugar e partimos. Gael me deixaria na sede da *Sociedade* que ficava a duas horas dali, eu pegaria a moto e em breve colocaria os olhos na minha garota.

Atena

Fazia exatamente dois dias que Felipo tinha partido com Gael para finalizar um trabalho. Dois dias que o filho da mãe não dava notícias. Andei tanto pelo apartamento que, sem dúvidas, deixei marcas permanentes no piso.

Além da preocupação, havia mais um fator. Mais um que fugia dos meus planos atuais, mesmo assim...

— Droga! — bradei, fitando novamente o teste de farmácia; o quinto que fiz, o quinto com o resultado positivo.

Não fazia ideia de como Felipo reagiria a isso. Nunca tocamos no assunto filhos, nem sequer cogitei tocar. Não por ser avessa a maternidade, só não... tocava.

Porém, agora que a possibilidade se tornou real, uma comichão se estabeleceu em meu peito. Mãe, eu seria mãe. Teria um serzinho dependente de mim, geraria uma vida.

Que grande, imensa loucura!

Felipo poderia amar ou odiar, era uma linha tênue entre as duas opções. Ele desenvolveu uma relação legal com JP. O menino era uma graça, acessível, amoroso e, inclusive, começou a chamar Felipo de pai. Na primeira vez que essa palavra saiu da boca de João Pedro, Felipo petrificou, lutou bravamente para manter a pose quase indiferente. Podia ter passado despercebido pelos presentes, contudo, eu vi seus olhos verdes molharem com lágrimas não derramadas.

Passamos a visitar com frequência os Mendanha, nossa presença se tornou um combinado mútuo. Chegava a ser cômico acompanhar Felipo e Apolo tentando se organizar em um churrasco, um mais sem paciência que o outro, redundantes em dar o braço a torcer para a amizade que surgiu. Lívia e eu ríamos o dia todo. Era estranho levar uma vida normal, quando por baixo dos panos tratávamos de vendas de drogas e armas. Por isso valorizava o simples, ansiava por ele na verdade.

Encostei a testa na janela enorme, as luzes da cidade piscavam para a noite trazendo uma melancolia nada bem-vinda. Eu necessitava vê-lo, nem que fosse para xingá-lo por ser um babaca insensível.

— Ele tem de estar bem — cochichei, embaçando o vidro com o sopro.

Cansada, pois passava da meia-noite, fui me deitar. Enrolei-me em uma das cobertas, sentindo o cheiro do perfume amadeirado *dele.*

Oito meses voaram desde o aniversário de doze anos do JP, de lá para cá foram momentos tensos e calmos, altos e baixos. Isso em relação aos negócios. As empresas seguiam bem, o foco central dos problemas era a *Casta.*

Como conquistamos território, sem invadir o de ninguém, ganhamos também inimigos empenhados em nos derrubar. Cargas roubadas, localizações disputadas, membros traidores apagados, foram dias complicados. Como Gael era o novo Geral da *Sociedade*, criamos uma aliança entre as facções, isso nos garantiu terreno neutro. Da tempestade a calmaria sem esforço. Não reclamava, nem podia, foi aquele universo do avesso que me encaixou.

Minhas pálpebras pesaram, baixando por completo. Não queria dormir, queria esperar. A correria da semana e a descoberta conturbada cobraram seu preço, o sono prevaleceu.

Despertei antes de abrir os olhos, remexi-me sobre o colchão, dolorida por permanecer na mesma posição. Foi ali que os meus pelos do braço eriçaram, sentindo a presença imponente dele no ambiente.

Virei-me na sua direção, para assistir Felipo levar o copo com uísque até a boca. Suas feições pareciam mais carregadas que o normal, os cabelos estavam molhados, ele vestia camiseta lisa cinza e calça de moletom preta. As tatuagens dançando na luminosidade natural do quarto, o verde diferente contaminado com algum sentimento controverso.

Eu me sentei, ainda enrolada na manta, concentrada nele.

— Está tudo bem, Grandão?

Segurei a saudade que martelava no meu peito para sondar o que aconteceu nessa viagem que o deixou tão tenso. Conhecia-o bem o bastante para identificar quando se fechava na sua concha com o intuito de se blindar contra o que machucava ou incomodava.

Não tive retorno do que perguntei, Felipo apenas continuou me encarando. Devagar, largou o copo no chão, seus cotovelos apoiaram nos joelhos, o queixo nas mãos fechadas em punho uma sobre a outra.

— Você está grávida?

Seu questionamento repentino tremeu cada célula do meu corpo. Desviei a visão para todos os testes que repousavam na mesinha de cabeceira, a voz me faltando naquela hora. Eu não fazia ideia de como ele

se sentia em relação a ter mais um filho. Eu não sabia e isso me apavorava. Não por mim, mas por ele.
Tomei algumas respirações, voltando-me para o seu rosto fechado.
— Sim... — Aquela simples palavra saiu esganiçada.
Um vácuo se estendeu pelo que pareceram horas. O suor encobriu minha testa, denunciando minha ansiedade.
— Porra! — praguejou, levantando-se e indo até a janela.
O ar fugiu dos meus pulmões com a vulnerabilidade externada, todavia, o que doeu foi detectar raiva no meio da surpresa. Fiquei sobre os meus pés de imediato, uma leve tontura me incomodou, mal-estar que não dissipou a indignação incomum que se apoderou do meu sistema com a mínima parcela de ele não querer um filho. Um filho nosso.
— Eu estou tão apavorada quanto você, Felipo. Não era um plano, nem sequer futuro. Não sei como lidar com uma criança no meio desse caos diário que protagonizamos, só... aconteceu, ok? Aconteceu e eu vou fazer isso. Se não quiser fazer comigo, farei sozinha — falei num sopro de ira.
Eu imaginava o quanto era perturbador para ele lidar com o que não poderia controlar, essa observação me fez abrandar.
— Pare... Pare de deixar essa insegurança de merda te dominar. Quero passar por esse desafio com você, Grandão. Quero que esteja ao meu lado, assim como quero estar do seu — sussurrei, quase me desfazendo ali.
O frio na boca do estômago triplicou de tamanho ao perceber suas costas tensionarem, os dedos agitados passarem entre os fios escuros e com movimentos calculados Felipo girou sobre os calcanhares para me fitar.
— Acha que não quero ter um filho com a mulher que amo? Que, para mim, uma criança significa peso? — Pisquei com a indignação vertendo na frase. — Não foi planejado, nada na nossa relação foi e estamos indo bem, não estamos? Esse bebê é... como a brisa no final da tempestade, pelo menos é como vejo. E, por Deus, Atena! Por mais que tenha consciência de que posso vir a errar uma curva, por mais que o medo esteja à espreita... Porra!
Sorri de leve com sua busca pelas palavras certas.
— Não queria redenção, querida. Não a busquei e olha eu aqui, recebendo de presente. Céus...
Felipo ergueu o pescoço para o teto.
— Enquanto caçava os filhos da puta com Gael, só conseguia pensar em você, em te ver, tocar, beijar, em dizer que te amo e que não te mereço, mas que agradeço por me amar de volta. — Olhos verdes brilhantes vieram para mim. — Então, eu cheguei aqui e dei de cara com a notícia mais extasiante e amedrontadora. Quis cair de joelhos, agradecer, implorar por ajuda, jurar que vou me dedicar... — Ele deu um passo para perto. — E eu fiz exatamente isso enquanto te observava dormir. Não sou cristão, ouso dizer que não acredito em divindades, só que qualquer mísero esforço vale a pena. Você... — Admirou minha barriga. — *Vocês* valem a pena.

Sua mão veio em concha na minha bochecha molhada. Estava em um *loop* de alívio, paz, amor. Seus lábios cheios beijaram os meus, sorrindo no ato.

— Sabe quanto tempo andei perdido por aí, Atena? Quantas e quantas vezes desejei, sem o direito para tal ou sem me tocar, ter mais uma chance para ser quem precisava ser? Caralho, querida! Foi você quem me encontrou... Quem não desistiu. — Seu tom embargou. — Essa criança é... tudo. *Você é tudo.* E por mais... torto que eu seja, prometo com a minha vida que vou cuidar de vocês. Que vou *ser* quem precisam. Porque não tem nada, nada que possa significar mais do que isso.

Pressionou com cuidado minha barriga.

— Ou isso. — Espalmou em cima do meu coração. — Nós vamos fazer juntos, amar juntos, vencer juntos. Vamos dar um jeito. Confie em mim...

Resfoleguei ao ver lágrimas descendo pela face bonita. Ele estava ali, bem na minha frente, desnudando-se por completo. Revelando seus desejos mais ocultos, aqueles que pensou não ser o suficiente para desejar. Eu só conseguia *sentir*.

— Confio, Grandão. Eu confio — afirmei baixinho.

— Então, estou no lugar certo. Nós estamos.

Fui puxada para os seus braços, enquanto depositou um beijo no topo da minha cabeça. Aconcheguei-me no carinho, jurando que conseguia ouvir todos os pedaços dentro dele se reconectarem. Vislumbrando a escuridão se fundir a luz e juntas criarem o que somos.

Aquele Felipo, com a aura duvidosa, com sangue nas mãos, com uma alma encoberta de culpa, era muito, muito mais do que todos viam. Não eram seus erros ou pecados que o montavam, era sua *luz* diferenciada, a claridade que ele não via, mas que eu percebi reluzir no mais fundo onde o achei.

Nossa história não era perfeita, havia muitas rupturas entre um capítulo e outro, muitos desalinhos nas cenas. Independente dos sublinhados, não éramos maus, só optamos por não ocultar as partes sombrias, porque elas também somavam.

Nossa verdade podia não ser a verdade do mundo, nossos ideais podiam não ser como os de quem nos cercava, e tudo bem. Éramos todos orgânicos de qualquer forma. Nascemos, vivemos e morremos. Era a lei da existência. Outras pessoas vinham, completavam o ciclo e partiam. Então, quem decidia o certo ou o errado? Todo mundo tinha de encontrar seu próprio caminho.

Felipo demorou a firmar os passos. Eu sobrevivi sem ter muito que esperar. Nossos trajetos se chocaram em uma altura singular, no trecho exato para que novos princípios fossem estabelecidos.

Iremos tropeçar, iremos nos equilibrar e dar continuidade. Viveremos do jeito que gostamos de viver: na margem entre o perigo e o sossego, entre a borda e o declínio.

AGRADECIMENTOS

Esse livro foi um baita desafio! Horas e horas de pesquisas, surtos com o desenrolar da trama, noites em claro buscando o melhor para a história.

No fim, digo com orgulho que me superei e que tanto Atena quanto Felipo me ensinaram como é nobre recomeçar e que se perdoar é o grito de largada para se encontrar.

Então, começo agradecendo aos meus personagens por me permitirem dar voz aos seus pensamentos, desejos e conquistas. Cada linha foi digitada graças ao amor que eles despertaram em mim.

Minha gratidão a Lily Freitas por me guiar durante a escrita. Lily, você não faz ideia do apoio que me deu. Muito, muito obrigada por ser incrível.

Carol Kaust e Jaqueline Evan, vocês são como pontos luminosos durante a minha caminhada. Nem sei como expressar o quão grata sou por tê-las comigo. Obrigada por acreditarem no meu sonho, por me motivarem e jamais desistirem.

Aos leitores, não canso de dizer que vocês são os responsáveis por fazerem meus livros ganharem o mundo. Obrigada!

A quem escolheu *Declínio* para ler, agradeço de coração pela oportunidade!

Espero que Atena e Felipo causem frio na barriga, nervosismo, tensão e muita torcida pelo final feliz. Porque, sim, eles têm o poder de despertar as sensações mais intensas.

Sintam como os pedaços deles se colam a cada curva, em como os erros são compensados e, acima de tudo, entendam que fé é o principal impulso quando nos vemos sem saída.

Mil beijos e boa viagem!

Com amor,
Pri

www.lereditorial.com

@lereditorial